大方
sight

『灵光』的消逝

当代文学叙事美学的嬗变

梁鸿 著

中信出版集团 | 北京

图书在版编目（CIP）数据

“灵光”的消逝：当代文学叙事美学的嬗变 / 梁鸿著. -- 2 版. -- 北京：中信出版社，2021.10
ISBN 978-7-5217-2387-8

Ⅰ. ①灵… Ⅱ. ①梁… Ⅲ. ①中国文学－当代文学－文学评论－文集 Ⅳ. ①I206.7-53

中国版本图书馆CIP数据核字（2020）第211126号

“灵光”的消逝：当代文学叙事美学的嬗变

著　　者：梁鸿
出版发行：中信出版集团股份有限公司
（北京市朝阳区惠新东街甲4号富盛大厦2座　邮编　100029）
承 印 者：上海盛通时代印刷有限公司

开　　本：880mm × 1 230mm　1/32　　印　　张：11.75　　字　　数：273千字
版　　次：2021年10月第2版　　印　　次：2021年10月第1次印刷
书　　号：ISBN 978－7－5217－2387－8
定　　价：65.00元

目 录

第三辑　女性身份的叙事

第四辑　当代乡土叙事的美学裂变

第五辑　“个体时代”的来临

梁鸿：行走在现实与学理之间

阎连科

在作家的队伍中，有许多队员来自乡村，但在批评家的队伍中，更多的队员来自城市。究其缘由，大约是作家更易于野生野长，所谓的自学而成才，如许多人说的那样，好像作家果真不须读太多书似的。而乡村那块土地，也正好是最易野生野长的去处，是块很难找到图书馆的地方。这样，从今天日益壮大起来的批评家队伍里看，来自乡村的批评家比例偏低，也就是一件很正常的事情了。

好在，来自都市的批评家，也还钟爱乡村文学。

好在，批评家的队伍里，总还有来自乡村的学者和热爱现当代文学的批评家。现供职于中国人民大学文学院的学者梁鸿，就是这样一个完全生于乡土、长于乡土，而学于学院、成于学院的批评家。因为都是河南人，河南人又多重乡情，我与她也就自然地有了过往，渐次地熟悉。终于到了人家一声一声地叫我“阎老师”，听起来像叫大哥一样自然随意。但真正对梁鸿由熟悉到了解，再到对这样的晚辈有了尊敬，是忽然有一天，不仅听说她是完全生长于乡村，而且同我家乡的弟弟、妹妹一样，从小都割草喂猪、下地干活儿，而且直到初中毕业，到县城读师范学校之前，还没有离开过家乡那隅乡镇。

于是，师范毕业，她就又回到乡村做了小学教师。在教了三年书之后，一个偶然的机会，才知道老师居然还可以考教育学院脱产继续读书，欣喜若狂，经过了一番苦读，就又到教育学院上学去了。终归，读书是一件快乐的事情。可到了学校，眼界就更为宽广，一下子明了，读书原是如登山和攀爬阶梯一样，有着一级一级的更高。于是，也就开始了自学本科，从ABC起始自学英语，然后考到河南省会的郑州大学读研究生，接下来，又报考了北京师范大学王富仁教授的博士。在茫茫人海之中，一个来自偏远乡村的女孩，就这样一脚踏着乡野的小道，一手抚弄着路边的荆草庄稼，如同一个拾麦穗的孩子，把她的学业一穗一把地拾进篮里，装进自己的心中。末了，也就从王富仁的麾下毕业，留在中国青年政治学院，教书读书、读书写作、写作批评，年纪轻轻就做了副教授，年纪轻轻就做了一个对当代文学可以指点说议的批评家。

真是有些不可思议。

如同一个人永远无法了解另一个人走过的人生途中有多少荆棘一样，我们，谁都无法了解体悟一个乡野的女孩，把牧羊的鞭子挂在田头树下，或把在田野累了一天的铁锨锄头倚靠在回家的门后，迅速捧起书本的那种感觉。无法体验因为劳动，使十指麻木胀大，握不住笔杆又必须像握住锄头样握住笔杆的那种感觉。我想，放下握锄头的双手，无间歇地迅速去握住笔杆，那大约如同拥抱了一天大地，在夕阳西照之时，又要迅速去拥抱一缕落日。

也许就是这种感觉吧。

总之，忽然对梁鸿有些敬重。对她走过的人生，有着几分敬畏。也就特别去看她写过的文章，尤其是她写过的批评文章，也就读到她的博士毕业论文《外省笔记：20世纪河南文学》，洋洋洒洒，二十六七万字，完全是一部长篇的篇幅。20世纪，河南是人口大省，因为基数甚大，作家自然甚多，复杂的文学现象，各类文学作品，也如汗牛充栋。中原自古就为国之中心，文学的分量和杂乱，也如一个国家的有序和无序，可在《外省笔记：20世纪河南文学》中，却被一个年轻姑娘分析得条条理理、筋腱如丝、丝如筋腱。依据着河南的土地、文化和历史及其在20世纪中国政治空间中的位置及变迁，依据河南人的文化共性和做人的私性，先有宏观的史论，然后一个作家、一个作家，一部作品、一部作品地分析，一切都如她的一盘理论之棋上的车马相卒，有规有矩，各得其所，各尽其能。有时一卒，在整个文学中，有着车马之用；有时一车，在文学中，也才一卒之功。分析作品，大可笼统而去，小可精雕细刻，有时让人印记如刻，有时让人内心欣慰。终于，也就对这个博士，这个年纪轻轻的学者，感到尊敬，感到敬畏，感到原来土地可以出产作家，也可以出产论家，并且是有些别样的理论家。

说到欣慰，是因为梁鸿在她的文章中常常提到我的名字和作品，而且，为我的作品写过不少表扬的文字。在这一点上，与其说我是一个作家，倒不如说我是一个庸常的俗辈，因为批评家说我好时，我总是心里高兴。有些文章，说我的文学成就多高多高，哪怕过头、名不副实，我也还是满心欢喜；而说我不好，哪怕名副其实，我从心里接受，但也会觉得没有比说我好感到愉快。

说到尊敬，是因为说我好的批评文章，也常要说到我的不足。这种不足，不是在通常中见到的那一种“瑕不掩瑜”的说法，而是文本分析，有条有理，让你无言以对，不得不服。而至于梁鸿，对她的那份尊敬，是因为我们彼此熟悉，来往较多，我又年长她许多，而她也敢于直接地批评我说，“你的《受活》技术性过强，隐藏着小说的‘技术主义’”，“你的《为人民服务》被禁了也好，因为它的故事重复了《坚硬如水》”，“你的《丁庄梦》写得委婉，但却缩手缩脚，最应该是一部有巨大张力的小说，被你写得玲珑剔透，过分完整”。她不光说这些，还要写上这些，还要在《当代文学视野中的“村庄”困境——从阎连科、莫言、李锐小说的地理世界谈起》一文中，那么直接、确切地说我的“耙耧山脉”的封闭和局限，以及我对整个世界在认识和描写上造成的阻隔和遗憾。

因此，对她感到欣慰，也感到尊敬。

说到“别样”，我是觉得，她的理论文章，有自己的人生融在其中。小说、故事中没有作家的人生，就不会有作家的心灵。没有心灵，就不用再谈小说的好与坏了。但是，对于批评家学者的文章，应不应该在文章中融入自己的人生和心灵，实在是件难以叫人说定的事情。一说到理论，论文和论著，我总觉得那是学问，学问似乎是不应该有作者的人生与心灵的，似乎只有那样才客观，也才更见包容。可是我，小说读得多了，养偏了胃口，总是爱读那些能在自己的论文、论著里融入自己的人生和心灵的理论文章，爱读那些简洁、晓白，行文上有些“散文味”的论文。

梁鸿的批评中没有散文的味道。

可她，能在那些文章中糅进自己人生的体验，糅进自己对世界的理解，由此，挥散开来，表达自己对文学、对作品的分析、理解和评判。曾听她提及过，当年她在博士论文答辩时还因为论文中融入强烈的主观情感和对现实文化现象的关注而被答辩老师反复讨论。再比如发表在《文艺理论与批评》中的那篇《当代文学往何处去——对“重返现实主义”思潮的再认识》，就实在是有些好看，实在是有着它的道理，有着她自己在现实世界中的人生经验与体悟的糅入。还有《当代作家评论》“批评家专辑”中论说李洱小说的文章《“灵光”消逝后的乡村叙事——从〈石榴树上结樱桃〉看当代乡土文学的美学裂变》。李洱的这部小说，从乡土文学出发非常值得讨论，绝不能用好与不好来简单评判。梁鸿从中发现的是它与乡村“灵光”叙事在美学意义上的不同，给了这部小说全新的定位和理解，使《石榴树上结樱桃》从文学史的角度有了新生的意义。这样一篇文章，不光指出了《石榴树上结樱桃》中隐藏的作家李洱的写作光点，也闪现着梁鸿自己对乡村世界，尤其是当下的乡村现实的认识和看法。读了之后，实在是可以给我今后的写作一些意外的启发。还有她的那些关于河南作家整体批判性文章和作家论，如“刘震云论”“周大新论”等，都让人感到她自己人生与心灵在那论中的光耀。

近年来，梁鸿的研究视野越来越宽广，从她思考的方向，以“重返现实主义思潮”为切入点考察当代文学理论转向的问题，从作家批判主义简单化倾向思考当代文学“历史意识”的美学匮乏问题，从文学“灵光”的消逝与妥协的“方言”现象思考乡土文学的美学裂变与“底层存在”问题，从对“狂欢”话语的考证切入20世纪90年代文学场与文化场域之间的关系问题，等等，都可以发现梁鸿作为一个文学研究者的逐渐成熟与思维深广度的增加。更为可贵的是，它们显示了她作为一位人文学者对社会现实的关注与思考，她不仅仅是把这些作为学问来做，还将之作为理解社会、人生与自我生命存在的途径，她把自己的生命热情与体验也融入了进去。这也是她这本著作《“灵光”的消逝：当代文学叙事美学的嬗变》最让人难忘的地方。

第一辑

重回历史维度

“重返现实主义思潮”与当代文学理论的转向

稍有理论敏感的人都会发现，在21世纪的最初几年，文学批评界讨论得最多的不再是文学与形式的关系，而是文学与现实的关系问题。无论是反思“纯文学”、辨析“文学性”，还是重提文学的“人民性”[①]，它们背后都有相同或相似的理论关注点，即对20世纪90年代后当代文学现实性的不足及文学精神的逐渐衰落进行深度思考。在这个过程中，现实主义理论被再次关注，相当多的核心期刊或学术会议专门探讨“现实主义传统失落”“现实如何重新主义”等

---

① 陈晓明：《“人民性”与美学的脱身术——对当前小说艺术倾向的分析》，《文学评论》2005年第2期；王晓华：《我们应该怎样建构文学的人民性》，《文艺争鸣》2005年第2期等。在很多学术网上都有相关问题的文章，如北京师范大学文艺学研究中心的《文艺学新周刊》第12期汇集了学术期刊发表的关于“文学性”讨论的诸多文章。

问题[1]，这些论文或会议针对当代文学创作中所暴露的具体问题，分析现实主义的精神内涵和当代价值，并希望以此作为使文学重返现实的途径。可以说，“重返现实主义”正在形成强大的理论呼唤，对当下的文学批评格局和文学创作产生重要影响。但是，问题也随之出现，在某些批评者的文章中，“现实主义”被简约为题材的现实，“真实”也仍然被局限为对社会生活图景的再现或发掘；在另外一些论者那里，现实主义则几乎成为一个道德问题；而相当多的论者只是把它作为文学的一种精神向度来呼吁，没能提出更有说服力的理论支撑。同时，也有学者或作家对这一思潮并不以为然，甚至认为是一种毫无意义的“复古”或对文学本质的悖反。在此意义上，本文将对“重返现实主义”的理论背景，所面临的美学困境、历史困境及所隐含的问题，做深入的探讨和分析。

一、原因与背景

有一点毋庸置疑，对“现实主义”的重新提倡并不仅仅是文学理论的简单再阐释，而是当前理论界理论转向的一个前兆，也意味

---

① 比较重要的期刊文章有：《期待现实重新“主义”》（曹征路，《文艺理论批评》2005年第3期）、《与大地上的苦难擦肩而过——由阎连科〈受活〉看当代乡土文学现实主义传统的失落》（邵燕君，《文艺理论批评》2004年第6期）、《贴着地面行走——〈定西孤儿院纪事〉的特色及其新世纪文学的现实主义问题》（邵燕君，《文艺争鸣》2006年第2期）、《一部独特的现实主义文学史——由奥尔巴赫的〈摹仿论〉所引发的思考》（杨冬，《文艺争鸣》2006年第2期）、《从〈无字〉看现实主义在当代的发展》（贺绍俊，《南方文坛》2005年第6期）、《在倾斜的文学场为现实主义辩护》（李建军，《南方文坛》2006年第1期）。其他重要文章有：《重新理解现实主义》（李建军，《小说选刊》2006年第2期）、《现实主义：“社会批判”传统及其意义》（王嘉良，《文艺研究》2006年第8期）、《重提现实主义的超越性——从“现实主义冲击波”与对几个文本的解读谈起》（苑博）、《略论当代文学现实主义的价值与向度》（顾凤威，《广西师范学院学报》2006年第1期、2004年第4期），等等。而在众多关于当代文学发展的研讨会上，所讨论的关键无不是文学与现实的关系问题，如2006年6月上海大学首届文学周，在“小说与当代生活”圆桌会议上，作家与批评家对小说中的“现实”概念有着明显的分歧。

着当代文学批评与当代文学的问题和积弊都已经到了必须要有所突破的时候。

“重返”把当代文学和文学批评存在的本质问题以一种颇为激进的方式展示了出来，即当代作家和批评家对文学的“文学性”与“现实性”始终没有相对科学和理性的认识。虽然这两个概念在文学批评史上一直处于纠缠状态，但是，在中国文学的语境下，批评家对这两个概念基本上是拿来主义片面利用，忽略了它们的互文性，尤其是忽略了中国文学使用时的具体政治背景、文学自身的发展阶段和实际问题。20世纪80年代中期，“纯文学”理论的大力倡导只是为了摆脱政治的“紧身衣”，更多的是出于策略意义上的使用，它的提法本身就有许多漏洞。但是，在批评、文学和中国社会变革的合谋下，技巧、形式、语言、审美等文学的形式本质被作为“文学性”确立下来，而文学的物质内容，即它的历史属性，却从“文学性”中被完全清除出去。这一清除也被看作文学终于与国家意识形态脱离关系获得独立地位的象征，此时，国家意识形态在文学中既表现为“政治”，同时也指现实主义的“宏大叙事”和“乐观情结”。这一理论导向的本质化倾向使当代文学产生了两个基本问题：第一，把文学的审美属性和历史属性对立起来，在此意义上，把文学的宏大叙事与个人叙事对立起来，并且形成隐性的等级秩序，这使得文学较少对社会重大问题进行现在时的跟进和思考；第二，把中国当代资本改革所产生的现代和后现代心理当作文学的本质内容，因此，对知识、制度、深沉、严肃等的解构主义成为文学最深刻的意义，这直接产生了对历史、道德、社会和文化的虚无主义，以此种方式“介入”社会现实，只有颓败的伤感，很难产生理性的建构。

不可否认，从20世纪80年代中期“纯文学”口号提出到现在，当代小说发生了深刻的、富于本质意义的变化，现代主义作为一种美学形态成为文学基本的创作方式和叙述起点，这当中包含着对文学存在独立性和审美本体化的基本认知。另外，中国深刻的资本改革所引起的中国生活、阶层、文化观念的分裂与冲突也对应了西方思想界的现代主义和后现代主义理论，这使得以怀疑、虚无、非理性作为基本特征的现代主义美学得到了实践层面的支撑，它们与“纯文学”理论的技术化和审美化倾向一起构造了新的文学原理、文学规律和文学精神。在这样的双重塑造下，所谓“纯文学”不再仅仅是一种文学理论，而且成为在当代文学占据绝对支配地位的新的文学标准。这就形成了“纯文学”与“政治”“现实主义”相对立的潜在思维，因此，“纯文学”理论建造的过程实际上也是建造“文学/政治”“现代主义/现实主义”二元对立思维的过程，回避社会重大问题、回避政治、回避宏大叙事成为文学自由的象征。社会主义现实主义，也包括其他形式的现实主义，从至高无上的权威，到被质疑、批评、消解，到被完全代替。20世纪末，在商业化市场化的冲击下，现实主义文学又被“收买”为合作者，从而成为“庸俗”“落后”“肤浅”“非文学性”等词语的代名词。

但是，一切并非如当初高举“纯文学”大旗的理论家们所想象的那样，中国文学开始进入一个殿堂时代。相反，从这些年的创作发展来看，无论是文学精神，还是文学作为一种艺术样式本身都只是短暂的辉煌，很快便走向衰微，更重要的是，它逐渐失去了它曾经广泛拥有过的尊严和激情。理论的褊狭所带来的后果逐渐呈现出来。当年曾经热烈呼唤“纯文学”的学者们开始反省这一理论背后所隐藏的深层问题[1]，而20世纪末的作家们不再像20世纪80年代那样把对社会现实的殷切关注作为第一要义，而是深深陷入文学形式的焦虑之中，所谓“写什么”并不重要，重要的是“怎么写”。文学与现实、文学与社会生活的关系被理解得非常狭小、极端，对于“现实主义”这一被严重质疑的美学方法更是避之不及。可以说，作家对当代社会生活的“现在时”集体失语是当代文学最大的症候之一。以笔者长期关注的乡土小说家来说，无论是贾平凹、莫言，还是李佩甫、阎连科，都在不同程度上失去了成名初期对乡村改革和乡村现实的关注热情，转而进入了对乡村历史和发展史的抽象叙述。对于20世纪90年代以后中国乡村所经历的嬗变、痛苦与生存状态，这些作家几乎没有书写，这无疑是一种极大的缺失，也为读者和批评家所诟病。这是其一；还有一点，即使作家有对乡村现实的想象，也多显得非常虚假、苍白，没有击中现实的内核。2002年《中国农民调查》所引起的热烈反响可以说是对作家乡村想象的最大打击，虽然它的成功并非在于文学意义，但是，它告诉作家一件事：乡村现实所蕴含的残酷和苦难远远大于作家廉价的虚构和坐在书桌旁的空乏幻想！其次，作家逐渐成为一个与思想无关的专业技术人员，而不再是一位公共知识分子。公共关怀、人道主义精神、社会责任心等，对于作家来说，并非必需的品格。这是20世纪90年代后作家

① 当初高举“纯文学”大旗的李陀在《漫说“纯文学”》中对近二十年来的“纯文学”所产生的原因、影响和后果做了较为深入的分析，认为批评家的一再鼓吹使“纯文学”成为一种权威理论影响作家创作。与李陀争论的吴亮、南帆等人都有比较深入的论述，如《论私人化写作的公共性与社会性》（吴亮）、《不竭的挑战》（南帆）等；蔡翔也发表长篇论文（系列论文）探讨“何谓纯文学”，后结集《何谓文学本身》（春风文艺出版社，2005年版）。钱理群也认为“纯文学”理论遮蔽了文学与政治之间实际存在的必然联系，其他当年参与“纯文学”理论建构的学者都在不同文章中发表对此的看法。

对自己的基本定位，这种定位有它的道理，它表明作家对文学的审美属性已经有了深刻的认识，与此同时，却也把作家与文学排除到人类精神之外，而后者曾经是文学最根本的属性之一。怀疑一切的倾向导致作家信念的坍塌，也导致对所有价值、理想、正义的摒弃和游戏，而对历史的虚无态度也使得作家不愿意进入历史和现实的经验层面去做理性的探讨与批判，转而沉浸于亵渎与破坏的快感之中，成为犬儒主义、道德虚无主义和欲望主义的信奉者。面对这种现象，评论家干脆把它们称为“小人时代的文学”[①]。

2004年关于阎连科小说《受活》那篇后记的争论，可以说是这一问题的总爆发。在这些批评文章中，论者的批判焦点大多集中于阎连科所提的生活“现实”在文学中表达的不可能性和不重要性[②]，并由此引申出对整个当代文学现实性的匮乏和现实主义传统失落的批判。这正是问题的核心所在。阎连科这篇歧义重重的文章虽然不能代表作者本人对文学现实性的实践与认识，但反映了当代文学整体精神的倾向：作家不是无意，而是有意地逃离现实。评论家们正是抓住这一点，炮轰当代作家和创作现状，并希冀重新回归具有现实主义精神的文学传统。

---

① 李陀，阎连科：《〈受活〉：超现实写作的新尝试》，《读书》2004年第3期。

② 近几年公开发表的关于《受活》的批评文章不下三十篇，其中多篇文章均以小说的后记作为切入点进行论述或批评。阎连科在后记中写道：“真的，请你不要相信什么‘现实’‘真实’‘艺术来源于生活’‘生活是创作的唯一源泉’等那样的高谈阔论。事实上，并没有什么真实的生活摆在你的面前。每一样真实，每一次真实，被作家的头脑过滤之后，都已经成为虚假。当真实的血液，流过写作者的笔端，都已经成了水浆。真实并不存在于生活之中，更不在火热的现实之中。真实只存在于某些作家的内心。来自内心的、灵魂的一切，都是真实的、强大的、现实主义的。哪怕从内心生出的一棵人世本不存在的小草，也是真实的灵芝。这就是写作中的现实，是超越主义的现实。如果硬要扯上现实主义这杆大旗，那它，才是真正的现实主义，超越主义的现实主义。”阎连科：《寻找超越主义的现实》，《受活·代后记》，沈阳：春风文艺出版社，2003年版。

二、考古与探源

但是，现实主义能否力挽狂澜？作为一种创作方法和美学特征，在经历了理论嬗变、更替与争议之后（纯理论的和实践层面的），它还能否摆脱掉它身上的种种非文学命题，并成为具有确切内涵和外延的文学方法和美学类型？还必须更进一步追问的是，就中国当代生活和文学发展阶段而言，现实主义是否能够有效而深入地完成对中国生活和当代精神的叙述？它是作家“介入”现实最好的、最有效的叙述模式吗？

文学理论家韦勒克在考察了从19世纪以来的现实主义概念流变及其问题后认为，“现实主义的陷阱与其说在于其常规与限制的过于死板，不如说在于尽管有其理论的根据还是很有可能失去艺术与传递知识和进行规劝之间的全部区别。……现实主义的理论从根本上讲是一种坏的美学，因为一切艺术都是‘创作’，都是一个本身由幻觉和象征形式构成的世界”[①]。这可以说是20世纪现代主义兴起和语言学转向之后，文学理论对现实主义概念最通常的定位，其中的问题核心还是集中在现实主义的“客观性”上。现实主义所谓的“客观真实”遭到了学科本身和哲学上的否定与批驳。而在中国现代文学的发展中，现实主义更是在政治与美学的复杂纠缠中名声扫地，成为意义无限膨胀却最暧昧不清的一个名词。在此过程中，诸如“真实性”“典型性”和“历史性”等现实主义的核心概念被覆盖上各种声音和意义，从而失去它的美学特征。在这样的背景下，要想重新使用这一概念，需要非常谨慎，

---

①〔美〕勒内·韦勒克：《文学研究中的现实主义概念》，《批评的概念》，刘象愚、邢培明、陈圣生译，杭州：中国美术学院出版社，1999年版，第244~245页。

需要对现实主义的内涵，它的历史生成，所涉及的概念，精神特征和它的优缺点，有一个相对科学的把握，这样，才不至于再次陷入相对主义和绝对主义的两极误区，在论述具体文学现象时才能够指出要害。

要想把现实主义概念梳理出来是一项非常庞大复杂的工程，要追溯它的原始意义，再辨析它在整个文学理论发展史上的演变、转喻、歧义过程，最终，才可能还原出它的基本意义。这不是每个论者都必须做的工作。但是，当我们以现实主义作为自己的理论起点时，最起码应该对其中的核心概念有基本的方法论的认识，应该有一种理论还原的意识，而不应该拿着已然的结果去轻易否定或支撑自己的关键论点。譬如现实主义的客观性与真实性问题。从亚里士多德的“模仿说”到左拉的自然主义、巴尔扎克的批判现实主义，再到福楼拜的客观现实主义小说，“客观真实”的意义在不断位移，逐渐从一般的对外部场景人物的再现转化为对人性存在与社会历史内在规律的把握程度上，并蕴含着某种训诫功能和批判功能，这一转化背后所支撑的是作家对世界的哲学观的转变，这一世界不再是那个充满象征的、神圣的和抽象意义的大帝国主义，而是一个在科学、资本支配下的可以掌握的规律世界。而到社会主义现实主义的时候，“客观真实”又进一步发展为政治意识形态宣扬下的“现实”，批判现实主义时的训诫功能被置换为明确的指令，并以艺术逻辑的形式展示出它的内在必然性。这可以说摧毁了之前现实主义“客观真实”所拥有的声誉和有益的尝试，也使现实主义的“理性”和“古典”变得面目全非。

实际上，所有经典的现实主义理论家，包括马克思、恩格斯和卢卡奇在内，在论述现实主义的真实性时，都没有纠缠于它是不是“客观再现”，而强调现实主义是“一种思想结构”，必须反映“一种总体生活”，“通过栩栩如生地描写作为特定人民和特定环境的具体特征的客观生活状况的最大丰富性，他使‘他自己的世界’呈现为对整体生活的反映，呈现为过程或总体……”。[①]而且，即使是最经典的现实主义作家如福楼拜也并不认为“真实”就是全面地反映现实，他认为“现实只是一个跳板”，而意义的真实是在背后呈现出来的，因此，他宣称憎恶“日常生活”，并希望达到“响亮的风格、崇高的思想”与尽可能“挖掘真实并工笔细描”相结合的创作。[②]詹明信在谈及这一问题时这样认为，“文学中的现实主义问题由于对表现手法的争论被极大地混淆了。争论的问题包括描写、逼真的刻画、摄影似的精确描摹之类术语的含义。我以为这些问题最好通过电影而不是文学作品去理解。我们一般所谈的现实主义主要是涉及某种叙述形式，某种讲故事的形式，而不是狭义的静态细节描写和表现之类的问题”[③]。不难看出，无论是卢卡奇、福楼拜还是詹明信都在试图阐释一个观点：现实主义中的“现实”并不是客观再现，它应该是一种叙事方式，需要一个总体原则，而并非物质意义的真实与再现，譬如詹明信把这一叙事称作“金钱叙事”，他认为不能把金钱作为文学的某种新的主题，“而要把它作为一切新的故事、新的关系和新的叙述形式的来源，也就是我们所说的现实主义的来源。只有当金钱及其所表示

① 〔美〕拉曼·塞尔登编：《艺术与客观真理》，《文学批评理论——从柏拉图到现在》，刘象愚、陈永国等译，北京：北京大学出版社，2000年版，第59页。

② 〔英〕达米安·格兰特：《现实主义》，周发祥译，北京：昆仑出版社，1989年版，第74页。

③ 〔美〕詹明信：《现实主义、现代主义、后现代主义》，张旭东编：《晚期资本主义的文化逻辑》，陈清侨等译，北京：生活·读书·新知三联书店，1997年版，第298页。

的新社会关系减弱时，现实主义才能逐渐减弱”[①]。甚至连持“无边的现实主义”观点的加洛蒂也认为，“作为现实主义者，不是模仿现实的形象，而是模仿它的能动性；不是提供事物、事件、人物的仿制品或复制品，而是参加一个正在形成的世界的行动，发现它的内在节奏”[②]。但是，这样一来，又产生了新的问题，既然现实主义与现代主义在细节上并非一定截然不同，那么，两者的“现实”究竟又有什么差别呢？这就涉及现实主义的另一核心概念：历史感。现实主义强调作家必须进入历史，必须在历史中塑造人物和环境，这一历史感并非对历史的全部分析或即时反应，也不是所谓的还原历史，而是体现为作家“生活在其中”的意识，要有时间感和历史洪流汇集于此的坐标感。这意味着作家必须进入历史进程当中并提炼出历史、场景或人的独特意义与启示。从这个意义上讲，现实主义的“现实”与现代主义的“现实”最大的差别在于：前者强调“现实”的历史存在和典型意义，后者则侧重于“现实”的抽象体验和哲学上的普遍意义；前者更强调人与社会的冲突与悲剧存在，后者则侧重于人的自我冲突与存在本身之悲剧。这就要求现实主义的“真实性”是在对具体的生活或时代的“工笔细描”中体现对历史的感知和理性认识及对人的命运进行阐释，这也正符合了卢卡奇所谓的“总体生活”意识。但是，这也只是一种方法论上的分析，当我们真正进入理论内部进行更为本质的探讨时，将会遇到更多的疑惑，它有可能来自理论自身的不严谨，以至于不能够真正涵

---

①〔美〕詹明信：《现实主义、现代主义、后现代主义》，张旭东编：《晚期资本主义的文化逻辑》，陈清侨等译，北京：生活·读书·新知三联书店，1997年版，第299页。

②〔法〕罗杰·加洛蒂：《代后记》，《论无边的现实主义》，吴岳添译，天津：百花文艺出版社，1998年版，第177页。

盖它所要表述的对象。就像现实主义理论与文学实践的关系一样，几乎很难找到一个纯粹的现实主义者或纯粹的现实主义作品，伟大的作家总是超越其理论而创造出很难定义的独特的文学世界。我们只能以一种整体的、历史的、比较的，而不是纯技术层面或纯阶级层面的方法，去辨析并确立现实主义的核心概念，这样，或许更能探寻到现实主义的美学特征与本质意义。

从这一点出发，我们再回过头来看当代的中国社会生活，它是否已经失去了那种“总体生活”的历史性与象征性，是否失去了伟大的“中国生活”的史诗性和隐喻性，而完全进入了如法国新小说代表作家罗伯·格里耶所言的“浮动的、不可捉摸的现实”[①]？詹明信曾就文学思潮的变迁与社会生活的关系做过独到的分析。他认为，现实主义、现代主义和后现代主义不仅是哲学思潮或文学理论的变迁，与人类生活的阶段性发展也是一致的。按照詹明信的观点，现实主义、现代主义和后现代主义思潮的不断更替是人类文明发展阶段的自然表现，具有不可逆转性[②]。姑且不论他的“进化论”观点是否恰切，从他所讲的与社会生活相对应的文学思潮来说，现实主义还应该在当代文学中占据非常重要的位置，这与中国生活的多层次分化有直接关系。当一部分中产阶级开始感受到心灵的压抑和破碎，并试图重新建构精神、秩序的现代主义神话时，另一部分人已经彻

① 柳鸣九：《巴黎对话录》，长沙：湖南文艺出版社，1983年版，第15页。

② 詹明信把神圣的、法典化的帝国主义规范解体、理性的资本主义建立之时称为“规范解体”时代；把在现代制度下试图寻求个人存在与主观色彩的愿望称为“规范重建”时代；把那种立意要消灭所有的规范，再次恢复一切规范和科学产生之前的那个原始流的时代的人称为精神分裂症者。他认为，“规范解体的时代是现实主义；规范重建（或者各种规范重建）的时代是现代主义；而患精神分裂症要求回归到原始流时代的理想正恰如其分地代表了后现代主义一切新的特点”。詹明信：《现实主义、现代主义、后现代主义》，《晚期资本主义的文化逻辑》，北京：生活·读书·新知三联书店，1997年版，第280~283页。

底放弃这种乌托邦的寻求和深沉的叹息，他们否定一切，而成为欲望的英雄，这正是后现代主义的体验与存在基础；与此同时，在中国的大部分国土里，还有相当多的人在为温饱、生存而奋斗，在这里，“人”还未能浮出历史表面，还没有得到现代文明的命名，但却生活在前所未有的“金钱”叙事的漩涡与恐慌之中。对于这一存在群体或生活场景来说，需要作家站在一个整体的、历史的、沉思的角度去理解并叙述，以人本主义精神去承担并体会他们内在的精神方式和生长方式，这时，现实主义的典型性和历史性原则非常重要，它能够较深入地“进入”并“发现”他们的情感、生活和在文明轴线中的存在位置，发现他们作为“这一个”的，但没被文明纳入视野的“这时”与“这里”(黑格尔语)，而现代主义强烈的抽象风格和符号特征的“人”的存在则较难充分传达他们的存在位置与精神状态，也难以替他们做出较为恰当的命名。这或许是现实主义再次显现其伟大魅力的绝好的历史机遇。

但是，即使我们能够对现实主义这一概念抛却历史成见，还原为相对科学的认识，即使中国大部分生活还是前现代生活，现实主义是否真的应该成为一种必需，或者说，是否真的应该成为作家面对这一部分生活和现实时必须使用的创作方法或叙述形式？当面对莫言《四十一炮》中的那个吹牛的罗小通，或阎连科《受活》中那个残疾人的村庄时，批评者是不满意他们的非现实主义构造手法，还是不满意于他们小说内核的某种概念化？我想，大部分论者应该都是基于后一个理由。批评家并没有批评作家的虚构本身，而是批评作家这一虚构背后的观念化和虚假性。作家的虚构没有通向现实，没有通向现实的内在矛盾、痛苦和本质，如果能够达到这一点，批评家是不会苛责作家是否遵循了现实主义手法的。再回过头来分析诸多相关文章，当批评者在使用“现实主义”这一名词的时候，并非在确认现实主义本身，也并非在认真研究它的叙述模式、语言方式或美学特征，以此深层探讨该如何运用它对中国生活进行有效而深入的书写，而是借这一名词要求作家以一种新的立场回到中国生活中来，也使文学重新回到一种伟大的人类精神之中，这一人类精神包含着人道主义、尊严、爱，以及对价值、信念的信任和追求。这既显示了现实主义的独特价值，却也是它的可悲之处。不可避免的是，它也产生了一个本质疑问：难道优秀的现代主义作品就不能蕴含这一伟大精神吗？

三、问题与误区

可以说，对现实主义的再次倡导和重新阐释，是批评者在面对精神日益颓废和涣散的当代文学状况所提出的一个并不十分有效，甚至有些错位的方法。从理论层面来讲，“重返现实主义”的出现对中国当代文学创作与文学理论的发展来说可能会产生转折性的意义，但是，因为它的命题的功利性、现实主义理论本身的日益“无边”化和论者对问题的简单化理解，使得“重返”产生许多问题和误区。

首先，从众多的“重返”文章可以看出，批评者潜藏着一种二元对立思维，在提倡现实主义的同时，有过分贬低现代主义写作的倾向，这与当初提倡“纯文学”时的态度可谓殊途同归。提出现实主义的回归只是从中国当代文学总体的匮乏状况出发来谈的，所倡导的是一种总体的精神导向，而对于作家个人来说，应该有选择的自由。这应该是批评者在进行文学考察时必须要有的前提。20世纪90年代作家对现实的冷漠与理论家们对“纯文学”理论的过分鼓吹有莫大关系，批评家也应该负一定责任。当今天再重新倡导什么的时候，应该避免再犯类似的错误。同时，如果没有清晰而准确的理论体系支撑，再深切的呼唤，也很难从根本上产生说服力。其次，多数论者有不易觉察的道德化倾向。我们再回到阎连科的那篇后记上。仔细阅读众多批评文章，不难发现，在阎连科面前，论者不自觉地拥有道德优势，在对阎连科后记及小说本身进行理论分析的同时，严厉谴责他对底层的疏离和对苦难的偏离，并质疑他本人的精神世界和道德水平。客观地说，阎连科的后记更多的是在表达一种审美的焦虑，这种审美的焦虑来自作者面对现实巨大的苦难时无以言说的痛苦，他把这种痛苦用一种绝对的“心理真实”来表达。这或许并不准确。但是，论者却抓住其中的漏洞并进而扩展为阎连科对社会现实的冷漠和不负责任，这无疑显示了论者的偏激和道德审判倾向，也从侧面暴露了当代文学批评的学科误区。

值得探究的一个问题是，论者为什么会在“现实主义”这一问题上陷入道德的激动之中呢？而在现代主义书写中，游戏与狂欢非但不需要反省或承担道德责任，相反，它还成为作家突破界限达到边缘的标志之一。这就必须谈及21世纪中国当代文学的一个热点名词“底层写作”。它几乎总是与“现实主义”同时出现。“底层”究竟是哪些存在群体，很难从学术上进行严格的区分和界定，但是，在文学批评领域，“底层”已经成为苦难、沉默、被侮辱与被损害等的代名词，从文化地理学角度，它又与乡村、矿区、城市边缘地带有血亲关系。这也正是我前面提到的那些没有进入文明视野的存在。如何以一个知识分子“介入”现实的激情与责任心去表述那些沉默的群体？如何能够避免“与大地上的苦难擦肩而过”，真实而深刻地展现他们的存在状态？关于它的表述与被表述及其中的美学矛盾被不断探讨。在某种意义上，对现实主义的再次呼唤也是这些探讨的延伸和深化。几乎所有论者的文章都有一个假定性前提："底层写作"应该具备现实主义直面现实的承担精神和对底层群体细致深入的历史性刻画，在这样巨大而深广的苦难面前，任何游戏、怪诞和形式的花招都是虚假与不负责任的表现，它是一个道德问题，而并非仅仅是文学问题。这是一个不易觉察的转换，对"底层写作"美学形态的评价被悄悄置换为对作家道德的评价，并且成为是否体现出作家人文知识分子精神倾向和社会责任心的重要符码。可以说，这种道德谱系式的思想体现了论者作为公共知识分子的焦虑与承担意识，但同时，它也暴露了批评者作为知识分子的社会功利心和对学科的不确定态度。在当下的理论叙述中，"底层"已经成为一个神圣的高高在上的道德隐喻，旦有所偏离，身败名裂的必然是作家。但是，一个潜在的危险是，当"底层"逐渐幻化为与当代文学初期的"人民"那样具有某种意识形态意味的时候，它必然会有与"人民"同样的遭遇，高高捧上神坛，圣化、纯化，然后妖魔化，最终，"人民"不再是当初的那个"人民"，它早已被驱逐于历史场景之外。

这导致了一个重要问题的产生，即多数论者都在叙说一种微言大义，呼唤一种积极的、有崇高的人道主义精神的现实主义，却没有从方法论上提出真正有价值的观点和建议。的确，当作家们在审美的焦虑中打转的时候，他们忽略了最重要的一点，即对社会现实的深入体验和认知，或者说，他们没有把灵魂融入中国广阔的生活中，缺乏真诚的信仰。但是，反过来说，只有真切的体验和灵魂的贴近也是不够的。它更需要深刻的理性精神和探索精神，这种理性精神既包括对中国当代历史和当代生活一般性的质疑和批判，也包括对这种质疑和批判的再质疑和再批判，它是永无止境的探索和痛苦，没有终点，更没有结论。这才是之所以要重提现实主义的根本原因。否则的话，它极容易被再次庸俗化和简单化。反观当代文学会发现，即使作家对历史和人民的苦难进行正面叙事，当在重新进入历史场景时，作家也只是在一些常识性的历史基础上进行苦难展示，这一常识性的历史基础在文中充当的只是一个静态的、有固定结论的背景，其中的批判也是一个普通中国人就有的情感和情绪，没有更深层次的“发现”。这可以说是另外意义的历史虚无主义，也是读者厌倦虚构文学的原因之一。

一个文学家的历史感或历史观应该是什么呢？它肯定不是先验的认同，也不是所谓的“客观再现”，“在一部小说中历史情况不仅必须为人物创造出新的生存情境，而且历史本身也必须被作为一种生存情境来加以理解和分析。……历史境况不是一种背景，一种人类情境赖以展开的舞台布景，它本身就是一种人类情境，一种生长着的生存情境”①。历史从来不可能被全部展示出来，它需要关心它的人去发现、把握和理解，如果说一个优秀的哲学家和历史学家应该不断去发掘历史的深层含义和复杂的话语场域，那么一个优秀的作家也应该通过其文学形式传达出那被遗忘了的历史和它的多种可能性，而不应该把它作为一个固定化了的背景去叙述，哪怕是一种批判性背景，也应持一种谨慎的理性态度，这样才能够对生活所蕴含的意义有更深刻的把握。批评家也应该以此为基本的批评原则与美学原则。“‘写实主义’并非仅仅描写风景，还要时时创造风景，要使此前作为事实存在着的但谁也没有看到的风景得以存在。也因

① 〔捷〕米兰·昆德拉：《小说的艺术》，唐晓渡译，北京：作家出版社，1992年版，第39~40页。

此，写实主义永远是‘内在的人’。”[①]要想使“风景得以存在”并刻画出“内在的人”，必须拥有一种伟大的理性精神、探索精神和深厚的思想资源。从这个层面来讲，当落实到具体创作过程时，作家需要关注民族生活，需要回到历史现场之中，对每一事件做仔细、周密、深入的观察和思考，这样，你才能真的发现，“噢，事情原来不是所想的那样”！只有在这一探索的基础上，才能出现真正的、伟大的现实主义精神和现实主义作品！

很显然，拥有对历史的理性质疑并非成为优秀作家的充分条件，它还必须回到文学之中：如何表述你的观察和思想？这就回到我们思考的起点：现实主义是否具有当代意义？在当今的文学意识与美学场域中，作家能否真正认同现实主义，并创作出具有典型意义的、伟大的现实主义作品？就理论而言，这是必须探讨的问题，因为它涉及现实主义理论的合法性问题，涉及文学的基本原则、基本精神与总体规律，涉及中国当代文学的发展趋势与总体力量。正如韦勒克所呼吁的，“不要低估这股传统的力量”，因为“某些简单的真理站在维护它的一边。艺术避免不了同现实打交道，不管我们怎样缩小现实的意义或者强调艺术家所具有的改造或创造的能力”[②]。这一“简单的真理”可以说是现实主义之所以被一再提起的本质原因，是它能够与“纯文学”、虚无主义、颓废主义等不断抗衡的基本理由。因此，我们看到，在文学发展史上，一直存在着文学与现实之间关系的争论，并且恐怕还会持续下去，这是对“简单的真理”的不同

---

① 〔日〕柄谷行人：《日本现代文学的起源》，赵京华译，北京：生活·读书·新知三联书店，2003年版，第19页。

② 〔美〕勒内·韦勒克：《文学研究中的现实主义概念》，《批评的概念》，刘象愚，邢培明，陈圣生译，杭州：中国美术学院出版社，1999年版，第216页。

看法之间的较量，在其中往往折射出时代文学的总体精神倾向及价值取向。这或许是好事情，因为这一持续的较量必然会对正在形成的文学“理论”和“传统”不断挑战，并孕育出新的因子、新的形态，从而形成具有多重美学空间的文学景观。这也正是“重返现实主义”思潮给我们带来的新的启示与新的问题。

当代文学批判主义历史观的简单化倾向

一、华丽的“陈旧”

在阅读当代小说的过程中，经常有一种分裂的感觉。就审美而言，当代作家的语言意识（莫言的华丽恣意，阎连科的怪诞奇崛，王安忆的细致绵长，李洱的反讽机智，都堪称独到）、文体意识（《生死疲劳》对“章回体”的再创造，《花腔》的“百科全书式”叙事，等等）及所实现的程度已经达到了一定的程度，并且就思考而言，作家的批判精神，尤其是否定精神，要远远超过一般的人文知识分子。作家写人与历史、文明、制度之间的冲突，写得都非常好，你能感受到其中的惨痛，人所遭受到的压迫和文明进程的内在悖论。

但深刻的厌倦和失望却也常常不期而至。当你跟随着作品进入小说世界时，有一种明显的感觉，小说的意义——无论通过多么富于匠心的结构方式或别致的语言表达——始终没能超越现实，它既没能给我们带来新的思考方向和思考空间，也没能拓展我们的心灵世界。当作者对历史的情感、态度及判断已经成为不明自现的东西，是民族之中人的生活常识的时候，这种象征性的揭示还有什么意义？它远没有真正的现实给我们的冲击更大。剥离了莫言《生死疲劳》的外衣，把它还原到我们的阅读体验中，你会发现，《生死疲劳》让人厌倦的地方不是它过于放纵的语言及并不那么具有本质意义的动物变形角度，而是伴随着阅读逐渐产生的越来越强烈的空的感觉，陈旧、老套，无非是一些普通知识分子甚至普通中国人都知道的是非判断和基本观点，这让人无法维持激情的延伸，也难以获得心智的深层拓展。再回到那个充满古典意味的场景，在夜色沉沉之中，一盏灯突然亮了，昏黄、微弱，在它后面，是拿着惊堂木、戴着眼镜的民间说书人，身材瘦长、严肃庄重。在他前面，是由于震惊、期待突然肃穆了的孩子和那些疲劳但却恭敬的大人。这是乡村的节日。“啪！”惊堂木响了，一切都变得极为寂静，那是神圣的时刻，因为另外一个世界就要呈现出来了，那是高于他们的精神、生活和神经的世界。他们从那里学习，也感受那神秘的、不可言传的虚幻的故事的美。莫言的小说具有此种震惊的效果。但是，当你屏息凝听的时候，却突然发现，这已经是你烂熟于心的故事，只不过换了名字与地点，对于说书人的故事结尾与训诫，你早已被教导了无数遍了。

2006年余华《兄弟》的发表可谓文坛的大事件，关于它的争议也最多。当重新回到文本之中时，会发现，《兄弟》之所以让人失望，除却读者对它的期待过高之外，有一点是非常明显的，阅读《兄弟》，你的精神会越来越放松，越来越没有担待，到最后，你完全松懈而且畅快了，因为余华与你灵魂的世俗要求完全吻合，与这个时代的大众文化内核几乎完全一致。换言之，时代大众精神在余华这里没有遭到丝毫的抵触，反而被赋予逻辑严密的合情性和合理性。这并不是说余华放弃了批判精神，恰恰相反，作者沿用了其先锋时期的暴力书写，用冷静、酷烈、细致的手法给我们描述了时代政治的非人道存在与人性的变异，这在宋钢的父亲宋一凡在“文革”中被打的细节里表现得最为突出，而余华书写李光头时所运用的反讽修辞也不能说不是一种批判（批评家总是忽略这一点，借此批判余华的“堕落”，其实有所偏颇，也没有抓住问题的核心）。但是，非常奇怪的是，当作家试图以解构和游戏的方式批判政治精神的压抑与残酷的时候，却意外地陷入了大众精神的圈套，并导致作品陷入非此即彼的尴尬境地，对政治的控诉也由此变为对商业社会的膜拜，与此同时，李光头形象不但没有成为作家批判社会的代言人，反而走上与作者的期待完全相反的道路——时代精神的“英雄”。巴赫金式的狂欢化最后得到的不是“广场吆喝”[①]后的释放与升华，而是彻底的松懈，背后没有任何力量的支撑。无疑，这一尴尬情况的出现与余华批判历史观的简单化，与作家对时代精神及历史的复杂性没有深刻的洞察力有直接关系。

二、简单化的批判主义

可以说，作家批判主义历史观的简单化已经成为制约小说意义升华的一个重要原因，也导致作家思想的薄弱与思维的单向度，尤其是对于那些试图对中国当代史进行总体叙述并做出一定判断的作家作品。经过20世纪80年代一系列的思想解放与文学运动，批判主义观点已经成为作家的基本意识，在此意义上，发掘当代生活史与政治史，揭露社会的阴暗、人性的卑劣、文明的病态等也已经成

① ［苏］巴赫金：《拉伯雷的创作与中世纪和文艺复兴时期的民间文化》，《巴赫金全集》（第六卷），钱中文等译，石家庄：河北教育出版社，1998年版，第182~190页。

为作品的基本主题。作家试图以自己的视野重新构建历史的冲动越来越强烈，而复杂的20世纪中国政治发展史恰好又为作家提供了丰富的素材与可阐释的场域，像《中国一九五七》《生死疲劳》《受活》《秦腔》《平原》《花腔》等无不是以此为基点。但是，当以整体的视野去审视这些作品的时候，却发现，作家对历史的理解与判断相当简单，对某一历史场景、历史事件所包含的意义并没有深度的分析，只是遵循一般的、大众化的批判观点，并以此作为人物活动的基本前提。而且，即使作家对历史和人民的苦难进行正面叙事，当在重新进入历史场景时，作家也只是在一些常识性的历史基础上进行苦难展示，这一常识性的历史基础在文中充当的只是一个静态的、概念化的、有固定结论的背景，其中的批判也是一个普通中国人就有的情感和情绪，没有更深层次的“发现”和理解。

这当中隐藏着的是对两个重要词语的误读——“批判”和“历史意识”。在启蒙主义思想中，批判是对现存制度、文明发展、人性存在等的一种彻底的怀疑、审视态度，其中包含着深刻的思辨特点，也包含着对批判本身的批判，并对社会声音、自我声音始终保持着一种警醒的态度。具体到中国语境来说，批判并不是简单的否定“土改”、反右、反“文革”，也不是简单的否定政治、同情人民，它包括对这一否定和同情的再审视。“它更需要作家具有深刻理性精神的历史观，这一历史观既包括对中国当代历史和当代生活一般性的质疑和批判，也包括对这种质疑和批判的再质疑和再批判，再进一步，它还包括作家超越历史并建构新的历史图景的能力。”[1]简单地

---

① 见拙作《当代文学往何处去——对“重返现实主义”思潮的再认识》，《文艺理论与批评》2007年第1期。

否定并不能产生本质的意义，尤其是在整个民族语境中的人都以此为基本心态的时候，作家的任务并不是推波助澜、顺流而下，而是对任何倾向都怀着警惕，审查、思考并予以描述。作家应该有一种更为宽广的历史意识和冒险的勇气，这一冒险不只是指与政治之间的巧妙周旋，也指敢于违背民众普遍思想之勇气。我甚至认为后者更为重要。因为可以确定地说，探讨“文革”还有其合理性的作家比完全否定“文革”的作家要承担更大更多的压力。历史意识并不仅限于对具体事件的判断，而是一种关联意识，是作家自我与时代、历史、民族之间的关联感，它要求作家以纵深的、情感的、理性的眼光去触摸民族过去的种种，并赋予其渗透于当代生活的当代意识，“不但要理解过去的过去性，而且要理解过去的现存性；历史的意识不但使人写作时有他自己那一代的背景，而且还要感到从荷马以来欧洲整个的文学及其本国整个的文学有一个同时的存在，组成一个同时的局面。这个历史的意识是对于永久的意识，也是对于暂时的意识，也是对于永久和暂时合起来的意识。就是这个意识使一个作家最敏锐地意识到自己在时间中的地位，自己和当代的关系”[①]。当面对具体的生存场景与人类生活时，没有这种广阔的历史意识，没有一种共时的存在感，很难超越生活的表层现象达到对其本质的认知与叙事。而只有当把目光延伸至整个民族的存在及其精神的生成时，许多简单的义愤之词才有可能被更谨慎地运用，那些没有被纳入历史场域内的场景才会蕴含新的更为复杂的意义。

面对这一现象，曾经有论者发出疑问：“小说还能提供思想资源

---

①〔英〕T. S. 艾略特：《传统与个人的才能》，《二十世纪文学评论》（上），卞之琳译，上海：上海译文出版社，1987年版，第130页。

吗？”这样的感叹出现在21世纪的中国，本身就是当代文学的悲哀。从什么时候起思想与文学呈现出截然对立的局势？诚然，思想本身并不能成为文学，正如韦勒克所言：“只有当这些思想与文学作品的肌理真正交织在一起，成为其组织的‘基本要素’，质言之，只有当这些思想不再是通常意义和概念上的思想而成为象征甚至神话时，才会出现文学作品中的思想问题。”[①]但是，思想并非只是知识，也并非是抽象的逻辑、枯燥的理性或富于说教性的道德训诫，还包含着一种深刻的洞察能力，包含着一个观察者对人类情感和对社会文明的全部微妙之处的感受能力，包含着对历史的辨析能力与“发现”能力，这同样也是思想。这句话或许会遭到作家暗暗的反抗——难道我不是也在批判历史、批判社会吗？我不是也在书写人与其之间的冲突吗？这难道不是现代小说的基本主题与现代批判意识的基本内容吗？我想，论者在这里不是指作家没有履行一个知识分子的社会批判责任，而是指作家在面对历史和生活时的幼稚判断与简单化倾向，指作家思想能力的欠缺或匮乏。即使是那些并不致力书写民族、历史，而专注于个人生活的小说，如果离开了这一深刻的洞察能力和思想能力，也很难成为优秀的小说。

一部真正的文学作品必须蕴含着内在的超越性视野，超越于实在生活与时代判断之外，“描写现存之物，诗人就降格了，流入了教师之列；叙述可能之物，他就是忠于职守，他是一个集体的灵魂，询问，哭泣，希望，有时则猜测”[②]。对于历史，不能轻言结

①〔美〕勒内·韦勒克，〔美〕奥斯汀·沃伦：《文学理论》，刘象愚等译，南京：江苏教育出版社，2005年版，第138页。

②〔法〕波德莱尔：《对几位同代人的思考·雨果》，《波德莱尔美学论文选》，郭宏安译，北京：人民文学出版社，1987年版，第103页。

论，它需要一代又一代人不断去发掘，重新整合，并“发现”新的意义与空间。

批评界关于余华《兄弟》的争论可谓针锋相对，持否定意义者认为《兄弟》是一部“顺势而下”[1]之作，而肯定者则认为《兄弟》具有拉伯雷《巨人传》式的“狂欢化”与“民间性”，恰恰把一个时代的寓意隐含其中[2]。说实话，面对《兄弟》这样的文本我是警惕的，这样一个暧昧的文本，看似大众化、商业化，这样一个粗俗不堪的“英雄”形象也许蕴含某些超前的意义，时代内的文学批评家经常遭遇到这样一种有眼无珠的尴尬。任何轻易的肯定或否定都会落入二元对立的陷阱。但从整体的批评而言，这种批评现象的出现却暴露出一个当代文学批评所必须面对的重要问题：随着大众文化与精英文化之间的交锋与博弈越来越内化，对文学的判断也将越来越难。这一难度来自批评者如何判断“历史”——正在发生着并且即将成为历史的事件，身在时代之中和某种美学观念之中的批评者很难摆脱偏见（许多时候，某种固定的价值观会成为认知新生事物所具有的存在意义与美学意义的障碍），做出相对客观的判断。批评者太局限于已有的历史判断与理论经验，习惯于把任何东西都模式化、规范化，一旦找不到合适的模子来套，就会失语，或做出过于偏颇的判断。

三、二元对立的历史观

如果进一步溯源的话，这一批判主义历史观的简单化倾向与当

① 邵燕君：《“先锋余华”的顺势之作——由〈兄弟〉反思“纯文学”的“先天不足”》，《当代文坛》2007年第1期。

②《文艺争鸣》杂志社在2007年第2期发表了“余华讨论会”专辑，所刊的文章以上海批评家为主，有陈思和《我对〈兄弟〉的解读》等。

代文学整体思维范式有很大关系。从根本意义上讲，当代作家思维和批评思维还没有摆脱文学/政治、个人/集体的二元对立思维。20世纪80年代“纯文学”理论提出之后，在批评、文学和中国社会变革的合谋下，技巧、形式、语言、审美等文学的形式本质被作为“文学性”确立下来，而文学的物质内容，即它的历史属性却被从“文学性”中完全清除出去。这一清除也被看作文学终于与国家意识形态脱离关系获得独立地位的象征。这一理论导向的本质化倾向使文学的审美属性和历史属性对立起来，“文学/政治”“个人/民族”“个人叙事/宏大叙事”的二元对立思维被不断强化，这种二元对立思维使个人与集体、民族之间的关系在文学层面呈现出本质意义的断裂。

“纯文学”以后的当代文学思维有两个基本混淆。

一是把个人与社会根本性地对立起来，作家在致力个人命运的书写时，“社会”与“民族”往往充当的是一个简单的负性背景，没有被赋予美学与结构上的意义。当所谓“个人性”成为文学精神的全部，而这一“个人性”又是在对“政治”“集体”“民族”等名词的遗弃过程中建立起来的时候，其中掩盖了许多复杂性，历史与人的关系的复杂性，政治与个体生活之间关系的复杂性。这一点，在先锋文学与新生代作家的早期作品中，都表现得非常突出。而即使是如莫言、阎连科这样一直坚持“社会—历史”批判的作家，在叙述社会、历史、文明与人的关系时，也只是把它们作为一个纯粹压迫性的力量来展示的，没有把它们作为一种辩证的存在或共生的因素来考察。文明的进程从来都不仅是负面的，它必然有对传统文化结构和生存环境的正面影响，甚至在许多时候，我们很难说它的侵略性和强迫性是错误的，一味地“视而不见”或“否定”的结果只能走向一种简单化，并且从另一面加深了政治思维在文学中的渗透。一个最明显的例子就是苦难书写的政治化倾向。人生的苦难种种，来自政治、历史的压迫，这是作家写作的基本前提与思想起源。因此，作家们往往有一种简单的历史决定论，或表现为纯粹的愤怒，或表现为虚无与妥协。苦难往往被看作某一历史阶段的过错所造成的，最终，对苦难的描述变成了对某一制度和某一历史阶段的控诉和谴责。

在最近几年，“苦难”又被“底层写作”所垄断。似乎只有与“底层”相联系，“苦难”才更沉重、更真实，也更有价值，而这一苦难的直接对立面就是政治，是中国的当代政治发展史。这是作家和批评界的共同误区。虽然它意味着作家承担意识的回归，也体现出批评家作为一个知识分子的人文意识，但实际上，这种社会学意义的判断会直接伤害这一词语的词源学意义，它缩小了这一词语的深度与广度。这仍然是一种意识形态评价，并导致了当代文学的泛政治化倾向。苦难的来源或许与历史、与民族政治的具体发展相关，但是，这绝不是它唯一的来源，也绝不是它的终极价值。这种世俗主义的和政治主义的理解使中国文学始终难以拥有升华的力量，也无法达到真正的悲剧境界。

王安忆的《长恨歌》以空前的细致与优美把一个女性的生存隐喻为城市与民族的“恶之花”，虽然腐败，也自有其庄严与价值所在。作者试图传达出一种深远的悲剧之态，试图在物与人、空间与时间的缠绕中雕塑出一种永恒的存在之美，但是，当一切的矛盾、痛苦、冲突都回归到生活层面，并在生活层面达成对人物的理解及与生活的和解妥协时，悲剧的力量也消失了。经历了漫长人生和动荡历史之后，人物灵魂没有得到洗涤与升华，相反，却在一种世俗主义的超脱中走向虚无，这不是通往清明澄澈的存在之途，只是“一种麻木之后的寂然而已”[①]。中国作家总是不自觉地有一种强烈的“大团圆”愿望，这种“大团圆”意识不是人物在精神层面和灵魂层面得到某种完满的思考，而是在世俗生活的泥淖中寻找温暖与慰藉的自我消退过程。由此，人物的一生成为逐渐走上“正途”的一生，所有的启示意义也都缩小为潜在的善与恶、对与错的二元结构。而当苦难、罪恶、虚荣、物质、历史等被作为可以被克服的错误来书写时，其中所叙述的冲突、痛苦与矛盾也始终局限于具体事件中，无法拥有更为深刻而广阔的人类背景，也无法达到悲剧的境界。对于一个没有宗教、没有原罪意识的民族来说，没有另外一个神圣的空间作为终极的对照和思维的背景，很难拥有真正的悲剧精神，也极容易把一切苦难、精神实在化和具体化。诚如夏志清所言：“……现代中国文学之肤浅，追根究底说来，实由于对原罪之说或者阐释罪恶的其他宗教论说，不感兴趣，无意认识。”[②]宗教感的缺失是一个民族的缺失，绝不是某一人所能改变的，但是，有一点可以改变，即一个知识分子应该有的某种大的情怀。不知什么时候起，作家与知识分子之间的内在联系变得可有可无了。这是当代文学观念的可怕之处。这固然拓宽了文学之意义，赋予了作家某些自由，但另一方面，却也使作家精神及存在价值受到根本的质疑。

另外一个混淆是把“中国/政治”“批判/否定”等同起来。从根本上讲，它们是不同级别的词语。“中国”要比“政治”，要比唐宋元明清等，都大得多，不仅是时空上的宽广与博大，更是一种本源

---

① 谢有顺：《余华的生存哲学及其待解的问题》，《钟山》2002年第1期。

② 夏志清：《中国现代小说史》，上海：复旦大学出版社，2005年版，第322页。

的连续性与一致性；“批判”要比“否定”复杂得多，作为一个作家，可以也应该在时代之中做“持不同政见者”，虚无、绝望、怀疑，甚至诅咒，但是，那只是针对这一国度中某一具体的能指，你不能把拒绝的范围扩展到“中国”——它躯体上的每一缕阳光，每一粒灰尘，与所有看得见与看不见的生与死、爱与痛、温柔与残暴，都应该成为你“批判”背后的温暖底色，成为你灵魂永不熄灭的神圣事物。这应该上升为作家世界观层面的意识。否则的话，批判就没有对立面，“轻”就无法转化为“重”，“游戏”与“狂欢”也无法转化成具有严肃意义的批判与爱，更无法传达出具有阔大情感的“中国意象”。它要求作家必须首先使自己的灵魂融入中国，融入民族生活，然后，才有剥离的可能，否则，所有的批判与激愤都只是轻浮的，所有的“个人性”与“自我存在”都只能是表层的，没有真正的根基，也无法达到象征的临界点。它也会导致文学对历史、民族与文化的虚无主义。当代作家不是不关注社会现实，而是对“现实”的情感和总体意识出现了问题。

四、恢复对“中国”的爱

非常奇怪的是，当在阅读西方一些著名的美学家、作家或哲学家的作品时，哪怕他们在咒骂自己的祖国，也能够感受到他们在说起自己国家民族名字时的自豪感，一种深沉、宽广的爱与忧郁。“啊，法兰西”（波德莱尔）、“德国悲剧的起源”（本雅明）、“智利的民族”（聂鲁达）、“俄罗斯的平原”（屠格涅夫），他们喜欢说“法兰西精神”或“德国精神”之类的词。波德莱尔在自己的美学评论中经常提到“法兰西精神”这个词，那是带着一种无限的爱说出来的，虽然恰恰是他在为法兰西捡拾那些被正统生活和精神遗弃的“垃圾”；尼采是他的时代的叛逆者，他批判一切，但是，在他的哲学著作中，却透露着对德国精神的忧愤深广。而在中国，除了现代文学时期的鲁迅及其他少数作家，当代作品很少能让人感受到“中国”的存在，在作品的潜结构中没有这一宏大的叙事，而在提及“中国”这两个字时几乎没有感觉，多是一种反讽或冷漠，甚至被认为是可笑的，没有鲁迅目之所及的那种大热爱与大憎恨的矛盾，没有路翎《财主底儿女们》那种自我精神追寻与阔大的民族之爱相纠缠的痛苦。

或许，一味地批判与否定是最为懒惰，也最为肤浅的做法，它并不是真正的具有现代性意义的探寻，也不能够从真正意义上对世界内部做出有效的阐释与描述。波德莱尔在论述何谓“现代性”时这样认为：“宣称一个时代的服式中一切都是绝对的丑要比用心提炼它可能包含着的神秘的美（无论多么少多么微不足道）方便得多。现代性就是过渡、短暂、偶然，就是艺术的一半，另一半是永恒和不变。……为了使任何现代性都值得变成古典性，必须把人类生活无意间置于其中的神秘美提炼出来。”[①]“每个时代都有它的仪态、目光和举止”，都有其庄严之处，在这里，波德莱尔特别强调对于时代本身意义的发掘，强调对于时代的思辨意识，在丑中发掘美，在普遍的否定判断中寻求其还可能存在的价值，艺术才能真正呈现出它的现代性来。一个作家的任务也许不是辨析时代精神背后的政治学、文化学意义，不是某种理性观念的传声筒，但至少，对于试图从复杂的当代史中寻找民族的或个体的存在性的作家来说，他应该对其

①〔法〕波德莱尔：《现代性》，《波德莱尔美学论文选》，郭宏安译，北京：人民文学出版社，1987年版，第485页。

中的历史场景所包含的复杂性有所体察，有更深层的思考，而不应该被简单化的否定或某种概念化的模糊观念所遮蔽。

而这一基本的区别和这一总体思想意识，恰恰是当代作家没有意识到的，包括我们这些所谓的学院知识分子。我们以为想呈现出一个独立的知识分子姿态，就必须批判一切、否定一切，我们甚至不敢轻易说出稍微大叙事一点的话，哪怕是辨析式的，它会遭遇到尖酸而刻薄的讽刺与群体遗弃（这种斜睨的目光是非常可怕的，我以为这恰恰包含着知识分子最大的无知与偏见）。我们可以说是因为过往的一切过于“肮脏”而导致我们失去了信心，也可以说是因为我们与其联系太紧密而导致了一种疏离的强烈愿望，但那都不应该成为我们不爱“中国”的理由，一个真正思考着的人会明白其中细微但却具有本质意义的差别。我们应该在文学中恢复这样一种广阔的激情，恢复爱的能力，恢复对“中国”这一名词的爱，抛开现实政治、世俗性对它的干扰，寻找到纯粹的存在。应该对这一名词的实体和抽象精神做明确的辨析。不是为了狭隘的政治，而是为了寻找到与民族生活相联系时那种神圣且神秘的伟大情感。这是一种将全部的灵魂奉献给与自己相关的大地、山川及故乡的一切时的冲动，痛苦与甜蜜的纠缠，阔大与细腻的重合，爱与恨的交织，民族与人类的呼应。当有一天，如果能在我们时代的小说中读出一种说不出但却时时存在着的“中国精神”，能从作家的虚无与怀疑背后读出那么一种庄严与高尚的“爱”，而不是一种近乎轻佻、猥琐的“愤世嫉俗”时，我想，那时，我们时代的文学肯定有了长足的进步，在那无边无际的“中国”梦境深处，肯定多了一些凝视的目光——温柔而深沉的、犀利而智慧的目光。

对“常识”的必要反对：当代文学“历史意识”的匮乏与美学误区

1985年，北京大学教授黄子平、陈平原与钱理群提出“二十世纪中国文学”的概念，在对这一概念的阐释中，作者极力强调以“整体论”的历史思维重新思考“现代文学”与“当代文学”，“在‘二十世纪中国文学’这个概念中蕴含着的一个重要的方法论特征就是强烈的‘整体意识’。一个宏观的时空尺度——世界历史的尺度，把我们的研究对象置于两个大背景之前：一个纵向的大背景是两千多年的中国古典文学传统，当我们论证那关键性的‘断裂’时，断裂正是一种深刻的联系，类似脐带的一种联系，而没有断裂，也就不成其为背景；一个横向的大背景是本世纪的世界文学总体格局，不单是东西方文化的互相撞击和交流，而且包括亚洲、非洲、拉丁美洲文学在本世纪的崛起”[①]。“整体意

① 黄子平，陈平原，钱理群：《论“二十世纪中国文学”》，《文学评论》1985年第5期。

识”，既是指时间上的世纪论，更多意义上是指历史视野上的“整体观”，要把当代政治、文化与事件作为20世纪民族思维整体改变的过程来看，而非绝对的“转折论”与“对错论”。与此相对应的，则是对其中的文学作品、文学现象进行重新评价，从一种惯常的“时间”思维转化为“空间”思维。

然而，“断裂”又是一个政治现实，或几乎说是一个文化现实，“二十世纪中国文学”之所以到现在为止无法被实际操作，与这一概念本身所包含的悖论有关。“现代文学”“当代文学”“当代政治”等“断裂性”名词至今仍是通用的学术词语与大众词语。但是，这并不意味着“整体意识”就是无效的名词，在方法论上，它对思考中国当代文学仍有很大的启发性。“当代文学”是何种意义上的“当代”，它与“现代”“古代”之间是怎样的关系，如何理解“断裂”，如何理解断裂时代的文学叙事，它传达了怎样的民族诉求，我们应该以什么样的历史观与文学观对“断裂”前后的中国及其之间的联系进行叙事与思辨，等等，以一种“整体意识”来观照当代文学，很多长期以来被遮蔽的发生学上的问题会被揭示出来。其实，近十几年来学术界所兴起的“重写文学史”思潮及其所引起的争论可以说是对这一“整体论”的呼应，它要解决的既是文学审美与意识形态之间的关系问题，也是在探讨如何重新进入历史，如何重新思考当代政治史与文化史的问题，从根本上讲，它解决的是论者和作家的“历史意识”问题。

就当代文学创作实践而言，上述这些仍然是未被充分思辨的命题。当代文学创作基本上仍然是一种“断裂”式思维，“当代”之于“现代”，“先锋文学”之于“社会主义文学”，“文革”之于“历史”，“城市”之于“乡村”，仍被作为对立的词语与意义而使用。作家批判主义历史观的简单化倾向与历史意识的匮乏已经成为制约当代文学，尤其是小说意义升华的一个重要原因[①]。正是因为这一基本精神的匮乏，导致中国当代文学整体的苍白与力量的薄弱，也导致当代文学批评缺乏内在的核心，并进而成为被不断争议、跟随时代审美趋向左右摇摆的晴雨表。本文正是在这一思考的基础上，试图从当代文学“常识”所存在的话语性问题、作家“历史意识”的匮乏及如何重返“历史”这三个层面对当代文学内部精神状态进行解析。

一、当代文学“常识”的话语性

海登·怀特在谈到历史学家所谓的“事实”时认为：“许多历史学家往往没有认识到这一点（历史的叙事性），把意识形态先决条件当作评论‘真实事件’的‘正确’起点。如果我们使历史编纂学更加接近其在文学情感中的起源，我们就可以辨别出我们自己话语中的意识形态成分。”[②]虽然海登·怀特对“历史”的解构有绝对主义的倾向（这也是新历史主义小说的理论支撑），但是，他对“历史”叙事性的充分认识却颇有启发。纳博科夫也曾经在《文学讲稿》中强调反对“常识”对文学的必要性，他认为“常识是一个正方形”，“是被公共化了的意念，任何事情被它触及便舒舒服服地贬值”[③]。纳氏的“常识”更多地指向事物的审美层面，但也包含着广义的观念

① 笔者已经在另一篇文章中对当代作家批判主义历史观的简单化倾向进行了论述，本文侧重于对当代文学“历史意识”的整体匮乏进行阐释，试图对当代文学发展历程做一个梳理。参见《恢复对中国的爱——当代作家批判主义历史观的简单化倾向》，《当代文坛》2007年第6期。

② 〔美〕海登·怀特：《作为文学虚构的历史文本》，张京媛编：《新历史主义与文学批评》，北京：北京大学出版社，1993年版，第178页。

③ 〔美〕纳博科夫：《文学艺术与常识》，《文学讲稿》，申慧辉等译，上海：上海三联书店，2005年版，第329页。

与思想层面，强调对事物另一面存在的探索。一些看起来是确定无疑的、已经成为基本常识的历史观点和判断，在许多时候，常常暗含着时代和文明的偏见。从这一角度出发，我们来看看，“当代文学”如何被建构起来？它已经形成了怎样的“传统”与“常识”？在这些“传统”与“常识”背后，隐藏着作者及公众怎样的“意识形态先决条件”？它们对作家创作产生了什么样的影响？

从一般意义上讲，“十七年文学”的基本常识是“社会主义现实主义”文学观，在这一“常识”的支配下，产生了一大批典型性作品，《山乡巨变》《创业史》《红旗谱》等都是其中的代表作。20世纪80年代以后，对社会主义现实主义文学的否定性批判却成为文学的基本起点，在此基础上，形成以个人性为主体的现代性文学，“先锋文学”以鲜明的形式感、非逻辑性及虚无主义倾向给我们塑造出一个非社会主义文学的典型形象。“纯文学”的审美体系、政治目标及语言谱系成为一个不言自明的常识被确定下来，作为对立面，社会主义文学成为一个否定性的名词。与此相关联的，“政治”“国家”“民族”及相关的“理想”“崇高”等词语都成为批判与否定的对象，20世纪80年代以后的文学写作和“重写文学史”基本上都是在做这样的巩固工作。在这样的“常识”话语中，中国的社会主义实践成为带有残酷乌托邦性质的另类意识形态（需要注意的是，这一被否定的过程几乎与世界文明史上社会主义文明的被否定相一致），对当代政治运动史与生活史的否定性批判成为民众，包括作家的一个基本常识，“十七年文学”被认为是“虚假的”与“反人性的”。以“80年代文学”为分界线，当代文学形成了“社会主义文学/现代主义文学”“政治/审美”“非文学/文学”等截然对立的价值判断。在作家写作或论者论述的时候，这些判断成为基本的前提与常识。

近几年，围绕20世纪90年代以来“重写文学史”思潮展开的分析与争论反映了文学史家对这一“常识”所具有的话语性的重视与警惕（但也有陷入新的二元对立论的趋向）。旷新年在谈到20世纪90年代后期“重写文学史”现象时，对“当代文学”概念及其所蕴含的价值判断进行尖锐的质疑，“‘重写文学史’逐渐生成了‘纯文学’的意识形态和体制。同时构成悖论的是，一方面，‘重写文学史’以‘纯文学’作为旗帜；然而，另一方面，最终却同样以政治正确性作为单纯的评价标准，以对政治‘距离’的测量来确定文学史地位的高低，并且同样以政治性的评价代替文学性的评价。‘自由主义作家’由于‘远离政治’而得到高度的评价，左翼作家因为另类的政治而被取消了‘艺术价值’”①。“社会主义文学”并不天然就是“错误”的，它是“当代文学”概念移动与新型主流文化和意识形态重新建构的结果，这使得“在20世纪80年代的历史语境中，毛泽东时代形成的文艺体制并不被作为一种对等的文艺观念，而被视为压抑和控制文学的‘政治’”②。因此，“重写文学史”并非只是文学的自变，它不仅是“拨乱反正”，也是在通过新的知识谱系建立一套新的意识形态话语。在这背后，涉及政治话语的内部转换，也涉及文学势力、生产机制、权力意识等之间的博弈。对于“当代文学”来说，一个需要解决的问题就是“如何面对和理解它漫长历史中的‘社会主义经验’”③，对“重写文学史”思

---

① 旷新年：《写在当代文学边上》，上海：上海教育出版社，2005年版，第181页。

② 贺桂梅：《“纯文学”的知识谱系与意识形态——“文学性”问题在1980年代的发生》，《山东社会科学》2007年第2期。

③ 程光炜：《当代文学学科的“历史化”》，《文艺研究》2008年第4期。

潮进行辨析的重要目的就是要重新检视“当代文学”已然形成的成规与常识[①]，尤其是要重新检视“社会主义文学”及其与20世纪80年代整个时代话语之间的关系。

这些争论与思辨提醒我们重新思考“当代”，思考这一名词内部的时间性和历史性。竹内好在《近代的超克》中界定“近代”时，也是把“近代”作为一个“历史性”概念，他认为“东洋的近代是西欧强制的结果”，“通过不断自我更新的紧张，它（一个民族）顽强地保存着自我”，在此基础上，民族建构起新的意义系统与形象。[②]基于此，竹内好认为“鲁迅是建设了近代文学的人”，因为鲁迅的文学传达出了“自我的抵抗”，“通过抵抗，东洋实现了自己的近代化”[③]，只有在一种抵抗状态中，东方民族才能完成对自我的建构，并形成具有本土意义的美学思维与文学形象。依据竹内好的判断，进入21世纪的当代“东方”仍然是近代的，因为东方民族，尤其是当代中国，仍然没有摆脱“欧洲式的视野”。但是，“抵抗”精神却越来越淡漠。社会主义实践与延安文学在某种意义上具有以“本土”思考世界的可能性，但其资源却是被政治化了的马克思主义思想，它最终的失败也导致“本土化”失去了深化的可能性。整个20世纪80年代是民族自我否定最强烈的时期，西方的美学思想、哲学思想成为新一代中国作家唯一的精神资源。但由于思想者并没有放弃“自我更新的紧张”感，因此，还有“抵抗”的内心。这一切，到21世纪的后现代中国，已经成为极其稀缺的资源，新生一代的思想者、

① 李扬：《没有“十七年文学”与“文革文学”，何来“新时期文学”？》，《文学评论》2001年第2期。

②〔日〕竹内好：《何谓“近代”——以日本与中国为例》，《近代的超克》，赵京华、孙歌等译，北京：生活·读书·新知三联书店，2005年版，第183页。

③ 同上，第182、186页。

写作者与西方、欧洲处于直接对接的状态，因此，那种为保持“自我”而产生的紧张与内心冲突几乎没有过。

正如竹内好所言：“所谓近代主义在其思考的理路中没有包含民族这个问题。”他认为日本的问题就是“主体放弃了抵抗”，这使得“日本文学缺乏将陀氏和鲁迅共通的抵抗之契机统一起来理解的眼光”[①]。回溯“五四”以来的现代思想史，伴随着现代民族国家的建立，是西方一系列现代核心精神的引进，与此同时，民族传统，包括抽象的哲学、文化与政治制度，以及具体的语言、行为、穿着，则成为错误的与落后的。近代以来的中国文化发展是一个逐渐失去民族自我的过程（虽然也可能由此建构出新的“自我”），中国生活与中国精神逐渐失去内在的形象，文学也是一样。这并非仅仅指红色政治崩溃后中国道路的不明确性，或对西方文化的过于同化，主要是整个民族文化精神内核越来越模糊，“自我形象”非常暧昧，那种由于不断的“抵抗”而“自我更新的紧张”越来越少。这一点，在与西方文化的关系中，在与处于消费主义的时代相碰撞时，表现得尤为突出。就当代文学而言，作家所接受的、在作品中所表达的也是西方思想的基本观点，批判中国历史，尤其是对近代以来的左翼革命传统进行彻底的否定，质疑“集体”“民族”“理想”“崇高”等整体性的词语，质疑传统哲学、道德与一切相关的礼仪或文化制度，否定中国生活中的一切，而对西方的哲学、文化和思想却有类似于“图腾”的崇拜心理。20世纪90年代中后期所兴起的后现代理论思潮看似讨论的是民族化与全球化问题，但实际结果却再次

---

①〔日〕竹内好：《何谓“近代”——以日本与中国为例》，《近代的超克》，赵京华、孙歌等译，北京：生活·读书·新知三联书店，2005年版，第208页。

把“民族”排除在外。马尔克斯以《百年孤独》等作品建构出拉丁美洲的形象与精神，以文学的方式对西方进行民族化的抵抗，反观中国当代文学，却在对马尔克斯、罗伯·格里耶与博尔赫斯的模仿中，失去了民族自我的形象，同时，也失去了与中国现实对接的途径，更不用说“抵抗”。虽然，在更广泛的意义上，这一美学风格也是对中国当代现实的一种表达，但其精神实质却距离很远。

二、“历史意识”的匮乏

波德莱尔曾这样描述雨果的文学世界：“我不知道维克多·雨果在哪个世界中预先吃了他要说的那种语言的词典，但是我看见法语词汇从他嘴里出来就变成一个世界，一个彩色的、悦耳的、运动的天地。……在维克多·雨果身上，从这种吸收外部生活的能力中（这种能力就其广度来说是无与伦比的），从沉思的能力中，产生出一种独特的、疑问的、神秘的、像自然一样广大而细腻、平静而骚动的诗的特性。……他的敏锐的感觉为他指出了深渊，他看见到处都是神秘。”[①]某种意义上，中国作家莫言的文学世界也具有此种能力。莫言的作品中有一种飞扬的东西非常了不起，他的文字有外溢的功能，极其饱满，并且拥有如波德莱尔所言的“如临深渊”般的神秘的启示。在对感性世界语言的把握上，莫言可以说已经到了鬼斧神工的地步。但是，从《檀香刑》《四十一炮》到《生死疲劳》，可以明显地感觉到，单薄的历史观和时代文学的某种偏见观念影响了莫言，也使莫言在语言中止步。作家没有给出新的理解世界的通

---

①〔法〕波德莱尔：《对几位同代人的思考·雨果》，《波德莱尔美学论文选》，郭宏安译，北京：人民文学出版社，1987年版，第98页。

道，没有给出一个新的可能性的空间，而只是在现有认识的基础上强化这些认识，通过情感、故事的渲染，通过大段的象征、寓言，最终给你的还是你早已知道的民族“常识”，这使得作品的审美被架空，语言成为自我的繁殖，很难产生新的意义系统。

20世纪80年代文化语境中成长起来的中国当代作家并不缺乏对历史的关注，也不缺乏卢卡奇所言的“总体生活”①意识。对于当代文学来说，批判主义历史观已经成为作家的基本意识，无论是书写当代生活史还是政治史，揭露社会的阴暗、人性的卑劣、文明的病态等也已经成为作品的基本主题。但是，“当代”的被建构性，知识分子与大众观念中“否定”与“批判”所具有的话语性和隐含的新意识形态性却并没有被作家所意识到。当代作家存在着学术认识不足的问题。这并不是说作家一定要对历史事实进行学术研究般的了解，或对其中的政治性有准确无误的把握，而是指作家在书写历史，文学批评在面对这样的历史叙事时，没有对“常识”进行必要的思辨，更没有把这一思辨纳入自己的写作或批评之中。作家没有对已经成为时代“常识”和文学“常识”的各种观念保持足够的警惕，没有对历史场景所蕴含的多重意义和复杂度进行基本的辨析——尤其是致力探寻民族生活及精神的作家。文学中的学术思维不是知识性的阐释，而是以一种独立于大众与政治意识形态之外的态度，思考社会和民族的历史，思考民族所存在的问题，就具体的创作来说，要以学术之精神对自己所描述的生活、群体进行细致的考察，这样，才能够对所书写对象有深入的把握。

---

①〔匈牙利〕卢卡奇等：《艺术与客观真理》，《文学批评理论——从柏拉图到现在》，刘象愚、陈永国等译，北京：北京大学出版社，2000年版，第59页。

20世纪90年代以来，一种新的文化意识形态正在形成，作家都尽可能模糊作品的民族性、历史性与政治性，寻求某种普遍性，以达到对某些永恒东西的探讨。通过模糊作品具体的生活场景，通过某种抽象化的语言修辞，极力营造一种普遍人生与普遍人性的气氛，把人物的历史性与背景性降到最低点。如20世纪60年代出生的作家朱文的中短篇小说和更年轻的20世纪70年代出生的作家的大部分作品都有这一明显倾向。这里面其实蕴含着一种泛意识形态化的历史意识。在此，人性与历史无关，它只是人的自我属性，在一种类似哲学化与符号化的描述中，历史被抽空，人的社会存在也被淡化，这种抽象“个人性”的存在是长期以来解构主义文化和消费主义文化所带来的结果。21世纪以来的狂欢化生活与消费主义倾向，使得每个人都以为自己是个人性的狂欢化，但实际上却仍然有政治无意识在里面，这一无意识就是对西方现代社会的模仿与复制。

稍有见解的作家都意识到，文学应该与时代保持某种紧张的对话关系，但是，是一种什么样的联系和什么样的紧张，则是一定要思考的问题。在相当一部分作家作品中，中国当代现实被予以较为平面化的指责与否定。中国当代的革命实践、政治道路、历史事件以错误的象征而被绝对化、概念化并常识化（这实际上也是时代大众的基本思维，在这一点，作家表现为趋同，而没有思辨）。其中文学与政治的关系被无限分离，并渐成水火不相容之势。但是，一个无法回避的事实是，只要书写当代，只要触及历史和社会生活，就必然要与“当代革命史”如“土改”“反右”“文革”等一些大的政治主题发生联系。简单地否定与控诉不能揭示任何问题，所给予读者的只是廉价的叹息与愤怒。也并不是说作家一定要有某种政治立场与观点，恰恰相反，在深入历史的时候，作家所应该做的是，去掉自我的政治观，对已有的“常识”保持警惕，以一个全然新鲜的、陌生的眼光进入，这样，才能发现那被忽略掉，但却具有不同意义方向的细节与事件。

中国现代思想与学术发展一直有非常明显的倾向性，即“先验的二元对立”观念和“递进式生长”思维。把不同倾向、流派二元对立，把分歧、分化与论争绝对化，形成诸如“中国/西方”“旧/新”“京派/海派”“底层/上层”等二元对立的结构与模式。21世纪以来的“重返现实主义”“底层写作”潮流依然存在着这样的问题。其中，“政治”或者说作家的政治意识，又一次成为衡量作品价值的第一标准。“底层写作”的兴起在某种意义上是对“纯文学”常识的一次“去魅”，它以对现实的深切关注使我们看到了“纯文学”的美学局限性与政治无意识，但同时，也以先天的道德优势抹杀“纯文学”的内在价值。两者都是在否定前任“常识”的基础上，在时代“当下”的需要中建构自己的“常识”，缺乏对其内在的“历史性”进行必要的“知识考古”。

在当代文学中，中国当代政治史与生活史只是作为材料和背景性资料使用，作家还没有由此形成自己的思想框架。在对海登·怀特理论的片面理解下，作家与批评家合谋塑造出风靡一时的新历史主义叙事，“历史”一词变得如沼泽一般难以捉摸，意义含混。作家把“批判/否定”“历史/政治”等同起来，这就导致了一种绝对的否定式叙述和简单化书写。从广义的角度讲，新时期以来，对“伤痕”的控诉欲望始终没有消退，20世纪50年代出生的作家的“饥饿”情结、“先锋文学”中的“受伤”情结（先锋小说中那少年敏感的眼睛既是作者个人的成长史，也是对“文革”的控诉史，苏童、余华的小说，姜文的电影，崔健的摇滚歌曲，都有这样的同质性、“新生代”作家的“虚无”情结、“底层写作”的“苦难”情结都是“伤痕”的不同表现形式。）笔者并不反对这些视角本身，对各自心灵深处“伤痕”的记忆是作家进入“历史之自我”的最重要渠道，但是，从作家的着力点来看，它们却也成为作家开拓新的意义空间和想象空间的阻力。“伤痕”往往被作为一种“控诉”和否定历史的直接原因，这些都阻碍作家对历史进行更深入的反思与探讨。由政治运动、社会生活而引起的“伤痕”记忆与“压抑性”情感如何被“历史化”，如何化为对自我存在与民族关系之间某种张力的思考，对于当代作家来说，还是一个尚未完成的课题。

对于那些试图书写中国“总体生活”的作家，对于那些试图为时代、历史开掘新的理解空间的作家，保持必要的学术探讨精神是必要的。对历史学研究、社会学研究甚至政治学研究要有基本的热情，它会帮助作家对历史的复杂与纠结有更深入的了解，如此，作家所描述的生活场景与人物形象所蕴含的意义可能更有多义性和穿透力。它要求一种具有“整体论”的历史意识，要求对中国文化生活及政治生活有一个整体性的认知，而非如我们通常所说的“当代/现代”“民间/底层”“1949年前后”这样折射出二元对立思维和“断裂”思维的词语——尽管我们常常找不到更合适的词语来表达。这既是一种学科要求，也是一个人文作者与学者无限接近真理的基本体现。

波德莱尔在论及作品与时代的关系时，认为对时代“绝对的否定”是“一种巨大的懒惰的标志”，因为“宣称一个时代的服式中一切都是绝对的丑要比用心提炼它可能包含着的神秘的美（无论多么少多么微不足道）方便得多。现代性就是过渡、短暂、偶然，就是艺术的一半，另一半是永恒和不变。……为了使任何现代性都值得变成古典性，必须把人类生活无意间置于其中的神秘美提炼出来。……每个时代都有它的仪态、目光和举止"①。我想，对于当代文学的创作者来说，宣称其所描述的时代是绝对的丑陋与错误同样是偷懒的行为。以置于其中的意识，寻找每一时代所具有的"现代性"，文学才能真正呈现出它对可能性的探索与时代内在的广阔空间。

三、回到"自我的生活实感"

倡导作家要有历史意识和学术意识，要对"常识"保持警惕，并非只是概念上的认知，这对于文学实践来说还有点"隔"。文学的学术精神与"自我"的情感体验有关，是以自我的生活实感为支撑的。

困扰着一代人的"生活实感"是什么呢？就生活而言，20世纪50年代出生的作家对六七十年代政治生活的坍塌和80年代文化传统的崩溃印象极深，而对于60年代出生的作家来说，那种错位感和叛逆感尤其强烈，在思想上，西方思潮与资本改革的共同冲击造成了新一代的世界观和文学观。作家有一种强烈的失败感，抛却世俗层面的原因（如自身社会地位的被边缘化），这里面有一个不可回避的事实，即文学正处于衰退时期。这一衰退不是基于文学本身的原因，而是因为世俗化时代的来临——这一世俗化正是由我们所认为先进的西方科技、思想与社会理念所导致的，是一旦发生，就无法逆转的事实。"当今的民族主义并不需要文学，新的民族之形成也不必文学参与。民族主义虽然没有结束，但现代文学已经终结。"②柄谷行人

①〔法〕波德莱尔：《现代性》，《波德莱尔美学论文选》，郭宏安译，北京：人民文学出版社，1987年版，第485页。

②〔日〕柄谷行人：《序》，《日本现代文学的起源》，赵京华译，北京：生活·读书·新知三联书店，2003年版。

这句话虽然有点绝对化，但从整体构成来看，当下的中国社会的确早已不是文学性的，而是经济性的。在中国20世纪90年代以来的经济改革与文化观念的变迁中，文学非但没有成为抵抗中的一分子，相反，却以类似于“共谋”的方式参与了民族的异化过程，即使如此，社会的发展也已经不再需要文学。对于中国当代人来说，“当代”一词包含着太多的光辉与黑暗，它的复杂性在一定程度上决定了作家对它的态度及世界观。

面对这一复杂的“当代”景观，作家该如何体验并辨析“自我的生活实感”，这同样是一个非常复杂的问题。“自我的生活实感”并非全部具有有效性，在许多时候，它只是时代表象的一种反映，没有独立性和思辨性。莫言提出“作为老百姓而写作”[①]，这是他文学观中对“自我”的定位。这一立场既不是“为老百姓而写作”，但同样不是完全认同老百姓的情感与立场。“撤回民间”策略的最大意义在于，作家有可能从宽广的民族生活中获得一种新的自我意识，当然，同样也可能使他陷入无立场的泥淖中无法自拔。余华的《兄弟》并不是如评论家所言的彻底的失败之作，但是，在下半部，由于“自我”形象的缺失使得作品没有精神的凝聚点，整部作品就像没有河道的流水，四处漫溢。对于20世纪60年代出生的作家而言，作品中“自我”的形象和“自我的生活实感”非常充分，富于感性的穿透力，但是却因为缺少反思而变成单向度的思考。作家的“自我”通常被塑造成受害者的形象，少年敏感痛楚的双眼凝视这丑陋的世界，因此叛逆、发泄、自我伤害，在这里，当代历史和当代生

---

① 莫言：《文学创作的民间资源——在苏州大学“小说家讲坛”上的演讲》，《当代作家评论》2002年第1期。

活是被全方位否定的。

似乎还必须回到鲁迅才能对文学中的“自我”有更清晰的阐释。应该说，鲁迅是现代意义上最早的虚无主义者和怀疑主义者，但是，他的虚无与怀疑却同时蕴含着一种希望与力量。《野草》因其无处不在的对“自我存在的审视”而成为“反抗绝望”的生命体验，“无”因为“有”而变得意义宽广。在这里，虚无与悲愤由于是建立在鲁迅对民族的爱及对民族生活的深刻理解的基础之上，进而成为一种哲学精神穿透于文本。文学，既不是消闲的，也不是功利的，它是一种“无用之用”，是对“自我”之存在的美学探索。在这一点上，鲁迅是最早的清醒者，这也是他始终游离于五四新文化主潮之外和日后反对“革命文学”的根本原因。“他拒绝成为自己，同时也拒绝成为自己以外的任何东西。”“他不是先觉者。他一次也没有明示过新时代的方向。就连最公式主义的批评家在谈到鲁迅的时候也承认这一点。鲁迅的做法是这样的：他不退让，也不追从。首先让自己和新时代对阵。以‘挣扎’来涤荡自己，涤荡之后，再把自己从里面拉将出来。这种态度，给人留下一个强韧的生活者的印象。”[①]“强韧的生活者”，这是一个充满力量的、思辨式的存在，虽然没有对事物绝对的肯定，但是，“自我”却沉潜其中，并成为最终行动与判断的标准。正因为如此，鲁迅怀疑一切“习惯”与“自然”，越是司空见惯的“常识”的东西，越是要细细加以勘探，“打碎被知识和权力不断强化的‘常识’，并在打碎这些常识之后，告诉善良的人们，如果你认同了这些约定俗成的前提，那么在你自认为是为正义而战的

---

①〔日〕竹内好：《鲁迅》，《近代的超克》，赵京华，孙歌等译，北京：生活·读书·新知三联书店，2005年版，第11~12页。

时候，或许很可能却正在与邪恶共谋”①。

强调作家“自我的生活实感”是强调一种“抵抗”精神。学会“抵抗”，不仅是抵抗身处的时代，还要抵抗自己的内心。如果有人要问：作家为什么写作？最具责任心也最被广泛使用的回答是：对现在的不满。但是，“现在”又包含哪些东西？面对已经成为“过去”的历史或正在发生着的“现在”，作家应该以什么样的历史意识去思考“过去”与“现在”的关系呢？在这当中，最重要的是主体性的介入，思考主体通过不断深入历史来建构自身或反思自身，并最终转化为对世界的存在感受。这一主体性不是概念化的主体，“它”是一种自我否定的形象，不具有终极性，不是判断式或真理式的，而是不断阐发的、不断具有新生意义的形象，通过自我否定达到自我实现与思维的超越。

“自我的生活实感”强调作家进入历史语境的能力，作家以什么样的姿态，什么样的精神立场塑造、观察、理解他所描述的生活与其中的人物。在这一点上，当代作家的“介入性”不够，政治、历史往往是一个“他者”，无论是反思共和国的政治史，还是描述当代生活史，都潜藏着一种与己无关的淡漠。正因为如此，作品中的历史只是僵化的历史，政治只是以“错误”的面目出现，而作品的人物则多是单一的“受害者”的形象。“历史并非空虚的时间形式。如果没有无数为了自我确立而进行殊死搏斗的瞬间，不仅会失掉自我，而且也将失掉历史。”②“为了自我确立而殊死搏斗”，无论是“社会

①〔日〕竹内好：《在零和一百之间（代译序）》，《近代的超克》，赵京华，孙歌等译，北京：生活·读书·新知三联书店，2005年版，第4页。

②〔日〕竹内好：《何谓“近代”——以日本与中国为例》，《近代的超克》，赵京华，孙歌等译，北京：生活·读书·新知三联书店，2005年版，第184页。

主义文学”，还是“纯文学”，无论是“反右”，还是“文革”，参与其中的人必然都有这一充满巨大历史能量的瞬间，这是自我的生命在寻找生存的方式与依据，是一种内在的渴望。抓住了这一瞬间，就不会对历史或历史中的人进行轻易的否定或一挥而就的判断，也不会以简单的受害者身份去肯定或否定历史。如本雅明所言，作家要有“如那些信奉神灵的人把自己的一切都倾注到祈祷里一样”的精神，才可能像卡夫卡那样，“使自己的人物都同自己的灵魂息息相通”①。唯其如此，作品中的人物才能够携带着自我生命与民族历史的双重痕迹。他既不是民众的代言人，也不是政治意识形态的代言人，他是他自己，以他自己的独立性去追寻、探究民族生活的奥秘及种种问题。

在文学的审美属性已经得到充分肯定的时代，再谈文学者的“历史意识”，谈作家的学术精神，这极容易形成歧义，因为文学毕竟不是历史，也不是思想史，它要依靠象征、审美来完成对这一切的叙述，它提供的只是对可能性的思索，是在美学意义下所展示的新的历史空间，而不是客观的事实与资料。如葛兰西所言，文学家不是历史学家，他对事实的把握不可能超越于历史学家，并且“不可避免地是不十分准确和明晰的”②，但是，在对事实所具有的象征性的理解方面，作家却远远超越于历史学家。文学的“历史意识”并不是要求作家对社会历史具有科学的论证，更不是总结出什么样的社会规律与行为标准，而是在美学的、诗的基础上，探索社会、历史、民族存在及生命存在的复杂性，它是对“矛盾”的表达

①〔德〕本雅明：《本雅明：作品与画像》，上海：文汇出版社，1999年版，第78页。
②〔意〕葛兰西：《论文学》，吕同六译，北京：人民文学出版社，1983年版，第15~16页。

与象征，“一个人不能描绘一切，宫殿和破屋，温柔的感情和残忍的感情，家庭的温情与普遍的仁慈，植物的优雅和建筑的奇迹，一切最温柔的东西和一切最可怕的东西，每一种宗教的内在之义和外在之美，每一个民族的精神的和肉体的面貌，总之是一切，从可见到不可见，从天堂到地狱，他就不算是一位真正的诗人，我说的诗人，指的是这个字最广的意义，并且考虑了上帝的感情”[①]。一部优秀的作品必然是诗与思的结合，有那种意义丰富的神秘性与不可言传之体会，这一体会既包括对情感的更为宽广的体验，也包括对历史的更为深远的理解与新的视野的开拓。这正是波德莱尔所言的“神秘的深渊”。在要传达的意义方面，当代作家所存在的问题不是说不清楚，而是说得太清晰太确定了。因此也就有了限度。

①〔法〕波德莱尔：《对几位同代人的思考·雨果》，《波德莱尔美学论文选》，郭宏安译，北京：人民文学出版社，1987年版，第99页。

第二辑

家族主题的嬗变与现代性追寻

家族苦难史与新的革命话语、民族叙事的建构

在文学发展的进程中，“家族叙事”是一个具有世界意义的文学命题。美国作家福克纳在家乡的小镇奥克斯福镇创造了“约克纳帕塔法世系”，法国的左拉写出了《卢贡·马加尔家族史》的皇皇巨著，哥伦比亚作家加西亚·马尔克斯的《百年孤独》《一个族长的没落》更以其神秘的家族主题风靡了全世界。实际上，早在18世纪末，中国就出现了典型的家族小说《红楼梦》，它庞大的家族谱系和所展示的多质多义的家族文化，在中国现代白话小说的开始便以最完美、最迷离惝恍的象征意义制约着中国文学家的基本创作思维。进入20世纪，越来越多的中国小说具有明显的家族叙事倾向，在现代文学中，有巴金的激流三部曲《家》《春》《秋》、路翎的《财主底儿女们》、老舍的《四世同堂》、张爱玲的《金锁记》、端木蕻良的《科尔沁旗草原》，当代文学作品有梁斌的《红旗谱》、王蒙的《活动变人形》、李佩甫的《李氏家族》、张炜的《古船》《家族》、陈忠实的

《白鹿原》、王安忆的《纪实与虚构》、莫言的《红高粱家族》，等等，他们都不约而同地选择了家族主题，几乎可以说具有一种潮流的特征。“一部中国历史，就是一部家族统治的兴衰史。”20世纪是中国社会巨变的时代，百年之内，古老中国所经历的观念和制度上的变化要比以往几千年的历史丰富得多深刻得多。而“家国同构”一直是封建中国根本的政治制度，从家族主题进入文学对于揭示中国20世纪个体的存在状态以及其与社会、群体之间的关系有着深广的意义和可探索性，它所蕴含的原型力量和文化精神是20世纪作家无法忽略掉的文学命题。

一、回溯：现代文学家族主题的基本特征

从总体上看，现代文学时期经典的家族小说《家》《财主底儿女们》《四世同堂》《金锁记》《科尔沁旗草原》倾向于描述封建大家族的衰落过程，借此反映旧文化秩序的式微与崩溃。这些作品有一个大体的家族模式：“祖”权丧失，“父”权衰落，“子”辈处在挣扎和叛逆之中。

“祖”权丧失。“祖”的地位的丧失其实意味着中国传统文明的基本认同对象权力的丧失。其实，早在《红楼梦》中，“祖”已经沦落为“玩物”形象，对“祖”的“供奉”其实是一种架空，“祖”已经失去了原有的真实权力和象征地位。《家》中的高老太爷处在绝对权力的空间里，他不但在物质上紧紧控制儿孙辈，而且在精神上要求大家绝对服从他的命令。可以说，他的形象是父权制社会专制的最高抽象。但是，他的子辈从来都是各行其是、阳奉阴违，孙辈则据理力争自己的存在位置。虽然高老太爷逼迫觉新退学、成亲，甚至他的尸体也成功地逼死了瑞珏，但是他在世时已经感受到自己权

威的失落和家业的日渐空虚。《财主底儿女们》中的祖父住在乡下，但他的儿孙们却离开乡下生活在城市，这空间上的距离本身便造成权力的失落。而在张爱玲的大部分小说中，“祖”基本上处于缺席地位。《金锁记》《倾城之恋》中的老太太虽然仍在，但家道中落和环境的变化却使她们形同虚设。“祖”的文化场的丧失意味着“祖”在中国传统文明中的转喻意义的失落，“祖—父”与“君—臣”的重合关系从逐渐坍塌的文明废墟中游离出来。

“父”权丧失。在仍然遵循旧文化的“祖”的培养下，旧的生活方式和传统道德伦理秩序已经融入“父”们的灵魂中。而由于逃难和战争，安逸的生存环境和稳定的文化链条突然断裂，这时的“父”们有一个共性的焦虑：去势危机。他们被这种无法驱除的危机感所笼罩，带着末世的悲哀和狂热挣扎在日渐衰落的大家庭中，他们惶恐、虚弱而又残忍、荒淫。《家》中的克定、克安辈在“祖”的滋荫下，挥霍钱财、吸鸦片、打麻将、娶姨太太，同时又利用传统道德“忠、孝、信”为幌子对觉慧、觉民们肆意压制。而在《财主底儿女们》中，“父”根本没有出场，处于缺席地位。在新的环境下，“父”们没有合适的职业，也无法为自己定位，这种深深的失落感和空虚感表现在外便是竭力地铺张或对子辈虚张声势。这表明在20世纪初社会转型之时，父子纵向的文化承继性遭到破坏，家族连接的基本模式和家族生存的基本指向也受到质疑，它们预示着家族文化的式微。其实，“父”们应该说是这个时代最受打击的人，他们接受的是旧时文化，却要在新的时代存活，这种精神上的错位使他们没有归宿，只有沉沦和在沉沦中折磨自己的亲人，他们是时代转型时期必然的被遗弃者。

子辈叛逆。一直到20世纪40年代中期，家族主题的小说和其他题材小说中的青年形象几乎有一种共同的趋势：出走意识，包括那些具有强烈的负罪意识和承担意识的长子。所谓的“家”是牢笼、腐朽、罪恶的代名词；出走，则意味着希望、光明。《家》中的觉慧、《财主底儿女们》中的蒋纯祖都怀着兴奋和热情的冲动，几乎是不顾一切地走出家门，家族大厦的将倾是以子辈的出走为前提的。但是，也正是在如何描写青年出走后命运的问题上，作家的价值观念创作观念有了微妙的分歧。巴金对觉慧们的出走是乐观的，在《家》《春》《秋》里面，“家”里（黑暗）和“家”外（光明）的对立非常明显。应该说巴金也觉察到觉慧们思想革命的不彻底性，如觉慧对于鸣凤的死其实是有预感的，他很内疚，然而他很快用“国家”“事业”“革命”等代表更高价值取向的词语来为自己解脱，他的这种思想其实仍是高老太爷思想的翻版，即“群”“制度”的利益高于一切，而个人的利益则被忽略。但是巴金仍然更愿意倾力描写青年的激情和对国家危亡时刻的自觉关注，这是他的启蒙思想所决定的；与此相反，路翎却对青年出走后的命运进行了冷静而又悲哀的观照。在乡间漂泊的蒋纯祖感受到的是乡间宗族势力和道德伦理对人的巨大牵制力，也觉察到新思想在现实面前的苍白，所谓的“新青年”只是一群无力摆脱家族阴影的软弱的空想者，他们的理想只能以可笑的悲剧收场。蒋纯祖最后的死亡无疑是这些知识分子寻求自由精神的失败的象征。而到了20世纪40年代中后期，在家族主题的小说里，主人公之间的血缘关系作用被降低，家族文化的维系力被减弱，阶级出身作为一种先验的存在决定着人物的政治命运，在《科尔沁旗草原》中，地主家族出身的丁宁被人为地放在乡村，背着沉重的阶级负担沿着作家指定的道路和历史的发展走向新的世界。这是20世纪50年代小说作品中家族文化、家庭单元断裂的先声和征兆。

二、《苦菜花》：家／国的再次重合与新的民族叙事的合法性

新的国家主体的确立要求一套新的话语方式，这一话语方式必须在民众层面对其革命、政治的合法性进行有效的阐释。中国当代文学史责无旁贷地承担了这一光荣的使命。一个非常明显的变化是，“十七年”的小说几乎没有真正的家族小说，具有“文化”传承意义和“血缘”谱系性的封建大家族在小说中迅速消退，作家们在小说中致力建立一个新的“政治”家族。这一家族与中国革命史一起经历血雨腥风，最终走向新生。农民的“家族苦难史”第一次进入到20世纪文学史，并且被赋予崇高的精神特征。在这个家里，没有知识分子的软弱与忧郁，也没有大家族的腐败气息，有的只是深刻的仇恨与苦难——这一苦难来自恶霸地主的压迫，在党的指引下与恶势力斗争并最终走向胜利。在这一过程中，革命的大“家”与农民的小“家”从精神与物质上都完全融为一体，理想得以实现，人物的灵魂得到最高限度的净化，而一套新的民族叙事话语和意识形态方式也被完整地建构起来。

在这个意义上，冯德英的长篇小说《苦菜花》（1958年出版）可以说是中华人民共和国成立后“十七年文学”中最具典范意义的家族革命小说。《苦菜花》以鲜明的二元对立的叙事模式，将家族的发展史演变为阶级斗争与革命的发展史，通过对家族与革命之间的血肉联系的想象，完成中国当代革命斗争史的文学建构。小说故事情节设置极其单纯明朗，“敌/我”“好人/坏人”等是非界限非常清楚，小说给我们塑造一位苦难而又崇高的母亲形象，据说母亲这一人物的原型就是作者自己的母亲，作品中的许多人物也都有基本原型，

作为一个普通的劳动妇女，母亲对革命的热爱是逐渐产生并加深的，她由爱儿女，到爱八路军，继而爱革命的信念和共产党，在敌人残酷的大扫荡及对女儿的非人酷刑中，母亲认识到：只有跟着共产党走，只有革命，才能够翻身解放做主人！与现代文学时期对“家族”的否定相反，“十七年文学”对“家”的概念进行扩张，政治意义的“家”是最高意义的存在，它代表着一切人类最美好的东西。“皮之不存，毛将焉附”，只有把小“家”统一在大“家”的领导下，才能获得真正的幸福。家族的命运，个人的命运，与革命、新的政治理想完全融为一体，他们的目标、幸福的来源都与崇高的政治理想完全一致，“家”与“国”在结构与精神目标上再次获得了高度的重合。读者在阅读中不仅为革命的激情所鼓舞，同时，也从情感上深刻认同母亲、娟子等人逐渐放弃个人情感加入革命的洪流之中。

在当代文学史观已经发生巨大变化的今天，再来讨论这部作品具有多高的价值似乎意义不大，但是它的情感逻辑生成和结果却代表了新中国成立初期文学的基本逻辑。一些大的宏观叙事以何种叙事方式与个体生活史紧密结合起来并使读者达到情感层面的认同，这是新中国成立初期“十七年文学”的重大任务。但是，重读《苦菜花》，你会发现，作者并不是有意粉饰什么，作者冯德英本人就是在抗日战争与解放战争中成长，在革命环境中成长并走向文学道路。他曾经谈到，他创作《苦菜花》的动机是因为无法忘记为了人民的翻身解放而牺牲的英雄们，想到他们，“有时会情不自禁地流下泪来”。可以说，作者是完全凭着一颗赤诚之心来完成对革命斗争、阶级立场的想象与划分，在叙事上几乎没有过多的技巧，母亲的形象及作品中的情感也没有任何虚假或伪饰的成分，整部小说闪耀着某种迷人的光辉，为了大爱，为了理想，为了新生活，为了一个新的更为美好的世界而献身，这是一种巨大的荣誉。它让人感觉到，这是一个伟大的单纯岁月。《红岩》《红旗谱》都有此特征。由于战争与侵略，民族生活反而处于简单状态，要么敌人，要么人民，它不需要更复杂的思辨，那些想要使自己活下去的人只有应战，为了生存，也为了一个大同的理想。作家把这种思维方式应用到文学中，应用到对社会、历史的思考中，也使得文学及其中所叙述的历史与革命斗争充满了这种单纯的激情。

这种纯洁的赤诚与伟大的单纯也迫使我们不得不想另一个问题，在一个民族新生活建立的初期，这种真诚，这种单纯的信仰，是不是一种真实？这种个人、个体家庭融国家、政治于一体的理想信念是不是一种必然？它或者不是因为作家目光的短浅，而是历史的真实？如果我们以现在的文学史观轻易否定掉它们的价值，是否也是一种偏见？但是，反过来，如果这种真诚，或者说，如果文学的起点仅仅建立在对政治的无限崇拜上，而不是建立在对人、人的命运及归属的独立思辨上，它又必然导致思维的狭隘。这也是“十七年文学”在当代文学史上饱受争议及近几年被重新反思的原因之一。

三、革命大“家”的建立与小“家”的被拆解

如果说《苦菜花》中的母亲为抚养女儿与报效国家不能两全而苦恼还只是“家/国”冲突的浅层次外现的话，那么，到了《山乡巨变》中，违背大“家”的意愿，保全个人小“家”则完全是落后的“私念”，甚至，家庭的基本成员关系与组织形式也有被解构的趋势。父子、母女之情在许多时候是被否定的对象，是软弱、自私的象征，而放弃以家庭为单位的土地更是合作化的首要任务。农业合

作化过程中所产生的一大批作品，如《三里湾》（赵树理）、《山乡巨变》（周立波）、《创业史》（柳青）、《李双双小传》（李准）等，在这些作品中都有一个封闭的结构：以党的工作队进驻农村与离去为开始和结束，大部分农民家庭经历了由不情愿放弃土地和私有财产到自愿加入农业合作化队伍。换言之，家庭作为人类存在的基本单位遭到解体，父子之间血缘性承继关系没有任何意义，个人存在和个体需求的合理性被彻底否定，而只能服从绝对的政治要求。《山乡巨变》中，刘雨生的妻子渴望得到丈夫的"体贴""小意"，丈夫却因一心为公而责备她，全社的队员都对她持一种否定的态度，并且支持刘雨生和她离婚；工作队干部邓秀梅几乎一年都没和丈夫见面，邓秀梅对丈夫的想念在一刹那便被作者闪过去，重新回归到对合作化的领导之中；如果说淑君和陈大春的爱情在文章开始还让人心动，到文章结束的时候，淑君已经从一个美丽单纯的少女变成一个工作狂：她们的爱情被"集体"这一名词同化和异化，没有任何个人色彩，这种公和私之间的绝对对立和对个人情感的排斥使家庭这一社会单元层遭到前所未有的冷漠。他们都仅仅从属于党的领导，党在这里处理家庭纠纷、财产分配、生产劳动等，同时也代表着人们精神的最高指向，"政治意识形态最终转化为新的美学原则"。因此，农业合作化道路说穿了，不过是给农民指定一个新的"家长"——党，在"党"的背后是集体主义的乌托邦梦想。这在某种意义上仍是家族制度的文化原型。农民对合作化的真诚信任实际上仍来自对延续几千年的家族制度（皇权制）的惯性依赖，虽然他们在此中一直位于附属地位，但在潜意识中仍把它作为一种权威和理想的生存方式。

实际上，早在《苦菜花》与《红旗谱》的时候，母亲和朱老忠们就在致力寻找一位新的家长，这一家长能带领民众走向新的光明与新的生活，这个新的家长，即是党，个体的家长在小说中只是作家实现这一理念的最好代言人。崇高的同志之情，纯洁的阶级友情，为建设祖国而共同奋斗的革命友谊超越了几千年来的家族血缘关系，个体的“家”在精神上已经被完全拆解掉。再重新回溯到现代文学时期，我们可以发现，小说中的家族主题从20世纪初的描述家族逐渐衰落发展到50年代家族甚至家庭被彻底泛化，集体主义的大“家”则以另一种方式诞生，并为大部分人包括知识分子所认可。这其实是很奇怪的现象，前面已经提到，在合作化初期，大部分农民对此抱一种犹疑的态度，能够拥有土地是农民最基本的愿望，而小农经济方式本身也使他们更信任自己的劳动，看重依靠劳动所获得的富足与特有的尊严，因此，他们不愿意放弃土地的私有性。农民是通过以邓秀梅为代表的知识分子的反复工作才逐渐认可合作化的，知识分子，包括作家本人，先于农民认可合作化，或者说认可了集体主义，他们从理论上认可了“党”作为家长的权威，也从根本上认同了另外意义上的父权制的支配地位。知识分子这种对“父”的神性光芒的期待其实最深刻地反映了传统家族制度的隐性存在。虽然《三里湾》《山乡巨变》等作品的创作背景及作家思想来源非常复杂，但是，从总体上来说，作家对新的政治话语的真诚认同，除了来自对乌托邦理想的向往之外，也与中国知识分子人格上及思想意识上的不独立性有很大关系。

从觉慧的出走寻找光明，纯祖的失败，丁宁的苦闷，到邓秀梅们的自信，九九归一，作家终于为自己和社会的乌托邦理想找到一个完美的归宿。洪子诚先生认为：“五四时期并非文学百花园的实现，而是走向‘一体化’的起点，不仅推动了新文学此后频繁、激烈的冲突，也确立了破坏的尺度。正是在这一意义上，50年代至70年代的‘当代文学’并不是五四新文学的背离和变异，而是它的合乎逻辑的发展结果。”如果从这个角度讲，50年代到70年代小说中的“集体主义”乌托邦创作倾向，是三四十年代小说家族主题倾向的延续和作家创作观念的必然发展，也是政治意识形态全面渗透进作家思想的外化。

回家·审父·文化寻根

一、《活动变人形》：对“父”的审视与反思

“新时期”小说“文化寻根”的称谓其实是相对于意识形态而言的，经历了“十七年文学”的被否定、作家本体性的丧失和“文化大革命”的彻底摧毁，集体主义大“家”的乌托邦梦想已经被宣告：此路不通。从政治意识形态挤压中解脱出来的中国文学和中国作家开始了新一轮的“重建家园”，启蒙精神责无旁贷地成为新时期小说的主题，这也是“文化寻根”的内在依据。宏观性、整体性、理性精神是20世纪80年代文化研究和文学创作的重要特点，作为一个基本文化原型和文学原型，“家族”再一次发挥它的作用。这时期具有家族主题的小说很多，代表作品有《李氏家族》（李佩甫）、《活动变人形》（王蒙）、《古船》《家族》（张炜）、《最后一个匈奴》（高建群）、《白鹿原》（陈忠实）、《爸爸爸》（韩少功）、《玫瑰门》（铁凝）等。

有别于现代文学时期对家族文化的痛恨驳斥，也不同于“十七年”对大“家”的狂热向往，这些作品也不再把家和家族制度作为简单的否定对象，而是更多地从文化反思的角度，重新审视家族和家族文化的内涵，审视家族的精神指向和它的权力运行机制对中国文化性格的巨大影响和巨大的牵制力。从《活动变人形》中的倪吾诚、《古船》中的隋抱朴、《白鹿原》中的白嘉轩等形象可以看出，作家往往通过审“父”来完成对文化和政治的思考。

《活动变人形》通过“子”倪藻的眼睛来叙述“父”的生活，但“子”并非只是一个叙述者，同时也是一个审视者与反思者。在审视与反思、现实与历史的交叉叙事中，作者对中国文化的“根”性特征，对当代思想史与革命史做出了自己的思考。小说中的“父”倪吾诚与其说是西方文明在一个中国知识分子身上的不良消化，倒不如说是饱受大烟、封建礼教、父权制权威浸染的中国家族文化在世界开放性文明面前所呈现的保守性、滞后性和惊人的异化现象。作家敏锐地发现，传统的崩溃与新的文化建立并非简单的“破”与“立”的关系，它们之间复杂纠缠所产生的怪异形态或许令所有满怀单纯理想的人震惊。倪家三个家族女性，静宜、静珍和母亲姜赵氏组成一个顽固完整的家庭“堡垒”，任何一个异己分子在它面前都会碰到柔软而有韧性的力量，可怜可悲的倪吾诚在她们眼里仅仅是一个无法让人容忍的败家子，与倪吾诚和“家”的每一个斗争回合都以惨败而告终一样，那些被倪吾诚所标榜的“西方思想”显得可笑与不合时宜。实际上，非但静宜、静珍们代表着家族制度的一部分，就连倪吾诚——这个从欧洲留学回来的所谓的愤世嫉俗者，也仍然被传统文化观念牢牢控制住，他对仕途的窥探，对家的变态依恋，对美食和对大烟幻美世界的渴求都使他陷入昔日母亲给他营造的气氛中不能自拔，他对西洋文明生吞活剥的认同也仅仅体现在对洗澡的无限热爱上，也许，他是想洗掉灵魂中摆脱不掉的母亲的梦魇。

在小说中，“母亲”的形象充满符号化，她隐喻着传统家族文明最腐朽但却最顽固的文化形式，在对倪吾诚的控制中，“母亲”所代表的家族式文化显示出它的强大力量及对人的巨大摧毁力。但是，作者在此的价值立场非常耐人寻味，王蒙几乎没有明确的情感倾向，既没有对“母亲”进行简单的否定性批判，并以此批判封建文化给人的残害，也没有给予倪吾诚最基本的同情，而是以冷峻的笔调把“父”的丑陋与无能赤裸裸地展示出来，这似乎有点悲凉，而讽刺意味在这悲凉背后却愈显得压抑。也可以说，王蒙通过倪吾诚解构了现代文学四十年中出走的青年形象，在经历了思想和革命的不断洗礼之后，他们并没有摆脱掉家族文化的深刻影响，也没有完成真正意义上的现代性转换。某种意义上，从中华人民共和国成立后一系列政治运动到“文革”结束，在此过程中，民众的人格、民族的性格不但没有走向新生，反而始终处于新与旧的挣扎之中，也自然培育出畸形的民族精神与文化怪胎。审“父”，也可以说是审视历史，审视那曾经被“伟大的单纯岁月”所忽略掉的历史漏洞，这些漏洞或许能使我们看到、感受到历史的另一面。

20世纪40年代张爱玲以其天才之笔写出了母亲权力对子辈的戕害和扼杀，从而改变了文学史上母亲惯有的慈爱宽容的形象，而对于女人的妻性以及妻性对丈夫和家族的内在影响力却一直被文学家所忽略。王蒙以汪洋肆意的笔调写出两性之间的硝烟战争，首次关注家庭性别角色之间的意义。倪吾诚从来没有摆脱过对家庭的依恋，但是妻总是有意无意地抗拒他的进入；他想从儿女身上找一点安慰，儿子和他小时候一样，深受母亲的控制。这时的丈夫/父亲是最不幸的——既是家人理所当然索取金钱的对象，又是家人所唾弃的对象。妻，是他最害怕的人；家，不再是具有原型意味的超稳固的最终归宿，而是最毫无顾忌最彻底伤害他的地方。王蒙深刻地揭示了女性另一层面的东西，即女性所表现的滞后性以及观念和行为的错位对人类文明发展的影响。倪吾诚女儿倪萍的“整人”欲望在文章中虽然有点突兀，但却充满着原型意味。母亲、姨母和外婆密谋整父亲的镜头，那种宣泄仇恨的快意以及被整者的恐慌和不安都深深植入倪萍的思维之中，以致突然有了整人的欲望并且无法抑制。也许，王蒙想告诉我们：“文革”期间的少年狂躁现象、人性的极端异化现象以及“人整人”的疯狂状态就起源于我们的“家”中，它是一个民族造就的性格的结果，我们不能把这些责任仅仅归咎于他们的年轻，而自己却逃避责任。铁凝的《玫瑰门》具有同样的隐喻意义，作者通过儿童的眼光来观照“祖”的自私、丑陋的生活，使文章具有一种强烈的毁灭感，祖在“家”中的活动给儿童的成长以致命的伤害和最直接的打击，母性、妻性、女性于“祖”来说都毫无意义，她所关注的只是如何存活，如何能吃得更好，她对儿媳的窥探也决不仅仅是好奇，而是充满了破坏和仇恨的原欲。

二、《白鹿原》：文化家族的再次阐释

另一部著名的长篇小说《白鹿原》则扩大了审父的意义，它把民族精神、民族命运和个人的生命历程紧紧扣在一起，描写了白、鹿两大家族半个世纪的宗族斗争，全方位地展示封建文明的各种关系，其中涉及血缘、地缘、宗教、儒家道教、生殖文化、家族图腾等，也从家族变迁史的角度对中国当代革命史做出自己的理解与阐释。族长白嘉轩是中国传统儒家中“父”的统治的典型代表，他在

白鹿原顽强甚至残酷地推行以血缘关系为纽带的守法宗法制度，他修祠堂、制乡约，实际上是他想利用道德教化村民，从而使白鹿原成为他所追求的“仁义”村，成为子孙绵延繁荣昌盛的大家族。黑娃从早年大胆的自由恋爱，后成为土匪，再投诚共产党，一直到最后皈依朱先生，带着新妻（传统文化的完美象征）回到祠堂祭祖，这一系列几乎不可能的变化充分展示了白嘉轩或者说传统家族精神的吸引力。

《白鹿原》对性的关注超过了同期的其他作品，它似乎给我们提供了一个新的考察传统文明内核的角度。可以说，《白鹿原》是以对族权的争夺为经线，以性的活动为纬线（两者经常互为背景互相利用）来描写中国家族制度命运的。封建社会婚姻的主要目的在于生育，而性的另一重要部分——性欲从伦理上被剔除出去。这种集性交、婚姻、生育为一体的伦理型文化模式不是偶然的。性欲的冲动本性不符合农业社会的封闭性和保守性，对性欲的抑制和禁忌，会促进集体关系的稳定和发展。对于一个族长来说，婚姻还是宗族权力的一种联结方式，也是权力外延的一种渠道，生育的结果如何常常能导致权力的位移。

陈忠实对白嘉轩的态度是矛盾的，他爱白嘉轩，爱他的勤劳坚韧对信仰的坚贞，这也正是他为之留恋的家族文化中温馨的一面，但同时，他也清醒地看到白嘉轩的虚伪、残忍和冷酷以及他对权力的极端追求。《古船》则将这种留恋扩张为一种原罪意识，小说中家族的具象已经式微，但家族制度所滋养的民族性格和民族传统仍然纠缠着改革中的农民，同时，封建宗法统治仍以各种面目梦魇般地统治着中国农村。隋抱朴就像一个孤独痛苦的智者，独居磨屋，苦苦地思索，“老隋家人的原罪感，以及由此派生出来的忏悔意识、赎罪意念浸透他的灵魂”。小说中的四爷赵炳是农村新的封建宗法统治的象征，这个形象揭示了农村宗法统治的顽固性，它不仅影响过去民族的进步，也对今天农村变革和农民命运的转变造成巨大困难。毫无疑问，倪吾诚、白嘉轩、隋抱朴们是作者对“家族”“民族”集体无意识考察中的一个集合体。他们既代表着家族文化中美好、理想和希望的一部分，也是其中落后、残酷、愚昧的折射。一方面留恋，一方面批判，理与情的难舍难分使这一时期的家族主题表现出一种暧昧的色彩。儒家文化、血缘情结、家族意识和对大地的本能热爱，已经沉淀为一种感性认识和感知方式内化为中国人的文化性格。这也许不仅仅是他们在理智上认同传统文明的精髓部分，而是在感情上对家总有一份归属感和认同感，就像对待我们的“父”，不管他有怎样的缺点，他总是我们最初的依赖和永恒的庇护之地。

值得注意的是，在《活动变人形》《白鹿原》《家族》等小说中，作家试图通过家族的命运变迁，家族人物与政治史之间的复杂关系，重新思考并阐释中国革命史与社会，与整个中国文化及个体之间的关系。《活动变人形》在描述传统家族文明对人的摧残的同时，也毫不留情地批判当代政治史对人的灵魂的打击；《白鹿原》中白、鹿两家第二代命运的多舛无疑来自国共两党之争，尤其是当一个无意识的选择日后却成为决定生死的分界线时，一切所谓理想、光明的概念都有必要重新思考它的生成性；《家族》用一种具有宗教承担意识的理想主义激情把“家”“国”的艰难发展历程扩张为一种原罪意识，这在无意之中又为革命寻找到了合法性依据。当家族政治生活的苦难史被转换为心灵的“呓语”时，一切都显得既沉重又增加了某种悲壮与精神超越的色彩。这种悲壮与超越性，既是受难的最大支柱，也是高尚的来源。

可以说，“父”在这一时期小说的家族主题中是最为复杂的形象。一方面，“父”的形象通常是一个被扩大了的意指，在“父”身上，浓缩了作家对中国政治、历史和文化的宏观思考和对意识形态的某种隐喻；另一方面，作家深刻的感时忧国情怀和理性精神又使“父”的形象有一种悲壮的理想主义色彩和承担意识，这也是思想界认为20世纪80年代中后期文学精神和五四文学精神暗合的原因之一。作家常常不由自主地流露出对传统文明的眷恋，特别是“文革”结束之后，随着中国工业文明的逐渐推进，精神价值的逐渐物化，信仰的普遍丧失，这一切使得传统文明被又一次认同。《白鹿原》中的族长白嘉轩便是这样一个典型。作者对白嘉轩毫不掩饰的忠爱和欣赏，也恰恰是因为他看中白嘉轩作为传统儒家“父”的代表对信仰的执着，这正是现代文明越来越缺乏的。

其实，“十七年”时期和新时期小说家族主题都在塑造“父”的形象，但是，前者更大程度上是在意识形态笼罩之下完成的，是高扬、强化“父”的存在，“父”的形象以一个乌托邦的集体主义冲动的面目出现，它迎合了人类对“完美”“大同”世界的最高向往却也成为最大的专制主义者，以牺牲了人类更丰富的个性存在为前提。因此，一夜之间，它坍塌了，在其间，作家只是一个失去或竭力抹去主体存在的“描述者”；20世纪80年代中后期的“父”们是一个文化的、抽象的“父”，附带着强烈的审视意味和批判意识，更重要的是，作者在“父”的身上融入了文化寻根和思辨的意味，这使得这一时期的家族小说真的成为探寻我们“民族秘史”的文化样本。

解构·恋祖·寓言："家"的象征叙事

一、《敌人》：解构家族与历史的惶惑

仿佛是突然之间，20世纪90年代小说家族主题以一种新的姿态繁荣起来，这些小说似乎不再重视或者有意舍弃家族的真实背景和结构方式，也不再过多探讨传统文明的具体延伸和影响力，竭力淡化文学作品所承担的社会责任和道德意识，而是借助于鲜明、生动但又模糊多义的家族隐喻来结构和解构生生不息的民族历史，从而试图揭示出历史的存在状态和表达自我的存在焦灼。在小说中弥漫着几乎是一种迫不及待的考问——我是谁？我来自何处？又往哪里去？"在关于自我的追问中，小说被迫由看得见的行为世界转向对不可见的内心生活的省察。"（昆德拉）这种对"根"的迫切的寻找，对自我存在理由的追问，对人类生存本质的怀疑和虚无感几乎上升到一种哲学意义的追寻。他们也不再试图从真实的家族历史发展中寻找历史的真相，而是一开始就彻底否认历史有所谓的真相，他们

的叙事处处表明探索历史的困难，这困难不单来自意识形态的遮掩，而且来自语言和人性本身。《纪实与虚构》（王安忆）、《敌人》（格非）是这一时期家族主题小说最具本质追问性的小说。作者并不关注其作品是否反映出了家族制度的某种文化含义，而是旨在描述在家族这一人类生存的基本链条之下“个人”的存在状况。

和《白鹿原》的巨大历史空间和舒缓而深情的描述相反，《敌人》则用支离破碎的先锋语言描述了一个典型的有关家族生存的寓言故事，多年以前赵家那场神秘的毁灭性的大火和掌门人留下的那份无法找到的仇人名单成了赵家后人无法摆脱的命运。“谁是敌人”这个焦灼而又永恒的悲剧性命题揭示了人类生存的宿命和盲目，也许“敌人”就是赵家族辈本身，他用那份也许本来就是虚拟的名单达到对后代的控制，以实现自己的统治欲望，也许“敌人”是故事的叙述人赵少忠，正是他的多疑、残暴、乱伦、通奸导致他杀害儿子、情人，并把女儿送进了婚姻的牢笼，而从作品若隐若现的叙事也让人猜测，多年前那场导致赵家毁灭的大火可能正是四岁的赵少忠所为，那份也记录了自家人姓名的敌人名单成为赵家悲剧命运的来源。在这样一个绝对阴影的笼罩下，赵家人孤独、怪异、冷漠并且相互背叛彼此猜疑，他们的仇敌隐匿不明，那场灾难始终追逐着他们，毁掉他们的家族，也毁了他们生存的意志，找不到敌人，或者敌人不来找他们，都意味着他们的存活失去意义，但同时，这不断搁延的复仇行动又支撑着他们生存下去。最后，赵少忠暗杀了他的儿子，想以此证明他们的确有敌人，也为他们的生存找到一个支点，但是，最后赵家还是沦为废墟的命运证明他的一切努力都是徒劳。

就《敌人》而言，其实更多的是先锋文学的实验之作，作者对形式的喜爱，对形式本身所承载意义的琢磨，要远远大于对故事本体的兴趣。《敌人》的家族故事只是一个框架或线索，作者对家族逸事，爱恨情仇，对家族制度所蕴含的文化内容、内在矛盾性、在中国现当代史上的命运及对个体生活史的影响，包括对当代政治发展史，都不感兴趣。作者旨在寻找个体的命运，它不是具体语境的人的命运，而是哲学意义的人的存在性，与此同时，作品探讨了更为普遍的人类命题，如恐惧、空虚、死亡、残忍等。因此，虽然《敌人》以迷离晦涩的情节来书写神秘的家族仇恨对赵氏后人的巨大牵制力，但是，最终你更多地感受到的却是对家族精神的彻底解构，以血缘亲情与道德伦理为特征的家族精神被生存本能与人性欲望所控制，作者更侧重于对整个人类存在进行隐喻式书写，而不是对家族本身进行某种探讨。因此，当《敌人》再次重版时，竟被称为“神秘小说”，而这也得到作者的认同，也由此看出作家写作着重点的不同。

苏童的《1934年的逃亡》历史背景更为模糊，竹器商人家族荣辱兴衰的不可捉摸，有关性、生殖和瘟疫、灾难之间的隐喻，都展示出人类生存的晦暗、苦难、萎缩和悲剧性的一面，从而展示了一部缩微了的种族生存历史。王安忆在《纪实与虚构》中以创世纪般的热情不断地建构和解构自己的家族根源，“我”，茹家的后代，一开始便沉浸在急于寻找自己根源的宿命的狂热中，她从浩如烟海的史料，从流传于故乡的先祖逸事中，发现了“茹”姓茹毛饮血、剽悍悲壮的过去，她渴望在对家族神话的追寻中来对抗日渐萎缩苍白的种族后代。家族作为人类存在和生活的基本背景与现实生活中“我”的生活经历形成一种张力从而扩大了作品的容量，作者并不关注她的家族是否符合历史的真实，是否反映出了家族制度的某种文化含义，她所关注的更多的是“我”存在的理由，也可以引申为人类个人生存的意义。余华的《活着》则从另一层面揭示人类生存的哲学理由：个人的存在意义从来都是建立在亲人的背景之下的。死之意识弥漫在主人公福贵的灵魂中，只要他活着，他的亲人们便存在。使人特别关注这部小说的原因不仅仅是它的主题意义的独特，还有小说中所弥漫的那种轻松随意略带调侃和民间幽默的叙述方式，这种叙述方式使家族意象转化为一种家族审美意识，从而使家族生存上升到人类生存境遇的抽象意味之中。这些构成了20世纪小说家族主题的第四阶段特征：寻找“人”的存在位置。

二、《红高粱家族》：“恋祖”情结与酒神精神

耐人寻味的是，和现代文学阶段小说家族主题中“祖”的衰落相反，“祖”在20世纪90年代家族主题小说中被反复强化，如《纪实与虚构》《红高粱家族》等。在这些作品中，“祖”的强壮、自由和当代“孙”的苍白、畏缩的形象相对比，“祖”常常意味着生命力、民间精神和某种民族精神的凝聚力。这是一种回归，但绝不是对传统家族制度的回归，而是在当代生活的浮躁性、无根性之中，作家对传统文化精神本能的一种寻找，它传达了现代文明本身的某种无能和缺陷，也展现了现代人生存的某种危机意识。

莫言在《红高粱家族》中不断讲述“我爷爷奶奶”的故事，“我”醉心于“爷爷奶奶”感天动地的豪迈和野性，对自己的种的退化痛心疾首，红高粱家族是生命、性、张扬的象征，“我”却充其量不过是一个做白日梦的城市游荡子。《红高粱家族》也叙述了“我爷爷奶奶”的愚昧和残酷，作者似乎陷入了“恋祖”的文化自足心理之中，“祖”的张扬和“孙”的苍白以及“父”的缺席相互缠

绕，作者本人在时空中任意营造自己理想中的家族模式。在某种意义上，家族史被抽取出来，置换成一个浪漫的民间传奇故事，正史与野史完美地结合在一起，从而完成了当代文学从启蒙到反启蒙的书写。而这一反叛正是对当代文学过于浓重的理性精神的大胆突破，个体旺盛的生命力第一次从美学的角度得到赞美；从家族主题嬗变的角度来说，《红高粱家族》对民族精神、家族精神做了一个全新的阐释，家族的精魂不仅仅是文化礼仪的传承，更多的是对生命的热烈投入，带着任性、无拘无束的自由冲动。莫言崇拜尼采的“酒神精神”和由此而达到的沉醉境界，“它意味着无拘无束的本能的解放，是动物冲动和神性冲动的同时爆发，沉醉就是把个人还原为构成它的集体本能和因素，是自我的弥漫和扩散”。也许莫言最能理解动物冲动和神性同时爆发的内在和谐性，因此，“父”的诞生不是在充满腐败气息或文化传统的高院深宅，而是在充满原始气息的荒野之中。可以说，莫言所写的既是“我”的家族历史，也是他心中的家族精神历史。在更高意义上，或许还隐含着对一个族群生命力越来越退化的担忧。当作品中的“我”回到“故乡”时，深为自己一身的“家兔子气”而羞愧，感到愧对祖先的豪壮、野性与敢爱敢恨的浪漫情怀。在这里，作者也包含着对现代文明的反思与对民族生命力退化的担忧。但是，值得注意的是，在这里，家族“祖”的形象——“我奶奶”身上承载着作者对两套话语的叙述，一套是对家族血性历史、对革命的向往，另一套则是对个体的自由、对生命力的向往。这两套话语在中国传统家族文化中是相悖存在的，但在莫言这里，国家话语/家族命运、正史/野史、家族文化/当代政治、性/爱却被非常完美地融于一体，也完成了当代家族小说的一个奇迹。

“父”的角色是那么平淡，甚至于无，《红高粱家族》中“父”

只是被叙述的对象，他的真实面目、性格特征是缺失的。在余华的《在细雨中呼喊》中，父被赋予懦弱、自私和萎缩的形象，只是一个赤裸裸的在各种欲望中挣扎的人，父对子的血缘性权力关系被作家丑化或颠覆。这既是作家真实的心理和生存感受，也是他们对自己意识形态处境的隐喻。莫言、余华、苏童们基本上在十年浩劫中度过自己的青春，目睹了权威和价值的反复无常，心理的不安感，无家的凄凉感，对家（既是家，又是国）、世界的迷惘和强烈的不满，使他们成为无根的一代。他们痛恨道貌岸然的说教，因为他们知道转瞬间那一切又可能是假的。世界遗弃了他们，他们也以牙还牙，以不负责任的姿态解构着一切所谓“正义”“深沉”“永恒”的东西，以对形式的热情和解构的热情去瓦解文学的高高在上和说教，“根”的缺失、“家”的缺失、“父”的缺失几乎成为这一代人共同的主题。

正因为此，作家作为民族代言人的身份被拆解，一种新的叙事身份应运而生：具有民间狂欢性的自由书写。“狂欢节仿佛是庆贺暂时摆脱占统治地位的真理和现有的制度，庆贺暂时取消一切等级关系、特权、规范和禁令。这是真正的时间节日，不断生成、交替和更新的节日。”虚构和想象，似真似假、荒诞不负责任的情节，隐喻、讽刺、突如其来的逸事和夸张的狂热等充斥在文本之中，我们被种种意外所惊讶，而在这惊讶中却常常能产生审美的快感。刘震云的《故乡天下黄花》最具有这种文本民间狂欢特质，权力的更迭、历史文明的发展、生存的欲望以及凶杀、民间传说，都以一种夸张的游戏笔墨和无意义性的书写表达出来，社会制度的严肃性和人类生活虚构的美好在此遭到最大限度的消解，从而达到意识形态非神化和世俗化的效果。所谓的乡村宗法制度和家族制度的形成，不过是几个大家庭之间的权力争夺而已，但也正是这些权力争斗的恩怨构成了乡土生活的全部政治基础，它使我们不无沮丧地意识到我们生活的全部意义竟然建立在如此偶然、如此无意义的历史事件中。

与“祖”的形象被强化的同时，“父”再次被彻底放逐，他懦弱、自私、萎缩，只是一个赤裸裸的在各种欲望中挣扎的人，“父”对“子”的血缘性权力关系被作家丑化或颠覆，“父”所拥有的压迫子辈的权力都在一种平等、轻慢甚至略带恶毒的讽刺笔调下被完全化解掉，这既是作家真实的心理和生存感受，也是他们对自我生存处境的某种隐喻，如余华的《在细雨中呼喊》、王朔的《我是你爸爸》等。这和20世纪80年代中后期作家语重心长、情真意切的“审父”构成鲜明的对比。综观百年来的家族主题小说，会发现，“父”在文本中处于非常尴尬的角色，他们不断地被作家拆解—重塑—再拆解，在解构“父”的同时，也解构掉了20世纪作家所坚守的正义、深沉和持之以恒的启蒙精神，与此同时，“子”的形象或者说文学的主体性被逐渐建立起来，并且逐渐形成自己的意义系统。这也是20世纪末小说精神发生深刻改变的原因之一。

三、“家”的文学叙事

作家——叙事人在“家族”谱系中的身份嬗变。从前几节的分析中我们可以发现，作品叙述人的角色和叙事功能以及作品中作家的隐性位置在不断发生位移，这实际上是家族主题模式不同的关键所在。20世纪20年代至40年代小说中的家族人物，“祖”“父”“子”三代人在文化上相互否定，处于一种悖反状态，作者站在“子”的立场上以一种叛逆的姿态出现。但是“子”从一个旧家出走，又很快被结构进一个新家，他的叛逆是以另一个政治形象（国“家”）为对应物的。在80年代中后期作品中，“祖”“父”“子”三代人不再那么截然分明，而变成一个复杂的相互生成体，作家在作品中以“父”的形象出现，既温情脉脉又忧患重重，作家的主观投射和承担意识特别强烈。颇具意味的是，他们所观照的对象恰恰是20年代出走经历了几十年风霜的那一代人，这使两代人的作品无形中具有某种承接性。而90年代的家族主题，作者则以幼子或浪子的身份出现，“祖”和“父”作为一种抽象的生存力量融于日常生活之中，“我”却无所不在。从作家在“家族”中的不断位移，可以看出作家文学观念和人性观念的变化，作品叙述由一种集体话语逐渐向个体话语转变。作家的人性观念由对政治人性的关注（人被定义为“国家意义”的人）转移到对集体人性（族群中的“集体”人）和历史人性（个体存在的人）的关注，文学的内在结构在不断调整和完善。

在现代文学阶段的小说家族主题中，家族人物结构模式处于一种悖反状态，“祖”“父”“子”三代人在文化上相互否定，“祖”是没落的传统文明的化身，尽管作家可能也在不自觉中流露出对家的留恋，但根本上仍是一种完全否定的态度。作家——叙述者的身份定位为一个出走的向往革命的“青年形象”，以他的眼光来描述家族生活。如果考虑到当时轰轰烈烈的“新文化运动”和“五四运动”，这个“青年”实际上是更强大的社会思潮倾向的代言人，“青年”从一个旧家出走，又很快被结构进一个新的话语之中，他的叛逆极有可能是以另一政治形象为对应物的。因此，巴金的乐观只是国家主义的虚拟的胜利，他在20世纪40年代《寒夜》的悲凉表明他已经意识到当年的乐观的浅薄，汪文宣死时的凄凉场景和抗战胜利的狂欢的同时性存在，意味着国家的价值判断和个体的生活有着某种根本性的冲突。

如果说现代文学阶段小说作品中隐含作者的价值判断是倾向于

青年，“十七年文学”时期作家则失去作为作家主体的观照能力，而只是作为一个“描述者”或“大我”的形象出现的话，那么，“新时期”家族主题小说中的隐含作者则是以“父”的形象或近似于“长子”的形象出现，叙述者和隐含作者的价值判断从世纪初的一致性逐渐游离出来，“父”在这里循循善诱，既严厉又充满温情，既高瞻远瞩又忧心忡忡。在经历了“十七年”政治意识形态的压迫和整个民族对“家”的狂热拆解之后，作家们企图从失落的传统文明中寻找有价值的东西以拯救人类精神的迷乱并重建社会秩序，这一时期的伤痕、反思、寻根文学都是这一主题的外延。家族意象演化为一种种族意识深入进作家的灵魂中，作家作为一个全知全能的叙述者，站在群的立场和种族的角度，成为审视民族文化的形象代言人。作品中的“祖”“父”“子”三代人不再那么相互否定，而变成一个你中有我、我中有你的相互生成体。“家”既是具体的某一家族或部落，又是中国传统文化机制的缩影。几乎在所有的小说中，作家都试图把“家”和“国”在文化上同构和同解构，作家的理性主义色彩和承担意识特别强。

但是，颇具意味的是，这一时期作家所审的“父”（站在父的立场上审“父”）恰恰是世纪之初出走的青年们，当初他们以决绝的姿态从旧的黑暗的家中出走经历了几十年的风霜，去寻找进步、光明和救国的希望，现在，当他们的“子”超越历史的迷雾去审视，却无奈地发现，他们的“父”仍然背负着太多的过去，这也是两代人的作品无形中具有某种承接性。20世纪80年代末90年代初社会的再次转型导致了价值观念的全面颠覆和知识分子的边缘化地位的产生，同时也戳破了作家作为民族代言人的虚假形象，一种新的叙事人身份应运而生。“祖”“父”作为一种抽象的生存力量存在于日常生活的图景中，“我”却无所不在又飘忽不定，作品视角内化模糊化陌生化，“我”只是无数失望和惶惑中的一分子，只是在家族的历史长河中徒劳挣扎的每一个自我或者干脆只是一个符号。“我”的特殊地位对作家而言，是他们对生活、对生存现实和对历史的特殊表达。如前所述，这一类作家常常是较为年轻的一代，是在“文革”中成长起来的一代，他们的梦魇般的叙述是他们的真实的成长中的情感历程。如果仍放在家族序列中考察，作者则以“幼子或浪子”的身份出现。《红高粱家族》（莫言）、《在细雨中呼喊》（余华）、《风景》（方方）等运用的都是非成人视角，作者在历史和现实的缝隙中穿梭，成功地阻断了“家”的完整性和连续性，他们更注重瞬间的激情和永恒，“爷爷”“奶奶”“我”只是被叙述人唤起的一个个瞬间的意象的存在，而非活生生的历史长河。这种把生与死、过去和现在联结起来的叙事，无疑扰乱了“家”的原有的文化含义，而成为一个虚构的想象经验，真实不再是他们奉行的准则，或者说他们认为虚构本身即是真实，这种自在状态的创作显然使作家摆脱了来自内心的某种束缚，从而达到一种小说观念上的自由。

文学对“家族”的永恒追寻。从作家的潜在角色和隐含姿态在“家”中不同位置的位移，我们可以看出作家的文学观念和文学立场也在不断发生位移，叙述方式由一种集体性话语逐渐向个体话语转变，叙述者和作品隐含作者的价值判断从完全重合到各自形成一套话语并相互观照。文本也由侧重于对政治文本的想象，即重视文本的整体性、国家性和寓言性逐渐转移到对文化文本的虚构和对自我存在意义的追寻，虽然寓言性仍在，但却更多地内化到文本之中。詹明信在一篇文章中写道：“所有第三世界的文本都带有寓言性和特殊性，我们应该把这些文本当作民族寓言来读。甚至那些看起来好像是关于个人和力比多趋力的文本，也总是以民族寓言的形式来投射一种政治：关于个人命运的故事包含着第三世界的大众文化和社会受到冲击的寓言。”姑且不论他对“第三世界”这一术语的判断是否完全科学，但有一点可以肯定：在中国知识分子的潜意识中，“我们”这一集合词的价值远远高于“我”的价值。在几千年的皇权制度和家族制度的影响下，族群的概念当然被强调而个人的存在却几乎被忽略，个人的价值只有摆在血缘关系中即家族中才有意义，换言之，儒家文化意义下的个人是存在于家庭中或家族中的个人，而非西方社会所谓独立存在的个人，这就无形中造成人们对皇权（父）的下意识的敬畏、膜拜和认可。

20世纪90年代初政治体制和经济体制的根本性改革以及由此而导致的传统价值规范的彻底解体，对于一代中国知识分子来说，无疑是一次严重的精神危机。但是，也正是这一次根本性的失落给文学带来了自救的机会，作家只能在文学内部找到自我确认的价值标向。知识分子走下（尽管有点不太情愿）神坛，放弃了启蒙主义立场，开始从拯救自我出发拯救文学的失落，这就为形成新的文学观念创造了外部条件。90年代突如其来的形式变革正代表着这样一种变化：文学回归自身，开始寻找一种具有自性的文学品格，开始真正追求属于自己的历史和美学原则。“事实上，在文学发展进程中，形式变革的冲动每时每刻都在压迫着具有自觉意识的写作者，而在文学失去意识形态的强大支撑的时候，形式变革的力量就起到决定性的作用……”这种形式主义策略一方面拆解了传统的文学象征秩序，使文学有可能走向个体的审美创作，另一方面，从本文所探讨的命题来说，相对内化的创作恰恰可能使作家处于一种对“家”的游离状态，他们对“家”产生了信任危机，在《在细雨中呼喊》

《1934年的逃亡》《你是一条河》以及其他许多作品中，“父”都处于缺失地位，这和世纪之初小说中“父”权的丧失具有某种重合性，而这种文化的游离感、冲突感和自我存在欲望恰恰是90年代以来的文学共性。

从20世纪之初传统家族的大厦将倾，作家对家族以及家族制度义无反顾的抛弃，“十七年”整个社会拆解家庭，建构乌托邦的原始集体主义，到“新时期”对家和家族的重新审视和90年代对家族的超越以及由此而涉及的对人类存在的思考，家族意象始终沉潜其中，并且组成20世纪中国文学的重要部分。21世纪小说的家族主题会是什么样子？它还会不会像20世纪这样承担如此复杂的文学精神和文化意蕴？这些都无法预测。但是，有一点可以肯定：作家心中永远都有一个“家族”原型。心理学家荣格曾这样描述人类的集体无意识：“每一个原始意象中都有着人类精神和人类命运的每一块碎片，都有着在我们祖先的历史中重复了无数次的欢乐和悲哀的残余，并且总的来说遵循同样的路线。它就像心里的一道深深开凿过的河床，生命之流在这条河床中突然奔涌成一条大江，而不是像先前那样在宽阔而清浅的溪流中流淌。”也许荣格更多的是指在人类历史发展中个体成长的既定性和承继性，但却在无意中揭示出人类家族意识的渊源以及个体和家族之间的关系。换句话说，任何一个人都不可避免地在既定的家族链条上，毫无选择地接受既定的文化场。从这一意义上讲，对“家”“家族”“根”的追寻将是文学永恒的话题。

性与族权：《白鹿原》中的性文化意蕴

1993年，陕西作家陈忠实的《白鹿原》出版后，其中大量又细致的性描写遭到了非议。有评论者认为这是“玉中之瑕”，也有许多人认为是一种商业炒作。我觉得，对这部陈忠实作为自己“垫棺做枕”的作品，任何简单而又粗略的评价都是不恰当的，尤其是其中关于性的描写。它肯定寄寓了作者某些思考和情绪。本文即从性和权力的互动关系入手，试图从一个独特的角度来分析《白鹿原》所蕴含的性含义，具体来说，我想在本文中分析中国家族制度（中国封建社会初级权力机构）是如何利用性来达到统治的目的，性在此中客观上所承担的角色以及权力对性的极端化态度如何使中国家族制度和传统儒家道德文化走向衰落。同时我还想在本文中具体分析一下书中几个主要人物的性心理和性文化原型。

一、性与家族权力

要想弄清性在中国农业社会权力中所扮演的角色，必须要弄清楚中国封建文化特征。社会学家费孝通在《乡土中国》中说“从基层上看，中国社会是乡土性的”[①]。乡土社会的稳定性和封闭性，决定了我们这个族群是循着自然的血缘关系构造起来的，是一个礼俗社会，而不是契约社会，“血缘性的自然联结里层乃是人格性的道德联结”[②]，它们相互渗透成为中国封建家族制度的一体两面，使得血缘不再停留在自然的血性中，而提到了“道德的感通”这一层次，同时也使得道德不再停留在权力、理性规约这里，而是渗透到自然的血性之中。这种权力、理性和自然血缘相结合的道德方式，决定了中国的伦理本位文化特征。因此，在中国封建基层社会，道德几乎可以说代替了法律的职责。同时，在“自然的血缘性联结”下，个人的价值只有摆在血缘关系中即家族中才有意义。

弄清中国封建文化的特征和中国封建社会的基本特征，就比较容易分析性在这种社会结构中的角色。封建社会婚姻的主要目的在于生育，而性的另一重要部分——性欲从伦理上被剔除出去，这种性交、婚姻、生育三位一体的伦理型文化模式不是偶然的。性欲，这个冲动和张扬的产物，不符合中国农业社会的封闭性和保守性，对性欲的抑制，会促进集体关系的稳定和发展；另外，在一个家庭中，有了儿子才能确立在村子里的地位，才能够有足够的劳动力从事生产，这无形中夸大了性的生育功能和生育所彰显出的权力性质。对于一个族长来说，婚姻还是宗教权力的一种联结方式，也是权力外延的一种渠道，生育的结果如何，往往会颠覆权力，使权力位移。因此，才有了白鹿原上的头号人物白嘉轩“六葬七娶”的壮举。

① 费孝通：《乡土中国 生育制度》，北京：北京大学出版社，1998年版，第6页。
② 林安梧：《儒家与中国传统之哲学省察》，上海：学林出版社，1998年版，第20页。

1. 白嘉轩的深层性禁忌心理

“白嘉轩后来引以为豪壮的是一生娶过七房女人。”[①]这惊世骇俗的开头似乎是作者在让白嘉轩炫耀他非凡的性能力。相当一部分人认为这是作者哗众取宠的楔子，一些评论家则认为这是为了表现白嘉轩“尊祖”与“宗孝”的文化心理。但从小说后面的情节发展与白嘉轩的发生逻辑来看，他的“引以为豪壮”并不仅仅是炫耀其性能力（相反，这正是他深藏于心的禁忌），尊祖与宗孝也只是一种表象，他真正引以为豪壮的是他以前仆后继、百折不挠的精神最终得了儿子，获得了他作为“父”（父亲和族长）的权力。白嘉轩和他的前六房女人无子以及六个女人的死亡象征着什么？白嘉轩旺盛的情欲和六个女人的惶恐不安形成鲜明的对比，这暗示着一件事，白嘉轩潜意识里认为他性欲的旺盛导致他无子的灾难。他害怕或者说他否认性的激情和爱欲的存在。激情、放纵，对于白嘉轩来说是一种威胁，他所信奉的道德原则是节制，只有节制才能带来尊严和权力。因此，他对自己的情欲有一种恐惧心理。反映在外，即受到无子的惩罚。无子、死亡和旺盛的情欲如影随形，这种如影随形的意象性是中国儒家道德文化的投射，中国性文化的超越功能即道德和生物本能的截然对立造成白嘉轩灵与肉的分裂，在生育目的强调统摄下，他企图把他的情欲归结为为了后代，但是，他失败了，他的灵魂产生了焦虑和不安。日后，他对小娥反复过分的性惩罚和对儿子白孝文的仇恨都显示了他早年的不安和禁忌情结。

儿子的血缘性自然联结是种族绵延的保障和父辈获得权力的象征。没有儿子，他的族长权力就会受到全面质疑，他就不可能办学

---

① 陈忠实：《白鹿原》，北京：人民文学出版社，1993年版。以下原文引用均来自此。

堂、订乡约、正家风，在白鹿原上推行他的道德原则。颇具意味的是，在完成了生子的任务之后，白嘉轩的性生活突然成了空白，女人作为一个人的存在，在白嘉轩的世界里被遗忘了。活动在作品中的是一个开始处心积虑运营生产的族长。这空白隐含了一个信息：白嘉轩在拒绝或者说在有意摒弃情欲，开始走向他的社会角色。性已经成功地为他奠定了基础。鲁迅先生曾极具讽刺地说道："性交是常事，却以为是不净；生育也是常事，却以为是天大的功劳。"这句话充分揭示了白嘉轩性禁忌的深层文化心理，也形象地揭示出中国人对性的分裂态度。"人类之所以能适应，就在于生物性加上文化性的系统，生物程式的演化是要维持人类的生存并形成人类社会。"[①]但是，也正是人类善于把"生物性"加上"文化性"，才使"生物性"失去它自然鲜活的生命力，变成一种从属于文化的囚了。文化则成为一种权力模式存在于人的生物本能中，对人的性活动起着支配作用。

2. 对鹿子霖犯规的疏漏：权力机制对性的利用之一例

可以说，《白鹿原》是以对族权的争夺为经线，以性的活动为纬线（两者经常互为背景互相利用）来描写中国家族制度的命运的。白嘉轩和鹿子霖之间的权力争夺是原上最公开也最隐秘的矛盾。白嘉轩一开始就占了上风，独得了白鹿的灵气并成功策划了换地事件。实际上，并不仅仅是从此开始，更为根本的原因可追溯到祖上。白、鹿两姓是一个大宗族，在分姓时规定以"白"姓为长，这是先天的优势，是白嘉轩的权力原型。白嘉轩利用手中的权力总是能巧妙不

---

① 〔美〕罗杰·M. 基辛：《当代人类学概要》，北晨编译，杭州：浙江人民出版社，1986年版，第6页。

着痕迹地打击鹿子霖。他不知道鹿子霖的淫荡吗？他很清楚，并且早就预言：鹿子霖会落得个猪狗不如的下场。作为一个族长，为什么疏漏了鹿子霖的淫荡行为，而对小娥、狗蛋之类进行毫不留情的惩罚呢？仔细阅读文本，我们不难发现，白嘉轩是有意放过鹿子霖的，鹿子霖有一句话深刻地表明了两个人的意思，“（在小娥被刺刷之后）你挨了刺刷受疼我知道。可你不知道白嘉轩整你只用了三成劲，七成劲是对着我……人家把你的尻子当作我的脸抽打哩！”的确，白嘉轩的目的就是要让鹿子霖放纵，让他在愤懑中走向堕落。他要摧毁鹿子霖心中的自信，让他失去在村中做人的资格，这样鹿子霖就失去了和白嘉轩争夺的力量。

3. 对白孝文、小娥的性惩罚

陈忠实在谈到白嘉轩时说他的原型来自一位腰杆挺直、威严无比的老族长，那些在家门口袒乳给小孩喂奶的妇女一见他就赶紧往屋里钻，在书中白嘉轩几乎是尊严、正义和理性的化身。当他大义灭亲处理儿子的性犯规时，他同时赢得了村民的拥护和信任。白嘉轩几乎忍受不了儿子的叛逆，当他听到孝文在小娥窨里的淫秽声音时，他嘶叫一声跌倒在地，他不仅是被这种突如其来的耻辱击倒，更重要的是白孝文对他的道德信仰的打击。白嘉轩一生最看重的就是那张“脸”，没有了“脸”，他就没有了权力和尊严，也没有了生存的支柱，“这个儿子丢了他的脸亏了他的心辜负了他对他的期望，他为他丧气败兴的程度远远超过了被土匪打断腰杆的劫难……”从权力层面来看，他对白孝文和小娥的性惩罚出于几种考虑：首先，他必须维护他权力的公正性，村民们都在看着他，更重要的是，鹿子霖在关注着他的行为，假若白嘉轩包庇儿子的话，则落入了鹿的圈套；其次，白孝文的放荡行为使他失去了将来做族长的资格，他要通过惩罚孝文来确认二儿子孝武的族长位置，这对维护白家以后的权力是相当重要的，他让孝武去刺刷他的哥哥是深思熟虑的；还有一层白嘉轩根本意识不到的心理原因，他对性的关注远远超过其他方面。文章前面已经提到，白对旺盛的情欲有一种天然的厌恶和紧张，他把孝文的性放纵看得比其他的错误都严重得多。鹿子霖也正是抓住了这一点，才让小娥诱迫孝文上钩。

我们不难发现，白嘉轩在白鹿原上实施的是暴力统治，用暴力的手段来达到“仁义”治村的目的，这本身便是一种悖论。在白嘉轩眼中，原上的每一个人都是族权网络下的一个个网结，这种道德与主体价值需求的偏离是中国实存型道德的悲剧。但是，我们也应该看到尽管白嘉轩对权力的运用有自己的目的和目标，但这并不意味着它是由白嘉轩的主观意识决定的，他也受着所信奉的道德精神的制约，这种高层次的理性又形成一层权力网住白嘉轩并敦促他去实施，以达到它的目的。

二、权力情结：鹿子霖的祖根文化悲剧

陈忠实曾在创作谈中谈到，鹿子霖和白嘉轩虽然经常携手办理族务，但是两者却有着截然不同的“文化心理结构”，属于农民中对立的“两种类型”。也有评论者认为，白嘉轩所持的是伦理本位文化，奉行的是儒家人格思想，而鹿子霖的思想支点却是官本位主义。[①]实际上，无论白和鹿持什么观点，他们的行动都基于同一种需求：对权力—族权的渴望。但老祖宗在分白、鹿两姓的时候，武

① 郑万鹏：《〈白鹿原〉研究》，长春：时代文艺出版社，1998年版，第131页。

断地规定以“白”为长，注定了鹿子霖的悲剧，使他永远成为“老二”，永远没有资格站在祠堂前，这种天然的毫无理由的剥夺自然会引起鹿子霖不自觉的反抗，同时也决定了鹿的性格发展趋向。

1.“祖”根不正，是他宿命的悲剧

刚才已经提到鹿家“老二”的地位是他失去权力的第一条件，还有一个致命的因素是他一生难以化解的情结——耻辱的发家历史：他的祖先靠被人鸡奸而发家。这几乎是鹿家几代人的隐痛，也是他们在原上地位始终不稳固的重要原因。鹿子霖的道德指向摆脱不了这种耻感文化的困扰。他不断向儿子兆鹏、兆海提到祖先的遗愿，显示了他迫切改变血统地位的愿望。当兆海穿上军装回到村里，当他当了乡约终于站到祠堂前面，他显得何等激动，简直有些轻狂；当庆祝活动中鞭炮齐鸣时，他的家族根基的肤浅和他心理扭曲的阴影也一并显现了出来。和白嘉轩的冷静自尊相比，这恰恰显示了他底气的不足和自信心的严重缺乏。究其实，在鹿的心中，他还是以白嘉轩的道德原则为重的，他一生都向往在这个制度中占据领导地位。但是，他的人格力量抵不过白嘉轩，他转而利用另一种文化（战争文化）来获得心理上的满足和村民的承认。但是他很清楚，白嘉轩看不起他，鞭炮和炫耀只是为了掩盖他的虚弱，他迫不及待地寻求女人一部分是他的空虚感和挫折感所致。弄清这一点，也就明白了何以白嘉轩的腰杆总是那么笔直，而鹿子霖却越来越萎缩的原因。因此，我认为，“官本位主义”这种判断是缺失的。我们必须分清鹿子霖心中的“官”和现在的“官”的质的不同。他所谓的“官”的存在价值是依托于“族”的存在。族，在皇家继承权的映照下，是权的根基。鹿子霖尽管有了“官”，却纳入不了村民的思想体系和

他自己的思想感情中，其威严也远不如白嘉轩，这是他追求族权的一个根本原因。故从总体上看，鹿并不是官本位，其深层心理仍是族权本位。他只是利用“官”达到他在白鹿原上的正统地位，他的发达永远代替不了他在祠堂前站哪怕一分钟。

2. 一种民间势力：鹿子霖“干儿”的存在意义

作者前半部分没有描写鹿子霖的众多私生子，后半部分，则突然出现鹿子霖在“干儿”家晃动，而且“干儿”的母亲无一例外都颇具几分姿色，“干儿”也无一例外是鹿姓特征。显然，他们是鹿子霖的儿子。鹿子霖不怕白嘉轩和村民们知道吗？他的有意走动甚至颇有些炫耀的姿态在暗示着什么？当族间争斗的时候，多子的一方必然占相当人的优势。鹿子霖从正面绝无可能战胜白嘉轩，他只好退缩到“性”的阵地中。“本能的欲望永远随着挫折而高涨。”[①]他希望从一次次猎艳中获得满足来缓解心中的郁结。随着一个个“干儿”的诞生并显示鹿姓特征，鹿子霖开始意识到他们的力量。若干年后，鹿姓——他鹿子霖的儿子将遍布白鹿原，他们会形成一股强大的民间力量对抗白家。因此，鹿子霖开始公开串“干儿”家，不是欲盖弥彰，而是在发出一个强有力的信息，强化他作为“父”的合理性。这种心理虽然可笑，但并不奇怪，农民文化的实用性和生存哲学可以使民间的非正统的因素逐渐占据上风，为人们所接受，并最终发挥作用。

白嘉轩和鹿子霖的明争暗斗实际上反映了封建家族和皇权专制的矛盾本质，如果说白嘉轩是家族制度中的超自我（理性）的化身，那

---

①〔奥〕弗洛伊德：《性无能——情欲生活里最广泛的堕落》，《爱情心理学》，林克明译，北京：作家出版社，1986年版，第141页。

么鹿子霖则是本我（感性）的化身，白把制度自觉地纳入内心的规则之中，完全被角色同化并成为生命的动力，鹿子霖则几乎用一种堕落了的人类天性来反抗那种令人压抑的理性精神，他们两人性格的截然反差是家族制度一体两面的绝妙版本。我们也可以说在既定权力网络的定位中，鹿子霖是一个不自觉的反抗形象。可是最后，他失败了，从权力网络中掉下来，成了被遗弃于秩序世界之外的垃圾。

三、心理性无能者白孝文、黑娃

1. 心理性无能者白孝文

白孝文被诱惑到小娥的床上，其实是一种必然。即使没有鹿子霖的阴谋、白嘉轩的暴力驱逐，他心灵深处性压抑的反弹动力也会促使他走向小娥或别的女人的床。他需要一个婚姻规范之外的女人来放松他长期的压抑。他的妻子不能或者说不敢被作为白孝文的性快乐对象，因此她也就被降为一般意义的洗衣做饭生娃的对象，而不是鲜活的自然灵性的存在，白孝文堕落之后对妻子的鄙弃和毫不怜悯可以说是对白嘉轩的不屑一顾。

白孝文面对小娥时的性无能，完全是心理使然。“他的男性能力被对手的某种品质所抵制，似乎内心有种阻力，干扰了意识意向的执行。”[①]从白孝文所接受的禁欲原则来看，小娥完全是一种异己力量的存在，是邪恶情欲的代言人，和白孝文的身份是完全相对的，正

---

① 人类学家列维－斯特劳斯（Claude Levi-Strauss）认为，每一个社会都是由一系列相互关联的符号、角色和仪式来制约的；拉康（Jacques Lacan）称这一系列为“象征秩序”（the Symbolic Order），即先于我们存在的社会关系系统。拉康认为，如果要顺应这个秩序，就必须经过三个阶段，前俄狄浦斯时期（Pre-Oedipal），也称为想象期（imaginary phase），以及镜像期（mirror）和俄狄浦斯期（Oedipal），逐渐适应“父亲的律法”。由于缺乏女性的词语，女性在这个象征秩序内只能含糊其词，或者保持沉默。

是她身上的这种特性抑制了白孝文性欲的升起。孝文身上的阻力则太多了，但最重要的一点是他以一个族长继承人的身份去和小娥交欢是不可能完成的，这时的他受到“母体”即白嘉轩所代表的道德原则的强烈牵制，因此，他只能成为一个阳痿的男人。他怀着恐惧一再找小娥求欢，每次都不可避免地失败，可怜的男人，他完全成了一个没有生命力的社会符号。幸运的是（而不是不幸），他受到了白嘉轩极端的惩罚，他被剥夺了继承族长的权力被逐出家门，同时也把他推向小娥的怀抱。“过去要脸就是那个样子，而今不要脸了就是这个样子，不要脸了就像个男人样了！”解脱了“仁义礼智信”的束缚，解脱了“族长”的锁链，孝文被抛出了制度之外、角色之外，反倒使他终于达到了高潮。

在遭受了精神和肉体上的灭顶之后，白孝文抛弃了白鹿原，抛弃了“仁义道德”，走上了与社会新兴政治力量结合的道路。这和鹿子霖的道路有着惊人的相似之处，他们的命运轨迹令人不由得不思考中国为什么培养出那么多“表面上道德文章，满肚子男盗女娼”的人。这其实是中国传统伦理道德绝对二元化的表现之一，灵与肉、礼教与人性、天理与人欲绝对对立，这种文化培养了中国人的两面性和分裂人格，它成为民间舆论的导向，也成为内心衡量自己的准则。白孝文后来偕妻回到原上，用自己的“新贵”来嘲笑古老而又落后的白鹿原，他从一个极端走向另一个极端，杀人如麻，甚至连情同手足的黑娃也不放过，这仍是相同文化内核的投射。

2. 从性叛逆到性驯服的黑娃

在《白鹿原》中，实际上还有另一个患心理性无能症的重要人物——黑娃，这白鹿原上自由动荡的精灵一开始就以叛逆的形象出现。他是长工身份，却悲剧性地被白嘉轩扯进学堂，祖辈长工的文化源流始终在接受了一些教育的黑娃身上流淌，组成他烦躁、压抑而又自卑自尊的怪异性格。和小娥相遇并相爱是他一生中最放松最踏实的时光，也是他叛逆性格的初步展现。从最初遇到小娥走上叛逆的道路到最后在另一个完全不同类型的女人引导下达到驯服状态，黑娃完成了从叛逆到皈依的历程。在和小娥做爱时，黑娃奔放、狂热，充满了野性的呼唤；而在和高玉凤做爱时，黑娃像个迷路的孩子，被“知书达理”的高玉凤所引导达到平静归一的境界。这两种完全相悖的情爱效果展示了黑娃的心理轨迹。高玉凤的引导功能实际上是白嘉轩穿越时空的遥控指挥，“民族的传统文化已经沉积为农民心灵的地质层”。黑娃的烦躁不安其实表明他一直被“祠堂”所纠缠，他一生都在为抛弃他的那个“祠堂文化”而奋斗，最终他拗不过祠堂的强大磁场，高玉凤的出现解决了他的回归情结。

在接受高玉凤的同时，黑娃的角色也发生了质的变化。黑娃在性活动中完全成了被动的承受者，他的性功能在一定程度上缺乏了亢奋，“新娘倒比他坦然”，这种心理上的优越在爱情上形成不平等关系，没有了调逗，没有了痴言疯语，完全是一种理性的交合，这种方式更令人难以忍受。然而，浪荡多年的黑娃正需要这个，“她温柔庄重刚柔并济恰到好处，使他在领略了全部美好的同时也感到了可靠和安全”。黑娃性能力的退化和他皈依族权的心态几乎同时出现，这正回应了前面所说的，传统儒家道德文化发展到19世纪末20世纪初有一种阳痿倾向。性萎缩几乎是道德权力的孪生兄弟，和它互为背景形成一种同构关系。“凡是生在白鹿原炕脚地上的任何人，只要是人，迟早都要跪倒在祠堂里头的。”当白嘉轩在为黑娃的皈依而兴奋时，他的儿子，曾经的族长继承人，白孝文已经在筹划谋杀黑娃了，这似乎预示着以封闭、克制、等级权力为特征的封建“性”文化随着权力的消长总有一天会遭到新兴力量的冲击。

四、性对权力的反控能力

应该进一步说明的是，我在这里反复讲述的性，并非仅仅表示人的自然欲望，而更多是作为历史意义和话语的一种代表。它是被放在中国封建政治制度序列中的一个历史存在。《白鹿原》是当代文学中具有清晰家族意识的典范文本，尤其是如果我们从性和权力的关系入手，就会发现，文本中蕴含着一种新的含义，即性对中国封建家族制度的形成和发展具有强大的反控作用，它甚至在观念层面上起着一种“破旧立新”的催化效果，这是以往评论家们所忽略的问题。

中国封建家族伦理（权力层面）对性的态度从来都是否定的，要么抵制、排斥、拒绝，要么阻碍、伪装（夫妻“相敬如宾”即为一例），从本质上讲，权力想让性按它的意志行事。在婚姻中，它只肯定性的生育功能，而完全否认性欲中爱欲的存在，奇怪的是，在对婚姻之外的性关系上，却承认性的愉悦功能，但完全是一种否定和鄙视的态度，这也许从一个侧面反映出权力制度有意的取舍：它把性只看作权力的实施对象，而否认性的自在性和完整性。压抑爱欲只能把性爱引向“纯粹性欲”的轨道，用只能给人带来短暂快感的性欲满足替代人的爱欲的满足，小娥最后的彻底堕落即为一例。但是，我们也应该看到，小娥几乎参与了白鹿原上每一次大的争斗并在争斗中起了决定性作用。以她为核心，结成一张性关系网，和以白嘉轩为代表的“白鹿精魂”做对抗并在不知不觉中微妙地改变着固若金汤的封建家族伦理和结构形态。由于小娥，鹿子霖背上

“乱伦”的罪名并决定性地使他走进猪狗的行列；而白鹿原最好的长工鹿三的“鬼附身”则是他内心信念全面崩溃的外化。小娥好像起到一个桥梁作用，送他们进入一个背后的世界。

中国封建“性”文化的绝对二元化无形中突出了性的地位，性和权力对立，性欲和爱对立，这种严格僵化的禁律本身就违背了家族伦理的意愿。作者再三满怀激情地描写“第一次”，字里行间充满瑰丽的想象和难以形容的愉悦，无论是黑娃、孝文、孝武还是白嘉轩本人都从中体验到一种人生的宽厚和存在的永恒，性的“第一次”几乎成为他们跨入成人行列的一个仪式，性欲在此时也自我升华为对世界、人生和对女人的爱，但是，压制和约束随之而来，性再也没有那种永恒的魅力。这是中国封建文化的大悲剧。“克制产生了文明，克制的加强又发展了文明。这样的文明势将导致自我毁灭。”这几乎是一个谶言。

第三辑

女性身份的叙事

女性书写中“男性”角色的转换与象征：女性主体意识的发展与困境

一、女性的“方舟”

就中国政治语境而言，现代意义上的妇女解放、女权主义运动与20世纪初现代民族国家的建立密不可分，女性主体的建立与民族国家主体的建立（意味着政治文化上的男权中心模式的崩溃）密不可分，这就不可避免地导致了女性性别角色与国家话语、女性性别身份与社会身份之间暧昧存在。女性主义批评一直致力对女性书写中的性别身份和社会身份之间的矛盾进行分析，从中试图寻找出女性在遭遇男性、社会、国家时的独特命运和根本出路。也因此，男性、女性之间的关系以及各自所隐含的形象在社会学、政治学和文化学上的意义一直是中国女性文学批评实践的重要主题。“男性”在女性书写中既是具体的男人、爱情、家庭，也是所有压迫、剥夺、集权的象征，对“男性”的书写方式及象征意义的转换在某种意义上显示出女性主体意识的建构、发展及其所遭遇到的困境。

在启蒙思想和中国政治改制的大潮下，20世纪初女性书写中的男性和女性暂时统一了立场，达成共谋关系，因为他们的目标一致：反抗家族制度、封建礼教和社会偏见，以获取精神和思想上的解放。冯沅君的《旅行》《隔绝》、庐隐的《或人的悲哀》《象牙戒指》和当时一大批女性作家作品都致力展现爱情与封建婚姻制度之间的矛盾和斗争。但是，这种共谋关系并没有维持多久。当挣脱了封建家庭的牢笼之后，爱情进入婚姻层面时，女作家们发现，当初那个跟你共同争取自由的男子依循的仍然是男性中心主义，社会深层的文化心理仍然没有质的变化，婚姻生活潜藏着更为深刻的性别危机。这种觉醒在某种意义上也终结了五四初期由于启蒙运动所形成的男人和女人之间的精神同盟关系。

实际上，在文明发展的传统里，精神活动和功能的价值一直高于肉体活动和功能的价值。由于自然生理关系，男性不被要求生育和家务角色，而有能力把时间用在发展精神生活方面，并慢慢发展为社会的"象征秩序"。女性则必须把相当多的时间用在照顾肉体和家务上，与"象征秩序"的意义系统背离。在此意义上，女性被看作天生智力低下的人，由此，也成为第二性的存在。[①]但是，一旦女性开始要求自我价值（实际上也就是想进入"象征秩序"内），女性危机和性别冲突就产生了。西方女性主义理论的输入给中国女性书写带来了新的活力，以张洁、谌容、舒婷、张辛欣为代表的一批20世纪80年代初期女作家的作品反映了中国女性社会性别意识的觉醒

① 伍尔夫在她的《一间自己的屋子》里详细地描述了西方思想史上思想家对女性智力表示怀疑的言语和行动。波伏瓦也在其著作《第二性》中详细论述了女性是如何沦为"第二性"的。在中国，"女人祸国"是对女性智力贬低的最典型例子。

和危机。

在张洁的《方舟》中，作者给我们设置了一个非常明显的模式，婚姻、男性、社会与女性的独立生存处于完全二元对立的层面。《方舟》中的三个女性被“另眼相待”，被歧视、嘲笑、污辱，唯一的原因就是她们想成就一番事业，想实现女性的社会价值，以此达到和男人的平等。她们对传统社会所认可的女性气质持怀疑甚至否定的态度，她们的行为与传统女性的性格，如柔美、顺从、平和、牺牲、家庭、母性等截然相反。为了表示反抗，她们甚至费尽心机地抹杀自己的性别特征，拼命模仿男人气质。因此，她们自我意识的觉醒和行动又是按照既定的社会价值（菲勒斯中心主义）来塑造自己的。或者说，她们不自觉地又遵循了性别制度的设置，陷入了男性规范和男权中心之中，走上了另一个对立面，即模仿“男性”气质，想塑造出一个与社会所认可的“男性”形象相仿，甚至更强、更雄性的“女性”形象。这使得小说中的女性主体意识和自我建构处于一种非常模糊的状态，在某种意义上，甚至强化了男权意识和男性中心主义的社会价值观。可以感觉出，作家对女性所处的位置是非常愤怒、困惑的，她们把所有的恨都集中到男性身上，但是又掩藏不住对男性的羡慕和嫉妒，她和她所钟爱的三个女性仿佛陷入一张看不见的社会密网之中，不停地反抗，却时时遭受着打击和不公平的待遇。

应该说，张洁作品中这种女性的愤怒、焦虑以及对“男性”形象的羡慕和不自觉模仿是20世纪80年代女性书写所共有的，如张辛欣的《我在哪里错过了你》《在同一地平线上》、王安忆的《流逝》等。她们有明确的社会主体意识，渴望获得和“男性”相同的社会价值认同，进入公共价值体系之中，但是，她们对女性性别主体的真正形象却没有一个真正清晰的认识，因此，张洁们对“女性特征”“性”都是拒绝的，这无疑也拒绝了作为性别主体的女性的存在价值。或者说，她们对女性自身与男性的差异并没有关注到，而是一味地寻找和“男性”同化以及“进入”社会的方式。

二、“不谈爱情”

当张洁、舒婷等一批作家试图通过社会价值来寻找女性价值的存在时，20世纪80年代中期的另外一批女性书写却悄悄地把笔伸向了另外一个层面，即从日常生活重新理解并塑造“男性”角色。没有张洁们强烈的理论诉说欲望和对女性地位的忧患意识，这一批女作家直接进入了具象的生活领域，通过具体的形象展示出女性生存景观。她们和男性“不谈爱情”，只谈生活。“男性”角色在女性那里显得疏离、淡漠、世俗化。池莉《不谈爱情》中的庄亦非和吉玲在一种微妙的情势下认识并且结婚，男方是为了寻找到一个能过日子同时又漂亮的老婆，女方是为摆脱自己家庭的低下出身，进入知识阶层，双方在一种实际的考虑下走到一起，决非因为爱情。作者并没有用讽刺或悲剧性意味来描述他们的欢喜、争吵或双方的家庭大战，而是以一种无奈和理解的语气来展示这灰色人生。和20世纪80年代初期张洁们在作品中强烈的愤怒、无所不在的焦虑以及对社会和男性的控诉相反，池莉、方方、张欣、毕淑敏一代作家，也涉及女性在家庭关系中不平等的存在位置，却较少对男性进行严厉的控诉，她们也客观地描述男性在社会中的困境和生存压力，对他们给予充分的理解。在她们的笔下，女性虽然最终和男性都能和平相处，但骨子里却有一种深刻的疏离和冷漠，爱情完全变成了世俗化的存在，“过日子”成了唯一的真理。在此情形下，婚姻关系则更多的是伙伴关系，一切都以平安地生活下去为基本准则，无论是婚外情还是夫妻间的争执，最后都让位于日常生活。在小说中，作者几乎否定了主体的追求（无论是男性还是女性），而强调生活，生活大于一切。

这样一种笔调必然导致了某种冷漠。或者说，当作者用一种正常化的笔调叙述出“男性”角色在女性生活中的伙伴化、世俗化和淡漠化时，我们能隐约感觉到，作品中女性的主体意识反而被淡化了。女性在两性关系以及在社会中被损害、被侮辱的地位也被作者以合理化的内在逻辑给消解掉了，在承认既定生活模式的合理性的同时，等于放弃了女性的权利和前提。女性不再为社会、家庭分工的不均和男性吵架，而是在自我生存的立场上达成一种妥协，这看似是和平、平等的方式，实际上，却显示了她们性别意识和自我主体意识的极端淡漠。在《你是一条河》中，作者用一种几乎赞美的笔调写出了辣辣奉献和牺牲的一生，而这种对女性牺牲精神的赞美恰恰是男权社会所倡导的，而社会给辣辣的挤压反而成了小说次要的叙述。从本质上来讲，辣辣的真正悲剧不在于她是“被损害、被侮辱的”，而在于她的自我意识始终没有觉醒，作者的女性自我意识也没有被彰显出来。方方的《行云流水》是一部关于20世纪80年代社会转型期知识分子生存状态的小说，但是，如果从女性视角来阐释，就会发现，高云路虽然非常爱自己的妻子，对妻子的保护、照料也很感激，但是，这决非女性在爱情中的胜利，同样是学者的高妻在小说中只是一个母性的存在，而不是作为学者存在，他们之间更多的是命运的联结，是生活的需要使然。作品否定了激情的存在，甚至到最后也否定了高云路和初恋女友之间刻骨铭心的爱情。

她们的创作显示了女性主体意识的微妙转变，从强烈的“进人”意识到心平气和的“撤出”，并以一种理性、舒展的姿态看待“男性”，这里面既有对“男性”的平视化，他们不再高高在上，不再拥有强大的吸引力和精神的主动性，这意味着女性意识达到了某种主体自觉的程度，但是，从另一层面来讲，这种平视和淡漠却又少了内在的主动性。淡漠和回避并不等于问题得到了解决，反而掩盖了问题的存在，在此种情况下，女性主体精神实际上处于一种“萎缩”状态；而认同生活，等于认同现实的游戏规则，即现实的性别制度，女性作家在女性主体问题上呈现出似是而非、模棱两可的趋势，所谓的“爱情”“两性平等”在日常生活中变得无足轻重，大家所遵循的是生活的规则，这一游戏规则下，一切信念都面目全非，无法确认。

三、“一个人的战争”

如果说张洁、池莉，包括王安忆中前期作品的“男性”角色和象征意义阐释的仍然是女性在历史中的文化存在，那么，20世纪90年代初期陈染、林白、海男、翟永明们则进入女性话语写作，她们完全摒弃了宏大叙述和社会叙事，进入女性心理和女性身体的叙述，通过心理自传和精神独白，讲述一个个女性成长的故事，用林白的一部作品的名字来概括她们作品的内在精神最为恰当：一个人的战争。这一阶段女性作家对男性是一种放弃、拒绝的姿态，“男性”角色在小说文本中有非常明显的符号化和对象化倾向。她们张扬女性身体的存在，以女性身体、女性感觉为叙述主体；女性在小说文本中与之倾诉和对抗的是自己的身体，而不是男性和男性的强权，或者，她们干脆抛弃男性，在同性之间寻求感情，中国女性作家首次大胆涉及女同性恋、自恋、自慰等新的领域，最典型的就是林白的《一个人的战争》、陈染的《私人生活》、海男的《我的情人们》等。

女性书写的内容，从“室外”转向“室内”，从“社会”转向“自我”，从“理性”转向“感受”，她们在“自己的房间”里徘徊、沉思、忧伤，历史以感性、飘忽、内化的方式被叙述出来，这种带有明确女性气质的“意识流”恰恰是对以男权、理性为特征的权威价值体系无意识的背叛。一直湮没在文明历史长河中的女性身体和身体感觉在这些作家作品中浮出海面，她们把寻求身体的存在看作一种信仰和终极目标，通过身体存在的确立来确立女性自我的存在价值，这里面始终隐藏着女性自身所具有的社会观念和身体观念之间的紧张冲突。女性身体欲望以感性的姿态第一次被呼唤出来。陈染在《无处告别》中明确地寻找“快感”，并把它作为一种信仰，这对于她的前辈们来说是无法想象的。通过自陈自述的方式，女作家们把那些长期掩蔽在无名、混沌状态下的女性成长中的身体感觉和心理流程清晰地呈现出来。她们在创作中表现出鲜明的反叛主流、固守边缘和张扬的性别立场，这都意味着女性对自己在男权社会中的角色和地位有了更明确的体认。

如果细读文本，就会发现，无论是陈染的《无处告别》，还是林白的《一个人的战争》，对男性——由此衍生到对社会和类似于意识形态的东西——都有一种潜在的害怕、拒斥，《一个人的战争》描写的是林多米在成长过程中不断被男性伤害，不断逃离的故事。林多米唯一的出路便只能是逃跑，并且最终向男权社会妥协，把身体嫁给一位老人，而灵魂仍处于漂泊状态。而《无处告别》中的黛二虽然信仰、崇拜高潮，但在气功大师那里感受到高潮来临的一刹那，匆忙逃跑了。换言之，她害怕、恐惧女性身体的主动性被男性感知，这不是传统的女性气质所应具有的，它应当是被激发的、顺从的、从属性的、被动的。因此，欲望的展现对于女性来说是一种勇气、一种突破和新的存在形态，而不像男性那样，是力量、生命力和自我的象征。“他者性也可以是一种存在方式、思想方式和讲述方式，它使开放、多重性、多样性和差异成为可能。”① 女性作家通过发掘女性话语和女性存在的内在意义和多重性，显示出女性仍然是社会的他者，但却恰恰是这一处境，使女性可以超越主流文化和社会价值给予的束缚，批判主流文化的社会规范，同时，这也表明了，真正具有女性意识的女性不再是《方舟》中的那种模式，和男人不再是对抗的关系，也不再想要和男人一样的社会权力，她们想要的是脱离男人，构筑自我，确立女性的价值体系，它和男性价值体系具有同样重要的意义和地位。

但是，摒弃了“男性”存在的价值体系是否意味着女性主体意识的真正建立和张扬，女性自我意识能否得到真正发展的空间？这一点，又让人质疑。波伏瓦在《第二性》（第二卷）中详细地论述了各个阶层、各个生理阶段的女性生存所遭遇的“男性—社会”的压迫，在结论中，却这样说：“要取得最大的胜利，男人和女人首先就必须依据并通过他们的自然差异，去毫不含糊地肯定他们的手足关系。”② 也正如马克思所言，男女之间的关系是人和人之间最自然的关系。它必然存在，并且影响着女性生活，无视或忽略都不能最终解决问题。因此，当“男性—社会”意识和女性意识成了截然对立、水火不容的对立面时，女性纯粹自我的书写就变得偏颇、狭窄、日

① 〔美〕罗斯玛丽·童·帕特南：《女性主义思潮导论》，艾晓明等译，武汉：华中师范大学出版社，2003年版，第287~288页。

② 〔法〕波伏瓦：《第二性》（第二卷），陶铁柱译，北京：中国书籍出版社，1998年版，第827页。

益封闭，而女性主体也成了一个貌似激进、实则苍白无力的空洞能指。从另一层面来讲，“民族矛盾、危机与危亡的共同主题，不能掩盖了女性命运的主题。同样，女性群体的共同命运，也不该掩盖或取代对阶级、种族命运的关注和呈现”[①]，女性书写完全拒绝了对社会现实、国家命运和其他一些公共空间话题的关注，实际上也把自己的“社会属性”束之高阁，而成了真正的“封闭性”存在，而“社会属性”问题不解决，女性主体意识就无从真正建立。

四、欲望手枪

卫慧、棉棉们的横空出世把女性主体书写拖向了一个新的阶段。女作家们在小说中充分展现女性自身的以及对男性的欲望追求、鄙薄婚姻、鄙视 切两性的工统规则，她们以自我为中心，根据自己的需要“安排”男性在自己生活中的位置。她们大大方方地承认女性的“他者性”，突出女性的被看，在被看的同时，既获得了自我精神价值的肯定，也满足了物质的需求，包括肉体。或者说，她们利用了自己的“他者性”，把女性的劣势社会处境转化为特殊的优势。因此，伍尔夫所要求的“一间自己的房子”对卫慧们来说已经实现，它们同样是对抗男权社会的女性堡垒，但是，其目的和精神实质却完全不一样了。“男性”在她们强大的欲望和精神面前变得苍白、无能、被动，成为“精神上的婴儿”，《上海宝贝》中的天天和《糖》中的赛宁都是典型的例子。卫慧、棉棉、尹丽川们展现了男性在女性面前的迷茫、软弱和失落，女性依据自己的选择而生活，选择情人，坚持自己离开和回来的自由。她们充满张扬地描述男性的

① 戴锦华：《犹在镜中》，北京：知识出版社，1999年版，第158页。

种种虚弱、萎缩和卑劣，嘲笑他们对女人的控制欲以及对家庭、婚姻的传统态度，而很少进行道德的判断。在某种意义上，这一批女性作家以她们惊世骇俗的轻蔑对现代文明中的婚姻、家庭伦理和夫妻关系模式提出了真正的质疑和挑战，从而获得了某种内在的“自由”和精神上的“独立”。然而，这种“自由”和“独立”是否真正意义上女性主体意识的实现？女性身体、欲望可以被正常化、大胆地描述出来，这毫无疑问是一种进步，是女性身体意义的张扬，是对“象征秩序”的一种削弱和动摇，但是，事实上，却又无形中满足了男权社会对女性的窥视欲，她们在大胆展示女性自身的同时又给男性社会提供了可供欣赏的标本，这本身并没有脱离男性心理和社会的消费心理，并且不可避免地遭受着以男性为中心的文化机制和商业机制的操作，女性身体又一次沦为整个社会操作机制的一部分，这不能不说是女性主体的悲哀。从另一层面来讲，把“男性形象婴儿化”又意味着女性对男性和女性所共同面对的“宏大叙事”的无知和冷漠，一味地贬低或嘲弄无助于理性分析“象征秩序”的深层含义，这使得她们的书写方式本身很难渗透进更为广阔的命题。这并不是说她们的写作因此就意义不大，而是它标明了女性书写在此一点上的空白和匮乏。

从以上分析可以看出，当代女性书写中“男性”角色的隐喻地位在不断发生转换，这显示出女性主体意识的某种焦虑、异化和不确定。虽然当代女性已经充分意识到自我的价值和主体存在的意义，女性的独立性和容纳性也在不断拓展，但是，无论在家庭、情感链条，还是在国家、社会现实的链条上，女作家似乎始终无法心平气和地面对男性，无法寻找到自己确定无疑的主体存在形象，当然，也无从构建一个理想、稳定的男性形象和两性关系模式，更无从建立女性自身所能接受的、具有更平等意味的“象征秩序”[1]。实际上，从文本传播和流通领域来看，女性书写的每一次变化都不得不经过以男性视点为中心的社会话语场的过滤，歪曲、遮蔽、利用、篡改使试图进入公共价值空间的女性交流变得极为困难，这也使得她们很难对社会的“宏大叙事”发出自己的声音。换句话说，女性仍然无法超越“男人”以及他们所建立的“象征秩序”，独立地出现在社会、民族、国家的视野之中，她们必须首先解决与“男人”之间的历史关系与现实关系，才能找到言说的方式。但是，女性书写要想在“男权天空下另辟苍穹”，寻找到真正属于自己的“修辞”方式，并且这一“修辞”方式能够传达出男人与女人之间的“手足关系”，传达出女性对自我、社会、政治和现实的真正理解，则几乎是很难的事情。这也注定女性主体意识始终只能处在暧昧难定的困境之中。

① 这一点与男性书写中的女性形象完全不同。在男性书写的“修辞”方式中，你可以轻易找到温柔、美好，既有知识、独立个性，又富于牺牲和奉献精神的女性形象。对男性生存来说，她们既是点缀，又是烘托自身存在的最佳对象，这就是他们所要的女人。同时，他们对自我价值和主体存在也非常确定，这与整个社会的“象征秩序”是相一致的。

从性的成长史看女性的命运：李昂小说中的性意识

“李昂说她收入《爱情试验》一集的八篇作品，因编排的前后秩序与作者写作的年龄有关，‘一系列读下来，大概可以说是一个女性在情爱方面成长的过程吧’！”[①]在谈到编写女性作家作品集《心田的舞步》的初衷时，李昂也说她旨在“编一本由女性作家所写，有关女性成长的选集”[②]。“女性成长命运”问题是李昂一直最为关注的方面，可以说，李昂的作品自始至终贯穿着很强的女性意识，她不但关注女性自身成长的命运，而且使我们看到，女性的情爱和性决非纯粹的女性命题，而是人的存在境况的一部分，是社会性别制度和文化语境的必然反映。那么，她所探索的女性性意识到底是如何

① 赵园：《试论李昂》，载《当代作家评论》1989年第5期。

② 李昂编：《心田的舞步》，台北：敦理出版社，1986年版。

成长的，她们在社会环境和文化压力的重负下，究竟以何种面目呈现呢？通读了李昂的作品后，我却悲哀地发现，在李昂的笔下，性对于女性来说，是一场如影随形的灾难，也是以男性话语为中心的社会达到自己统治权力的最好手段。从少女最初充满淡淡喜悦的性萌动、无知的性尝试，到青年时代的性失望，一直到婚后的性沮丧、性虐待到最后沦为性交易的工具，女人在社会的泥淖中艰难地挣扎，最终必然陷入这个泥淖之中。从这个意义上讲，李昂和一般的女性主义作家不同，她并不单纯从女性自身对性的感觉出发，也不是用一种私人化的女性话语去写作，而是把它纳入社会的大框架，着重于描述社会作为一个完整的机制把女人逼到孤独和异化的境地。“你不该接近，你不该接触，你不该享用，你不该体验快感，你不该开口，你不该表现你自己。归根到底，除了在黑暗和隐秘之中，你不应该存在。……要么否定你自己，要么遭受被压制的惩罚。”[①]福柯在《性史》中这段几乎充满激愤的话用于社会对女性存在的预设最恰当不过了。

少女初进青春期的性萌动。《花季》是李昂公开发表的第一篇小说，虽然在当时她只是一名中学生，但却老练而敏锐地把笔触直接进入女性性想象的领域。《花季》详细描写了一个性意识刚刚萌动的女中学生，在面对“亮丽的阳光”和卖花男人的接触时的性心理过程。“我再在院中待了一会儿，阳光暖暖地爬在背上，透过薄毛衣细细地抚着我，我在全然的舒弛下轻轻地旋转起来。”[②]性在大自然的启示下，缓缓张开它美妙的翅膀。不是自然感应了少女，而是因

① ［法］米歇尔·福柯：《性史》，姬旭升译，西宁：青海人民出版社，1999年版，第72页。
② 李昂：《花季》，《暗夜》，石家庄：河北教育出版社，1996年版。

为性本来就是自然力的一部分。少女渴望受到冲击，因为生命冲动在呼唤她，然而她又恐惧事情会真的发生，因此，当到了偏僻的场所，她开始恐慌地准备着反抗措施，而当一切没有发生时，她又觉得“一切竟是这样的无趣”，少女在希望和虚拟的反抗中让自己的欲望尽情沉浮。必须指出的是，作品显示出，从性欲冲动的开始，女人便自觉地将自己定位于“被看”的位置，只是男性话语下的一个“他者”，男人作为潜在的社会力量的象征和看者，具有主体性和主动性，因此，才有了少女臆想中的性反抗。在传统社会中，女人没有工作，没有财产继承权，没有言说权，只是男人的附属品，即使在现代社会，女性也一直被视为观照对象，出现在各类广告、各种杂志的封面和电视电影艺术中，从而成为男性欲望的化身，并在无形中规定、暗示女人的社会角色。李昂用轻淡的笔触把这种女性的“被看”内化为一个女孩春日下的性幻想，从而展现出女性不知在何时何地已经承认了这一角色和地位。假若我们从社会概念中的性对女性的定位来看待性，我们会发现，性其实是一个社会运作的场域，它被暗示、被指涉，权力机构正在通过性的强大隐喻力量达到自己的目的。作为一名女性作家，李昂敏锐地感觉到这一点，她能透过最不起眼、最容易被忽视的日常生活图景剥离出隐藏在背后的社会本质来。

萌动之后的性尝试。少女从性萌动之后，便如其他人类本能一样，存在着渴求和好奇，在生命力的驱动下，违背社会权力规则是难免的，这也恰恰给了权力彰显自己的机会。社会、学校、家庭已经对少女组成一个严密的封锁圈，一旦突破界限，则是不顾一切地镇压并以此给学生形成一种警诫。《人间世》《回顾》所写的即是性意识被压抑之后的生命在无知状态下所发生的错误，这种错误既来自少女对身体的无知，更是因为对社会规则强大的专制力量的无知。《人间世》中的女中学生在性知识完全空白的状况下与男友发生了性行为，当导致下体流血时，她没有丝毫设防地告诉了辅导中心的教师。这位教师把它作为一件大事，马上报告给了训导处。于是，一场对少女的围攻开始了。这件事被作为有伤风化、败坏道德的典型处理，父母打骂、同学嘲笑，少女被学校勒令退学。没有人想到少女身心所受到的创伤，也没有一个人想到少女本来应该被教育懂得这些。这场围攻可以看作最原始的对女性欲望和女性权利的围猎，你只能在规定的范围内活动，否则，你便被排除在生存之外。社会旨在给女性塑造一种贞操观念，成为日后的一种原罪意识。在《回顾》中那由修女们管理着的教会学校本身便是对封闭的教育体制的隐喻，性禁忌、性心理约束是一种无所不在的文化现象。过于幽闭的环境使女孩无法面对自己的生命冲动，她只有在黑暗中摸索，而这种行为被社会从灵魂上给予严厉的惩罚，这使女性一开始便陷入禁忌和冲动的痛苦挣扎之中，因此，可以说，女人一开始便被置于性的荒野之中，任何稍微的闪失都会落入猎人所设的陷阱之中。

李昂曾经希望借一系列小说，来探讨情爱与性在个人、学校、家庭、社会中造成的种种问题，这使她的作品获得了极为严肃的主题。尤其在学校中，女孩的性错误常常被夸大并处以严厉的公开的惩罚，这种夸大的原因并非只在社会注重道德的宣传，而是通过此，女性的地位和社会角色被逐渐确认，你不该有欲望，你不该存在，尤其是你不该去试图拥有它，社会话语权也逐渐通过此种方式展示了它的规则和无所不在的力量。如果说性萌动时期是少女内心的心理体验，还没有遭遇到社会力量的冲击，那么，性尝试则是女性和社会较量的第一回合的全面失败，“少女时期”的终结式是在沉重的心理打击和创伤中结束的。

女性所遭受的性虐待。我这里的性虐待并非指纯粹意义上男人对女人的虐待，而是指男性或者说社会对女性性欲望和身体存在的淡漠和忽视以及某种意义上的压制。结婚后女人不仅受着族权、父权、夫权的压迫，更重要的是，她还必须面对被社会所同化和异化了的女性自我和单调的、毫无希望的生活。《杀夫》以一个极端的例子刻画了性虐待给女人带来的极大伤害。作者似乎无意把读者引入事件的真实性之中，而是借助于女性意识中弥漫着的无时无刻不在的恐惧，使读者更多思考背后深藏着的社会大语境。林市的父亲死后，家里的财产被叔叔霸占了去，林市的母亲在饥饿中以身体交换为条件接受两个饭团，结果在林市叔叔的一手策划下，母亲被沉塘致死，并且还冠冕堂皇地说，如果她当时能反抗，族里还可能给她立贞节牌坊。而林市日后被叔叔卖给了陈江水，也只是因为他从此能吃到不掏钱的猪肉。陈江水仅仅把林市看作欲望的对象，在他眼里，林市的地位还不如一头猪，她不应该有任何的反抗和主动性，更不该有要求什么的想法，作品中屡次把陈江水杀猪的情景和对林市的性虐待互相转化，这使我们不由得比较：两种行为都是男性权利的发泄，都不顾及对方的生命感受，而自己却从中获得冲动和快感。李昂在这里显然把林市的地位隐喻化了，这种结构性对比，两种活动的操作程序、情境气氛、心理暗示的极端相似，使“女人不是人”的主题得到惊心动魄的表达，它不但是千百年受屈辱的女人的再现，也是男人自我异化的表现。在《杀夫》中，作者花费大量的笔墨描绘鹿镇女人的生活状况，她们把林市看作鄙视和嘲笑的对象，阿罔官的窥视既有对欲望的渴求，更多的则以它作为自我尊严的骄傲对比，可以说，林市心理上的恐惧一部分也来自这些无情的、放肆的嘲弄。她在男人那里失去尊严，也因此在女人那里失去生存的尊严，在一个女性没有独立价值的社会，女人判断女人的价值标准完全依赖于男性给予女性的判断，女性根本没有自我独立生存的机会，也就没有能力做出真正的判断，她们不但自己是受苦者，而且不自觉地充当了帮凶和男性话语的传声筒，这就在无形中和男人形成一种同谋关系。可以说，她们也是杀害林市的凶手之一。

性虐待并不仅仅表现为女人被男人的欲望追逐，也表现在女人结婚后两性生活的失望和无趣。男人为女人提供了一个家，便以救世主的身份自居，女人理所当然应该感到幸福，而没有意识到女人有渴望达到自我存在的要求。《有曲线的娃娃》中女主人公结婚后在平淡的生活中发现了男人并没有也不可能真正关注她的内心世界，他只活在自己的一种能养家糊口的骄傲和自信之中，妻子只是他心中虚幻的家的一个实体和象征而已。在这种深深的失望之中，女主人公转而陷入自恋的迷狂状态，在这种充满性意识和身体存在的自我迷恋和自我注视的过程中，女人意外地找到了精神的永恒故乡——充满着意义的身体，它既是女人自我存在的象征，又是唯一真实能获得生命动力的可信任物。在这里，李昂其实触及了现代社会的重要命题：发现自己的身体。社会性别和自然性别的差异，在社会学和权力话语意义上被等同起来，自然性别决定你只能是这样的生存方式，决定女人只能是从属地位和弱势群体，虽然法国著名的女权主义者西蒙·波伏瓦曾在《第二性》中写出“女人并不是天生的，而是变成的”，但是，社会并没有真正在意这句话所包含的漫长的塑造女性的历史过程。“发现自己的身体”意味着女人找到了自己的主体存在对象，能自由地面对自我，以“我”的存在作为女人存在理由的哲学基础，进而寻找世界和社会历史性构成的偏差。李昂在《假面》中通过女主人公细腻的叙述展示了女人在婚外恋的过程中无意间发现自我时的幸福和巨大的震惊。“我们夫妇汲汲劳劳，为着是存下能存的钱，买房子、车子，再换更大的房子、车子，除此之外，当我回顾过往的生活，竟似也无甚可记忆。”“我的确是在最世俗的意义上对不起我的丈夫。”[①]作者强调了女人在发现自我身体存在的同时，开始了对自身所处的社会位置的思考，意识到社会规定和女人自我存在的缝隙和差异所在，从而在更高意义上否定了社会所赋予女人的性质。“在最世俗的意义上对不起我的丈夫”，即意味着“就我自己而言，我并不认为我对不起他”。在这里，女性已经把“自我”的存在和社会角色截然分开，并对性和性欲进行了重新的审视。“那激切的热情可以带来如此的幸福。”即使在写给情人的信中，她也一再强调，“只是希望你能了解，你在我的一生中，造成怎样重大的改变”。可以说，这已标志着此时女人对身体意义的理解大于她寻找爱情本身。因此，在某种意义上，性虐待是社会话语统治的一种形式，它不是陈江水个人的事情，也不是林市一个人的遭遇，而是女性在社会中所处位置的一种隐喻。

性交易的对象。在李昂的大部分作品中，性交易似乎没有女人所遭受的性虐待那样让人触目惊心，然而，作为承受主体来说，她们的遭遇更悲惨，她们受害的隐秘程度更深，受到的伤害也更大。在缺乏人性人情的工业社会和商业社会，性经常沦为物质功利关系的“兑换券”。《暗夜》中所呈现的是无所不在的交换关系和利用关系，人性的弱点和人的异化现象在此中做了一个集中的亮相。陈天瑞道貌岸然地推行“道德净化运动”，是因为他在丁欣欣那里碰了钉

① 李昂：《假面》，《心田的舞步》，台北：敦理出版社，1986年版。

子，想报复丁欣欣的情人叶原；黄承德之所以忍受叶原与妻子李琳私通，是为了从后者那里获取信息；而叶原则利用职业的便利到处勾引女人，满足自己的欲望。在这几个人的相互关系中，女人是一个媒介，是一个符号，是他们之间交易的工具，却没有一个人想起来去关心女人的存在状况，当李琳怀孕之后，叶原虚弱慌张，黄承德虽感羞辱却仍沉着盘算，然而，李琳所遭受的心理打击和情感上的寂寞他们却根本不去关心也不想知道，她只是他们棋盘上的棋子，双方都想从中获取一些利益。而作为一个现代女性，丁欣欣利用自己的美貌放弃尊严去追求留美博士孙亚新，以获得出国的机会，但是，在性游戏之后，她却发现，孙只不过是抓住她的弱点满足自己的情欲，丁欣欣在自己进行的性交易中以失败而告终。这无疑揭示了现代女性生存的另一境况：以身体为交易手段并不能真正为女性带来好处，相反，它使你陷入更深的耻辱之中。在《爱情试验》中，李昂则通过一个性向测验隐喻了男性社会中女性的性所处的“交易”位置。M（moral）爱L（love），但前提是L的性完全归属于M；D（devotion）爱L，但不愿让L所爱的M占有，因此，拒绝帮助L实现L的爱情；S（sex）爱L，愿意帮助L，但前提是必须先占有L，在这里，女性的“性”成为决定女性命运的最终的最重要的砝码。虽然H（home）最后向L走来，声明不管她的过去如何，他只爱她这个人，但是L在社会大规则下所扮演的角色却是永远也难以改变了。就像李昂在《色阳》中所描写的女性命运一样，色阳最初的生活经历（做过妓女）是她一生也走不出的阴影，后世的人会在一个偶然的对话中表达出社会和大众对她的定位，而色阳所有美好的生命感受就在这轻轻的点击之中被否定了。

从李昂作品中所展现的女性性成长历史我们可以清楚地发现，

女性作为一个人怎样被一步步地限制约束，最终被塑造成为完全丧失了自己的主体地位和言说权利的一种客体化存在。在当代社会，随着后现代后殖民文化的兴起，女性问题再一次与社会、政治文化、权力、中心和边缘问题联系在一起，"'女性'这个符号之所以成为'空白'和'不确定'的，是因为它触及有关所有权的文本暴政，即政治权力、经济权力以及意识形态权力"[①]。女性问题不仅仅是社会性别不平等问题，我们从中可以探讨社会政治意识和社会制度如何形成、如何运作等一些更为深层的问题。性的禁忌其实只是社会权力统治彰显的一种方式而已，而对女性的性禁忌，则更多地涉及男权制度的统治问题，尤其是在中国这样一个经历了漫长的封建时代的社会，女性在其中一直处于弱势地位，性的约束几乎全部指向女性。其实，即使是现代社会中有独立职业的女性，也仍然有深深的焦虑和不安全感，而在日常生活中，女性自身也常常不自觉地认同了社会，把自己放在一种次主体的地位。在李昂的作品中，有一部分女性也有自己的工作，但是，她们并没有找到女性的自我意识，或者说没有把自我的存在当作生命最根本的支撑点，而仍在寻找一种依托，这种依托常常假借"爱情"之名使女性迷失。由此可以看出，女性的地位随着性的政治化、制度化的过程被阐述为顺从主体和次要位置，并且随着社会语言的每一个暗示深深植入女性自身的意识之中。

在李昂的小说中，虽然性爱描写大胆而且详细，但她的目的绝不是让性描写成为刺激读者感官的佐料，也不是鼓吹女权主义，而是力图透过性来探求投射在性爱上的社会文化形态。李昂自己也一

① 王岳川：《后殖民主义与新历史主义》，济南：山东教育出版社，1999年版，第60页。

再强调，在她的小说中，性的象征意义是远远超过现实意义的，她还强调她所谓的性是一种性别上的肯定，是女性自我存在意义上的肯定，它并不代表整个意义，而只是第三种象征，最重要的意义还在于自我追寻与自我突破当中。“只有当妇女能提出质疑，不再断然地相信女人的命运完全被生理的、心理的、经济的情况决定，只有当妇女对传统宗教、哲学甚且神话中所塑造的‘永恒的女性’‘真正的女性化’怀疑，并探求这类说法的基础根源，妇女才算走出了第一步。”[1]这也许是李昂给女性的一种鼓励和启示。

① 李昂：《一封未寄出的情书》，《爱情试验》，北京：人民文学出版社，1988年版。

女性存在的赞美诗：
重读“三恋”兼谈王安忆的写作理念

“三恋”是文学评论界对王安忆的《小城之恋》《荒山之恋》《锦绣谷之恋》的简称，到现在为止，在谈到“三恋”时，评论家仍多从“性”的角度评论作品性描写的意义和其中女性意识的张扬，这几乎形成一种定论。大部分文学研究者，通常也只把它作为一个“性描写”和“女性写作”的版本来引用。但是，在今天，在性爱描写已经泛滥的时代，当我们超越历史的规定性，越过作者写作的时代背景来重新解读“三恋”，却发现，其实作者写作的真正意旨和倾向并不止于此，有更为真实也更内在的东西流淌在作品之中。在“三恋”中，王安忆着力描写的是生命所处的情境和状态，我们更多地感受到的是个体生命的心灵感受，它被王安忆以一种宗教般的情感和叙述方式表达出来。作品中弥漫着几乎可以说是圣洁、温柔的生命气息，那细腻的、缓缓的铺叙，对往日充满温情的描绘，无不令人沉浸在一种气氛之中：它是浮动于生命深处的每一个意象，犹如暗香浮动，从漆黑却极其温柔的夜晚断断续续地飘来。读王安忆的小说，你才真正体会到生命的状态是怎样的优雅，你惊异生命的每一个瞬间竟然能被抒写得如此绚丽多姿、繁复灿烂，而时光和回忆的每一道阴影，又是如此细微、深刻地存在于人的生活之中。王德威这样评价王安忆："王安忆的叙述方式绵密饱满，兼容并蓄，其极致处，可以形成重重叠叠的文字障……"[①]其实，这种叙述方式不仅仅是王安忆文字上的特色，也是她对生命状态的基本感受：任何一个普通的生命都充满着诗性和神性的光芒。

一、生命存在的诗性描述

在王安忆的小说中，人物命运决不仅仅是时代所致，它是人类所有遭遇的必然结果。王安忆更多地关注生命的存在情境和存在状态，所有的时代现实只是她思考的背景，而游走在其中生命的表现情态和由此而产生的命运才是她的目光所至。《荒山之恋》里面关于母亲、爷爷的描述，关于世人对她和他的爱情的阻挠，都只是生命状态的纯粹描写，是一种关于当前生命瞬间的描述。叔本华曾这样论说"瞬间"的意义，"我们生活中能够诉说的每一件事，唯有在瞬间才是现存的，尔后便成为过去"。但是，昆德拉在分析乔伊斯的《为芬尼根守灵》时，却提醒我们，人们恰恰忘记了"瞬间"的意义，"乔伊斯分析了某种比普鲁斯特的'丧失的时间'更不可把握的东西，即当下的瞬间。似乎没有什么比当下的瞬间更昭著、更确

① 王德威：《海派作家　又见传人》，《读书》1996年第6期，第37页。

凿和更易觉察的了，但它却彻底地避开了我们”①。可以说，在某种程度上，王安忆把“瞬间”的意义提高到她的生命哲学意识的层次，这是她所有小说的潜在理论背景。当然，社会文化的因素是决定人物存在方式的重要因素之一，但王安忆的兴趣只在于描述生命情绪的每一“瞬间”，在她的笔下，“瞬间”才具有永恒的意义，它体现了生命的灵性和“最富有深奥意味的存在”。她决不在文中直接描写或解释母亲受苦的原因，她的小说把对世界存在的感性（王安忆把此当作一个完全的世界来写，并试图展示人的存在情境，外界的生活只不过是诱发人内心活动的背景）描述得高于一切，把生命存在的方式和每一个瞬间描述得高于一切，即使的确“揭示了什么”，小说本身被赋予什么社会职责，那也只是她的描述的副产品。她的所有作品都贯穿着她的这一宗旨。《荒山之恋》《小城之恋》中虽然用很多笔墨描写性欲场景，但是，作品更多的还是对人在性欲挣扎之中的生命情态以及他们在这之中对自己生命的理解的描写。

《荒山之恋》中的他，一个敏感的少年，同时也是那样一个内向的男人，羞涩和软弱占有了他所有的生命，他对于世界是那样的恐惧和害怕，是那样的满怀柔情和心事重重，他不知道该怎样去面对它，他的生命就处在这样的慌乱和无所适从之中，音乐是他羞涩生命的唯一伙伴。他的内化的生活使他对一切自我的物质行为无法释怀，当他被抓住时，他陷入了黑暗之中；这使他更深地走到生命的深处，处于绝对的孤独中，那里面充满了时与光的阴影，却非常宁静，非常温柔。唯有在拉大提琴时，他才片刻获得自己。“他握住琴颈，再也松不开了，弓子在弦上的走动，自然得犹如他的本性。悦

---

①〔捷〕米兰·昆德拉：《小说的艺术》，唐晓渡译，北京：作家出版社，1992年版，第24页。

耳的琴声深沉地在这破烂的杂院里萦回流动，给这院子注入了一股圣洁而温存的气氛。”[①]

“没有勇气”是他生命最本质的存在状态，他把生命看得太重，他无法面对日常的生活，无法面对来自何方的最微小的冲击，他的心灵充满了巨大的原罪意识。他徘徊在两个女人之间，他爱她们，但却不知如何向她们诉说他的感受。“他下不了狠心决不因为他对这个世界还有什么眷恋，而是没有勇气，她是太知道这个男人了。”男人之所以那么疯狂地爱金谷巷的女孩，也不仅仅是他爱，更多是他无法拒绝一切，只要她要，他立马就乖乖地投降，他是被动的，他被动地承受一切，承受着人最深刻的悲哀。人类最抽象的存在都是被动的，喧哗和骚动，我们听见的不是自己的声音，而是各种噪声的综合，我们随着这奇怪的漩流往前走，无法控制，而对生命的感受永远是脆弱的。“他们不会同意的，宝贝！”当金谷巷的女孩提出要私奔时，他说。他把世人，包括爱他的女人，都当成了抽象的可怕的对立面，他害怕做任何抉择，他害怕任何割裂的行为，不是因为他爱女人，而是因为没有勇气。男人对世界的把握完全建立在自己的生命感受之上，这种感受不是主动地反省和迎合，而是一种对自我彻底地然而却是无意识地否定。

金谷巷的女孩，一个美丽的、把世界稳稳地握在手中的女孩，从母亲那里，通晓了男女之间的一切微妙游戏，她的生活就是游戏，她充满热情地认真地玩着她的游戏，也获得着幸福。遇到男人之后，女孩火热的激情实际上正来自她一下子触及男人生命的内部，她的

---

① 王安忆：《荒山之恋》，《小城之恋》，北京：作家出版社，1996年版。本文所引的作品原文都出自《小城之恋》。

欲望来自她对他的理解和对自己身体觉醒的喜悦，而此前，她所有的爱情试验不过是非常苍白肤浅的游戏。他们的生命在不同的地方并行发展，他们并不明白，他们还没有真正懂得自己，一个是由于害羞，一个却是因为过分张扬，过分圆熟。金谷巷的女孩和男人的妻子那么爱男人，并不仅仅是因为她们爱男人，更多是他的忧郁状态、逆来顺受的神情和无辜慌乱的眼睛迷惑了她们，它们诱惑她们毫无防备地直接走进他的内心世界，她们以为它就是生命的象征，因此，她们喜悦、怜爱，不顾一切地紧紧抓住，实际上是想抓住那种对生命和自我的感觉。“为了他的纤弱，她更爱他了。女人实际上有超过男人的力量和智慧，可是因为没有她们的战场，她们只能寄于自己的爱情了。”

《荒山之恋》是人类生命内在思维和情绪流动的再现，它展现的是一个完全心灵化的、诗意化的世界，是沉浸在“无为”状态下的生命对生命本质意义的体验和最深情的呼唤。王安忆享受着这样一种体验和呼唤，也体味到这本质意义对个体生命所具有的审美价值。

二、“生活世界”中的生命存在

现在我们回过头来看当时社会和文坛对小说的重要评价，可以发现，我们一直在“误读”王安忆的小说，这种“误读”既是无意，也是出于有意。小说中的“性描写”被过分地强调是因为当时的社会和文化情形需要这样的话语，20世纪80年代末90年代初是知识分子试图张扬个人存在的主体精神的时代，他们把对当时文化的要求，在面对具体的文本时，转化为一种功利的阐释。无可否认，王安忆的这种写作方式和内容在当时的确具有“集束炸弹”的效果，在某种程度上冲击着人们的思想。而现在看来，王安忆的“三恋”恰恰是对当时小说过浓的责任意识的反叛，她写作“性”决不仅仅是为了提高女性的主体意识和身体意识，也不仅仅是揭示人的主体性存在，而是试图进入被现代文明逐渐忽略掉的人类的“生活世界”。“人曾经被笛卡尔提升为‘自然的主人和所有者’，现在却已变成单纯的物，而更多的为种种（技术的、政治和历史的）力量所忽视、超越和占有。对这些力量来说，人的具体存在，他的‘生活世界’(die Lebenswelt)，既没有价值也没有趣味：它从一开始就被遮蔽、遗忘了。”①这里所谓的“生活世界”是指个人化的日常生存空间，以及在这一空间中所显现出的人的存在意义的本质。而王安忆把这里的“生活世界”完全内化为一种关于生命体验来源的具体情状和对生命情绪的物质化的描述，它是不断被主体思考着的、感性的情绪，是生命内部能量的相互燃烧和抵消，也是日常生活中种种无谓的消磨方式。正是这种无尽的燃烧方式真正支配和影响着人的行动，包括那些具有决定性作用的行动，它们对人的生存意义的影响更重要。实际上，王安忆始终坚持不放弃的是感性个体的生存，她把种种生命情境转化为一种超验的审美方式，这正是她的诗意化的本质。

“三恋”基本上呈现了两种“生活世界”中的生命存在形式：处于日常生活下的生命状态和处于“被抛”时的生命状态。《锦绣谷之恋》表现了生命存在在日常生活状态下极度的萎缩状态，生活的惯性和麻木毁掉人类的一切激情，作品中反复出现的女人丈夫睡觉时的姿势和他们起床后的一系列永远同样的活动给我们以某种隐喻意义：人类身体的存在正处于休眠状态。个人的存在，无论是精神上，还是身体上，都只是遵从着某种惯性，没有丝毫的发展和生机。

---

①〔捷〕米兰·昆德拉：《小说的艺术》，唐晓渡译，北京：作家出版社，1992年版，第2页。

这种物质化情节的细致、微妙的描述恰恰体现了王安忆对物质生活（非金钱和具体的物，而是人类日常生活所必须做的事情）中人的存在状态的看法。而女主人公的出差则为打破这种坚冰式的生活提供了一个契机："出差"，意味着人暂时"被抛"出日常生活世界和各种行为规范之外，人的存在处于一种较为自由、纯粹的状态之中，里面蕴藏着种种机会的玄机和身体"醒来"的可能。"被抛"，意味着你还可能有另外的存在方式和新的生命感受，它们恰恰透露出昆德拉所谓的"被遮蔽、被遗忘了的存在"。《锦绣谷之恋》对处于"被抛"时的生命状态的欲望做了细致的分析（前有张爱玲的《封锁》，同时代的有池莉的《绿水长流》），男女主人公在一个封闭的空间中经历了短暂而又最惊心动魄的心灵挣扎，而实际上，"被抛"中的身体存在很大程度上仍纠缠在对日常生活的恐惧之中，像《荒山之恋》《小城之恋》中的男人女人偷情时的感受便是如此，日常生活中的规范如阴影似的跟随着他们，他们对此无能为力。"被抛时刻"对于人的生命存在来说，究竟有着什么样的作用？也许它们仅仅提供一种补偿，一种人对于现实生活中自我生命感受缺席的补偿，做一回梦而已。换言之，如果说日常生活状态下的身体是"伦理性的身体"的游走，而在"被抛"之中，人才有可能还原为"纯粹个体身体"的感受，但也只是"可能"而已。在《岗上的世纪》中，小琴和杨绪国是他们的身体的超验感受，是实现了的欲望的情态，他们之间是纯身体的结合，情欲的游戏使他们达到了生命的极致，生命处于高潮状态的存在体验。和《荒山之恋》那缓慢、内化的生命状态一起构成了生命存在的一体两面，它们的本质是相同的。

当然，一旦处于"被抛"状态，身体摆脱了各种精神的枷锁，恰恰是个体生命最为张扬的时刻。但是，当回到常态生活下，"被抛”时种种灵魂的躁动、对生活最本质的思想都不但变得遥远，而且常常有些可笑。在两极存在状态下，主人公其实被置于一个悖论之中：它既显示了人处于“被抛”时的无意义的挣扎，也显示了人在日常生活中那看不见的自我缺失的悲剧。但是，王安忆并不像张爱玲那样彻底虚无，也不像张爱玲那样对《封锁》中的那段故事彻底否定，王安忆更善于体会生命情绪细微之处的意义。她试图告诉我们：使我们的生活有无意义的不是纯粹的精神，而是我们的感受和处境。

三、身体之于生命存在的意义

如前所述，王安忆写“性”，决非仅仅是揭示出“性”对人的生命存在的重要，而是人在“性爱”之时的“生命状态”的描写，前者倾向于写出“为什么”，后者则强调纯粹的“情境”。“三恋”中都有大量的性描写，但是，作品的主旨意味却并非只是唤醒人们的性意识，作者着力描写的是身体和生命意识之间关系的微妙的表现。生命的意义被赋予了各种精神的枷锁，但却忽略掉一个最基本的事实：各种生命感受都必须通过身体转化为生命体验才能进入人的内心世界，而这一转化过程正体现了身体之于生命意义的重要性，或者说，身体的存在是个体生命存在的基本形式。王安忆试图把生命意义的构架还原到物质层面，即还原到身体的具体感受和日常生活的每一细节所具有的意义上。“那生命发生在她身上，不给他一点启迪，那生命里新鲜的血液无法与他交流，他无法感受到生命的萌发与成熟，无法去感受生命交予的不可失掉的责任与爱。其实，那生命的一半是他的，然而，他尚需要间隔着肉体去探索，生命给予的教育便浅显了。……从这一刻起，他被她超越了。”(《小城之恋》)

“尚需要间隔着肉体去探索，生命给予的教育便浅显了。”这句话正反映了王安忆对生命和身体之间关系的本质看法。

“三恋”中所描写的是在“性”文化的大网中每一个个体惨烈的挣扎和哀鸣，以及由此而显现的每一种最细微而又最深刻的生命形式。中国文化在本质上对身体有着最深的禁忌（对性的态度便是这一观念的基本外现），它不允许这样张扬的东西来破坏它的稳定性和守成性。王安忆非常明白这一点，她所要表现的正是文化的具象载体——处在挣扎中的人的身体状态和对身体的感受。《小城之恋》中男孩女孩每一次偷情之后，收获的是更大的耻辱感和对彼此的仇恨，他们不是恨他/她本人，也不是恨这个社会，在他们的视野中，还没有意识到使他们有犯罪感的罪魁祸首是文化的“性”，他们的仇恨是对彼此身体的仇恨和对无法摆脱的欲望的仇恨。他们孤独无援，而这种孤独的来源恰恰是因为他们意识到自己身体的存在，他们为这蠢蠢欲动的身体感到羞愧，也因为来自身体最深处的异己感而羞愧。

《小城之恋》中女人的禁忌比男人又多了一层，它既是对自己女性身体的禁忌，也因为她对这样张扬地表现自我充满了本质的犯罪感，几千年来处于缺席位置的女性身体在她是承受不了，她承受不了这样意义的重压。她还不习惯感受自己独立的存在，不习惯把自己的生命当作独立的存在物去体验。“（在生了孩子之后）她却十分愉快，心里明净得如一潭清水，她从没有这样明净清澈的心境。”在生命的临界点，女人还是彻底抛弃了男人，从孩子的身上找到了她的完整性，这种完整性既来自她的身体，又来自她最高的精神，在此种意义上，女人们把孩子作为自己失落的身体的化身，把对男人的欲望从身体排除出去，可以说，母爱对女性身体存在的遮蔽最具有隐蔽性。《小城之恋》中的她从对身体的无知，到找到身体的存在，最终又彻底失去自己的身体，这一变化过程很难说是女人的幸还是不幸，她们对自我和身体的感受终究摆脱不了一个载体，要么是男人，要么是孩子，在革命年代则从属于革命和国家民族（如《我在霞村的时候》中的贞贞），女人的身体（自我的意识）始终处于“缺席”地位。王安忆的另一篇小说《弟兄们》也具有同样的模式。男女之间紧张地争夺彼此的身体权，最后，谁也没有获胜，获胜的是孩子，睡在床上的孩子睁着他无辜的眼睛，毫不费力地获得了最大的胜利，这是对女人想从自身寻找身体存在的欲望的最大的打击。作品的最后，老王成了一个没有精神实质的影子，淡然而又麻木的生活，使她失去了被同性友谊所激起的身体意识，由此，也失去了实在的生命存在。

我一直强调“生命情境”“生命状态”，因为在王安忆的所有小说中，无论是关于性爱，还是关于女性、社会的描写，作者都把它们内化为一种具体的生命感受，而这种感受又通过主人公的内视角来实现，从而赋予作品一种沉思和体味，这其实是王安忆的生命哲学，她最终所追求的正是要充分展示人的生命存在的过程和美学意味。这不仅是“三恋”的精神实质，也是她所有小说创作的宗旨，并且，随着王安忆作品的增多，这一创作理念和创作意象愈来愈明显，如她获茅盾文学奖的《长恨歌》和新作《富萍》，尤其是后者，作者的目的并不在于叙述富萍个人的生活经历和上海底层人们的生活状态，因此，作者没有批判，也没有居高临下地悲天悯人，而是用一种对生命存在本身深刻的诗意理解去抒写生命的挣扎和种种选择，使人物超越了所处的时代环境的局限而成为永恒的形象。从这一角度讲，王安忆的小说写作早已超越了“女性主义”这一范畴，这也是王安忆一直不承认自己是个女性主义者的原因之一。但是，同样是遵循生命存在的哲学，王安忆的创作理念却完全不同于现代文学作家沈从文、废名等的生命哲学，后者更倾向于在作品中展示灵魂深处所认同的生命存在方式和社会的理想模式，把自己对生活和社会的理想融了进去。而在王安忆这里，没有所谓的理想社会，这不是她所关注的对象，她只关注生命所展现出来的现象本身和它们的审美意味，而其他，则只是她描述的一种背景，一种因素而已。她把小说的意义和内容推向一个极致，即纯粹的关于生命存在镜像的描述。

虽然如此，她的小说却很少有具体的名字，她常以“她”或“他”来叙说，作品中的人物常常给人模糊、抽象、很遥远的感觉，但是，你会带着一种奇怪的、很亲近的态度融进作品中，就好像在感受、观望另一个陌生自我的生命。王安忆曾经说过这样一段话：“艺术家又是因为什么过错而要像西西弗斯这样受罚，我想大概是由于一种贪婪，他们竟妄图在自然之外再创造一种自然。”“自然之外的自然”恰恰道出王安忆创作的全部秘密和她的写作理念，她只是试图创造出她所意识到的“生命状态”和流淌在人每一动作中的可能的隐秘和全部真实。但这不是“真实”的真实，而是常常被忽略掉的人的每一次颤抖的生命情状，正是它们构成人类生存的一个个完整的小宇宙。

王安忆的“布尔乔亚”：论《长恨歌》女性叙事的空间隐喻

在中国新小说的传统里，“启蒙”“救国”“民族”是绝对的正统和主流，它强调现实介入、历史政治等大的社会寓意，譬如鲁迅、左翼文学的传统；叙述私人生活和情感的小说传统则被摒弃于文学史之外，譬如张爱玲的小说。这一文学观念深刻地影响着作家的审美标准和创作，即使是20世纪80年代后者被有幸写进文学史之后，也只多被看作“小说”，而非“大说”。因此，才有学者在世纪末发出“小说中国”[①]的呼吁。但在世界文学及西方批评理论的视野中，文学的传统则恰恰相反，那些以个人、情感、人性、审美为核心出发点的现代布尔乔亚文学才是主流的和经典的文学。以后者的标准，

① 王德威：《小说中国》，《想象中国的方法·序》，北京：生活·读书·新知三联书店，1998年版。

王安忆近几年的小说属于标准的经典文学，如《长恨歌》《富萍》《桃之夭夭》等无一不是以个人生活（尤其是女性生活）为主体，而她的世俗化叙事更是将小说的个人性和情感特征发挥到极致。但是，让人意外的是，作者并不这样认为。在一次文学对话中，王安忆这样说《长恨歌》，“这个故事就是在写脆弱的布尔乔亚和壮大的无产阶级。我跟他们讲，如果没有第三部，这就是一个言情小说”[①]。王安忆似乎拒绝把自己的作品与西方的经典等同，甚至乐意于承认自己作品中的政治意识形态隐喻和民族寓言特征。从这一角度理解，《长恨歌》的世俗叙事、女性存在及其政治隐喻都有了全新的阐释和立意，从中也可以发现王安忆的文学观念及其作为一个知识分子的精神立场。

对王安忆而言，个体精神的存在和超越与琐碎的物质性事物有着本质联系，在对人物生存空间、生活场景和情感的沉思默想执着的叙述中，穿越而出的是某种精神的力量和光辉。也因此，对世俗生活的精笔细摹总是占据王安忆小说的大部分篇幅。《长恨歌》中的弄堂、阁楼、鸽子、片场、时装、家长里短、穿衣吃饭、女孩的白日梦、无疾而终的恋爱，等等，这些中国生活最阴暗、最不引人注目的角落和细节，被王安忆一一拾起，擦去灰尘，娓娓道来，并努力揭示它们丰富而又充满诗意的精神内核。王安忆所择取的空间多是上海弄堂，弄堂里的世俗生活景状，拥挤的阁楼，横挂在竹竿上的衣物，阳光下丝丝缕缕的灰尘，所叙述的内容多是市民阶层的做人、处世、规矩、情感、审美等，作者用所擅长的细密绵稠的笔调和对人情世故的深刻洞察，使得这最世俗的生存场景具有了审美的

① 王安忆，张旭东：《理论与实践：文学如何呈现历史》，《文艺研究》2005年第2期。

意味。即使是最底层市民的争吵打架、流言蜚语，作者也着意于描述人物的情形神态和精神冲突，很少有批判的意味。最终，呈现在我们面前的是丰富、优美、耐人寻味的广阔的世俗生活画卷，它们与民族、国家这些大的历史命题无关，与时代变迁、风云变幻无关，是不论何时都存在并支撑着民间生存的意识形态，有自己的价值体系和存在方式。“上海弄堂”不再只是中国狭小生活空间的代表，通过对世俗叙事的诗意化，作者给我们重新建构了传统市民伦理的良性价值观和精神特征。

在这一理念的支撑下，女性叙事成为最恰切的视角，王安忆将她们的世界最大限度地控制在家庭、衣物、化妆、恋爱、怄气等世俗范围之内，充满着物质化和日常化特点。王琦瑶的物质世界就是弄堂、家庭、学校和几个小姐妹，她的精神世界也无非就是一个女孩对世界的幻想和具体生活中的各种情感烦恼，王安忆花费大量篇幅讲述王琦瑶的生存环境以及作为市民阶层对外部环境的想象，与人交往的分寸、把握和自我保护，等等，这也决定了她与世界发生联系时的特性和局限性。在小说中，作者反复强调王琦瑶的日常化，实际上是在强调她的阶层属性特点，这一点从作者对“三小姐”这一称呼的诠释可以清晰地体会出来。在王琦瑶身上，充分体现了市民伦理的规范、审美和风格，谨慎有度，谦和节制，镇静从容，维护私人生活的隐秘，内敛，沉稳，有一种把握和精明的算计，对任何事情都保持着“均衡”意识。无论是王琦瑶、富萍还是郁晓秋，她们对生活、生存的态度都具有无与伦比的韧性，这一充满母性的稳定形象和超脱意味也使得作品中的世俗生活得到升华和抽象。在作者从容、耐心、细致的叙述中，在对王琦瑶的每种心情、每件服饰以及每次交际的不厌其烦的重复叙事过程中，整体的意象感也慢慢出来了，作者给我们塑造出的不是一个女人的生存形象，而是她那一生存空间、那一生存阶层的形象，它拥有自己的生活方式、价值体系和审美存在。

世俗叙事、女性叙事和城市意象具有隐秘的共谋共存关系。世俗/弄堂、女性/伦理，无一例外都为作品的空间性特征服务，即建构上海的“另类”存在形象及其在现代生活中的命运。这是前商业时代的市民生活和伦理特征，充满了灰尘阴影，但却丰富细腻，从容优雅，拥有内心生活和灵魂。我们从王琦瑶、富萍、郁晓秋身上，不可避免地感受到“上海”形象，它温柔、踏实、坚韧，充满着灰尘和内心的疼痛，总之，是朴素恒久、充满日子味的上海市民和市民上海。这是王安忆精心经营的“上海一角”，或者说，在作者的价值观里，这被忽略的世俗上海和市民伦理特征体现着上海的精神。就像不认为自己是一个女性主义者一样，王安忆特别反对别人把她的小说归为对真实的地域上海的叙事，她强调她小说中“上海”的故事性和虚构性，强调上海只是她的叙述背景而已。但是，对一种意象的重复塑造必然显示着作者的审美倾向，对弄堂上海的不断塑造，使得这一形象在王安忆的文学中具有了意识形态意味，这时，小说叙述的空间是否真实已经不再重要，重要的是它承载着作者怎样的审美和精神倾向。而在《长恨歌》中，作者将笔伸向更广阔的空间，即在共和国历史中不断发展着的现代上海，虽然只是曲折隐晦的描述与呈现，但是，透过王琦瑶的眼睛和一生的遭遇，我们仍然能感受出作者对现代上海现代性特征的认识和评判。这也是王安忆之所以强调《长恨歌》第三部的原因，换句话说，王安忆非常看重作品中的历史认知和政治隐喻。“呈现在王安忆作品中的上海，是一个在时间状态上非常多样化的上海。它不是物理空间中凝聚着的无时间状态的城市。它并未因1949年带来的转变而变得沉于怀旧，一味梦想过去；也并未因为90年代以后的发展而忽然在国际化空间中重新找到自我。事实上，百年上海的历史都一层一层地积淀在这个城市空间中，积淀在一些极为具体的日常空间里。在这个空间里，读者可以通过一种阅读的‘考古学发掘’，看到不同时代、不同阶段，以及不同阶级在文化上的符号、不同阶级的记忆、具体生活的仪式，等等。它们沉淀在上海这个城市的日常空间中，都是活生生的东西，任何一方面都没有因为时间的推移而消失。”[①]

实际上，王安忆所做的工作并不仅仅是“考古学发掘”，她在“发掘”的过程中对各个阶层的纠缠、消长和力量的生成进行了自己的考证和隐喻。20世纪30年代的上海和中华人民共和国成立之后的新上海，在物质的追求上有着一贯的连续性，但其精神却断裂了。王琦瑶们试图以镇静的姿态经受着时代政治的变更和打击，即使如程先生的死，也那么安详和镇定，“弄堂上海”以内在的韧性和踏实游走在共和国历史的边缘，它边缘模糊的身份反而为它赢得了生存空间和确定的身份特征。如果把王琦瑶作为上海形象象征的话，那么，上海在中国本身就是一个“布尔乔亚”式的存在。20世纪三四十年代上海的殖民身份和孤岛位置使其免受战争的冲击，并以独特的方式制造着繁华、奢侈和享乐，这与中国民族国家建立时的苦难、与中国政治生活的激烈有着严重的分裂和错位。老上海的风情、趣味具有强烈的模仿性和依附性，但同时也塑造出了强大的市民阶层，在时间的不断沉淀中，他们逐渐形成自己的一套稳定的生活方式和价值体系，外部政治叙事、文化叙事的变化只在其表层涂

① 张旭东：《王安忆、上海、“小文学”》，《书城》2002年第7期。

抹色彩，而很难影响到其核心的观念。但是，在共和国日渐成长并追求现代性的过程中，这一精神内核却被摧毁了，它摧毁的不仅是一种生活方式，还是一个人的内心生活和拥有内心生活的权利。王琦瑶逐渐边缘化，取而代之的是看似时尚、奋进，实则平庸、贪婪、无情的薇薇和长脚们，与母亲王琦瑶相比，薇薇有点暴发户的味道，“壮大的无产阶级”一旦成为城市的新贵，其内在的空虚马上暴露了出来，他们失掉的是王琦瑶们的从容、淡定以及对生活的审美和均衡感。王琦瑶为她的内心生活付出了代价，她的女儿，她的每一任情人，都与她水火不容，“无产阶级”以凌厉逼人的态度逼迫王琦瑶们下场。作品中有明确的对王琦瑶和薇薇的审美对比，褒贬清晰，因此，对“脆弱的布尔乔亚”的肯定性叙述，实际上显示出王安忆对当代社会生活和时代精神的立场，是对“共和国的政治、文化、日常生活经验”[①]意味深长的批判。

王琦瑶的边缘化乃至于死亡意味着弄堂上海的文化、情趣丧失了存在空间，所有的一切，都被挟裹到了经济、意识形态和现代性追求之内，在王安忆这里，所谓现代性的发展意味着对民族生活个性、思想、审美的丧失和遗弃，社会精神处于“无根”的浮躁状态。如果说张爱玲《倾城之恋》中的白流苏是在城市的陷落中意外获得了个人的生活空间，而王琦瑶却是在城市的新建构中失去了自己的生活空间乃至于生命，两者虽然指向不同的方向，其实质却是一样的，它体现出民族话语与个体生活的错位。老克腊对上海历史的无限想象和追忆恰恰是当下生活匮乏的反映，当上海融入新中国的民族生活之中时，它反而失去了自己的身份和特征，丧失了独特的精

① 王安忆，张旭东：《理论与实践：文学如何呈现历史》，《文艺研究》2005年第2期。

神存在。而他与王琦瑶性爱之后的恶心则又体现出这一独特精神存在本身的畸形和苍白，这正是王安忆“弄堂上海”叙事伦理的吊诡之处。在这里，王安忆表达了对商业时代所谓现代性追求的极端不满，流露出浓郁的怀旧气息，而这一精神指向一旦与作品的政治隐喻和文化叙事结合起来又使作者呈现出明显的保守主义倾向。

但是，小说文本恰恰在这里产生了巨大的裂隙。作者的主观意图和人物形象之间的矛盾使她的怀旧显得暧昧、不确定，也游离了她对“脆弱的布尔乔亚”肯定性叙述的基本理念。这一点，表现在她对王琦瑶的态度上。仔细体会作者对王琦瑶的情感，会发现，作者并不真的喜欢她，有点若即若离，不甚明确，甚至自相矛盾。譬如在叙述王琦瑶对待爱情的态度上，她依附李主任，与康明逊、萨沙的苟合，这都是在不明所以的情况下模糊地做了决定，务实的选择带来的是命运更加地沦落，这种务实恰恰与市民的短浅、虚荣是一致的。在这一点，王安忆没有明确的批判意识，但却也没有认同。应该说，这是作者的写作无意识，在小说中表现得非常模糊。就是这一点模糊性，一种批判气息溢出文本之外，它让我们感受到市民伦理节制、均衡之美的可怕性，当抽取了激情、冲动的内核，一切以不毁坏自身的利益为基本，生存本身也变成了一种消费性的存在。王琦瑶，优雅、恒定，却也颓废、被动，精神始终处于平静之中，波澜不兴，没有真正的主体性。作者对王琦瑶任何选择都没有赋予过多的理由和反思，而是让她把一切看作正常的存在，太过正常了，问题是，作者也把这一切看作正常的存在，仍用一种轻描淡写的笔调，驾轻就熟地滑入对王琦瑶物质生活的描述中。这正是王安忆美学矛盾之处。最终，对“弄堂上海”的热爱和对这一空间叙事的肯定意愿超越了一个作家的深刻洞察力，也限制了小说精神的多向延伸，作者一如既往地用华美的文字装饰王琦瑶的灵魂，并把它强加于读者的灵魂之中，王琦瑶成为一座精致的纪念碑，永恒屹立，表现出与历史、政治无关的稳定性。这样，从上海弄堂到爱丽丝公寓，再到平安里胡同，或者是任何一个地方，对王琦瑶都没有什么差别，人物与其生存空间、与其历史背景都没有关系，它们没有共生共存的关系，没有内在的逻辑联系。正如论者所言："她（王安忆）把个人对历史的忍耐力——而不是个人在历史中的创造力——看成人的最高实现。'忍耐'，它并没有作为一个明确的主题出现在王安忆的作品中，但是在她把以人情世故为主体的叙事赋予不可抗拒的美学感染力时，也就自然地把它转化为对现世情状的悠然把玩，而这恰恰是另外一种形式的'忍耐'，对历史侵犯力和异化力的忍耐。而在一个特定的历史语境中，这种忍耐是致命的无力。"[①]但是，从《长恨歌》的整体叙事来看，这并不是小说的要旨，作者所要揭示的是在人物"忍耐"中所呈现出的生命力和所塑造出的生存空间，这一生存空间所具有的审美价值、伦理价值要大于主流意识形态下时代弄潮儿所塑造的民族气质。这也是王安忆不断怀旧的基本美学规范。

以"弄堂上海"文化特质的发展及在中国走向现代性过程中的遭遇，重构一种市民伦理和生存伦理并质询意识形态的所谓现代化，这是《长恨歌》及王安忆其他中短篇小说文化空间及伦理建构的基本主题。而当这种伦理的重构无一例外需要依赖于女性叙事，女性与王安忆的上海寓言、女性叙事与政治意识形态之间就有了某种同构意义的血缘联系。在不断地营造上海意象、女性生存境遇的过程中，作品所呈现出的空间及历史意义最终指涉的无一例外都具有政

① 李静：《不冒险的旅程——论王安忆的写作困境》，《当代作家评论》2003年第1期。

治寓意，由弄堂、灰尘、小街道、衣服等层层叠叠铺叙出来的日常生活背后，民族、道德、发展等问题仍然是小说的本质探询，王安忆所架构的仍然是自己的“寓言中国”和“民族想象”。但从作品的实践层面来看，作品虽然是典型的以个人、私生活、情感审美为特征的现代布尔乔亚作品，但由于深层叙事指向性的强大而使作品的政治隐喻气息超过了对个体生存意义和对人性的探讨，微观叙事中所蕴含的宏大叙事意图遮盖了小说多重方向的散发，它们强化了小说人物的符号化特征，也限制了小说精神的多个层面的升华。而从女性主义层面讲，由于作者内在空间叙事的动机过于强烈，作品中的女性只是作为叙述的工具为作者的文本寓意服务，这也是王安忆作品中女性形象始终存在着女性主体性模糊和审美相似的原因之一。

悲天悯人的“撒旦”

尹雪艳总也不老!

如今，距《永远的尹雪艳》(中国台湾《现代文学》1965年第24期)第一次发表，已经整整四十年，重读小说，却依然被尹雪艳的惊艳、冷酷和永恒逼视着，让人心神俱颤，无处逃遁。

尹雪艳，旧上海的红舞女，新台北的交际花。从客观来讲，作为交际花的尹雪艳只是一个边缘人，是供上流社会和权势者消遣的寄生者，但这一特殊的身份却为她赢得了某种自由。时空的流转，人事的变迁，社会的兴衰并不影响她的生活，无论是在旧上海，还是在新台北，她生活的本质不变：就是展示自己的魅力，千方百计吸引那些流连于灯红酒绿下的各色客人。因此，当整个台北充斥着失意的放逐者时，尹雪艳却创造着奇迹，凭借着对这些“上流人士”生活和心态的洞察和了解，把一个尹公馆打扮得花团锦簇、热闹非凡，牢牢地吸引着新台北的三教九流。

对于这群历史的失意者来说，尹公馆首先给他们带来物质生活的回忆。它高雅、奢侈、舒适，大到整个公馆的布置，小到一个靠垫、一盘点心，无不精致地再现昨日时光，让人油然而生“宾至如归、乐不思蜀的亲切之感”。在这里，他们还能获得已经失去的精神优势，“尹雪艳公馆一向维持它的气派。尹雪艳从来不肯把它降低于上海霞飞路的排场。出入的人士，纵然有些是过了时的，但是他们有他们的身份，有他们的派头，因此一进到尹公馆，大家都觉得自己重要，即使是十几年前作废的头衔，经过尹雪艳娇声亲切地称呼起来，也如同受过诰封一般，心理上恢复了不少的优越感”。尹公馆的魅力就在于它制造了一个富丽堂皇的幻影，帮那些失势、失财、失根的新台北人重新寻回昔日的荣光、尊严和心理的满足感。从大陆逃到台湾，整个新台北人丧失的并不仅仅是空间和权势，还有他们赖以生存和为之骄傲的精神文化和生活方式，在尹公馆里，他们重又找到了这样一个空间和符号化的存在，尽管只是最表层意义上的。它给他们提供了逃避现实的虚无和败落的场所。尹雪艳指挥着众人，吃、喝、玩、乐，把往日时光一丝不差地重新复制。她本人则以坚定、优雅、不老的形象增强着这一幻影的真实性。可以说，描述从大陆逃到台湾的两代人的“放逐生活”，尤其是描述被赶出历史舞台的上层阶级的败落生活是白先勇大部分短篇小说的基本主题，《游园惊梦》《梁父吟》《思旧赋》《永远的尹雪艳》等无不在为这一败落的阶级唱精致而又悲凉的葬歌。因此，当这些短篇出集子时，作者把它们命名为《台北人》，并写了这样的题记：纪念先父先母以及那个忧患重重的时代。在《永远的尹雪艳》中，白先勇以尹雪艳和尹公馆作为小说叙述的起点，实际上是为展示台北众生相选择了一个方便表演和聚散的大舞台。

应该说，白先勇是善于刻画人物形象的艺术大家。早在20世纪60年代，夏志清就这样评价白先勇小说的艺术成就："白先勇是当代短篇小说家中少见的奇才。……从五四运动到1949年以前这一段时间的短篇小说我读了不少，我觉得在艺术成就上可和白先勇后期小说相比或超越他的成就的，从鲁迅到张爱玲也不过五六人。"作为白先勇的文学导师，夏志清的评价也许有点夸张，但是，就人物形象的塑造而言，尤其是对女性形象的塑造，白先勇的确有他独到的地方。尹雪艳、《游园惊梦》里的钱夫人、《玉卿嫂》中的玉卿嫂、《谪仙记》中的李彤，无不给人留下极其深刻的印象，并且每个人身上都蕴含着独特的意蕴。就拿尹雪艳来说吧，"永远"是白先勇对尹雪艳形象叙述的重点。"尹雪艳总也不老。"小说开头的第一句话就把读者的视线拉开，让读者产生丰富而广阔的想象力，同时，也突出了尹雪艳形象的核心性格。作者反复描写尹雪艳"有她自己的旋律""有她自己的拍子""绝不因外界的迁异，影响到她的均衡"。"不管人事怎么变迁，尹雪艳永远是尹雪艳，在台北仍旧穿着她那一身蝉翼纱的素白旗袍，一径那么浅浅地笑着，连眼角儿也不肯皱一下。"寥寥数语，简单的几个词，把尹雪艳的恒定、冷酷和超脱逼真地兀现出来。不论是历史的沧桑，还是人事的兴亡，没有什么悲欢离合能够打动尹雪艳的心，那种冰冷，犹如刀划过玻璃的声音，不肯有半点的妥协和柔软，直刺人的灵魂。而对于那群客人来说，"尹雪艳的不老"则意味着繁华的幻影永远存在，过去永远存在。因此，尹雪艳越是恒定、冷静、超脱，就越衬托出那班遗老遗少内心的虚空和现实的可怜与可悲，给人的毁灭感就越强烈。可以说，尹雪艳是幻影的制造者，在文本之内满足人物的需求，但是，同时她超然、冷静的形象又延伸到文本之外，让读者感受到某种超越时空的象征意蕴，即尹雪艳身上冥冥的破坏性力量和洞透能力。人们传说“尹雪艳的八字带着重煞，犯了白虎，沾上的人，轻者家败，重者人亡”。魔鬼的诱惑总是无法抵挡的，尤其是这一魔鬼化身为这样一个冰雪聪明、优雅得体的女子，当“尹雪艳吟吟地笑着，总也不出声，伸出她那兰花般细巧的手，慢条斯理地将一枚枚涂着俄国乌鱼子的小月牙儿饼拈到嘴里去”时，一个个贪婪的人前赴后继地倒下，这是必然的败落，必然的毁灭。从她的笑容里，我们看到的是文明的崩溃和人性的沉沦。

在小说中，几乎没有关于尹雪艳内心世界的叙述，她的世俗想法或她个人的见解，都没有。呈现在我们面前的只有她的动作、形态和语言。她要得到什么？荣华富贵吗？似乎不是。得到别人的爱吗？也不是。她为他们的生活而忙碌着，努力满足着每个人的要求，然而，却并不随波逐流、愚昧忘形，相反，她明白那一切的虚无和悲哀。那么，她所做的一切都为了什么呢？无法说清楚。也许正是这说不清道不明的东西，才使尹雪艳的形象充满着复杂、多义的象征意义。“尹雪艳站在一旁，叼着金嘴子的三个九，徐徐地喷着烟圈，以悲天悯人的眼光看着她这一群得意的、失意的、老年的、壮年的、曾经叱咤风云的、曾经风华绝代的客人，狂热地互相厮杀、互相宰割。”在这群疯狂的追忆着过去的人中，尹是唯一的清醒者，她看透了他们空虚、恐慌的内心，在失去了“根”之后，他们也失去了底气，显得可怜、可悲。她以她“素白的衣服”和“连眼角也不肯皱一下的浅浅的笑”为他们唱着挽歌，但是，她却又是“悲天悯人”的，为他们的失落、虚无，为人性的丑陋和脆弱而怜悯。这里面恰恰蕴含着作者白先勇对这些“台北人”的情感。作为国民党高级将领的儿子，白先勇承受了比常人更多的历史负担和心理落差，因此，他能够深刻地体会这班

“上流人物”被放逐后的内心世界，他理解他们的疼痛、失落和悲哀，这使得《永远的尹雪艳》始终有一个疼痛的内核，有分寸的把握，小说情感没有流于决然的讽刺或轻佻的嘲弄，适度的讽刺中总融含着挥之不去的悲哀和沉痛，不管这悲哀是相对于他个人生活的感叹，还是他对过去历史的追悼。如果换作其他人来写，写不出个中滋味来。白先勇曾经在一次演讲时提到，《台北人》虽然写的是台北，却也可说是他对整个历史、文化的哀悼和反思（参见中国台湾《联合报》1999年3月15日“文化”版）。白先勇的“文明毁灭感”实际上体现了他长久以来对时代、历史的敏感，正是这种敏感使他在“台北人”身上写出了整整一个时代，乃至于对生命的悲凉感。无论是《台北人》中那群被放逐的“上流人士”，还是《纽约客》中漂泊于异乡、无法寻找到“根”的新一代台湾人，他的作品给我们传达的始终是对于人生和命运的悲剧感受，而这种悲剧感觉常常又与人物的身份和时代的背景紧密联系在一起，它既是白先勇对大的时代和文明的感受，也是他对个体生命和存在的真切体会。

但是，一部小说，当初大家喜欢、重视它的理由，在超越了时代和具体的形象时，反而常常被忽略掉，而被忽略掉的某些因素，开始慢慢呈现出它的本质来。属于白先勇“先父先母”那代人的时间和空间都逝去了，最后，连他们自己也化作历史的尘埃，在异乡的土地上沉沦下去。如今再读《永远的尹雪艳》，虽然作品中所弥漫的沉重、虚无、悲凉的气息仍让人无法不回到历史的深处，但是对其中那些“遗老遗少”可悲的处境已经没有多少共鸣，不像白先勇那样能够读出沉痛的情感来。他们只是尹公馆里短暂、模糊的过客，是尹雪艳的猎获物，他们的脆弱、失落是普遍的人生特征和人性形态，他们的存在只是为了映衬出尹雪艳身上那惊人的恒定和超越。

唯有尹雪艳是不死的。她身上所蕴含的复杂而模糊的、让人恐惧的破坏力量和象征越来越显示出威力。在闹哄哄的尹公馆里，在台北的凄风冷雨中，在文明行将坍塌，历史走上黑洞的时刻，唯一清晰的是那触目、冰冷、优雅的素白。尹雪艳带着她的不为时事左右的冰冷灵魂和她的尹公馆，超越时空的羁绊，行走在人类中间，为人类唱着挽歌和颂歌。她为我们制造着繁华的梦幻，满足人类虚妄的追求，让每个人都淋漓尽致地上演自己的欲望和无知，又以她洞透的双眼向我们暗示梦幻的虚假和可笑，生命的虚无和丑陋。我们诅咒她，诅咒她的永恒、冷酷和生命力，诅咒她身上所暗含的危险和破坏力量，却仍然为她美丽的诱惑所吸引，如飞蛾扑火般地奔向她，奔向更深的毁灭和恐惧。这火焰一般的冰冷存在，如果不是天使的身影，那必然就是撒旦的化身。因此，尹雪艳本人也许并没有灵魂，没有生命的痛感和沧桑之感，但是，谁能说撒旦没有灵魂？谁能说撒旦没有比天使更理解人性的矛盾和脆弱？撒旦的冰冷得之于它对人性的过于通透，因此，它考验着人类，却依然给人类提供各种原谅自己的理由，而天使的完美则常常把人类逼上无可挽回的虚伪和矫饰。

“生命是一出悲剧，在这悲剧中，我们先是冷眼旁观片刻，然后就扮演起自己的角色。”当白先勇让尹雪艳一身素白，“敛着容、凝着神”出现在葬礼上时，他比谁都更明白这死亡的无意义，但是他仍然让她认真地扮演着，为这无意义的悲剧生命献上自己庄严肃穆的哀悼！也许这就是白先勇对生命本质的理解，尹雪艳的形象让我们看到生命中的“另一个自我”，她如永远无法消除的阴魂，和我们如影随形，在我们追寻着俗世的繁华、荣光，营营于短浅的痛苦和烦恼时，轻蔑、高傲而又悲天悯人地昭示着我们的虚无人生。她以永恒的节拍和微笑冰冷地轻舞在人间天上，让芸芸众生为之迷醉，又为之惊惧，然后开始思索。我想，这才是尹雪艳之所以能够“总也不老”的原因。

陈染、林白作品中的性世界

当女性作家写作时，往往分两种情况：一类是中性写作，对她来说，首先是一个作家，然后才是女人，她关注的更多的是社会问题，而非男女两极世界中的问题；另一类则恰恰相反，她首先是一个女人，然后才是作家。从性别角度来说，第一种女作家对社会文明中的两性法则是被动的承受者；而后一类作家对男权社会则发起进攻，是主动者，她考察的对象是男人、女人和男女之间的相互关系，由此，进入对文明、政治的思考。陈染、林白、海男们的写作属于后一类，她们把目光由社会收回到女性身体的深处，探索几千年来一直被忽略、歪曲的女性本原的奥秘：性、性欲、情感、爱。她们的写作打破了对女性的性禁忌，这是男性秩序的最深、最坚固的堡垒，也是男权用以压迫、控制女性的最隐蔽的方式，女性主义叙事正是集中从这个层面突破男性话语的封锁。

为情人的“父”。陈染在《与往事干杯》中描写了主人公蒙蒙与一个父亲和儿子之间奇异的情爱关系。这个乱伦的惊惧场景其实是一个明确的文化寓言。女主人公“我”的身体成为父亲与儿子的汇合点，“我”同时接受了父亲的撞击和儿子的爱抚。不同的是，在父亲那里，“我”是被启蒙者；而在儿子那里，“我”是主动者，是母亲和情人的身份。这里有一个很重要的隐喻：和父亲的被动情爱，显示了女性对男性的不自觉的认同和依恋，在父权社会里，女人仍需要通过男人来找到自己，作品中的父亲承担了“父”和“丈夫”的双重身份，只有这种双重身份才能显示一个女人自我存在的价值。“我”在黑暗中期待着爱抚，也急切地期待着成为自己。几年后，“我”和那个父亲的儿子老巴又魔鬼般地碰到一块儿，由于老巴酷似“父”的气质，“我”接受了他。当真相大白以后，“我”忍痛割舍老巴，重新寻找“父亲”。作为一个女人，“我”是丰富的，有着乳汁般旺盛的情欲，然而，作者让“我”和老巴分离，无疑又意味着重新回到对“父亲”的认同中去。在长期的分别之后，“我”第一次梦到“父”，“这男人的头发全白了，大腹便便，还戴了眼镜。也许是花镜吧，脸颊也臃肿不堪”。无疑，这种描写是对时光流逝的肯定和对“父”爱的否定，最起码，“我”此时已从“父”爱中走出，踏上新的爱情生活。然而，在经历了老巴死后，“我”真的在一次会议上碰到“父”时，“他的面庞清癯，目光炯然，风采依旧，神情里有一种宗教般的深沉，一种将往昔深埋于心的宁合”。父亲形象的深沉和作者充满爱意的描写，流露出“我”对“父”爱情的难以忘怀。老巴的死使“我”的爱情失去了灿烂明朗的未来，完全回到了过去，也许，这是女人的悲哀，也或者社会深层仍没有变，女人永远是“他者”，是男人的负面。

在《与往事干杯》中，陈染两次描绘了和“父”的性爱。第一次，“然后他压在她纤弱的身体上，在他激烈的冲撞下和急促的喘息中，她感到一股热热的液体从他的身体流到她的大腿上，她惊讶又紧张，忽然有种厌恶感”。这时，父亲扮演的是一个主动而粗暴的进攻者，他把男性的强权和自信给予女人，并认为这可以使一个女人成为真正的女人。男人的这种自信，这种对女人成熟方式的自负包含着深刻的社会道德观念，它是一种根深蒂固的偏见。然而，第二次描写已经有质的不同，“终于，我说，我需要耕作。他迟疑了片刻，就做了起来……”这时候，“我”在这个情欲游戏中扮演一个主动的角色，这种主体位置的颠倒意味着“我”作为一个女人主体价值的觉醒，“我”要在过程中体验属于女人自己的快感，而男人/父亲则退缩到被要求、被限制的地位。这是一个具有现代意识的女性思维的必然过程。然而，最后“父”的形象的重新升华，则从反面证明了女人走出“父”的艰难。

在《与往事干杯》中，整篇文章以一种女性主义叙事笔调去书写隐秘的个人生活和两性关系，可以感觉出，陈染试图通过对两性关系的叙述，重新寻找、确认男人/女人和世界之间的关系。

我和我的情人们。海男以《我的情人们》作为题目，无疑给文学界投下一颗重磅炸弹。其一，作者是女作家；其二，以第一人称写作，即便作品写的不是本人，也有这种嫌疑；其三，这样的题目简直有诱惑的意味存在，“我”的暧昧身份任由读者猜想，“情人们”则把男人置于从属地位，男人成为女人的，而不是女人成为男人的；其四，情人，这个似乎只有在阴暗角落生存的“类”首次被摆在桌面，并且情人/男人为一体。陈染、林白都不约而同地叙述着和情人们（同龄）的关系。仔细分析文本，似乎有一些共性，女人仍在苦苦寻找心中的男人，她们不再把他当作经济支柱和生存的依赖，而只是当作精神的一块绿地以及能在性爱中和谐、水乳交融的男人，有时候，女人似乎又不仅仅需求这些。然而，此时男人在逃避，是害怕她们旺盛的情欲，还是害怕她们强大的精神力量？也许，两者兼而有之。在林白的《飘散》中，邸红为了寻找李马——她心中的白马王子，舍弃工作，破釜沉舟，辗转追寻到海南，甚至不惜去做整容。李马呢？他总是逃避，因为他知道真实的李马并不是邸红所想象的那样。他不配做邸红的情人，也达不到邸红的要求，更不愿伪装。李马，只是一个为生活而盲目地疲于奔命的普通男人。在《同心爱者不能分手》中，“我”怀孕了，要和天秤结婚，然而，天秤不愿意，他说他不愿意为孩子和妻子——“家”而失去自由。在这里，男人和女人有双重的误解，女人认为找到男人，就找到了温暖、安全的感觉，虽然这种安全不是来自物质上，而是来自精神上，但是，这仍然在无意中抬高了男人的身份而失去了自己的主体地位。她们固执地要求“家”，寻找男人，又一次认同了传统社会给她的角色。谁知道呢？究竟哪一种才是自然的存在，上帝创造男人、女人，并通过他们繁殖，就是为让他和她结合。只是结合背后的社会观念以及结合中的角色问题才是真正的症结所在。有女权主义者认为：“正是异性恋的性趋向维系了这一切关系，应该把异性恋本身作为一种制度来分析。”我认为，异性恋本身并无可非议，只是异性恋是如何实现的，即男女如何达到婚娶的目的，甚至在长期性交过程中男女的体位等，肯定与制度有关。我不是说林白让邸红固执地寻找男人是一种错误。林白在叙述过程中显然对邸红的行为流露出强烈的怀疑和不满。邸红在整容后失去了自己，和李马交臂而过（因为两个人都面目全非），这也许是林白对邸红的“非自我”的一种潜意识报复。天秤、李马以及

《瓶中之水》中二帕的情人老律，他们都不愿承担“家”的责任，他们想从传统的角色逃脱出来，可悲的是，他们被自己的女人追得无处可逃。他们在和女人的性关系中，也不知不觉地陷入被动。这种尴尬的场景再现了当代男女婚姻的处境，处于转型期的人们没有了旧的生存秩序和氛围，在新的混乱的界限中他们无所适从，而逐渐清晰的是女性意识的觉醒和男性逐渐从中心往边缘或者说往常态退缩。

嘟噜，《同心爱者不能分手》中的现代女孩，显然与邸红、二帕不同，她的爱情几乎全部物质化，物化的地位和物化的男性肉体。她既喜欢男性的优越地位，因此选择考上匹兹堡大学的矮个子的生物系才子，也喜欢男性为她争风吃醋。她嘲讽老处女（无性的象征），给她寄一只避孕套。她对“性”是一种放松的、无所不在的张扬状态，她本人就是性的化身，鲜活，充满诱惑。性对于她来说是一种生命力的象征。她取悦男性，不仅仅是为了让男人高兴，更重要的是要让自己高兴。也许，现代的嘟噜比二帕、蒙蒙更少了一些羁绊，无所顾忌地走向女性的另一种存在。

累斯嫔之爱。这是西方对同性恋的通用称呼，西方的一位女权主义者莉莲·菲德曼这样解释累斯嫔：“它描述了两个女人之间的一种关系，在这种关系中，两者互相保持强烈的感情而爱恋，其中多多少少有性的接触，但也可能丝毫没有，两者由于共同的偏好而长相厮守，共享她们生活中的大部分内容。”如果我们按照菲德曼的界定，就大体可以说，累斯嫔文学就是以同性恋内容为主，并渗透了累斯嫔意识的文学文本，林白的《回廊之椅》《瓶中之水》则是累斯嫔文学的典范之作。《回廊之椅》中姨太太朱凉和七叶的爱是那么奇异动人，这是同性间一种深沉的爱恋。朱凉早年消失，几十年后，作者“我”却在夹墙中发现了朱凉的“人形标本”，虽然后来作者称那是梦，但是女仆七叶眼中的深情和怀念的气息以及那“游游移移”的闪动，却真实地显现出七叶对朱凉永不消失的爱。“她（朱凉）身上的水滴由暗红变成淡红，变成灰红、浅灰、深灰，七叶的双手不停地拍打她的全身，在她的肩头不停地浇些热水，她舒服地吟叫，声音极轻，像某种虫子。”这种描写无疑说明七叶和朱凉有了性的接触，并且从中获得巨大的愉悦。在《瓶中之水》中，二帕和意萍像一对真正的恋人一样，吃醋、发脾气、闹别扭。“二帕看着意萍，往日的什么东西在意萍的脸上晃动着，二帕看着她，脉脉的温情在两人之间升起，她们感到了这点……”然而，二帕害怕，害怕她天生是这种人，害怕这是一种病态的感情。因为异性恋才是天经地义的。意萍代替作者回答：只要彼此能激发深情，不管是男是女，都要大胆去爱。从《回廊之椅》和《瓶中之水》中可以看出，林白的态度明显地肯定了同性恋。这是女性个体站在独立自然的角度发出的宣言，没有考虑社会和性别，如同七叶和朱凉的生死之恋一样，二帕和意萍也没有能真正走到一起，她们被观念所束缚，被男人所纠缠，她们脱离不了社会的巢穴。

陈染也说，同性之间的情感是一种极端危险的力量。在《无处告别》和《嘴唇里的阳光》中，陈染对同性的爱做了详尽的剖析和描写。“黛二忽然感到一种莫名的畏惧，从缪一的神情中，黛二看到她正在鼓起一种勇气走向黛二，靠向黛二，那是最后的告别。黛二莫名其妙生出一种胆怯，她闪了一下身，向后退了一步，说：‘别！’”就这一个字，包含了黛二也是陈染多么复杂的心态。黛二希望得到朋友的爱抚，然而，缪一背后站着一个男人，这个男人虎视眈眈，释散了黛二对缪一纯粹的爱，同时，这个形象也代表了正统的最强大的力量，无形地压迫着黛二。女人之间的情爱或友谊往往由于男人的介入而遭到破坏，黛二和缪一、麦三的亲密无间由于男人们开始分道扬镳，蒙蒙和母亲由于外交官的介入突然变得隔膜、遥远，甚至受到伤害。这在以前，被解释为成长的必然，现在看来有着更深层的原因。《无处告别》中的黛二在《嘴唇里的阳光》中被牙医拔掉了那颗智牙，消弭了黛二隐秘的伤痛，使黛二变为社会话语中驯良的公民，也使黛二走向男人。女性的堡垒最终坍塌。

陈染、林白的作品中是否有女权主义色彩，这点不敢确定。但最起码，在男人/女人的社会角色以及在性关系角色中，她们从女性视角赋予了新的诠释，并且重新审视了男性角色。在当代文坛上，女人主体意识首次以内化视角表现出来，这不同于张洁的《方舟》。男性/女性二元对立的性别划分在我们时代已经被打乱了，追求男女平等将不再是重要的事情，激情，那种属于自己的激情才是真正的追求目标，而不管涉及的对象是男是女。黛二在经历了丰富而又平淡的性经验之后，在气功师的诱导下，终于“把她的精神和肉体全部调动起来”，终于获得“快感”，“她几乎把这种获得视为一种信仰的获得”。没有快感，这是千百年来女人最致命的缺陷；没有快感，意味着女人永远得不到最大限度的释放和净化，得不到最丰富的激情和最深刻的快乐。黛二，也可以说作家陈染，把快感/信仰相提并论，具有惊世骇俗的隐喻意味。也许，只有女人能超越一切毫无顾忌地获得快感时，女人才能获得真正的解放。从来没有作家像陈染、林白这样大胆而激情洋溢地描写女人在性欲产生过程中对世界对自己身体的感觉。有人说她们的写作是身体写作，拿女性的身体卖给文学。也许，这仍是男权中心观念在作怪。陈染们只是在叙述一个被我们一直遗忘或有意压抑的世界，也许，她们的写作启示我们，性别不再是最重要的，男女之间不应该存在不可逾越的鸿沟。每个人本来就是“双性”存在的，这给我们提供了多种选择可能。我们在这世界的角色不再是既定的，而是有所选择的。

第四辑

当代乡土叙事的美学裂变

“灵光”消逝后的乡村叙事：从《石榴树上结樱桃》看乡土小说的美学裂变

一、“世俗”的，而非“灵光”的乡村

在世界文学史上，乡村一直是原乡神话式的存在，无论骂它、爱它、批判它、赞美它，背后都有基本的原型意义。乡村是大地、母亲、故乡、家、爱、童年、温馨、苦难等一切本源意义的代名词，它包含着巨大而深远的象征性，文学的基本母题和人类命运的基本命题都能够在这里找到寄托。“乡村”，几乎可以说是作家情感的祭坛，忧伤而甜蜜，神圣而深沉，充满着古典的膜拜意味。在对乡村本体的叙述过程中，作家类似于一个收藏家、一个信徒，总是试图在乡村中追寻遥远的时间与空间的叠韵，感受过去的生命与自我生命之间神秘的关联。本雅明在论及传统艺术的价值时，使用了一个非常感性的理论术语——“灵光”(aura)。“什么是灵光？时空的奇异纠缠，遥远之物的独一显现，虽远，犹如近在眼前。静歇在夏

日正午，沿着地平线那方山的弧线，或顺着投影在观者身上的一截树枝，直到‘此时此刻’成为显像的一部分——这就是在呼吸那远山、那树枝的灵光。”[①]毋庸讳言，在哈代的英国乡村、福克纳的南方小镇、马尔克斯的马孔多村庄，在鲁迅的绍兴、沈从文的湘西、莫言的高密东北乡、阎连科的耙耧山脉那里，我们都可以感受到这一“灵光”的存在，它由乡村的尘土、阳光与原野，由乡村的生命、神话与历史中折射出来，经过心灵，凝聚为精神的故乡，激发着人类最为深沉的情感悸动。

但是，在李洱的乡村小说《石榴树上结樱桃》中，充满灵光的、神圣的、哀愁的乡村，充满人类与民族所有命运与主题的乡村被隐去了，取而代之的是完全展览式的、世俗化的乡村。阅读《石榴树上结樱桃》，似乎在进行一次非常奇特、怪异的乡村旅程，展现在你面前的官庄村，是一个完全“光裸”的村庄，没有地理性与文化性，原乡神话式的情感及隐喻不再存在。在官庄村的上空，没有乡愁，没有精神意义的还乡，甚至没有了大地、植物与原野，只有事件、人物及现实的进程，乡村仅仅是现代社会的一个元素，一个肌体，不附着任何其他更为本源的象征或寓意。作家用一种准确的风格把乡村分解为一个个现实的行为、事件与语言，冷静而饶有兴趣地肢解，骨架、肌肉、脂肪、筋筋缕缕，丑陋、干巴，令人难堪地逼真。

世俗化，意味着“神圣情感”的消失，是一种现实的存在，没有记忆，没有审美。驴粪蛋就是驴粪蛋，不是故乡的某种象征；猪圈就是猪圈，没有蕴含童年生活的情怀；权谋就是权谋，不是民族

---

①〔德〕本雅明：《摄影小史》，《迎向灵光消逝的年代：本雅明论艺术》，许绮玲，林志明译，桂林：广西师范大学出版社，2005年版。

文化心理的积淀，只是乡村生活中一个极为平常的元素。而一旦对乡村的“神圣情感”丧失，那笼罩在乡村上空充满本源意味的“灵光”也即消逝，“真实性”成为作家的终极目标，纯然客观的分析，略带嘲讽的叙述，叙述者与叙述对象——乡村——之间有显而易见的距离感。叙述者自由，不受任何限制地进入事件的核心，以一种残酷的理性，把事件本身的进程叙述出来。

在充满“灵光”的乡村意象中，作家和读者常被乡村背后巨大的象征性所支配、感染，不自觉地会有膜拜心理。有膜拜、有尊敬，才有诗性、才有文化，才可能进入乡村的文化结构及民族对乡村的文化心理，在此意义上，乡村不仅是作家本人对故乡的回望及精神的本源探索，也是一个民族对自我精神的深层追寻。《石榴树上结樱桃》给我们来一次“祛魅”，抛弃乡土小说所特有的主观倾向性和情感气息，抛弃那种深刻的“痛感”和“情感”（它们在形成小说巨大感染力的同时，常常遮蔽着作家的叙述），而致力“还原”工作，回到现实之中，对乡村现状做客观的描述与最细节的刻画，由此，给我们展现了一个处于世俗进程中的，混沌、复杂的现实生活中的乡村意象。

但是，非常奇怪的是，这一“真实”“世俗”的乡村叙述却带来强烈的陌生化效果，让人“震惊”，这不是我们所熟悉的文学乡村。更重要的是，我们突然发现了“面纱”的存在，李洱的叙述仿佛一把锋利的手术刀，以精确的风格割开面纱，使我们窥到那面纱之后的真相——残酷而真实，细节栩栩如生。女村长繁花面临着村支书的选举，要想选举成功，她的工作不能出任何差错，环境保护，经济发展，尤其是计划生育问题，上面的基本政策是一票否决制；同时，她又必须在村里拉到足够的选票，挫败那些力图取代她的力量。

于是，一场乡村大戏就这样拉开了序幕。李洱运用自己运筹帷幄的能力，把这场乡村争斗写得惊心动魄、一波三折，热闹异常。繁花为选举成功而进行方方面面的铺垫，慰问同盟，阴谋策划，请客拉票，做各种亲民表演，等等，俨然翻版的总统竞选。展现在我们面前的，是现实版的中国乡村，世俗、丑陋，却真实无比。现代文明的各个元素都对官庄村发生作用，生活方式（如手机、汽车）、政治（选举、环保、计划生育）、经济（引进外资、发展企业）等，它们在官庄村的土地上汇合，发生混战，并改变着村庄的生活结构与存在方式。

在某种意义上，20世纪90年代以来的中国乡村经历着比之前几千年都要更为彻底的变化，在全球化文明迅速膨胀的时代，社会的各种元素，政治的、经济的、文化的，以极其可怕的速度渗透到中国大地的角落，哪怕是最偏远的乡村也不被落下，它们在乡村以奇异的形态互相纠结，并发生影响，产生新的行为与结果。在这样复杂的语境下，仅仅古典的追忆是不够的，仅仅原型性的文化叙述也是不够的，它所牺牲的常常是现实层面乡村生活的真实状态，或者说，只有作家主动撤去情感面纱，主动撤去文化的渗透，乡村本体的存在状态才有可能呈现出来——无关乎家族伦理、文化世情，也无关乎自然伦理、原野大地，它就是地表层面的存在。

《石榴树上结樱桃》的叙事者是一个干脆利落的旁观者，而叙事本身也几乎不掺杂更多的情感，完全可称之为“零度”叙事——这在现代派作品中经常出现，但在乡土小说中却几乎没有。作者很少对人物给予情感，没有道德的焦虑，没有对事件的判断，甚至连通常的暗示性都没有，“以一种实事求是的叙事精神”给我们描述了一个乡村故事。李洱毫不留情地把作家的“精神还乡”之路掐断了，他在与笔者的访谈中用一句话表达了他的写作目的，“我的任务就是要打破这种幻想”[①]。乡愁、归属感，包括那想象中广袤忧郁的大地原野、亲人朋友，在李洱那里，都是要被嘲笑和被解构掉的东西。在中篇小说《光与影》中，主人公孙良的归乡之路毫无疑问是一条通过彻底黑暗的道路，越是走近乡村，他就越感到虚无、害怕，因为此“故乡”已经非彼“故乡”。正如鲁迅在《故乡》中所言：“我所记得的故乡全不如此。我的故乡好得多了。”最后，当孙良热爱的章老师——唯一还携带着故乡印记的人物——被两个高大的学生“挟持”着颤巍巍地出现在孙良面前的时候，归乡本身遭到了最彻底的解构，生活的所有意义都没有了，只剩下偷鸡摸狗的性爱和一碰皆碎的脆弱。生活中最光亮的地方，恰恰充满了更为强烈的阴影。对于李洱来说，他的任务不是书写光明、追寻光亮，而是使阴影部分和其中所包含的复杂色彩最大限度地呈现出来。这一点，我们从《石榴树上结樱桃》的女主人公繁花的形象也能感受出来。繁花不是我们文学记忆中的乡村女性，既不泼辣强壮（乡村生命力的象征），也不温柔贤惠（母性与家的基本隐喻），繁花是一个干练的政治女人，冷漠、理性，在她身上，没有任何关于乡村的文化象征或关于人类命运的本源寓意。她所遵循与付诸行动的原则是政治游戏规则，是权力与智慧的较量，没有情感的成分，虽然在小说的结尾，作者让失败了的繁花流露出些许的伤感，但也基本上是愿赌服输。

这是李洱有意识的美学试验的结果，女性形象的模糊与非本质化有效地驱除了读者心中顽固的对乡村的本质主义（或者也包括他

① 李洱，梁鸿：《百科全书式的叙事》，《西部·华语文学》2008年第2期。以下李洱的谈话均来自此。

自己）倾向。无论如何，在人类心灵景观中，乡村总是与大自然、与本能、与肉体、与人的生理紧密相连，对它的升华愿望几乎可以说是人类的一种情欲本能，而乡村女性，也自然地成为地母的形象，宽广、混沌、丰厚，能够容纳包含一切。繁花不具备这些品质，作者让她（女性）从历史、文化的隐喻中摆脱出来，走进实在的生活与政治之中，时空缩短，一个世俗的、野心家的繁花，一个扎实地进入时代之中的现代乡村女性，虽然不那么复杂，不那么具有传统特性，但却别具意味。李洱自己也这样认为："这样一个角色非常复杂。对我来讲，这部小说有意思的是，我写了一个乡村女性。在此之前，乡村的女性往往代表母性，我选择这一女性，她被政治化、世俗化。当乡村的女性融入了世俗化进程，那么，整个乡村就进入了世俗化进程。这也是我选择女性作为这部小说主人公的原因之一，虽然我非常不擅长于写女性。"

二、"后现代拼贴"式的新乡村叙事

应该说，对乡土中国的描述在20世纪50年代出生的一批作家，如贾平凹、莫言、阎连科、李锐的笔下已经达到了某种极致或巅峰，这些小说既有对民族国家命运的隐喻意味及对农村文化生存状态的抒写，充满强烈的忧患意识，又满含着对中国大地、原野无以表达的热爱，《红高粱家族》《日光流年》《无风之树》等都是其中的典范之作。要想超越这些作品的确很难。作家从乡村走出，那里有他们生命最初的痕迹，有童年记忆，那里的一草一木是充满呼吸的，它们不需要本雅明那样的"凝视"，深沉的情感与生俱来地存在于血液之中，日夜流淌。在这样"灵光"的笼罩之下，这些小说有一个最根本的美学倾向，即乡村作为文化存在的原始乌托邦象征性（不管作者的目的是反乌托邦还是建构乌托邦)，它代表着原始正义，传统理想、生命的自在状态，它是人类的童年时代，而它的命运就是不断被各种秩序破坏并修剪的过程。这样一种大的精神原则使作品内部容易出现潜在的二元对立思维，官方/民间、城市/乡村、现代/传统、致富/良心，金钱/道德，这些对立的因素最后往往指向批判政治与现代文明，由此，当代政治发展史与经济发展史也必然作为负面因素破坏、侵袭着具有原始正义的乡村存在。它带给读者一种博大的情怀和深沉的情感，同时也有理想破灭后深刻的怀疑精神，使我们看到文明进程的黑洞与繁荣背后的荒凉。从总体来看，这类小说对乡土的书写整体性大于细节性，抽象性多于具象性，较少对处于冲突过程中乡村的结构性变化做“共时性”的叙述，而“共时性”这一概念，在处于全球化、后现代语境的时代，所蕴含的意义要比其他任何时代更为深远。

《石榴树上结樱桃》给我们展示出关于乡土叙事的一种新的美学风格和世界观。这是由技术主义、理性主义与世俗主义所组成的“百科全书式”叙事，强调事物之间的“关联性”“共时性”，最终达成一种“准确的”，几乎是“后现代拼贴式”的诗学风格。在这里，乡村/城市的界限消弭，农民一边搓着脚指头一边讨论台湾海峡问题，嘴里还时时迸出如“全球化”“女权主义”等最现代的时代名词，乡村在各种话语的交锋之中变得光怪陆离。作家不再试图描述、感受，而是试图分析、探讨、展示乡土存在。这与阎连科、莫言等人的乡土创作之间有明显的“代际”特征。实际上，从整体发展趋势上看，近几年来，仍活跃在文坛上的20世纪60年代作家，如毕飞宇、韩东、李洱，都开始涉足“乡村”这一重大题材。毕飞宇的《平原》、韩东的《扎根》等，都有这样非常明显的理性主义倾向。

这一技术主义与理性主义背后是哲学意义上的世俗精神的渗透，这里的世俗精神并非“庸俗”或“品格低下”，而是作家摆脱了“神圣”观念的统摄（它包括各种宏大叙事，政治的、思想的及艺术的），对日常生活进行诗学上的肯定，回归到人性、事物及社会的现实层面，并做出独特的叙事与价值判断。在某种意义上，它具有如本雅明所言的可技术复制时代的文艺“展览化”倾向。[①]这也是以知识、理性为起点的李洱们的最大精神特征和对文学存在的基本态度。他们信任理性，长于思辨，强调文学的科学性与学科性，感性抒发与情感描写对他们来说只是文学的一个层面。对于中国现当代文学来说，这种观念无疑相当于一次“文艺复兴”。

的确，当我们以“世俗”的视野，以“共时”的时空观念重新考察乡村，就会发现，当代乡村生活所呈现的景观涵盖了太多复杂的、相互矛盾的东西。当繁花站在肮脏的猪圈旁，一边打电话商量选举的事，一边搓着泥巴，并思考着官庄村的现代化之路时，某种真实的荒诞意味慢慢渗透出来。此时，几个最为不同的元素形成深刻的映照——最乡土的与最现代的（猪圈与手机）、最落后的与最文明的（泥巴与选举）——展示出处于后现代语境下乡村的“悖谬式”存在，这在某种意义上弥补了“原乡神话”式乡土小说的缺失，给读者搭建了一个通向后现代境遇中现实的乡村之路的平台。乡村生

① 本雅明认为：“随着绘画的膜拜价值的世俗化，对其独一无二基质的设想也越来越模糊不清了。……当然，‘本真性’这一概念总是要超越真实的囿限（这在收藏家身上表现得尤为明显，收藏家总是保留着拜物教信徒的痕迹，并通过对艺术作品的占有来分享艺术作品的膜拜力量）。尽管如此，在艺术研究中，‘真实性’这一概念的功能是一清二楚的：随着艺术的世俗化，真实性取代了膜拜价值。”本雅明指出这正是传统艺术发生危机的象征，但同时并没有否定艺术的这一世俗化倾向，而是做出理性的辨析。《可技术复制时代的艺术作品》（1934—1935），《经验与贫乏》，天津：百花文艺出版社，1999年版，第267页。

活还是猪圈、泥泞、传统的争权夺利，但行为方式完全变了，手机、竞选、民主、环保等时代名词把时空拉得无限近，乡村、城市、现代性、全球化，所有这一切都在一个平台上，纠缠，扭合，互相冲突并且互相改变。这个乡村已经不是原始的、文化的、道德核心的乡村，而是世俗存在的、现实生活中的乡村。正是这一世俗性与真实性，使我们看到在备受现代文明、经济和政治挤压下的乡村的另一面；现代文明从来都是乡村生活的一部分，乡村与现代文明之间并不是简单的二元对立或被侵入与入侵的关系，它也以自己独特的地理性、容纳性杂糅这些外来话语，两者相互影响、相互渗透，并使彼此脱离原有的轨道，而变成全新的事物，恰如文中的颠倒话所言，“石榴树上结樱桃，兔子枕着狗大腿”。一切都显得滑稽、荒谬，却自有它的逻辑和存在空间。在这一意义上，李洱很少做价值判断，在面对现代文明与传统生活、传统观念之间的冲突纠缠时，李洱更多地以一种冷静的姿态，以平视的眼光，以对“复杂性”的本能热爱，以最大的“关联性”把事件发生的过程，把事件过程中人的状态及乡村状态给描述出来。乡村不再原始而封闭，一个农民随时可以了解国际大事，并被裹挟进整个政治发展的潮流之中，但是，对于乡村来说，这种开放性并非如知识分子所想象的那样，是一种压迫或摧毁，相反，它极有可能是被欢迎的。比如致富（这也是很多乡土小说家喜欢的主题）。因为“致富”理念的提倡，整个中国乡村道德、人伦及文化结构遭到了根本性的破坏，朴素的、人情的乡村逐渐消失，那的确是一首挽歌。但是，当以“世俗”视野去观照乡村生活时，你会发现，“致富”有其合理性，它对乡村实质性的影响绝不是挽歌那么简单。乡村不需要挽歌，它需要实在的能够生活的金钱，更进一步来说，它需要金钱以融入整个社会之中，它不想被

"另眼相待"，这是一种合理的文化要求。"'宁愿富，不怕死。'在死亡与富裕之间，它选择发展。它极力要融入现代化进程，但这一融入过程，有太多的悲喜剧。另外一些作者可能会把它写成一曲挽歌，我对这种哀哀的声音也持一种怀疑。……而对我来讲，我甚至希望某种改变，只是这种改变给我带来一种感觉的错乱，我不知道这对于乡村是好还是不好，但是我知道这是中国农村的真实途径，甚至可以说它是中国乡村现代化进程的必由之路。"这或许也是李洱执着于进入乡村世俗生活层面的根本原因。

三、问题与困惑

如前所述，乡村象征原型的丧失与世俗乡村的浮现并不只是作家叙事方式的变化，在这背后，隐藏着作家美学观念上的根本差异和世界观的不同。在理性主义的渗透、技术化的分析等后现代视野的观照中，作家思维范式发生了根本性的变化，乡村"灵光"消逝，随之而消失的不仅是乡土/都市、前现代/现代的二元对立视野，也包括一代作家对乡村的乌托邦幻想和原始主义情结。文学乡村由此也走上了先锋道路，这几乎可以说是一场美学革命。《石榴树上结樱桃》摒弃"我"的情感与存在，以"百科全书式"叙事给我们拓展了一条通往乡土中国的新的途径。它或许使我们少了那份激情和热爱，使我们不得不撕去那总蒙在我们心灵之上的乡愁，但却更容易展示当代中国乡村的真实生活图景及它在当代生活中的坐标，也更容易使我们真正审视中国乡村的现实位置。可以说，它的出现也弥补了当代乡土小说的理性匮乏。

但是，总有隐隐的恐慌、害怕和深深的失落感。阅读《石榴树上结樱桃》，感觉叙事很冷酷，筋骨清晰，细节充分，却显得干涩，

"情"的成分太少，唯一的温情就是小说结尾那一段，但不足以挡住整部小说给人带来的严寒感。从总体来看，《石榴树上结樱桃》的"真实"虽然让人"震惊"，但却仍然有点过于细枝末节，没有达到总体的真实（可能与我的美学预设有一定关系），作品没能进入乡村伦理层面与情感层面，只是把事件与肌理勾画出来，缺少真正的源头，这也使得作品的"技术深度"与"情感深度"几乎成为反比例存在。为什么会出现这一问题？"百科全书式"叙事以追求思辨、深度与复杂性为根本特征，这在李洱的知识分子小说中得以出色的发挥。为什么在乡土小说中显得力不从心了呢？技术主义、理性主义到底是否能够成为进入乡村的又一通道？或者说，这种后现代美学思想与技巧对于乡土题材来说是否存在着致命的局限性？

南帆在评论《石榴树上结樱桃》时，认为这部作品的"轻喜剧风格"使文本缺乏一种"激越的声音"和"深刻的矛盾"。"这部小说的叙述者人情练达，脸上挂着悲悯的微笑。他多半置身局外，叙述者与故事的距离即是幽默与调侃的空间。由于叙述者的智慧，种种矛盾的价值观念并没有迎面相撞，以至于不得不分出个青红皂白。相反，它们被巧妙地处理成一系列喜剧式的修辞，例如轻微的反讽，滑稽的大词小用，机智的油腔滑调，无伤大雅的夸张，适度的装疯卖傻，如此等等。这时，开怀一笑就可以将严重的问题暂时搁下。……圆熟的叙述是否同时表明，作家并没有及时地发现可能打破生活现状的力量？"[①]在书写知识分子生活或当代生活的存在性时，"反讽"作为一种重要的风格非常恰切，能够把知识分子的尴尬非常贴近地呈现出来，但是，对于乡村书写来说，它是否显得过于轻巧

① 南帆：《笑声与阴影里的情节》，《读书》2006年第1期。

了一些？而从根本上讲，造成缺乏“深刻的矛盾”的原因并不仅仅是因为小说的“轻喜剧风格”，这背后还有一个大的问题，即“世俗”存在的乡村是否就是“真实”的乡村，或者，这一真实度有多深、多远？

《石榴树上结樱桃》给我们展现出现代乡村结构的基本构成和主要矛盾，并力图揭示出当代乡村存在的“悖谬”状态。作者充分地发挥了自己在小说结构、语言和思想上的优势，技巧上无懈可击，同时，又有对乡村问题和乡村生活的洞察力，作者随时而至、出其不意的幽默也给作品平添了几分趣味。然而，在细细品味之后，却又觉得作品缺了点什么东西。作为一个艺术整体，小说缺乏一种力量，缺乏一种能把小说各个成分融合在一起的凝聚力。在《午后的诗学》中，作者用费边的客厅和名言警句为我们营造了一个庸俗化的知识分子氛围，它有些夸张、变形，但却有内核的真实，那就是作者对此种生活有深刻的感受力和理解力，它们构成小说的和谐因素和紧张的张力，知识分子自相冲突、左支右绌的生活扭结在一起，形成一股力量，并最终形成某种象征的意义，我们能领略到其中的不可言传的意味和气息。

在《石榴树上结樱桃》中，你能感觉出作者的束缚感，小心翼翼，认真努力，因为他怕一不留神踩住自己埋下的炸弹，他得努力让读者看不出其中的漏洞和缺陷，这一漏洞就是他还不能完全自由地把握他所要写的人物、生活的整体形象。李洱以他细致而精确的构思，艰苦而认真地思考他所书写的对象及背后复杂的纠缠性，然而，对于乡土生活来说，这只是厚厚尘土之上的最表层的东西。他不能够自由地进入他们的心灵世界。这并不是说作家必须曾经是一个农民，必须要完全了解农村生活的全部才能写这样的题材，而是作家对此还没有达到一个感性的充分认识。在认识论的科学框架内，人的意识被规定为从感性到理性，然后再到抽象、升华的过程。然而，在小说领域，却似乎正相反，在这里，需要感性的还原，而不是如前所述的理性还原。只有感性的还原，才能使小说冲破真实的、实在的故事束缚，传达出比真实更多、更大的东西。

可以说，这一新的美学理念成为一把双刃剑，在成就了《石榴树上结樱桃》的同时，也突现了其缺点。《石榴树上结樱桃》给人很强的无根之感。作品缺乏乡土性，缺少与地理之间直接的联系，没有背景（这在许多时候甚至是作家有意为之），虽然作者在文中也运用一些河南方言与地方民谣，并尽量让人物口语化，但是，从整体上并没有形成一种独特的地域色彩与情感气息，作者竭力所做的是不让你陷入情感之中，而着眼于事件本身。在许多时候，看起来是在还原乡村的细节与具体的事件，但呈现出来的却是问题主义的乡村。作者没有进入真正的乡村内部，或者说，作者的灵魂并没有进入乡村的灵魂内部。当作者把自己的理性和一种纯知识分子的智性思维用于对乡村生活的剖析时，显然有点太单薄，并且有点文不对题的感觉。

一个作家所能真正把握的，可能就是一个很小的范围。而小说的可怕之处就在于它能在不经意的地方暴露出你致命的缺点，当然，也会在最细节的地方让人感受到一个作家的“根”之所在。从根本上讲，李洱是一个纯粹的知识分子，只有回到这群人中间，他才能获得写作的真正力量和情感，他的敏感、痛苦的气质是他对纯粹思想的渴求和中国知识分子生活的感受所赋予他的，在这里，他是一名杀手，温柔的杀手，冷酷残忍，但每一刀却也戳在自己心头上，因为，他和他们是同类，有着对同类特有的理解力、宽容度，他能体会到他们的灵魂如何在痛苦地挣扎，能感受到他们庸俗、做作甚至于无耻生活背后的空虚和恐惧。这是一个知识分子对人性、对生活的恐惧，是一个以知识、思想为生的人的必然结局。

在与李洱对话时，有一句话引起了我的注意。他说："我经常有一个想法，想再写一部乡村小说，但它必定与《石榴树上结樱桃》有所重复，我又不大愿意去重复一件事情。"为什么李洱会有"重复"的感觉，而莫言、阎连科这样的乡土小说家则不会有这样的问题？这是否与作家的美学出发点有关？因为，从事件层面，《石榴树上结樱桃》已经涵盖了乡村所有的因素，传统/现代，真实/荒诞，等等，所有现实元素一应俱全，而乡村世俗的、"悖谬"式的现实存在，作者也已进行了颇为精深的勾画，但是，这是不是乡土小说的全部？还有哪些是可以不断书写下去的东西呢——基本元素不变，但其叙事、结构起点却由一些更为宽广也更为深层的东西组成，如作家的情感，对大地、原野新的认识，等等。而这些匮乏是否可以说恰是这一美学起点的瓶颈？

这也使我产生了一个大的疑问，如此理智的开始，对于文学中的乡村来说，究竟是幸还是不幸？从积极意义上讲，《石榴树上结樱桃》的叙事风格的确给我们带来新的冲击，使乡土产生了新的意义，甚至在某种意义上，它也使关于乡土文学的批评变得充满挑战性。在思考本文时，笔者有明显的感觉，笔者也只能把《石榴树上结樱桃》作为一个事件来分析，你无法把情感渗透其中，你必须是纯理论的思维，否则难以说明哪怕最微小的问题，这与思考如阎连科、莫言的乡土小说时的感觉完全不同。但是，似乎也不能否认，这种光裸之后的琐碎与丑陋，这种对乡土中国叙事的取消带给人一种隐隐的不安和莫名的恐慌。试想，如果说连乡村、大地都不再能够成为人类、民族最根本的依托之地，那么，我们到哪里去找民族的、共同的根及精神的依靠呢？如果整个民族都失去了建构精神故乡的冲动，以如此科学、冷静的目光审视中国生活，审视古老的大地、山川、河流，而不产生任何更为深沉的悸动，那这个民族将会多么贫乏！

但是，反过来说，这能成为问题吗？或者，对于文学，对于乡村象征性的美学变化，甚至对于作家情感来讲，也并不那么悲观。随着全球化概念的日常化，随着中国传统乡村的结构性裂变，随着文学观念的丰富多元，富于“灵光”的文学乡村也必然会发生变异，而如何迎向“灵光”消逝的地方则成为一个必然的新课题。或许，只有敏锐的作家才能够为我们“嫁接”出这样真实而又纯然陌生的乡村吗？或许，如我这样自相矛盾的批评只是因为作家作品所呈现出的新的美学因子让人无法做出清晰的判断吗？从这个意义上讲，李洱的《石榴树上结樱桃》本身是否成功也许并不重要，但作为一种新的元素的诞生，它所带来的问题、新的视野和新的可能性却有它极为独特的价值。

文学视野中的“村庄”困境：从阎连科、莫言、李锐的小说世界谈起

综观当代文学，会发现，如福克纳那样以“邮票”大的地方来建构写作的世界已经成为中国当代作家非常自觉的文学意识，作家们都在有意地构筑自己的“地理世界”，比较清晰且已经有相当系统性的如阎连科的耙耧山脉，莫言的高密东北乡，毕飞宇的王家庄，贾平凹的商州，李锐的吕梁山脉，等等。韦勒克这样理解文学中的“世界”：“伟大的小说家们都有一个自己的世界，人们可以从中看出这一世界和经验世界的部分重合，但是从它的自我连贯的可理解性来说它又是一个与经验世界不同的独特的世界。”[1]在文学中，特别是以乡村为背景的当代小说创作中，这一“独特的世界”常常意味

①〔美〕勒内·韦勒克，〔美〕奥斯汀·沃伦：《文学理论》，刘象愚等译，南京：江苏教育出版社，2005年版，第249页。

着由某种独特的地域特征而延伸出的独特的生命状态、价值立场和独特的小说气味，意味着作家对民族精神和民族历史处境的一种重新想象，它是作家对经验世界某种独特的阐释和对抗方式。因此，如韦勒克所言："这个小说家的世界或宇宙，这一包含有情节、人物、背景、世界观和'语调'的模式、结构或有机组织，就是当我们试图把一本小说和生活做比较时，或从道德意义和社会意义上去评判一个小说家的作品时所必须加以考察的对象。"[①]从这个意义上讲，探讨作家"地理世界"的构成特征意味着可以从探讨小说的"组织"形式，它的地理背景、结构、语言、人物特征等入手，探讨作家在这一独特的世界中所展示的世界观、道德感和价值立场。

当我们以这样的视野和角度进入当代作家的"地理世界"时，就会发现，它们充满了本质性的漏洞。这些漏洞一方面是作家"地理世界"设置的本身存在问题，如阎连科耙耧山脉的封闭性与价值观的对立；另一方面，漏洞来自作家对这一地理世界的阐释方式，如莫言以感性的民间语言来阐释"高密东北乡"的全部精神特征和生存境况，其结果却呈现出语言盛宴和思想单调的矛盾态势；而李锐"吕梁山脉"的独白和自语则展示了一个无差别的人物群体，它们都在一定程度上阻碍了小说精神的传达。

先从阎连科小说谈起。

一、耙耧山脉：封闭与对立

近年来一直追踪阎连科的作品，有一种明显的感觉，无论是研究

---

①〔美〕勒内·韦勒克，〔美〕奥斯汀·沃伦：《文学理论》，刘象愚等译，南京：江苏教育出版社，2005年版，第249~250页。

作品的结构、故事，还是语言、文体，都无法避开作者所虚构的耙耧山脉世界。它由独特的地域色彩、语言系统、时空观念和生存群体构成，在小说中是一种本体的存在，影响并决定着小说的审美特征、价值倾向和小说气息。就阎连科而言，关于耙耧山脉的想象实际上是对整个中国当代历史进程在乡村世界的想象和判断，毫无疑问，它具有极强的隐喻性和寓言性。“所有第三世界的本文均带有寓言性和特殊性，我们应该把这些本文当作民族寓言来阅读。”①詹姆森的这句论断也许最适合于中国乡土小说的状况。乡村，在中国小说家这里，从来都不只是单纯意义的情感追忆，它一开始就与家国丧失、民族精神、道德伦理等重大命题相联系。在阎连科的小说中，我们可以清晰地感受到散落在耙耧山脉的村庄所带来的复杂的隐喻意义。

可以说，阎连科的耙耧山脉给我们展示了乡土生活的内在逻辑，它的惊心动魄的权力争斗、生存之战及其坚韧的生命意志，无不让人为之震颤，这是处于困境之中的中国底层乡村，是被当代小说和政治文化抛弃了的乡村历史记忆，它蕴含了乡村与现实、历史、当代政治之间复杂的关系。这一切，都是在耙耧山脉那孤独、荒凉和被隔绝的荒野之上展开的。《年月日》一开始就以一场千年不遇的大旱把村庄、先爷与外部世界完全隔离开来，所有的故事都是在孤绝的原野上展开的，先爷的世界是原野、老鼠、瞎狗和那株玉米。《日光流年》和《受活》也不约而同地写了两个在地图上找不到其位置的村庄：三姓村和受活庄。应该说，作者所有的小说都旨在揭示人与历史、现实世界的关系，耙耧山脉作为思考的起点，具有特殊的

---

①〔美〕弗雷德里克·詹姆森：《处于跨国资本主义时代中的第三世界文学》，张京媛编：《新历史主义与文学批评》，北京：北京大学出版社，1993年版，第230页。

象征意义。而他为耙耧山脉所设置的特殊形象，也有效地为小说提供了一条很方便的途径。

但是，在以此为基点考察的过程中却又发现，这一地理世界具有致命的弱点，耙耧山脉的孤绝、封闭特性把外部世界进入耙耧山脉的方式、影响乃至于后果很清晰地兀现出来，并且作者有意强化其冲突、侵略的一面，这样一来，村庄与外部世界形成绝对的二元对立局面，使得小说结构和精神阐释陷入无法解决的困境。

首先，它容易出现对立的价值判断。耙耧山脉一方是作者叙述的主体，我们看到，在小说中，耙耧山脉的村庄无论多么贫穷，在大部分时候，它们是自在的，按照一种原始主义的道德秩序生存，虽然内部也有压迫和残酷的黑暗，但它们的世界是稳定的、自足的。而外部世界则是作为压迫力量出现的，正是它们冷酷的暴力入侵（不管是以政治的还是以文明的名义）使耙耧山脉失去了原有的恒定性。这样的结构设置有一个好处，就是它能揭示隐藏在“文明”“发展”这些名词背后的黑暗和漏洞，比如《受活》，在一种封闭、自然状态下，受活的生活虽贫穷但却是美好的，而从进入世界、进入文明历史开始，受活庄陷入了可怕的灾难之中。政治和文明的冷漠内核以及其对底层世界的忽略在这两相对比之中非常清晰地显示了出来。但是，这种二元对立结构很难揭示出文明、发展和原始的村庄之间复杂的纠缠关系。村庄的“封闭性”把它与不断前进的社会之间千丝万缕的联系强行给割断了，也割断了两者的历史渊源和长期相互侵蚀后彼此的同化。小说在揭示历史、政治对村庄的压迫的同时，在展示耙耧山脉落后、自闭的世界观的同时，不得不把文明、历史、社会置于纯粹负性的和抽象的叙述框架中。

作为一位具有批判精神的作家，这种对文明、对历史宏大叙事的否定充分展示了阎连科的精神立场和思考的维度。但是，仅此并不够。一味地否定或批判并不真正能说明问题，除了情感的力量之外，还需要一种思考、辨析和考察。文明的进程从来都不仅是负面的，它必然有对传统文化结构和生存环境的正面影响，甚至在许多时候，我们很难说它的侵略性和强迫性是错误的。遗憾的是，由于作品结构本身已经预设了思路、命题和结论，反而使许多问题的探讨流于空泛和简单。对一些大的社会问题来说，这非常有效，但是对于一些微观的东西，作者则有点力不从心。这种倾向性使得小说朝着社会批判主题的方向单一发展，束缚了主题的多向延伸。

其次，这种设置使小说形成一个先天的内在道德结构。作品中的"村庄"形象往往成为一个巨大的道德象征，用它独特的形象——封闭、苦难、残疾、被遗弃，但却充满原始乌托邦的温馨与梦想——压迫着与之相对的外部世界，从而使小说充满了截然分明的道德判断。作者的意图和作品的意蕴一开始就被清楚地展现出来，耙耧山脉是"被损害的和被侮辱的"，政治、社会和文明代表着某种侵略性的势力破坏了这一天然的道德性存在，因此，当村庄在遭遇政治和文明时，它所得到的必然是失去和被伤害。我们不需要更深层次地思考和阅读，就可以非常明晰地知道作者要表达的是什么，这使得作品极易披上简单的乌托邦想象的外衣，而其内部叙述的复杂性则被忽略掉，这也是批评者常常批评阎连科小说单薄的原因之一。

这种道德结构也使得"村庄"根本无法成为一个开放的未来性的存在。作者的所有情感都倾注在这片土地上，它不单是一个村庄，还是作者的理想、希望和爱的寄托地，是人类灵魂所深深热爱的大地、原野、母亲的原型和象征，更是作者对现代性世界批判的起点，这种情感是阎连科小说充满宽广的人类情怀的最重要来源，它能够感染读者一同走进大地深层，获得一种永恒的、与时光同在的感觉。但是，另一方面，却也形成一种深刻的道德感被作者赋予在了“村庄”之中，在此，村庄的“封闭”特性是为了保全作者的理想和情感，保全对大地深深的热爱。他不能使其道德界限模糊。这样一来，作者就很难从正面去想象“村庄”的开放，很难去叙述外部世界对村庄的积极影响和浸透，因为这对阎连科来说，意味着一种背叛。这也是作品中之所以呈现出对立的价值判断的深层原因。这造成了两个后果：其一，使“村庄”的内在结构呈现出绝对的静止状态，村庄以自己超稳定的道德力量和潜在的道德谴责使所有的发展、演变及日常自然的融合都成为破坏性的和负面的东西，并且，最终这一“村庄”演化为一种道德象征，成为作者唯一所赞同的和向往的，虽然这可能并不是作者的初衷；其二，它影响了小说人物塑造和故事的深度。在这种严格的道德界限下，人物多成了符号化的存在，形象过于单一、单薄，很难具备思辨性。其实，作者并没有放弃描述耙耧山脉内部的愚昧、落后和人性的卑劣，但是，这些批判仅仅局限在耙耧山脉内部，一旦面对外部世界，它们则明显地占据道德优势，作者对其的批判意味要远远低于外部世界，这一倾向性明显地局限了小说人物及事件意义的延展性。

二、高密东北乡：语言的盛宴与感官世界

可以说，莫言小说的“地理世界”最具备如韦勒克所言的“独特的世界”的特征，从《红高粱家族》《丰乳肥臀》到《四十一炮》《生死疲劳》，莫言逐渐经营出一个完整、系统的“高密东北乡”形象，它以独特的地理空间、语言方式、人物形象和独特的思维方式

使莫言小说充满了象征力量和神秘的个性。而语言是莫言最大的个性，那种充满生命力、想象力的感性语言，充满狂野、自由和张扬之气的语言为中国小说带来了生机，同时，也使莫言的“高密东北乡”成为当代文学中最富蛊惑力的“地理世界”。但是，阅读莫言近几年的小说，却有一种不祥的感觉，这一世界开始变得莫名其妙、杂草丛生。

当作家对语言游戏过于倾心时，会带来小说本质倾向的变化。“说”的强烈欲望和对自我想象力的盲目信任已经严重毒害了莫言的高密东北乡，从中也能感受到高密东北乡所蕴含的某种可怕和彻骨的寒意。《四十一炮》并不是如莫言所说的“诉说就是目的”，它仍然携带有小说精神所关心的东西，如社会现实问题、人性乃至于生活本身等，罗小通的存在似乎是一个反讽性人物，以“吃”来面对这世界的荒谬和丑恶。但是，在语言不断膨胀的过程中，在对自己语言本领的沉醉中，作者逐渐失去了控制语言的能力，语言如毒瘤一样，挂满枝头，至于小说这棵树本身的形态，已经看不见了。语言最终凌驾于小说其他因素之上，消解了故事本身所蕴含的悲伤和荒谬，消解了小说所描述的生活和社会漏洞给人带来的巨大震撼。而去除了语言的盛宴之后，我们看到的是一个没有任何变化的“高密东北乡”形象，故事、人物甚至所揭示的社会主题都非常俗套、陈旧。

语言在莫言那里逐渐成了一柄双刃剑，在成就他的同时，却也开始从根本上毁败他和他的高密东北乡。而之所以出现如此的状况，有一个不能忽视的原因，就是莫言过分依赖并器重语言的感性化。他甚至毫不讳言他要完全回到一种民间的叙述，去除那些思索性、议论性语言。应该说，莫言是一个以感性取胜的作家，在感性这一点上，他是无与伦比的，语言的感性、思想的感性和充满感性的体验视角，乃至于他对高密东北乡的“故乡记忆”都赋予了莫言小说最独特的价值。但是，莫言过于信任和夸大他的感性了，《红高粱家族》充满个性和张扬的“生命力”和“酒神精神”的全面胜利使他对他的感性充满感激，他以后的小说都在朝着感性的自由、狂放扩张发展，他有能力把高密东北乡写得阔大、无边无际，充满着丰饶、腐败、死亡、再生等各种互相交错的意象，他有能力把一个故事讲得华丽无比，他有能力把一个场景写得细致无比，使你震撼、恶心、欢乐等，可以说，在莫言这里，现代汉语得到最大限度的组合、利用和生发。

可也仅止于此。感性语言本身有它的局限性，它的描述功能很强，却难以表述本质的东西，作者的故事、语言总会陷入大量的重复之中，反复性、循环性的表述，故事的意义容易被封闭于故事之内，很难外溢。语言始终在感性里面打转，叙述的华美和丰盛很难产生意义，而审美也因这无边无际的“语言所指的延迟”而变得疲劳不堪，思想很难从这具体、密集、繁杂的感觉中挣扎出来，社会的漏洞、生命的复杂存在、中国文化精神的多义和暧昧都在作者不加节制的描述中逐渐被淡远，“高密东北乡”只剩下一堆堆茂盛无比的野草，由于未经有效组合而显得芜杂、繁乱，这一切反而使他的小说意义朝着单一的方向发展。而理性意识的缺乏（它甚至是莫言有意的摒弃）使得作者对他所涉及的许多问题，比如所谓的“民间精神”“个性”“民间物象”等缺乏一种清醒的认识。因此，在阅读莫言的小说时，常常觉得许多句子只是一种华丽而又无意义的排比、组合、重复，语言的不断衍生和对感觉的过于铺张使得意义离作者越来越远。语言开始背叛莫言，背叛他的高密东北乡，飞扬跋扈、为所欲为。

在《檀香刑》的后记中，作者写道："为了适合广场化的、用耳朵的阅读，我有意地大量使用了韵文，有意地使用了戏剧化的叙事手段，制造出了流畅、浅显、夸张、华丽的叙事效果。民间说唱艺术，曾经是小说的基础。在小说这种原本是民间的俗艺渐渐成为庙堂里的雅言的今天，在对西方文学的借鉴压倒了对民间文学的继承的今天，《檀香刑》大概是一本不合时尚的书。《檀香刑》是我的创作过程中的一次有意识地大踏步撤退，可惜我撤退得还不够到位。"[①] 莫言在这段话中隐含着几层意义：第一，他试图让小说回到民间世界，从更深意义上讲，回到中国文化形式的深处，依循中国小说发展的轨迹重新寻找小说的意义并定位小说的位置，小说始终是"小说"，而不是"大说"，这是对把主题意义看得过于重要的当代小说观念的一次反抗；第二，作者试图摆脱五四启蒙话语语式，回到纯粹民间的语言艺术中。他的这种流畅、浅显的叙事方式和韵文的语言方式完全借鉴于中国民间艺术，用书写的形式来传达出说唱艺术所具有的口语化和狂欢化，同时，用民间语言方式来表现民间世界特有的思维方式和中国民间精神的特征。其实，《檀香刑》的意义也正在于此。在某种意义上，中国当代小说太模仿西方小说了，过分的认同常常导致自我的丧失，中国小说正面临着意义空洞而贫乏的时期，思想尤其是那种脱离中国文化思维的空洞思想，已经无法支撑起中国小说走向更宽广和富于含义的道路。而对于莫言这样的小说家来说，他的小说之根和思想之源使他能清醒地意识到西方文学给中国文学所带来的困扰，当代文学需要改变，需要重新回到中国

---

① 莫言：《檀香刑·后记》，北京：作家出版社，2001年版，第517~518页。

语境和中国精神之中。

但是，“高密东北乡”到底能不能承担起如此的重任？或者说，它自身，包括它的存在形态、表达形式，能否传达出作者对现代小说的精神期待？从另一角度来思考，究竟什么是中国精神、中国风格？作家应该以什么样的心态、情感和思维向度来面对古老、原始、充满歧义的中国精神？难道仅仅是一种再现？把残酷的、落后的、暗淡的中国精神以一种欢乐、夸张甚至于赞美的方式表达出来？另外，就语言而言，对于在现代汉语语境成长起来的莫言来说，能否回到纯粹的民间语言？这种简单模仿民间语言资源的形式能否传达出“民间精神”？即使是真的回到“高密东北乡”的内部，回到民间说唱艺术之中去，它呈现给我们的是一个真正的民间精神世界吗？它是张扬了作者的想象力和对民间精神的穿透力，还是相反？而最为根本的是，这种“流畅、浅显、华丽”的叙事风格究竟在多大程度上代表着“民间精神”？它能在多大程度上携带作家个人的思想和精神指向？

实际上，莫言所宣布的“后撤”还并不是问题的本质，真正的问题是，语言背叛了莫言，并使之偏离了他构筑“高密东北乡”的最初意图。莫言已经无法控制语言，不是他在说话，话在滔滔不绝地把他出卖。无论莫言有多么好的愿望和企图，其结果，传达给读者的都是背道而驰的东西。从《檀香刑》《四十一炮》中可以明显地感受出这一点，莫言被他那种“无限延迟的、华丽而又空洞的狂欢化语言”给毒害了。评论者总是把莫言某些极致描述给人带来的冷酷感归结为读者精神的脆弱和理解的狭隘。实际上，读者无法接受《檀香刑》行刑的描述，并不只是因为情节本身的过于残酷或莫言对这些细节本身过于精细的描述，而更多是因为这残酷背后，太明显地流露了作者的津津乐道、得意和深深的陶醉感。用“欢乐”表现“残酷”，用“轻”表达“重”，本是当代小说一个重要特征，但是，当语言的快感完全控制作者的时候，语言的隐喻意义也掩盖了作家对词语的重新体验和认识，这种滔滔不绝的叙述只能显示作者立场的丧失与内在精神的冷漠和自私。作者特意的“撤退”和“客观”在某种程度上却是在为中国精神中残酷的文化传统唱赞歌。换言之，莫言本想往更为民间、更为感性，也更为宽阔的中国生活撤退，却陷入了语言的圈套，把他的思想、精神弄得歧义丛生，小说被染上“调情和游戏”的色调，“高密东北乡”也由此而成为时代精神最暧昧难辨的地带。

三、吕梁山脉：口语与独白

如果说阎连科用封闭的村庄来勾画他的“耙耧山脉”，莫言用语言的盛宴来展示“高密东北乡”的个性和生命镜像，那么，李锐则用一种完全内倾性的方式来塑造他的吕梁山脉。吕梁山脉，浑黄色的山脉、浑黄色的原野和浑黄色的中国农民，它们的形象本身就具有中国的原型特征。在“行走的群山”系列中，小说语言的组合与过滤，故事的筛选与重构，文体的风格、速度、厚度，都与“吕梁山脉”的这一基本形态有关。在时代政治和乡村伦理逻辑的夹缝中，吕梁山的矮人坪村成为一个被迫敞开的存在，并且试图以“自己”的语言出现在人类文明的羊皮纸上。

作者在《无风之树》的后记中写道：“我不希望吕梁山脉在我的小说中仅仅是一个地理名称，或者仅仅是作为一种地域文化的标志。当吕梁山作为小说中的名称而出现的时候，它应当具有无可置疑的丰富的文学内涵。吕梁山不应当仅仅是我提到过的一座山脉的名字，不应当仅仅是山西的一座山，甚至不应当仅仅是中国的一座山。”①作者的确达到了他的大部分目的，“吕梁山脉”在小说中并不仅仅是一个“地理名称”或“地域文化的标志”，它涵盖了中国最沉默阶层的生活状态，也寓言式地隐喻了中国民众的存在境遇。但是，怎样的“文学内涵”才是“无可置疑的丰富”？在这里，李锐其实是对自己用口语和独白的方式直接进入吕梁山脉内部的一种肯定。他认为自己“从原来高度控制井然有序的书面叙述，到自由自在错杂纷呈的口语展现的转变中，我体会到从未有过的自由和丰富”。对于一个作家来说，一种语言形式的变换实际上是整个思维方向的转向。作者隐匿了自己知识分子叙述者的身份，用吕梁山脉的语言方式和叙述方式来阐释世界，这样一来，他们的道德、伦理和行为方式就拥有了真切的理由，他们的内心生活也以前所未有的丰富性呈现出来。

独白即诉说，它既是面对具体的世界和人的，同时，又没有实际的指称，不会遭遇“现实对话”所出现的截流和扭曲，因此，它可以完整地表达出独白主人公对世界的看法。而对于吕梁山脉来说，人物的内心独白无疑让我们听到那遮蔽在历史深处的底层话语和底层的存在形态。刘主任、天柱、苦根儿、暖玉、拐叔，面对历史、文明，第一次张开嘴，开始说话。毫无疑问，他们对自身的处境和对世界的阐释角度都是不同的。“当每一个人都从自己的视角出发讲述世界的时候，我们就会看到一个千差万别的世界。”的确如此。矮人坪村虽然面临着“文革”的阶级斗争风暴，但是，他们心中所想的却是暖玉，他们按照自己的逻辑理解“文革”并选择自己的行为。

① 李锐：《重新叙述的故事》，《无风之树》，沈阳：春风文艺出版社，2003年版，第205~206页。

而刘主任也只是拿着自己革命的功劳簿来满足自己对暖玉的热爱，每一个人都有自己不可告人的隐秘。但是，所有这些视角综合在一起，作者给我们呈现出的是一个并无意外的世界，或者说，这一世界的形象并没有超出我们通常对历史的认识和对文明的理解力。每个人的言说虽然有所不同，却并没有构成质的差别，或者说，他们的世界观仍是一致的，只是言说的方式不一样罢了，他们每一个人的独白并没有给出新的有启发性的阐释。

我们再从另外一个角度来看《无风之树》"口语化"和"独白"的意义。应该说，李锐是较早试图运用口语来表述底层世界存在的中国作家。作者摒弃了惯用的知识分子话语，进入底层世界内部，以它们的语言形式展开对吕梁山脉的描述，在这里，口语不再只是细节上和对话上的，它是本体性的，以自己的语句逻辑和结构特点，以自己的存在形态直接呈现出方言世界在历史和现实中的处境。吕梁山脉的语言是极其贫瘠的。它们无法支撑起矮人坪人对世界的表述，因此，在最急切的时候，他们只能用"呜哇哇……呜哇哇……"这些无法指称的语气词来诉说，应该说，这是文学史上最有力的倾诉，痛苦、悲伤、愤怒和无法命名的仇恨都在这"呜哇哇"中显示出来。但这也导致另外一个问题。作者虽然让我们感受到了吕梁山脉的愤怒和无言的痛苦，却只是感性的，很难达到一种升华或者飞跃。矮人坪对世界的愤怒是极其单纯而混沌的。当作者完全用口语和独白形式来展示他们的世界时，几乎无法使用思考性的、理性化的语言，吕梁山脉感性、混沌的语言形象地展示他们内在世界的声音，但同时，能指话语本身的混沌容易造成所指的模糊、复杂，这给小说意义的扩张带来一定的障碍，在某种程度上也导致了"吕梁山脉"存在处境呈现出单薄的形象。这一点在他的另一部长篇小说

《万里无云》里更加明显地显现出来。

韦勒克在《文学理论》中这样论述文学与思想的关系，“只有当这些思想与文学作品的肌理真正交织在一起，成为其组织的‘基本要素’，质言之，只有当这些思想不再是通常意义和概念上的思想而成为象征甚至神话时，才会出现文学作品中的思想问题”[①]。阅读李锐的小说，有一种非常奇怪的感觉，就文字而言，可以说李锐的小说中几乎没有直白的议论或对他所要阐述的思想的分析，他的所有文字、语言都是纯描述性的，但是，当我们以整体的体验重新回到吕梁山脉的那一村庄时，却明显地觉得小说过于抽象了，或者说，小说的理念和思想过于强大，远远超出了小说“肌理”所能承受的重量，没能真正成为小说的“肌理”，更无法成为其“基本要素”，最终，小说的思想性与文学性呈现出某种分裂趋势和不均衡状态。这导致了人物的单一性和扁平性，同时，也使得吕梁山脉显得非常被动，只是一种反映式的，而非生成性的存在。因此，我们很容易从“吕梁山脉”支离破碎的内心独白中找寻到某种时代话语和作者批判的指向，甚至有一种对号入座的感觉，刘主任、苦根儿和天柱分别代表了时代的几类人物，也抽象地代表了时代最普遍的精神特征和吕梁山脉最普遍的生存处境，每一个人物的形象都没有超出日常的判断之外，也没有带给读者任何意外和震惊的感受。

李锐近几年反复提到重建“语言自觉”和“汉语主体性”的问题，认为只有实现“语言的自觉”，才能表达出人的存在的丰富性。在这一理念的基础上，他开始思索“书面语”和“民间口语”对文

① 〔美〕勒内·韦勒克，〔美〕奥斯汀·沃伦：《文学理论》，刘象愚等译，南京：江苏教育出版社，2005年版，第138页。

学的意义，《无风之树》和《万里无云》的口语倾诉正是李锐的一次尝试。但他自己也说："我用直接的口语，实质上并非当地农民的真正的口语，这是我创作的口语，我真要用当地农民的口语写小说谁都看不懂。"[①]我们姑且不论"我创作的口语"在多大程度上传达出了吕梁山脉的整体气质，这同时也意味着，民间口语在某种意义上仍只是作家的一种表述形式，李锐所传达出的"吕梁山脉"仍然是经过作家删减和修改过的，那么，被删减掉的那一部分"吕梁山脉"又是什么样子呢？一种叙述就意味着一种语境和历史处境的呈现，一种语言方式也意味着一种生命方式。在选择和排除的过程中，什么样的生命形式被永远"遮蔽"起来了呢？也许，这正是李锐产生"语言的焦虑"的原因所在。"汉语主体性"的保持永远只对使用语言本身的人有效，一旦成为"作家—表述者"的"主体性"，那必然意味着"被表述者"的主体性的某种失缺。

其实，这并不是李锐一个人所面临的困境。当作家真正试图构造一个完整的"地理世界"，并且希望能通过这一"地理世界"来隐喻出他对世界、文明和人类的感知时，尤其是，当他的"地理世界"在历史处境中从来就处于失语地位时，他必然要面临一个"表述"的问题。然而，如何运用汉语言文字这样一个属于文明的符号来传达那些一直被文明所忽略的存在？怎样的表述才能最深刻、最真实地揭示他们的过去、现在和未来？这可能是整个当代文学正在并仍将面临的困境。

---

① 李锐，王尧：《本土中国与当代汉语写作》，《当代作家评论》2002年第2期。

妥协的方言与沉默的世界：论阎连科小说语言兼谈一种写作精神

一、想象一种方言与民间生活

每一个作家都在致力寻找语言和小说之间的秘密契约，阎连科也是一样。单从语言来看，《日光流年》《坚硬如水》和《受活》这三部长篇，很难让人相信它们是出自同一位作家之手，它们之间的差异性不仅体现在语速、语态和语气上，也表现在修辞、语言内部的张力和整个叙事方式的不同上。但有一点是共通的，阎连科所有的语言，其声色气味都致力表达他所描述的世界——耙耧山脉。

先从《日光流年》说起。《日光流年》的语言是涩的，语速缓慢、凝重，带着一种铿锵和绝望。“嘭的一声，司马蓝要死了。”开头这句话奠定了小说的语言基调。三姓村人之间的对话，蓝四十和嫖客的对话，司马蓝和买腿皮的人的对话，都非常简单、平淡、不动声色，但是，却让人感受到深深的绝望和恐怖，即使是描述耙耧山脉的风景，色彩也总是黏稠、凄凉。从语气上来看，三姓村人的生活是充满敌意的，每个人心中都有一股巨大的怨气，他们和自然界、彼此、外部世界都有仇，因此，他们沉默、咒骂和怨恨，彼此折磨。但是，他们所拥有的语言又是那样少，他们只能翻来覆去地重复那少量的词语，曲解彼此的意思。《坚硬如水》的语言则非常"狂"，极致地"狂"，一泻千里、浩浩荡荡。非常明显的，小说语言处于癫狂状态，一开始你会以为是作者的语言有点失控或者显示了作家思维的某些贫乏的地方，但是，随着语言形式的强化和重复，它在文中具有了某种隐喻：它给我们提供了时代的某种症状与本质。在这一时代里面，最大的特征就是政治话语以巨大的诱惑力和强迫性覆盖了私人话语，也遮蔽了耙耧山脉的方言系统。《受活》的语言风格又发生了极大的改变，充满"柔"性特征。《日光流年》和《坚硬如水》的语言内在紧张感非常强烈，节奏绷得很紧，一触即爆，是一种非常态的语言，与生活世界的紧张和人物内心的偏执相一致。《受活》语言回到了"常态"之中，语言的节奏、语态都非常舒缓、日常化，甚至带着明显的抒情性。"你看哟，炎炎热热的酷夏里，人本就不受活，却又落了一场雪。是场大热雪。"这是《受活》开篇的第一句话。语气助词和叠词、叠音的使用明显延缓了语言的速度，语调非常柔软，有一种倾诉和自言自语的意味。

这三部长篇小说最突出的特色就是对方言的强化使用，字、词与意全方位的方言化与地域化，如《受活》中语气助词和叠词、叠音的大量使用，形成一种特殊的地方气息。小说中的"了""啦""呢""哩"有明显的豫西方言的口音。"真是的，时光有病啦，神经错乱啦。……老天哟，雪是一下七天哩。七天把日子都给下死了。"似乎有某种程度的俯就，带着一点口语化，软弱、谨慎。他们甚至不敢直接埋怨老天，他们只说“日子都给下死了”，就好像一位正在收拾家务的妇女的悄声嘟囔，声音很小，有天生的逆来顺受和内在的畏惧感。有一点温柔、一点嗔怪，绝望中还满含着某种祈求，这些词语的使用为小说制造了独特的缠绵回绕之气。在这样的自语中，受活庄人生活的自然性和内向性被凸显了出来。他们的生活是内向化的，温柔谨慎、乐天知命式的生存。在某种意义上，“了”“呢”“哩”和叠词的使用在《受活》中并不仅仅起修辞的作用，它为我们营造了耙耧山脉的“柔性”生活，传达出耙耧山人的生活状态和心态，也使小说可以直接进入受活庄生活的内部和思维的深处。而当耙耧山脉的这种“柔”性语言与外部世界的扩张性语言、与柳县长的指令性语言相冲突时，这种语言对于小说的阐释意义就更加明显。

实际上，不管是“涩”“狂”还是“柔”，它们都显示了耙耧山脉的某种内在特征，或者说，它们蕴含了耙耧山脉的特殊信息和独特的生命存在方式，是一种密码式的，唯有耙耧山人能够理解其中的丰富性与意味性。这些独特的词语、音调和由此产生的情感意蕴结合在一起就形成了方言。他们以自己的视角看世界，并且为这个世界和自己的生活命名。因此，当作家试图用方言写作，用方言逻辑对世界进行思考时，他必将进入一个“隐语”式的世界，进入一个与日常经验完全不同的世界。对于《日光流年》中的三姓村人来说，方言就是“命通/命堵”“翻地/挖渠”，而对于《受活》中的受活庄来说，隐语是“受活/不消受”“圆全人/残疾人”等。“命通”，对于我们的公共生活来说，这一词语并不存在，但是，在三姓村，让“命”通畅起来，活过四十，却是他们从生下来就命定的唯一目标，这一词语就像一块强大的磁石，把三姓村人聚拢起来，制造着喜悦、悲哀和对待生死的观念。这是他们的命运，独属于他们的记忆，他们的思维方式和生活方式。“受活”，在受活庄的世界里，是享乐、享受、快活，也有苦中之乐、苦中作乐的意思，这是一个纯粹感性的词语，字面粗糙，有暧昧的色彩，暗含着性的成分，让人不由得想入非非。对于受活人来说，它蕴含着家族神话、历史、资料、现实和理想生活的原型。毫无疑问，它只属于受活庄。

在这一方言世界，还有另外一种“隐语”，那就是关于外部世界的。进入受活庄的时代词语并不以它公共的面目出现，受活人常说，“铁灾”“红难”“大劫年”怎么怎么样，不说“大炼钢铁”，也不说“三年自然灾害”。他们遭遇的还不是饥饿、死亡，而是被掠夺，这是残疾人世界与圆全人世界之间、弱者与强者之间的冲突，是受活庄特殊的身份给他们带来的耻辱。时代语言被加入受活人的情感、记忆，直接从“三年自然灾害”变为了“大劫年”，记载了受活庄和外部世界之间的关系。他们按照他们的经历和遭遇去重新组合词汇。在残疾人的世界里，“圆全人”意味着优越、高傲，占有这个世界，“圆全人就是你们的王法”，这是一个定律。小说内部的语言大致可以分为两个语言系统：耙耧语言和公共语言。耙耧人的语言，低俗、原始、感性，很难进入公共话语圈；而公共语言却非常强势，它意味着权力、高傲、理性，常常以压迫的方式破坏耙耧语言系统。但是，很难说谁胜利了。尽管它破坏了耙耧山脉的自在性，同时，它自身也遭到了篡改和变异，新的词语不断融入耙耧方言，结合并产生出新的词汇，这些不断加入方言的词汇记载着耙耧山脉一代代人的生命感受、历史遭遇及情感方式。

乔纳森在《文学理论》中这样说：“不同的语言对世界的划分是

不同的。”[①]维特斯根坦也有过这样著名的判断："想象一种语言，就是想象一种生活方式。”语言是一种生活方式，也是其世界的界限。以方言呈现出的小说世界，自然地形成一个独特的地缘世界和时空观念，这一地缘世界与现实的关系可以说是既互为一体，同时，又因为差异而使双方的冲突兀现出来。如前所言，“三年自然灾害”在受活人那里是“大劫年”，词语的转义其实蕴含着方言世界与公共世界之间的某种关系。而在经济时代，受活庄的人却毫不犹豫地接受了“致富”这样的大字眼，走出方言世界，进入公共领域，或者说，进入了现代化的轨道之中。“九都”“柏油路”“电视”“致富”等词语冲击着受活人，这些慢慢取代了“受活”，因此，受活庄里的侏儒女槐花和县长秘书好上之后，皮肤白了，个子高了，连说话用词也和受活人不一样了。可是，你又会发现，耙耧山人对“致富”这一时代经济语言又是以自己的方式理解的，他们把它直接篡改为“绝术团”，“绝术团”等于“致富”，于是，在耙耧山脉的原野中，出现了无数个练习“聋耳放炮”“单腿跳远”和穿着“奠”字寿衣的人。甚至，连政治素质极高的柳县长的思维，如他提出的列宁遗体方案，也不能说没有“篡改”的痕迹，它把这一切变成了时代的闹剧，荒诞而又触目惊心的闹剧。

方言世界与公共世界之间常常是作用与反作用的关系。一方面，方言在某种意义上可以称之为具有原型意义的生命样态的标志，它就像化石一样，留存着一个群体的生命痕迹与情感印记，作为一种几乎是原始意味的、被动的存在，方言必然遭受着公共世界的冲击，后者常常侵入前者并修改着前者本来的含义；但另一方面，方言也

---

①〔美〕乔纳森·卡勒：《文学理论》，李平译，沈阳：辽宁教育出版社，1998年版，第62页。

以自己的生命性、日常性与抗腐蚀性改变着公共世界的面目。韩少功在写作《马桥词典》时这样写道："一旦进入公共的交流，就不得不服从权威的规范，比方服从一本大词典。这是个人对社会的妥协，是生命感受对文化传统的妥协。但是谁能肯定，那些在妥协中悄悄遗漏了的一闪而过的形象，不会在意识的暗层里积累成可以随时爆发的语言篡改事件呢？"[①]方言中的许多词语并非都只与地方经验有关，许多时候，政治话语是以方言的形式出现的，政治和文化必须在被加工的基础上，改头换面才能真正进入方言世界内部。对于受活庄的人来说，他们可能不知道"大跃进""文化大革命"等当代政治史上的重要阶段，更不会明白其中的含义，但一旦提起，他们马上会说，"逃荒那一年"或"红灾黑难那一年"，在这里，方言的确在进行着"语言篡改事件"，这种篡改本身具有相当明显的对抗性——与意识形态，甚至是普遍世界之间的对抗。但是，它的力量又有多大呢？方言能在多大意义上篡改公共话语、政治话语、经济话语而达到一种自足的存在？更进一步追问，作为知识阶层与接受现代标准汉语教育的作家，能够在多大程度上达到方言世界的核心？这样的方言世界与整个世界的关系究竟是以何种方式存在的？

二、妥协的方言

列维-斯特劳斯在写作《忧郁的热带》时曾经这样对人类学考察的真实性进行总结："不论是有意或是无意，现代的香料味素等调味品都是伪造过的。这当然并不是指今日的调味品是纯粹心理层面的而已，而是指无论说故事的人再诚实也无法提供真实的东西，因为

① 韩少功：《马桥词典》，北京：作家出版社，1996年版，第400页。

真实的旅行故事已不可能了。为了使我们可以接受，记忆都得经过整理选择；这种过程在最诚实无欺的作者身上，是在无意识的层面进行，把真实的经验用现成的套语、既有的成见加以取代。"[①]的确，经验的选择和表达的有限性是最残酷的事情，它常常遮蔽了更为真实的场景，而选择那些能为日常经验所接受的东西，在这种迎合中，真实往往被假定了，而记忆也变得虚假。对于一个作家来说，这种记忆力的虚假性和组合性很有必要，因为它是小说产生歧义、相对性和私人性的根本。但是，从另一层面来讲，这种过滤性则总是与时代文化的偏见、与自我的立场相联系。

这是真实的难度。也是真实的限度。方言在某种意义上使写作者接近了他所描述的世界和那一世界的密码，以及背后所蕴含的社会体系和情感体系的模糊框架，但是，不完全的方言，或者已经妥协后的方言又很难真正直抵命运的深处，而试图在真实之上产生更大的真实则越发难上加难。

尝试用方言写作在当代文学几乎成为潮流。韩少功的《马桥词典》、李锐的《无风之树》，可以说是其中的经典之作，但如果仔细分析的话，你会发现，《马桥词典》是在运用知识分子书写方式对方言进行阐释，这种书写本身是理性的，带有明确的诠释色彩；李锐的《无风之树》运用人物独白方式直接进入方言世界，土字、土词，包括那些最粗俗的民间用语作者都直接书写，这无疑是很大胆也很成功的尝试。它摆脱了启蒙的理性，直接进入原生态的民间生活内部，进入方言世界的内部，但是，你又会发现，这种形式的方言描

① 〔法〕列维－斯特劳斯：《忧郁的热带》，王志明译，北京：生活·读书·新知三联书店，2000年版，第31~32页。

写是细节上的，并且人物性格重复单一，它很难从整体上传达吕梁山脉的气质。在《受活》中，阎连科试图从叙事本事进入方言世界，他既勾画耙耧山脉的整体形象，同时，又不放弃任何方言语句逻辑的使用，他不希望他的方言是细节上的或仅限于对话上的。但是，已经有读者指出阎连科的方言并不纯粹，这一点，阎连科本人也承认。他说，在写作的时候，常常有失语的现象，脑海里经常会跳出一个文言，或者一个普通话的词语，而他常常是不得不用。因为方言已经无法表达他想表达的意思。在《受活》中，我们常常看到一些半文半白，书面语和口语混合，意义暧昧模糊的语言。词与词之间的断裂、组合，显得很不和谐。许多时候，这种混合的语言反而增添了小说的语言魅力，创造了一种独特的语言气息，这是另外一个问题。这里，我想要分析的是方言的失语与妥协这一事件本身所蕴含的意义。

正如阎连科自己所言，在写作的时候，他经常处于某种半失语状态。这一方面确实如斯特劳斯所说，现成的套语、既有的成见取代了真实的经验。即使最有见地、最深刻的写作者也无法摆脱这些，尤其是无法摆脱他赖以写作的语言系统。从另一方面讲，方言的失语本身却意味着它所代表的世界的失语。方言的词汇无法表达出现代思维和现代世界的许多东西，甚至无法表达其中的情感方式。他们的词汇古老，缺乏新的意义填充，而对原有世界观的固守和生活经验的局限性，也使他们不可能转换和学习新的词汇。对于受活庄的人来说，新的词汇甚至是灾难的象征，如刚才所言的“合作社”“大跃进”，于是，他们退回去了，同时，又诞生了几个具有特殊含义的词语，如“黑灾”“红难”，这是受活庄人的词语，是他们对外部世界的一个基本印象和态度，蕴含着他们所遭受的痛苦、掠夺和对世界的不信任。从根本上讲，以耙耧方言生活的受活人根本未曾进入现代社会话语之中，而他们所理解并参与了的“发展”是极其表面化的并被扭曲了的存在。

这样一个完全与世隔绝的村庄，一旦与世界重新联系，其与世界的冲突会更明显，也更富于象征意义。因此，我们看到，在他们难得开口说话的时刻，他们所表达的东西往往是公共话语强塞给他们的语言。他们很轻信，他们愿意扔掉自己的东西走出去。于是，在柳县长第一次鼓动受活人出去时，他们兴奋异常，过去的痛苦经历被柳县长充满蛊惑性的政治讲演所掩盖，或者说，被“改革开放”“致富”这样大的命题所迷惑。“挣钱”，就这一个词便可打中受活庄人的穴位，这是方言世界致命的弱点，他们所有的高傲、尊严和价值，包括《年月日》中的先爷，《受活》中的茅枝婆都必将败倒在“挣钱”面前。方言在公共话语面前的弱势导致它影响力的缩小乃至于丧失，没有可交流性，它的使用范围必将越来越小，越来越被原型化。与此同时，方言世界的存在也越来越被同化，每一次大的政治变革、经济变革或文化变革都是方言被清洗的时刻，清洗的力度越大，方言世界越是迎合，所面临的越是更大的黑暗。在与当代经验和当代世界的冲突之中，方言总是处于弱势和被淹没的危险之中。

在这样的话语强势面前，在这样一个被缩小了意义存在的方言世界面前，阎连科不得不妥协，他不得不用更具公共传播性的语言来“转达”耙耧山脉的话语和存在处境。在这一“转达”过程中，有许多东西，耙耧山人的情感、思维已经失去了原貌，出现了明显的“词”与“物”的分离。可以说，无论是韩少功、李锐还是阎连科，他们展示给我们的方言世界的存在状态，实际上是支离破碎的，这不仅仅是因为记忆本身的支离破碎，更多是作家所选择的语言方式的难度必然会导致模糊与歧义。这其实也涉及了作家和下层世界、下层经验的关系这一重要问题，我在下面会谈到这一点。作家从写作之初所接受的就是公共话语系统，而作家基本的教育也是规范的汉语教育，在普通话系列里，已经剔除了许多方言字和词，它是从传播的角度，而不是从保存一个群体情感记忆的角度进行选择的，这就决定了作家，或者说识字人的先天不足，他很难用公共语言规范来传达出某一群体的特殊经验，这注定了作家对方言世界的表达带有某种扭曲和臆想的成分。我们可以感受到，《受活》既不像莫言的《檀香刑》那样运用一种纯粹的前启蒙语言进行叙事，也没有一般的知识分子写作中强烈的启蒙意味，它几乎介于启蒙和非启蒙之间，呈现出一种被动的矛盾态势。作者试图抛弃距离，抛弃姿态，用他们的语言方式来表达他们的世界，但是，语言的受阻决定了这是一个几乎不可能完成的任务。这也意味着，在现代汉语的世界里，耙耧山脉人的“受活”是被禁锢起来的，不可能传播，它一开始就与发展、与现代文明绝缘。这实际上正是方言世界在现代社会中的处境和地位。在《受活》中，阎连科使用了一个变通的方法，即通过“絮言”，通过对耙耧山脉方言词语的历史追溯来把握它们在耙耧山脉的真实含义，或者说，让读者进入耙耧山脉词语的感性世界。这一世界是恢复了的，通过词义的生成、阐释，给出一个群体的生活史和情感史，它与本文形成一种互文意义，互相阐释。在某种意义上，“絮言”弥补了因作者的“失语”和“转述”而被忽略掉的方言内核。但通过“絮言”叙事，而非本事叙事来通往方言世界，这本身就显示了方言写作的难度与困境。

三、以方言进入“沉默世界”的可能性

从根本上讲，方言写作最大的意义在于，它试图改变“五四”以来知识分子对底层世界的代言方式，试图在叙事者与被叙事者之间寻找新的关系存在。当鲁迅《故乡》中的闰土神情麻木地看着作者，并喊出一声“老爷”的时候，知识分子与他的叙述对象之间深不见底的隔阂也显露无遗。也许，恰是因为作者的身份与思考方式使闰土无语，两者根本不在同一个空间内，也无从交流。在作者“悲天悯人”的目光下，作为老农的闰土能讲出他的贫苦生活的某点欢乐或幸福吗？从这一角度来看《故乡》，毋宁说是作者使闰土麻木不知所措。在如何解决这一难题上，当代作家不约而同地选择了以方言的形式重回故乡，重回那一沉默的世界，并试图达到与底层世界的沟通。方言写作类似于文化考古，通过对词语的重新使用与叙述回到某种情境和谱系之中，这一谱系有着独特的地理、空间，方言是一种密码与媒介，里面蕴含着时间与记忆，它与方言的大地之间有着水乳交融的默契与共生性。方言是一种民间立场，但既不是同情式的，也不是启蒙式的，而是同在的，与那里的人物、环境同在。因此，方言写作不仅仅是在字、词、句方面使用土语、土话，而更多是作家思维方式上的一种根本性的改变，作家以“是”，而不是以“看”的身份进入所描述的世界，进入这一世界的生命轨迹与喜怒哀乐中。从这个意义上，《受活》语言的价值在于使我们感受到民间生长的过程，词语的生长背后是与此相共生的生活，由此，我们看到了时代的政治、历史与“受活”之间篡改与被篡改的关系，它带给文本及读者一种特殊的温柔与疼痛。

我在前面不自觉地使用了方言写作中“作家与下层世界、下层经验的关系”这样的说法，实际上，就当代文学的创作倾向与价值

取向而言，方言写作的世界已经超越了“乡村”这一范畴，它指向更广阔的空间。我们可以从两个层面来理解这一问题。一般意义上的文学的方言世界多指那些以方言为起点的乡土世界——这是中国最基础的底层。韩少功的《马桥词典》分析的是“马桥”这一村庄的方言，李锐的写作直接指向吕梁山脉，莫言所使用的是东北高密乡的方言，阎连科的方言则只属于耙耧山脉。从更宽广的意义上，方言写作常常被纳入底层写作的范畴，两者之间有天然的不可分割的意义关联，存在着某种置换关系。当代小说中的方言世界总是与中国的底层世界相对应，这里的“底层”不仅指乡土中国，也指任何一个被时代、历史忽略了的底层生存场景，是更具广泛性及抽象意义的方言存在。它背后有非常多的家族谱系，工人、农民、被侮辱与被损害的、“沉默的大多数”等，是一个庞大的、无法表述自己的群体。蔡翔在写到自己的故乡上海苏州河北边时，非常谨慎而又自然地使用了“底层”一词。[①]因为那一故乡世界在历史的河流中的确是黑暗的，是被遮蔽的，它独特的词汇、意义系统与情感系统无疑是唯一能够彰显其存在的事物。

20世纪90年代以来的方言写作的兴起，包括近一段时间以来关于底层写作的激烈争论并非当代文学一时的心血来潮，而是文学重回传统的一种表现。从现代文学开始，写作者一直在寻找表述底层的方式。五四时期的白话文运动，革命文学时期的“文艺大众化运动”，再到延安文艺时期毛泽东的“中国作风”“中国气派”等，无不试图在语言工具上寻求突破。尽管知识分子努力学习民间文艺，努力创作具有“中国作风”“中国气派”的文章，但是，在现当代文

① 蔡翔:《底层》,《天涯》2004年第2期。

学发展史上，作家作品对底层人物或底层世界大多无法摆脱哀其不幸、怒其不争的格调，启蒙与教诲始终占上风。20世纪80年代中期“纯文学”以后的当代文学离现实、历史与底层越来越远，承担意识越来越低，在激进派、年轻派的文学观念中，“文学回到自身”成为文学放弃责任的最好说辞，它也成为许多当代作家的基本规则。文学的意义在逐渐缩小，并且，这种缩小被看作文学的“正途”，文学/政治、个人/社会、私人叙事/宏大叙事等二元对立思维充斥着当代文学整体语境。可以说，方言写作的出现，包括像林白这样先锋女作家的《妇女闲聊录》，充满了政治上的策略意义。它以新的方式让文学重回宽广而又沉重的底层，重回“沉默的大多数”之中，肩载闸门，让负重再次显出它的美来。一位评论者甚至激进地认为：“方言的意思不是指一种具体的语言，而是指一切弱小的、弱势的‘事物’——比如一个商品社会中的诗歌写作，在儒家文化为支撑的文体（比如诗、文）压制下的小说，在一个大时代底部潜藏的小时代，等等。所有这些弱势事物在大多数情况下，给我们的日常生活带来了比强势事物更多的安慰，更多的激情。”①

作家使用方言决不单纯地是为了还原或再现某一地域或情景，而是显示自己的写作立场。但是，方言写作在多大程度上能够显示作家的“民间立场”，能够在多大意义上表述底层的存在仍是值得商榷的问题。莫言在写作《檀香刑》时曾经宣称要“撤退回民间”“作为老百姓写作”，试图摆脱五四启蒙话语语式，用流畅、浅显的叙事方式和民间语言方式来表现民间世界特有的思维方式和中国民间精神的特征。尤为突出的是，在《檀香刑》中，叙述人的身份降得

① 敬文东：《被委以重任的方言》，北京：中国人民大学出版社，2000年版，封二。

很低，有许多时候，你甚至感觉真的是一个民间说书人在乡场上昏黄的灯光下说唱，但是从小说总体意义呈现来看，莫言没有达到目的，而是陷入“民间”的粗鄙与杂乱之中，即使文章不断营造如巴赫金的“广场吆喝”和“狂欢化”氛围，也未能更深刻地显示出历史的一角。这里面蕴含着许多问题，“对于在现代汉语语境成长起来的莫言来说，能否回到纯粹的民间语言？这种简单模仿民间语言资源的形式能否传达出‘民间精神’？即使是真的回到‘高密东北乡’的内部，回到民间说唱艺术之中去，它呈现给我们的是一个真正的民间精神世界吗？”[①]实际上，方言写作仍是知识分子想象底层的方式，正如底层的语言系统本身无法从整体上表述自己的位置一样，知识者也无法放弃自己的启蒙立场对历史进行整体性思考，这也就决定了表述者意义的深广度一定要高于被表述者，不管你以什么样的姿态。否则的话，知识者的表述就失去了意义。这是一个悖论。

作家对方言的妥协与难以把握不仅意味着底层世界和经验本身的失落和支离破碎，同时也显示了知识阶层（表述者）与底层（被表述者）之间天然的矛盾关系。“他们无法表述自己；他们必须被别人表述。”马克思在《路易·波拿巴的雾月十八日》里这样写道。他们是谁？是耙耧山人？是那些永远挣扎在历史隧道最黑暗处的生命？他们的身份呢？他们的语言权力到了哪里？谁能代表他们发言？谁有权力和资格替他们在历史、文明中发言？其实，“替”他们这一事实本身，已经象征了他们在历史中的位置，他们是被隐喻了

① 参见拙作《当代文学视野中的“村庄”困境——从阎连科、莫言、李锐小说的地理世界谈起》，《文艺争鸣》2006年第5期。

的一群，是失去了身份的一群，他们的喜怒哀乐、痛苦、绝望已经被排除在了历史之外，最终，他们沦落为“被拯救者”。对于历史和文明来说，他们永远只能是被动的承受者。因此，无论作家在主观上是多么想接近底层，多么想接近真实的底层生活，却仍然只是知识分子传统内的声音，或者说，他只能在自己的思维经验之内进行“转达”，这一“转达”本身也决定了知识分子的尴尬和知识分子话语的无力。鲁迅所谓的“无声的中国”不仅指中国底层的失语和被遮蔽，同时也指中国文学中底层存在的“无声状态”，文人的话语方式始终遮蔽着底层的话语方式，这使得底层世界的“无声”更加隐蔽，也更加黑暗。

评论者对《受活》中方言的使用褒贬不一，赞扬者认为作者探索了一种新的通往乡村世界的可能性，而批评者则认为作者在故弄玄虚，因为河南不像南方的很多地方那样有独特的表意与构词系统，而那些语气尾词的使用也显得较为生硬。甚至专业读者也都抱怨这本书很难读，其理由就是其中大量的河南方言阻碍了读者的理解与小说意义的传达。从表面看来，这是纯粹的语言问题，《受活》语言并非完美，甚至许多时候的确生硬、不协调，但实际上，这背后隐藏着方言写作一个根本性的问题：方言写作能否成为作家表达民间立场或底层世界的重要手段？如果方言写作只有一些学识丰厚的人才能读懂的话，它与它的初衷是否相悖？而从社会学角度看，中国的方言大地正在丧失，方言正在丧失其原有的活力与内部的交流性，它与地域、环境、生命情感之间那种水乳交融的默契也在逐渐消失。“千里久别，忽然邂逅，相对作乡语隐语，旁人听之，无义无味。”在这两人的乡语中，隐含着一个独特的世界，只有在那里生活过的人，才会懂得其中更为微妙的意义、情感与趣味。但是，在全球化时代，这一隐语式的方言世界变得越来越少，共时性的东西正在增加，而空间的跨度却不断缩小。方言对于许多年轻人来说甚至连记忆都不是，更无从谈起那个叫“故乡”的事物，方言的空间正在流散（“底层”的所指也变得越来越模糊），他们走进城市里讨生活，尽可能说普通话。他们面对的是一个越来越普通话化的世界——教育、消费、娱乐、生活方式、思维模式等全方位的普通话化。如果有一天方言真的成为纯粹的“文化考古”，那是不是意味着方言写作离现实中的底层更远而不是更近？

通往“底层”之路：对“底层写作”概念及批评倾向的反思

21世纪以来，20世纪80年代肇始的“纯文学”越来越被质疑，和它有着基本相对性的另一个概念——“底层写作”，开始成为具有未来性和文学道德性的文学思潮被广泛讨论（这和当初“先锋文学”的起始有着某种相似性）。2004年《天涯》杂志发表刘旭的文章及与蔡翔的对话，这成为文学界谈论“底层”的滥觞，由此，文学界引发了一场关于“底层”之争。2004年与2005年，论争基本上是在文化层面与理论层面，其焦点集中在“底层能否自我表述”的问题上。[①]当代文学界的知名学者如蔡翔、南帆等人都发表了自己的

① 最早提及“底层”并产生影响的文章应该是蔡翔的散文《底层》（最早于1995年发表，2004年第2期《天涯》再发），还有《底层能否摆脱被表述的命运》（刘旭，《天涯》2004年第2期），《底层问题与知识分子的使命》（蔡翔、刘旭，《天涯》2004年第3期），《底层经验的文学表述如何成为可能》（南帆等，《上海文学》2005年第11期），等等。往前可延伸到查特吉《关注底层》（《读书》2001年第8期），初期关于“底层”的文化讨论多来自他这篇文章。

看法（另一个现象是当代知名作家几乎都沉默不语）。2006年左右，“底层”争论才下移到对文学具体创作方法、现实倾向与美学观的讨论上，一批年轻新锐的批评家把“底层写作”作为可实践的文学概念、文学主张进行阐释、立论，并提出一整套创作标准，以此为前提，对当代文学进行批判性研究。[①]正是这些具体批评观念的指导使得这几年“底层写作”的数量越来越多，与此同时，“底层写作”概念的本源性缺陷也逐渐呈现出来。以“底层”的目光与视野思考中国现实生活并进行写作，虽然彰显了文学“介入”现实的力量与决心，彰显了知识分子的良知与责任，但同时，也使得文学和文学中的现实出现很多问题。

一、“底层”概念的辨析

我试图阐述的最重要的一点是，当“底层”这一概念在文学中使用的时候，当“底层”“文学”这两个名词组成一个词组并生发意义时，它强调的是视角、距离与群体，否定的却是平等、尊严与个体。而当“底层写作”与社会公正、资本强权、革命、时代伦理、知识分子精神结合在一起时，它还是一个未经充分反思的概念，它所彰显的或所遮蔽的，它给文学带来的新的生机或困境还需要去辨析。

诚如社会学家所言：“‘底层’这一概念在新世纪的政治学、社会

① 青年学者李云雷在《底层文学，或一种新的美学伦理》《底层文学的误区与“新左翼文学”的可能性》等文中对这一概念所包含的政治意义、历史意识和新的美学因素都进行了深入的分析。另外，旷新年、刘继明、邵燕君等人对此都有过阐释。在此标准下，当代文学的排行榜几乎被重新洗牌。更多学者对此持讨论与辨析的态度，如《曲折的突围——关于底层经验的表述》（南帆，《文学评论》2006年第4期）。其实，在这之前，《文艺理论与批评》就办过一个栏目《文学视野中的三农》，由“三农”变为“底层”，这一嬗变过程是意味深长的。

学与文学话语中出现并不是一个偶然。它与大众文化、消费主义的流行与强大，与意识形态的泛化、中国经济生活所带来的阶层之间的分化现象都息息相关。在揭示20世纪90年代以来新的阶层分化、贫富差异和所蕴藏的社会矛盾方面，‘底层’这一词语恰切地隐喻了新农民、失业工人和新型无产者的社会位置及地位。”但是，必须承认的是，在“底层”一词被知识分子广泛使用并被确认时，也是对自身作为一个利益集团和新阶层的确认。[①]在建构“底层”的同时，知识分子也确认了自己的历史地位与所属阶层，并成为其观察世界、叙述世界的视角与起点。作为一个“对象化”与“他者化”的词语，“底层”强化了两个方面：一方面强化了表述者本人的身份及与被表述者之间的距离与各自所属的群体；另一方面，强化了被表述者的弱势政治地位与文化位置，强化了贫富差异，同时，也强化了城市、知识、物质的绝对优越性。它当中携带着非常强势的利益、阶级与权力的信息，它认同了由资源分配不同而产生的市场竞争和社会阶层，也包含着对资本社会运行逻辑的认同。同时，它也否定了“底层”拥有主体性生活和主体性文化的可能性（也有很多学者质疑“底层”是否具备主体性的文化，这是另外一个问题）。在刘旭与薛毅的对话中，薛毅明确表示“这个词（底层）没有历史感”，因为“当我们引入工人阶级这个词的时候，它的含义是明确的，它谈论的是在生产方式中这群人处于一个什么样的位置”[②]。对于被思考者来说，这一名称还不如“农民”“工人”这样的称呼更具体，更具有

---

① 关于知识分子如何在当代中国经济转型的过程中成为一个新的利益集团和新阶级，很多学者都有所探讨。如蔡翔《专业意识与新意识形态——对当代文学史的另一种思考角度》，《当代作家评论》2004年第2期。

② 薛毅，刘旭：《有关底层的问答》，《天涯》2005年第1期。

平等性和可探讨性。[1]

社会学意义的“底层”是一种纯理论的和意识形态性的叙述，它不涉及与被叙述者之间的相互关系问题，但是，文学者不一样，他在思考他的对象时，是以情感方式进入的，他不但要弄清楚对象的历史地位，同时也要对这一历史地位背后所蕴含的异数和超越性进行深度挖掘，在许多时候，后者的任务在文学中反而更重要。重提“底层”意味着文学重新走进“人民”，走进“现实”的可能性，但是，当农村、农民工被以“底层”的面目出现时，作家的“他者”意识与自我身份意识往往极其强大，并遮掩文本中的具体情感，人物也因为过于典型化、符号化而显得属性过强，个性太弱。当思考灾难深重的打工者、失去土地的农民或下岗工人的时候，我们所叙述的不仅是社会对他的不公，不仅要呼唤正义，呼唤一种革命的力量，还必须写出这些农民、打工者、工人作为一个普通人的情感，他与家人团聚时的欢乐、温暖，他作为个体奋斗的历史，他内心所涌动的丰富的各种精神体验，等等。就我个人的文学观而言，我认为这些更为重要，因为这些恒常存在的东西恰恰是这一群体无法被轻易否定的基本原因，同时，也正是在这些情感、场景之中，蕴含着他们真实的历史地位与存在状态。仅仅同情、愤怒是不够的，它会遮蔽太多的东西。在许多时候，一般意义的同情、怜悯只是优越的身份感的外现。

南帆在“底层”问题上遭受批评之后，又撰写了一系列关于底层的文章，并提出一个重要问题：知识分子的底层是否真实的底

---

① 也有人提出用“公民”这一词语来替代“农民”“工人”“失业者”（王晓华的《当代文学如何表述底层》，《文艺争鸣》2006年第4期），但这显然是一个遥远的梦。

层？他认为："底层通常被视为庞大的社会群体而不是单独的个人，因此，底层的谈论往往隐含了一个社会结构的视域……'底层'回到了文学表明，社会结构视域再度代替了个体本位。"[①]重返"底层"虽然意味着文学试图重回五四新文化传统，但是，这一概念所具有的天然的阶层性、距离感与对象化值得反思，它会化合出怎样的文学观与批评观也需要重新考察。"底层"这一概念是相对于社会的资源分配不公而言，它不能作为对一个群体本身的界定。社会的不公平与这些群体本身的生命存在是有差异的，作为文学者应该对这两者有基本的辨析，否则的话，极容易以前者来代替后者本体的存在。就词源学而言，"底层"是所有不平等的滋生地，是优越、隔膜、阶层的发源地。它造成不同生活之间最根本的不理解，也想当然地造出了"底层/麻木""乡土/沉默""农民/苦难"等同位词语。在社会学或政治学考察时，这些词语作为相对的判断还可以运用，但是在文学中，这些词语有着强大的意识形态特性，它否定了"底层社会"中无数生命丰富、自由的存在。

对底层所谓的关怀背后可能是"底层"尊严的被出卖和情感的被剥夺，这种潜在的歧视对身在其中的底层人来说，无疑也是致命的。人们总是想当然地认为在利益的诱惑面前，"底层"会不顾尊严，因此，经济的解救成为最强烈的呼声，但只要不是最绝望的处境，对尊严的渴望还是人的基本精神需求。在许多时候，这样一种偏见会使底层陷入更深的底层之中。他们需要的是倾听和理解，而不是描述与展览。以"底层"的视角去书写，会使得"底层"过于严寒。它过于强调了这一群体与社会之间剑拔弩张的一面，强调了

---

① 南帆：《底层：表述与被表述》，《福建论坛》2006年第2期。

被压迫的一面，强调了作家与论者的理性与社会属性，而忽略了自己的"根"，忽略了对象的情感与尊严，同时忽略了我们还与之相联系的情感的那一部分。现当代文学的许多作家和批评家都来自乡村，或与乡村有关。知识分子的生活与身份使我们困惑，不知道该如何面对自己的故乡、亲人，想努力为它做点事情但却不知如何做起，从中可以看出知识分子对自我身份的焦虑。

二、何谓"底层文学"？

底层文学如何界定？什么样的文学是所谓的底层写作？至今为止仍是个模糊概念，即使被定义为"底层写作"代表作家的曹征路等也对此持质疑态度。[①]从目前的批评倾向来看，有把"底层写作"扩大化和绝对化的倾向，论者似乎想用"底层写作"涵盖一切书写乡村、打工者或其他各种小人物的文学作品，并以一整套的美学标准来衡量、评价作品的优劣（同时，也剔除另外一批不符合此标准的作品），我认为，这里面存在着一种文学霸权的企图。因此，当看到贾平凹的《高兴》被论者认定为"底层写作"并加以肯定时，笔者吃了一惊。

论者普遍认为《高兴》意味着贾平凹走出对"乡土文化"的书写，进入了"底层写作"的行列，这显示了贾平凹写作观念的一大进步，等等。我觉得恰恰相反。我想说的是，如果贾平凹真的从"乡土"走向"底层"，那么，这也意味着，贾平凹终于从情感层面完成了他从乡村走入城市、从农民走向知识分子的演变。此时的贾

---

① 曹征路：《我们时代的困惑》，当代文学研究网。http://www.cul-studies.com/Article/contribute/200607/4120.html。

平凹，不再是写《浮躁》《小月前本》《废都》《秦腔》时那个对乡村充满了爱恨交织的情怀的贾平凹，不再是那个既想摆脱自己的农民出身又难以去除自己“根系”的贾平凹，而是一个纯然脱离了乡村的、以“知识分子”自居的贾平凹。对那片土地，他已经把“我”连根拔出，他的爱转化为了责任、亲情、义务，再没有血浓于水的情意。《高兴》虽然书写了现实的“底层”生活（是否真实值得质疑，因为刘高兴的生活似乎有点过于清白高尚），但是也失去了对“底层”的爱，因此，《高兴》是干巴巴的，只有筋骨没有血肉，只有责任没有爱。它经过了知识分子的贾平凹的过滤，但却没有进入农民的贾平凹的视野，是一种展览意义上当代农民打工者的生活，没有经过自我情感的凝聚。正如有论者所言：“刘高兴像贾平凹希望的那样，成了出淤泥而不染的一株白莲，只是，当这个人物面对读者时，他因为太‘神’而不‘亲’以至于没有了‘人’味儿。……小说的人物没有真正地和他的时代、读者血肉相连在一起，巨大的隔膜出现在阅读的世界里：小说家与人物，小说家与读者，读者与人物，互不理解，互不理睬，互不为所动——‘拧巴’了。”[1]

“高兴”这一人物并不成功，脸谱化、符号化，虽然作者有原型，是体验生活而得来的，却没有历史性。“下生活”的不够是其原因之一，但根本原因却在于贾平凹对“农民”的情感出了问题。作者以知识分子的目光进入“底层”，在某种意义上也是以一种城市思维进入这一群体，这种“城市化的”“体验生活式的”“俯视的”态度破坏了他和农民之间那种同源性和一体感。而从另一意义上讲，贾平凹还没有真的进入城市，他还不了解城市的性格、逻辑与情感，

① 张莉：《因为底层，所以美好？》，《文学自由谈》2008年第4期。

因此，他也没有写出刘高兴在城市所面临的真正困境与情感状态。在《高兴》里面，作者贾平凹是飘浮着的，没有找到落脚点，即使他“下”够了生活，在原型刘高兴那里住上一年，但如果只是以局外人的身份观察，也依然不能够找到刘高兴内心更深远处的秘密。因为这个时候，在他眼里，乡村、农民只是受剥削受压迫的“底层”，不再是与他血肉相连的故乡与亲人。刘高兴的生活在贾平凹那里是类似于“现象学”的勘探，是“一份份社会记录”[①]，这一“勘探”与“社会记录”也包含着作者的情感，但却只是知识分子的良知，而不是故乡的或如故乡般的情感。“用‘底层’一词来代替‘故乡’或‘劳动人民’等词，或许正反映了‘故乡’或‘劳动人民’已经没有了自己的亲人，她只能被别人来研究，被别人来言说。”[②]当“故乡”“农民”“失业者”在文学中仅仅是作为“底层”而存在，这也意味着它们在历史空间中真的成为孤独的、沉默的一群，任何对它的言说都只能是责任的、良知的，在某种意义上也是距离的、冷漠的。

作家摆脱了“乡土中国”，进入“底层中国”，并不意味着作家找到了与社会重大现实问题的接口，因为“乡土中国”的许多问题并没有成为过去时。如同20世纪90年代理论家喜欢说“历史已经终结”了一样，现在很多人喜欢说“乡土中国已经终结”。这样的判断有点过于轻率，随着留守乡村的人口的减少，乡村的确呈现出一种“人去楼空”的态势，但是，乡村结构、村落文化的核心还没有

---

① 贾平凹：《后记一》，《高兴》，北京：作家出版社，2007年版。

② 吴志峰：《故乡、底层、知识分子及其他》，《天涯》2004年第6期。这篇文章在“底层写作”之争中并不被重视，但我却觉得他说出一个重要的道理，即文学者在以“底层”角度问题思考并书写农民时，忽略了自己的情感“根性”。

消散，并非全然换了血脉。[①]以“乡土的”“文化的”视角进入乡村社会和农民生活依然是反映当代中国农村问题的重要途径。乡土小说与乡村现实之间的关系有待调整，但并不绝对相悖。现实主义式的“底层”并非就是真的现实，作者的创作手法不应该成为他们反映现实的障碍，那种充满想象力的、虚构的作品也能够反映出历史的内在真实。我反倒以为，《秦腔》中清风街上的农民比西安城的刘高兴更具有可透视性和真实性，这是因为贾平凹看到了清风街表面消散背后的文化危机，它让我们意识到，除了生存危机之外，农民所遭遇的更深远的打击是精神的无所归依感。《秦腔》让我们感受到了贾平凹很深的痛感，而《高兴》则是一种与己无关式的激愤。

就我的认知而言，城市的打工者所遭遇的社会不公正和经济上的被剥削只是一个方面（他们在乡村也有着同样的遭遇），还有一个更大的原因是，他们在城市还没有自己的历史，没有找到家的归属

---

① 暑期对故乡村庄人口的去向做了一个较为详细的调查。以梁姓家族为例，共五十多家（有些还没有分家，处于模糊状态），一家完全离开村庄到城市生活（把宅基地卖了，也很少回来）；一家不知所终（三个单身汉，到处流浪，家里房子早塌了）；七家在外打工，房子封着，几年没有回来，短时期内可能也不会回来；一家在镇上生活，但村里还有宅基地，马上要盖房；其余四十余家都仍在村庄生活。老年人、家庭妇女和小孩是留守村庄的主体力量，大部分青年都在外打工，村庄显得很萧条。但还有隐蔽的“回归”现象让我很意外。经过调查，我发现，20世纪80年代后期最早一批出去的打工者，人到中年，基本上又都回到了农村，在家种地，兼顾着在镇上或周边打点短工，一些中年妇女农忙时组成“打工队”，给村里人帮忙，一天也能挣三十来块钱；相当一部分青年夫妻是候鸟式生活，用打工的钱在家里盖上房子，孩子在家上学，春节或农忙时回来（孩子的教育问题往往是他们的心病）；也有一部分比较能干的青年，在外打工挣较多的钱，然后回本地做生意，不准备再出去。农村人口在来来去去地流动，但并不是绝对量的少，“人去楼空”只是日常生活的形象。大部分农民并不以为自己能在城市扎根、养老，他们最大的希望就是在城里打工，挣一笔钱，在家里盖栋像样的房子，然后在本地找个合适的生意做。近几年政府的“村庄改造”和公路“村村通”工程也加大了他们的这个希望。当然，这只是一个村庄的情况，并不能代表中国整体的农村状况。但是，它也说明了最传统意义的“乡土中国”的确在变，因此，做出“乡土中国已经终结”的判断还为时过早，因为乡村的实体，即村庄依然还在，还没有完全到质变的地步。

感。城市对于他们来说，是一个陌生的、可怕的庞然大物，冰冷，没有人情味。“从村庄生活的角度看，农民的村庄生活是祖祖辈辈以来的生活，他们生活在村庄的历史中，生活因此是有意义的。”[①]村庄有家族的历史，有一代代的生老病死，有自己的房屋、土地，在这里，他们有存在的基本理由。而在城市，一切都仅仅是“讨生活”。因此，仅仅把“底层写作”指向生活的贫困、社会的压迫和某种尚未爆发但已萌芽的革命性，是狭隘的，它忽略了进城农民深层的精神需求和试图建立新生活的愿望。“底层”在城市不仅仅是在受难、受压迫，它也有新的追求、新的快乐和新的精神状态。排斥这一点，而着意强调另一面，对于正在为之奋斗的“底层”来说，也是不公平的。

但是，我非常尊重贾平凹这种寻求变数的努力。20世纪90年代以后的乡村实际上被分为两部分，一部分是现实的乡村生活，另一部分是农民打工后在城市的生活，两者虽有交叉，却也各自独立。如贾平凹、莫言、阎连科们所熟悉并深有感受的是前者，是已经具有历史意味的乡村发展史，而对后者的生活却很难了解，因为他们对都市思维有基本的隔膜（尤其是那些少年时代就出去并在城市生活好多年的打工青年，其性格已经具有都市性，很难用乡村思维来简单阐释）。一定要求这批作家放弃前者，书写后者也是很不公平的（城市打工者的组成也非常复杂，有纯粹的农民工，也有大量学生出身的年轻打工者，后者与乡村的关系并不深刻，只是一个模糊的背景而已，这些都不是贾平凹们所能把握的）。颇具意味的是，同样是

---

① 贺雪峰：《新农村建设：打造中国现代化的基础》，《乡土中国与文化自觉》，北京：生活·读书·新知三联书店，2007年版，第148页。

“底层”，书写农民工生活被看作是回到“现实”，作家也因此被冠以“富于良知”之类的赞美之语，而书写仍然具有整体性的乡村却被认为是远离“现实”。我以为，这里面与当代学术思维的整体都市化有很大的关系。社会学者、政治学家都默认了中国当代的都市化进程，并认为城市的农民工问题才是迫切需要解决的问题，而具体的农村只是一个必将被甩掉的包袱，即将成为历史的遗迹。“底层写作”这一概念本身就是城市化思维、现代性意识下的产物。因此，书写农民工的“底层”生活被作为衡量这批作家是否走进现实的唯一标准，也由此产生了对莫言、贾平凹们的言不及义的表扬或批评。贾平凹们的确需要重新“生活”，要意识到农民的流动性对乡村精神与结构的影响，但是，回到乡村，在乡村大地上考察农民的历史地位，精神状态是他们重新回到“现实”的最佳途径，因为，乡村距离他们的心灵更近些，更能找到情感的生发点。而书写城市打工者的历史任务，或许可以交付那些更熟悉这一生活的人去写，例如一些对都市性格、都市思维有基本把握又具备乡村生活经验的作家，或打工者身份成长起来的作家，就像当年的贾平凹、莫言一样。从《高兴》中，可以看到贾平凹在书写刘高兴的都市生活时的力不从心，但迫于压力，他以为自己到了必须要改变的时候。

三、对“底层写作”左翼倾向的反思

提倡“底层写作”的人总是把底层文学对政治现实的反抗性与革命性放在首位，认为这一反抗性与革命性能够更深刻地进入现实，并反映出底层的存在状况或提醒其中的可能性。这反映了“底层写作”批评者与创作者对中国当前阶层分化状况的一种担忧，同时，在某种意义上，也是对尚未觉醒的群众力量的呼唤。也因此，左翼文学被作为历史资源重新提起成为很自然的事情。

随着对20世纪80年代以来当代文学的反思的深入，左翼越来越被正名，人们开始认识到左翼文学与左翼思潮内在的丰富性。除了对底层政治的关怀之外，左翼思想也涉及人类对民族共同体与自我归属的认同，涉及对理想与自由的纯粹向往，它的本质思维存在着极大的超越性。在个人主义和虚无主义盛行的今天，在文学逐渐走进象牙塔的当代，这种正名尤其具有象征意义。而当左翼与“底层”相联系的时候，左翼对现实的关怀方式，左翼思想所蕴含的革命性、正义性，左翼文学里面所展现的知识分子的责任和良知，又一次显示出了它的巨大力量。正如学者蔡翔所言：“今天重提‘底层’的目的何在？的确，我们今天为什么要重新叙述底层，是为了唤起道德的同情和怜悯？当然不是。是为了重新接续某种‘苦难’叙事？也不完全是。对于这个问题，每个人都会有自己的回答，就我个人而言，在非文学的意义上，重新叙述底层，只是为了确立一种公正、平等和正义的社会原则。”[①]但是，蔡翔的话又颇为耐人寻味，“在非文学的意义上”如此，那么“在文学的意义上”它会是什么样子呢？当这种声音试图成为文学的主流话语时，被遮蔽掉的又是什么？

有论者提出用“新左翼文学”来替代“左翼文学”，以使后者得到某种洗刷与祛魅，并认为“‘新左翼文学’对于我们这个时代的‘见证’之中，最有新意的方面，还在于对资本强权和戕害着民众的某些基层权力的批判……尤为重要的是，‘新左翼文学’还书写了以资本强权为主的权力压迫所导致的底层民众的个体反抗或群体斗争……”[②]其实，论

① 蔡翔：《自序·相关的几点说明》，《何谓文学本身》，沈阳：春风文艺出版社，2006年版。
② 何言宏：《当代中国的“新左翼文学”》，《南方文坛》2008年第1期。

者所强调的这些正是左翼文学最被争议的地方。左翼文学一个明显的缺陷是，它有一种天然的逻辑化倾向，把丰富的细枝末节去除掉，只剩下革命的逻辑与反抗的逻辑。左翼的浪漫精神与理想精神为我们这个时代所匮乏所需要，但也必须注意的是，它们结合而生出来的是革命的果实和革命的逻辑，人物所有的生命情感与价值信仰都落脚到革命与暴力上，虽然也有人性，但只是陪衬，只是为那唯一的主题服务。它所表现出的那种坚定和达到目的的决心，常常使人性所特有的脆弱、敏感、犹疑成为对立面。像柔石《为奴隶的母亲》和萧红《生死场》那样优秀的作品非常少，而这两篇小说之所以让人感动，正在于它们摆脱了通常左翼文学所具有的那种强迫性，用别样的视角和眼睛展示了更为复杂的生存世界和人性世界。

论者都注意到，“底层写作”的作家容易夸大“底层”的苦难，悲痛、绝望淹没了作家对具体生活情境与存在状态的描述，“底层”不再是具体的生活，不再是有血有肉的个体，而是以抽象的、让人怜悯的形象出现。与此同时，作家夸大他们作为一个有意识的阶层的力量，制造出“底层”即将反抗或群体革命即将开始的氛围，在倾力叙述“底层”所遭受的苦难之时，对资本强权、中国政治体制、基层权力等进行一种绝对化的谴责，这些都导致了文本意义的简单化倾向。这一点，即使在曹征路、陈应松、罗伟章等较为优秀的作家作品那里都有所体现。批评家们往往把这一原因归结为“作家的写作倾向发生了偏差”或“简单的二元对立思维与同情误区”[①]，但还有一个基本的原因就是“底层”概念本身的政治性和集合性会自

① 洪治纲：《底层写作与苦难焦虑症》，《文艺争鸣》2007年第10期。持“底层写作”观点的论者如李云雷、邵燕君等人都注意到这一问题，但却把这一原因仅归结到作家对现实的理解与认识上。

然化出这样的结果。在当代知识分子的社会想象中，“底层”是无差别的、有着“悲惨命运”的“沉默的一群”，是尚未进入历史，尚未进入文化与政治公共空间的一群，是还不具备主体性、独立性的一群（并不是说他们就没有此特性，而是指知识分子在对“苦难”与“群体”形象过于热衷的塑造上，表现为一种夸张的想象方式）。一句话，他们尚未进化到文明之中，是需要被拯救、被怜悯的群体。

“底层写作”的这种苦难化倾向显示了中国作家在意识深处对个体存在的漠视，也是作家简单化的历史意识与政治思维的外现。“底层写作”的一个很大问题就是没有历史感，小说在一个平面上展开叙述，故事、场景与人物的意义指向单一，谴责与反抗是主旋律，而深度的思考和辩证则几乎没有。“底层”/政权、传统/文明、人民/体制的关系不是简单的被压迫与压迫的关系，它涉及各自的历史存在和中国独特的发展道路，也涉及具体的存在需求与生命情感。尤其是，当你面对真正的底层个体时，由于各自的历史遭遇、性格成因及在群体之中的生存位置的不同，会形成错综复杂的问题与状态。仅仅把“底层”作为被侮辱被损害者的阶层，会忽略掉他们作为个体与历史之间的互动关系，忽略掉他们作为一个有主体行为的人与历史之间的同谋关系或反合力关系。

有一个问题值得思考，当前“底层写作”的这种倾向性与“底层写作”批评之间是什么样的关系？一个明显的事实是，“底层写作批评”引导着“底层写作”，批评家的观点以研讨会、见面会、文章的方式直接传输给尚未获得声誉的年轻作者，之后，大批复制作品出现。年轻作者由于文学意识的低浅与对社会思想的单向认识，很难摆脱这种强有力的理论灌输，其政治意识被强化为作者的自觉视角，控诉“伤痕”的意图特别明显，这些都导致作者违背自己的生活经验，譬如在书写打工生活时强调资本强权与自身的被剥削和被压迫性，而自动屏蔽其生活化、自然化的一面。另外，打工写作者对这一定位似乎并不非常认同，也不满意。这也使得打工文学作者与批评家对话时，会产生很有意味的错位现象。批评家在强调打工文学所具有的现实价值，或者说政治价值，它对“底层”打工者苦难生活的原生态书写及所蕴含的左翼精神等，而打工文学作者却强调自己创作的普遍性，他与老板并非压迫与被压迫的关系，反而很有情意。这似乎与“底层写作批评”的预设有些错位。[①]

在消费主义时代与后革命时代，所有激进的东西都极可能转化为娱乐与消遣，张广天的《切·格瓦拉》虽然以强烈的政治倾向显示了对社会不公的反抗与对革命、理想的向往，但同时，不得不承认，这些有关消除贫富、倡导斗争的宣言也成为都市日常生活的点缀，切·格瓦拉的革命思想被转化为充满刺激的浪漫主义情怀而被无数青年膜拜，就像格瓦拉的贝雷帽与那幅标准照在文化衫上被在全球批量复制一样，格瓦拉本人的精神内涵也以一种符号化、美学化与娱乐化的方式被抽空。当左翼精神遭遇虚无，遭遇来自政治意识形态和民众的双重冷漠，遭遇商业精神的侵蚀，在并无实际意义的行动中被传播、影响、消费时，它的内核不但苍白无力，并且在某种意义上化为政治与民众之间稳定的黏合剂。在此过程中，政治变得开明民主，民众也因为找到了合适的宣泄口而变得心平气和。

---

① 2008年1月12日，在北京举行“打工文学论坛”。会上打工作者王石月的发言与前面的批评家发言几乎相悖，完全是各说各话，“谈得非常多的词就是‘代言’，说打工文学是我们打工者的代言，对我来说，我从来不觉得我的写作是在为某一个群体代言，我只能代表我自己心中的想法，我所感受到的，我所见到的，我没办法代表我身边的人”。他讲了几个老板与他之间的关系，并认为“我跟他的关系是老板和打工者的关系，是兄长和弟弟的关系，是朋友的关系，是老师和学生的关系”。

不能否认的是，“底层写作”，包括对左翼文学的重新提倡，的确以某种方式唤起了作家对当代现实和人民大众的关注，扭转了“纯文学”以来当代文学的重大偏颇，但是，这一倡导应该以谨慎而警惕的方式出现。文学与现实的关系始终是此消彼长，辩证存在，很难达到两全其美。而历史的教训证明，文学虽然必须以现实为支撑，但当文学被要求一定为“现实”（重大的、社会的、政治的现实）服务时，总会结出这样那样的怪胎，最终的结局总是文学本身被吞噬掉。竹内好有一段话说得非常好，“游离政治的，不是文学。文学在政治中找见自己的影子，又把这影子破却在政治里，换句话说，就是自觉到无力，——文学走完这一过程，才成为文学。产生文学的是政治。然而，文学却从政治中选择出了自己。所谓真的文学，是把自己的影子破却在政治里的。……真正的文学并不反对政治，但唾弃靠政治来支撑的文学”[①]。在广义上，这段话用于目前“底层写作”概念及批评所面临的症结也具有同样的思考价值。

随着新的农村政策的不断颁布、实施，中国的农村、农民到底会走向何方，到底什么样的政策、制度是效益最高，对农民最有利的（经济的与精神的），一切都是未知数。[②]“底层”是否就是“沉默

① 〔日〕竹内好：《鲁迅》，《近代的超克》，赵京华，孙歌等译，北京：生活·读书·新知三联书店，2005年版，第134~135页。

② 笔者曾就农村问题采访一位县委书记，他认为，“整个20世纪90年代，中国的农村政策是不成功的。从1992年开始，农村矛盾变得尖锐，按2000年前后的趋势走到现在，农村都不得了了，真的很难想象。农村问题已经到了崩溃的边缘，农民负担重，农民状况差，农民情绪激动。2004年新的政策实施之后，矛盾有所缓和，农民不用交钱了，不缴税了，种地还有补贴。这又把农民的目光吸引回乡村。先前每个村里有很多‘撂荒地’，没有人种，现在为要回自己的地经常还有纠纷”。但是，如果按照物价上涨的速度核算一下，即使不缴税政府贴钱，种地还是划不来。我以为，它只是让农民看到一种希望。十七届三中全会又发布了新的土地政策，这一政策的实际功效如何还没有经过历史的检验，所有的肯定、反对都只是猜测，因此，也不能确定它对农村整体发展是什么样的影响。

的一群”？是否真的到了揭竿而起，必须以群体的、符号的凝聚形象出现的时刻？我想，即使专门研究“底层”问题的政治学家、社会学家和历史学家也没有足够的确定性，所以，当文学书写“底层”时，也不能轻易地夸大、渲染或确定什么——虽然这种“夸大、渲染”的确能够唤起人们的关注，但这种引导并非健康的方式。[①]这一点，在已经危机重重的当代，应该尤为注意。回到蔡翔那篇著名的散文《底层》上，那里面有一句话让我感到一个知识分子更为重大的责任，“我反复警惕自己的情绪，我知道，任何一种激进主义都会为我的底层带来更大的灾难”。对于一个文学者来说，也许他所能做的只是抛弃先验的观念，真的走近他们，走进他们，故乡仍在，亲情仍在，你也还在，你和他们之间还有情感的通道。在这一基础上，用葛兰西所言的“实实在在的存在”[②]的方式把这些生命状态、情感需求、场景故事给传达出来。作家所能提供的只是某种启发与可能性，不是确定性的结论。而作为一名批评者，首先应该审视、反思的是自己的立场，从自我的情感与存在出发，去努力接近问题的本

---

① 2008年10月26日，笔者在山东济南开会时，看了一场现代京剧《扁担谣》，据介绍还获得了不少奖。主要情节是扁担挑夫们的艰辛生活。整部戏剧可谓集苦难、悲惨、绝望于一体，城市、资本、权力成为进城农民绝对的对立元素。漂亮的秀琴失了丈夫（在城市出了车祸仅被赔偿五千块钱），来到城市讨生活，挑扁担丢失了主人东西被索五千块，秀琴下跪求情，被老板收为小老婆后又被抛弃，发疯后同乡照料，等等。非常简单化的一种叙述，因为情节基本构成的虚假反而让人无法忍受，在看到秀琴下跪的时候，笔者愤而离开。

② 葛兰西在论《文学批评的准则》时这样认为，“同政治家比较起来，文学家把握的历史前景，不可避免地是不十分准确和明晰的，他应该较少‘宗派主义’……政治家的任务正在于把人们发动起来，摆脱现今的际遇……艺术家则必须展示‘实实在在的存在’，一定时期的个性化的、毫不随波逐流的事物——这种展示是现实主义的”。葛兰西：《文学批评的准则》，《论文学》，北京：人民文学出版社，1983年版，第15~16页。有良知的知识分子在面对社会的重大矛盾时，都有发言的冲动，但是，如何发言？或许，以专业的方式思考、写作，并产生超越于专业的影响，进而逐渐渗透进社会，是处于日常生活状态的知识分子们的最佳选择方式。文学也是一样。否则的话，文学很容易失去它的主体性，并最终变为政治与行动的附庸。

源。这样的写作与批评会有很多弊病，但却更能进入作品的灵魂及这个时代的灵魂内部。如此，或许能为这个时代某些关键的问题贡献一点点力量。

第五辑

“个体时代”的来临

“狂欢”话语考：
大众文化的兴起与20世纪90年代文学的发生

考察20世纪90年代文化语境与文学生成之间的关系，“狂欢”似乎是一个无法回避的词语。它几乎成为90年代的象征与隐喻，渗透在中国生活的方方面面。绕过它，就无法对90年代文化生活和文学文本中复杂的精神生成和美学倾向做出恰切的解释。本文试图通过考察90年代文学“狂欢”现象和“狂欢”话语的生成，重返90年代初期“社会转型”与“文学转型”的现场，探讨90年代文学场域的特点，它与大众文化、市场生产机制之间的关系，在这一背景下，考察90年代文学的发生与精神轨迹。“狂欢”如何成为90年代文学的重要叙事和精神倾向？它与20世纪80年代文学，与主流意识形态是怎样的博弈关系？与大众文化的兴起之间是什么样的关系？等等。借此，也试图勾勒出90年代中国生活的心理轮廓。如福柯所言，“不存在一种不受权力影响的话语”，分析一个话语的形成即分析某种权力的运作方式，因此，在本文中，“我更愿去了解某种被遗忘、被忽视的非文学的话语是怎样通过一系列的运动和过程进入文学领域中去的。这里面发生了些什么呢？什么东西被削除了？一种话语被认作是文学的时候，它受到了怎样的修改？”[①]

一、大众文化与90年代的文学场

2003年11月6日，“人文精神大讨论”的发起人之一王晓明在一所大学里发表题为“人文精神讨论十年祭”的演讲，颇有点“悲壮”的意味。[②]对于大部分知识分子而言，20世纪90年代是一个让人迷惘的年代。20世纪80年代末中国意识形态环境的突变，苏联、东欧社会主义国家的解体，然后是邓小平的“南方谈话”和改革开放推向新阶段的开始，“这一连串事件，从1989年到1992年，在整个中国当代历史上划出了一道非常明显的界限。同样，它也在中国知识分子的精神历程中划出了一条非常清楚的界限……在知识分子圈中，20世纪80年代的那种乐观和自信迅速崩溃了，取而代之的是深深的困惑”[③]。知识分子与大众所关心的不再是一个问题，而且有很大的分歧；文学失去了80年代的尊严与地位；精英文化从主导地位上逐渐退出，取而代之的是娱乐文化、消费文化和大众文化。正如王晓明所言，当时“大讨论”所引起的范围之广、争论之复杂令他意想不到，从中可以看出90年代初期中国生活中文化精神的大震荡。让我们回到历史现场，来看看事件发生的1993年，这一年，文学界发

---

①〔法〕米歇尔·福柯：《权力的眼睛——福柯访谈录》，严锋译，上海：上海人民出版社，1997年版，第91页。

② 王晓明：《人文精神讨论十年祭——在上海交通大学的演讲》，《上海交通大学学报》2004年第1期。

③ 王晓明：《人文精神讨论十年祭——在上海交通大学的演讲》，《上海交通大学学报》2004年第1期。

生两件大事，一是“人文精神大讨论”，二是贾平凹《废都》出版。

在“人文精神大讨论”的开篇之作《旷野上的废墟——文学和人文精神的危机》一文中，王晓明说出这样的开场白，“今天，文学的危机已经非常明显，文学杂志纷纷转向，新作品的质量普遍下降，有鉴赏力的读者日益减少，作家和批评家当中发现自己选错了行当，于是踊跃‘下海’的人，倒越来越多”[①]。在这段话里，“文学危机”分别指向文学生产场地（杂志转向）、文学精神（质量下降）、文学接受群体（好读者减少）、作家身份（“下海”）等几个层面，由此看来，当时的文坛正在发生整体层面的裂变，并且，在1993年，这样的话当然有所指。果然，紧接着，讨论者分析了王朔小说“调侃”的负面作用及最终向大众的“献媚”。在这场争论里面，王朔是一个不能忽略的人物，可以说，他才是这场大讨论的始作俑者与假想敌。[②]1987—1993年是王朔小说获得巨大声望的高峰期，“调侃”“解构”及“痞子语言”等，这些陌生、刺激而又具有“解放性”的美学风格使王朔小说充满革命性、狂欢性、颠覆性。在此，80年代文学的“神圣性”被消解，在反抗与嘲讽的同时，却也因为取消了“生存的任何严肃性”，而“迎合了大众的看客心理，正如走江湖者的卖弄噱头”[③]。

在这之前，文学界对20世纪90年代文学特质的变化已经有讨论，如《当代作家评论》1991年组织了“文学走向90年代”的笔谈，其中谢冕和孟繁华的文章都提到了90年代文学的“游戏化”与“娱乐化”倾向[④]，“人文精神大讨论”以问题的方式把90年代文学与大众文

① 王晓明：《旷野上的废墟——文学和人文精神的危机》，《上海文学》1993年第6期。

② 在以后的争论中，像王蒙、李泽厚等人都很自然地提到“痞子文学”“躲避崇高”之类的话。

③ 张宏：《旷野上的废墟——文学和人文精神的危机》，《上海文学》1993年第6期。

④ 谢冕：《停止游戏与再度漂流》，孟繁华：《“文学走向九十年代”笔谈》，《当代作家评论》1991年第5期。

化之间的复杂纠葛提了出来。在这场涉及范围颇为广泛的争论中，90年代的文化特征逐渐显示出它巨大的力量，市场经济、资本改革正在改变着中国民众的生活方式，改变着千百年来的基本道德系统，金钱叙事和大众文化拥有了合法化的地位，启蒙时代的话语无法再解释这些现象的发生，“我们过去的经验正在被全新的感受所替代，过去寻找激情的人们，正在被温情的渴望所指使；守望家园的精神斗士，也正成群结队地走在通往乐园的路上。过去，那种在革命的庆典仪式、飞行集会、宣传论辩、战地歌声、群众游行乃至控诉、批判中获得激情、意义和献身感的冲动，因其骤然而止变得十分遥远，取而代之的则是世界杯足球赛、公牛队总决赛或雅尼那华丽、充满了古代与现代情感的演唱会。人们拥有了属于这个时代的时尚，它是无数个新的狂欢节”[①]。“文革”时期的政治“狂欢”场景被挪用到娱乐“狂欢”上，其意识形态性发生了根本性的改变，“调侃”“游戏”“反讽”开始成为文学的表达形式。它取代启蒙主义的人文精神，成为时代的时尚。个人的世俗化要求被承认并逐渐影响着文化的生成与传播。与此同时，大众文化研究也开始成为学界的一个热门。[②]

---

① 孟繁华：《众神狂欢——当代中国的文化冲突问题》，北京：今日中国出版社，1997年版，第280页。

② 关于大众文化的定义有很多，但也有基本的共识，即如美国学者麦克唐纳所言，“大众文化有时候被叫作通俗文化，但是我认为，大众文化是一个更准确的概念。因为像口香糖一样，它的特殊标志只不过是为大众消费而生产的一种贡品”。20世纪80年代大众文化概念已经被引入中国，但没大的影响，90年代初期在受到市场经济的冲击之后，才形成真正的讨论。1992年之后学界发表大量文章，其中一些是与“人文精神大讨论”结合在一起的，大多是批判的声音，但也有支持的声音，如发表在1994年第5期《东方》杂志上李泽厚与王德胜的对话，认为应“正视大众文化在当前的积极性、正面性功能”，“当前知识分子要与大众文化相联系……它们的联盟有两个作用：一是消解正统意识形态，二是引导大众文化走向健康方向。大众文化不考虑文化批判，唱卡拉OK的人根本不会考虑要改变什么东西，但这种态度却反而能改变一些东西。这就是——对正统体制、对政教合一的中心体制的有效的侵蚀和解构”。参考赵勇《大众文化》，《外国文学》2005年第3期。

如果说王朔以小说的狂欢化使得20世纪90年代的文学场域成为大众精神的试验田的话，那么，《废都》的出现及传播方式则使得大众文化语境中文学生产机制的改变及作用呈现出来。并且，它的出现也使“人文精神大讨论”中的“危机意识”得到了“印证”。今天重新论述《废都》，多有“拨乱反正”的意味，但是，一个不能忽略的事实是，《废都》的销售模式与效果的确是文学在文化市场“操作”和“炒作”的成功范本。[①]《废都》销售模式的成功颇具狂欢化的味道，“此处删去××字”成为最具商业价值的标签，但也被作为知识分子精神陷落的标志。在1993年的文化语境中，它不仅与“人文精神”的文学要求不相符合，也因为其夸张的炒作模式而使得它成为大众文化、文化工业成功入侵文学神圣精神的例子。文学作品的主体地位被减弱，而增强的却是生产机制的地位，它影响并参与文学的发生与传播，也因此，90年代的文学批评与文化批评相隔特别近，批评家必须“动用文化批评的武器才能与他的批评对象相称”[②]，可以说，《废都》的宣传、销售、策划模式，在社会上所引起的轰动效应及文化界内的广泛讨论，在1993年的文化界引起的骚乱不亚于一场地震。而当这一震动与主人公庄之蝶颓废的形象重合时，90年代整个的文化精神走向清晰地呈现了出来。

20世纪80年代的“文学场”是在与政治意识形态和社会主义

① 《废都》出来之后，先是有新闻说“《废都》稿酬100万”，接着马上有人辟谣，各种电视访问、专题，然后，忽又传出“被禁”，据说“书摊的黑市价格翻了一番”，相配合的还有批评界的争论，等等，“摊主十分得意地对记者大叫：‘这本书卖疯啦，说是当代的《金瓶梅》。’书商们也直言不讳：《废都》中诸多的性描写，大大促进了此书的销售，是吸引读者的一个主要原因”。参考李昭醇：《评〈废都〉的性包装》，《图书馆论坛》1995年第5期。

② 赵勇：《文化批评：为何存在和如何存在——兼论80年代以来文学批评的三次转型》，《当代文坛》1999年第2期。

文学博弈的过程中形成的，所谓“纯文学”“回到文学自身”都与这一宏大叙事相对应，但是，90年代的“文学场”却是在“经济大潮”“市场化转型”的压力中逐渐演变而成，它的“后现代境遇”使得文学面临着比80年代更为复杂的局面。知识分子、文化界处于“自由”社会即将到来的兴奋、焦虑，甚至恐慌之中。期刊政策的市场化迫使期刊寻找有广泛读者的、面对大众的文学。金钱、世俗欲望作为一种本体存在显示出力量，消费、虚无、调侃、欲望化、世俗化、小丑化，推销、包装、炒作、下海等，这些在80年代被认为是品格低下的事情，到了90年代，非但在整个社会蔓延开去，而且被认为是更具典型性的时代精神的标志。

当20世纪80年代的“文学青年”怀揣博尔赫斯、卡夫卡、马尔克斯进入90年代时，却发现，一切都是错位而荒诞的，80年代的知识谱系无法解释90年代的生活。博尔赫斯、卡夫卡没有给作家们带来文学的荣耀和尊严，相反，却强化了市场经济中人的虚无感和荒谬感。在90年代的文学界与文化界中，昆德拉、巴赫金、卡尔维诺等人的流行并非偶然：他们以“轻”表达“重”，以“游戏”表达“怀疑”的美学，最大限度地吻合了时代的特征。①巴赫金、昆德拉对拉伯雷《巨人传》的“狂欢化”美学解析使得王朔的解构主义得到了理论的支撑，为作家在大众文化氛围中的中国现实找到了

① 巴赫金的《拉伯雷的创作与中世纪和文艺复兴时期的民间文化》和《陀斯妥耶夫斯基诗学问题》是20世纪90年代文艺理论界的热门话题，他提出的“狂欢化”和“复调”理论为90年代的当代文学提供了非常恰切的入口。我在下文会详细分析这一理论术语在当代文学中的形成。昆德拉最被推崇的话：“把握真正的世界属于小说的定义本身；但是，如何把握它，并能同时投入一场使人着魔的异想天开的游戏？如何在分析世界时做到严谨，同时在游戏般的梦中不负责任地自由自在？如何把这两个不相容的目的结合起来？卡夫卡解开了这一巨大的谜。”米兰·昆德拉：《被背叛了的遗嘱》，孟湄译，上海：上海人民出版社，1995年版，第48页。

似乎最为恰切的书写方法与内容。[①]几乎所有当代作家90年代初期的作品都具有狂欢色彩与解构主义倾向。但是，在如何理解90年代上，在价值判断与精神倾向上，当代作家们却产生了极大的分歧。曾活跃于80年代的作家或资深理论家普遍对90年代的精神品格、对90年代新型文学特性持否定的态度，而60年代出生作家及更年轻的作者则以身处“当代”的敏锐性对新生活产生新的认同。一批颇具“异质”的文学出现在90年代的文坛，它的感性、欲望化、即时性、情绪化、哲学化、狂欢与理性杂糅的特点使得原有的文学命名与文学理念无法涵盖，它们仿佛是与90年代的整个氛围共生，加入并强化了狂欢氛围，但又以陌生化的特点使其显得荒谬，从而保持某种批判性和独立性。这些作家的出现使得90年代的文学景观更加多元、复杂，也更具开放性。

二、被不断构造的“狂欢”叙事

上文所提到的“狂欢”更多的是整个社会的氛围与感觉，是由于中国社会结构震动而产生的“众声喧哗”的景象（“众声喧哗”可说是90年代以来最流行的词语）。而在文学理论的层面，狂欢化是一个具有可阐释性的名词。它来自巴赫金对拉伯雷《巨人传》的解读，“狂欢式，意指一切狂欢节式的庆贺、仪式、形式的总和。这是仪式

---

① 徐坤在一次访谈中这样说：“我在1991年的时候，跟社科院的一些博士硕士一起下乡，下放锻炼，到农村一年，那一年时间里我们基本上就是读昆德拉。后来，我就开始写上了小说。……（如何理解‘媚俗’）在当时那种情况下，我恐怕更多的是从意识形态那个角度去理解。但是现在，1993、1994年经济大潮掀起来以后，对于‘媚俗’的理解就是另外一层意思了，我会从知识分子对于大众文化，或者精英对于大众的一种妥协这个角度去理解。”张钧：《另一种价值与深度——徐坤访谈录》，《小说的立场——新生代作家访谈录》，桂林：广西师范大学出版社，2002年版，第243页。

性的混合的游艺形式。……狂欢节上形成了整整一套表示象征意义的具体感性形式的语言，从大型复杂的群众性剧到个别的狂欢节表演。狂欢式转化为文学的语言，这就是我们所谓的狂欢化”①。巴赫金通过对中世纪文学中民间文化的分析展示了“狂欢”所具有的对意识形态、专制的解构性与颠覆性，认为“狂欢化”背后蕴含着强烈的革命特征与反抗性。②

中国当代文化和文学狂欢化的滥觞可以从崔健、王朔那里找到根源。“1986年5月，北京工人体育馆，面对数万名观众，崔健用嘶哑的声音吼出了一曲《一无所有》。那一年，他26岁。也是在1986年，王朔才终于调理好了自己的感觉，他先推出了个《一半是火焰一半是海水》，接着扔来了个《橡皮人》，随后到1987年，又给人弄了一《顽主》。那一年，他28岁。就在那阵儿，张艺谋也才真正被人认识了。就连幼儿园的小屁孩儿也会直着嗓子不拐弯儿地喊叫‘妹妹你大胆地往前走哇，往前走，莫回呀头’。那是《红高粱》里的插曲，听了就叫人热血沸腾。不清楚当时的青年人早就积攒好了那么多情绪，也就没法理解崔健、王朔、张艺谋的出现怎么就那么令人感动、狂喜了。”③正是这种广场化的表达方式使1989年后的民众与青年找到了狂欢节式的宣泄，这是80年代精神受挫、传统道德结构

---

① 〔苏〕巴赫金：《诗学与访谈》，白春仁等译，石家庄：河北教育出版社，1998年版，第160页。

② 巴赫金不认为小说起始于笛福（这只是其中现代小说的系统），他所看重并分析的是诸如拉伯雷、薄伽丘、但丁，以及俄国的陀思妥耶夫斯基的作品。他认为，正是这种不断从民俗文化、粗俚杂语中获取语言，并强调怀疑嘲笑、滑稽模仿的文学构成了“小说性”。这类小说专事骚扰和破坏，既造成文学中的杂语变异与形式创新，又瓦解了由史诗传统所形成的正统独白的小说观。狂欢活动使得庶民及其所代表的非正统语言文化有机会公开登台，形成与官方活动相仿但却又亵渎嘲弄的反仪式，由此而生成的话语与符号抵消了单一官方话语的强制与纯化，这种文学语言的狂欢或怪诞，在巴赫金看来，却是人类走向自由平等交流对话的生命动力。

③ 赵勇：《追随大腕儿——从崔健王朔张艺谋热看当代青年的偶像崇拜》，《山西青年》1993年第6期。

崩溃后文化所寻找的另外一个通道，“在大转折之际，作为转折的准备，总会有某种意识的狂欢化”①。

在知识分子精神受挫，而“市场经济”的发展又催生出不断繁荣的大众文化与都市文化时，世俗意识开始走上历史舞台，而在20世纪80年代文化和社会主义文化中，它一直处于被挤压的位置。“人文精神大讨论”以精英文化模式对大众文化进行批驳，但是，正如王晓明的“十年祭”一样，这一精英模式因为90年代市场经济全方位的进入而遭遇失败。王朔的“痞子文学”拒绝为80年代文化精神提供例证，它所叙述的正是那些被80年代文化精神宣判为“无价值”的市民精神与市民生活，也是被主流意识形态一直忽略或压抑的个人生活。新的“精英”正在崛起。王朔的文学行为中有一个巧妙的概念偷换，以一种市民意识形态对主流意识形态（包括80年代那种大而空泛的理想话语）进行批判与嘲弄，迎合了时代中个体叛逆的要求，并借此获得“自由、独立”批判立场，但实际上，“叛逆”与“批判”并不是他的终极目的，对市民意识的认同才是他的根本价值取向。

在王朔小说、新写实文本和20世纪90年代中期的文学文本中，充满着巴赫金式的“广场吆喝语言”和“戏仿体”，“这些吆喝当然远远不是老老实实、直截了当、‘一本正经’的宣传。它们充满了民间广场的诙谐。吆喝者戏弄着一切他们吹嘘的东西，把刚溜到嘴边的所有‘神圣’‘崇高’的事物都引入这种无拘无束的把戏中来。……民间的吹嘘总是反讽性的，总是多多少少地自我嘲笑”②。

---

①〔苏〕巴赫金：《巴赫金全集》（第六卷），钱中文等译，石家庄：河北教育出版社，1998年版，第58页。

②〔苏〕巴赫金：《拉伯雷的创作与中世纪和文艺复兴时期的民间文化》，《巴赫金全集》（第六卷），钱中文等译，石家庄：河北教育出版社，1998年版，第182页。

《我是流氓我怕谁》《玩的就是心跳》《我是你爸爸》等，仅从小说的名字就可以感受出某种“颠覆”精神，王朔的小说语言是典型的如巴赫金所言的“亲昵的、插科打诨的、俯就的与粗鄙的”狂欢语言和由“社会方言、职业行话、成人语言、流派语言、权威人士语言、小组语言、昙花一现的时髦语言”等组成的“杂语”[①]。刘震云上百万字的长篇巨著《故乡面和花朵》的卷首词是“为什么我的眼里常含泪水，因为这玩笑开得过分”。这样的题词一开始便以戏仿体的方式使诗歌偏离了原来所蕴含的深沉的民族情感和时代意义，为全书定下了戏谑、狂欢的基调。在刘震云的小说中，常常是当代中国的官方话语，民间俗语，河南方言，脏话，正统的非正统的，严肃的戏谑的，几种不同文化含义的语言形式结合在一起，充满反讽、游戏和调侃意味。文化话语的严肃性和深刻性在作品中被不断拆解，官方话语的权威性和教谕性被混淆变得意义不明、语焉不详，尤其是其中已经固化了的意义都被打乱，拒绝崇高、庄严、悲剧，拒绝统一的修辞方式和约定俗成的语言文化意义的使用，使刘震云的小说形成巴赫金所言的众声喧哗的狂欢话语和民间广场语言。[②]

围绕王朔小说与新写实小说的争议充分体现了20世纪90年代

① 巴赫金认为，“杂语”是小说语言的根本性，也是小说体裁的主要特征，各类语言混杂合一，“统一的民族语言的各个内部层次，有社会方言、团体的话语方式、职业行话、体裁性语言、辈分语言、成人语言、流派语言、权威人士语言、小组语言、昙花一现的时髦语言，以及甚至以小时计算的政治语言（每天都有自己的标语、词汇及腔调）”。《巴赫金全集》（第三卷），石家庄：河北教育出版社，1998年版，第40页。

② 摘录其小说《故乡相处流传》中的一段话，狂欢风格可见一斑：“在一次曹府内阁会议上，丞相一边‘吭哧’地放屁，一边在讲台上走，一边手里玩着健身球说：‘活着还是死去，交战还是不交战，妈拉个×，成问题了哩。有的说可以交战，有的说可以不要交战。那到底交战还是不交战，这鸡巴延津成事了哩。交战不交战，是个骨气问题；交战不交战，现在又有什么意义了呢？真为一个小×寡妇去吗？那是希腊，那是罗马，这里是中国。这不符合中国国情哩。有道是，能屈能伸是条龙，一根筋到底是条虫。’”《故乡相处流传》，《刘震云文集》，江苏文艺出版社，1996年版。

精英价值观与世俗价值观、理想主义与世俗主义之间的矛盾与博弈，而后者广泛的群众基础使得论者不得不看到另一面的价值，“新写实公然宣称自己只对百姓生活做原生态描述，它把文学从神圣而空虚的殿堂带回每时每刻的生存现实中来，从而要为创作者和读者辟划出一个相对独立于政治活动的空间。这是一种自我防卫的手段，为的是躲避官方政治权力所操纵的主流文学话语的干涉。然而正是这种非政治的姿态，这种对大政治的厌倦，在一个国家权力已将社会充分政治化的环境中，却恰恰变成了一种政治态度，一种向国家权力要求独立的民间空间的政治要求”[①]。此时，论者把新写实小说中的“市民性”与“世俗特点”作为一种“民间性”的政治空间来看待，并且认为它实现了文学对“民间性”的表达，在这里，“市民性”和“个人性”巧妙地重合在了一起，新写实小说的世俗主义被置换为具有现代性的个人主义，并且被看作具有某种知识分子精神的民间立场，有逐渐进入“精英”行列的可能性。

但是，当这一“独立的民间空间”以世俗化的需求为主体时，它所具有的“民间性”是值得质疑的。巴赫金与拉伯雷的狂欢与当代中国的狂欢语境并不相同，所达到的效果也不尽相同。拉伯雷《巨人传》时代的狂欢化是在欧洲的中世纪，处于前工业时代，政治统治是以单线的方式直接传递给民众，狂欢化的节日庆典是民众唯一的反抗方式。而20世纪90年代的中国，是逐渐去政治化的中国，“狂欢化”的诞生与80年代文化精神受挫，与世俗化、商业化、都市化的进程紧密联系，是在工业文化的语境下产生的，正如马尔库塞所认为的，“大众文化并不是在大众那里自发地形成的文化，而是统

① 徐贲：《走向后现代与后殖民》，北京：中国社会科学出版社，1996年版，第234页。

治阶级通过文化工业强加在大众身上的一种伪文化。这种文化以商品拜物教为其意识形态，以标准化、模式化、伪个性化、守旧性与欺骗性为其基本特征，以制造人们的虚假需要为其主权的欺骗手段，最终达到的是自上而下整合大众的目的”[①]。在民间的狂欢背后，的确有某种自由与解放，个人生活与个体精神的呈现，但是，这种情绪一旦在嬉笑、热闹中被消蚀，反而加强了正常的社会秩序。在“狂欢”中，反抗或叛逆情绪得到暂时的释放，最终达到的是“整合”与“强化”的目的。也因此，“狂欢”有了与政治意识形态共谋的成分，成为消费文化与大众文化的一部分，为新型意识形态的崛起寻找一种掩体。这也是王朔由“狂欢”到“被招安”的基本逻辑。

如果回顾20世纪90年代中后期的当代文学图景，就会发现，王朔逐渐处于失语之中，与此相对应的，则是王小波的“被发现”。王朔的失语不仅仅是因为个人创作遭到了瓶颈，主要是到90年代中后期，以市民为主体的“个人生活”已经不再是某种“被遮蔽的空间”，它们变成一个被过度张扬的话语场，自身的繁殖和势力范围早已超越了小说所呼吁的空间，王朔的反抗失去了对应的空间，也就失去了有效性。都市中新的阶层——中产阶级正在诞生，他们不喜欢那种粗俗的，没有知识性与思辨性的市民主义，不喜欢那种感叹生活艰难并屈从于生活的行为，他们对此找不到共鸣与呼应。王小波的小说恰恰驱除了这种世俗主义倾向，虽然王小波也是以“狂欢”来构筑自己的小说结构（复调）、语言（杂语）、美学风格（怪诞），但是，他对语言及世界的把握能力，对历史、现实及对知识分子精神的思辨都显示了当代文学另外的可能性，这种对智性、思辨

① 赵勇：《大众文化》，《外国文学》2005年第3期。

力和对都市经验能力的要求，在某种意义上满足了中产阶级对自我的想象（从以后王小波的被时尚化可以看出）。“狂欢”叙事作为一种富于知识分子主体意识的革命美学而被涂上本体论的色彩，在这里，“狂欢”不仅是“喧闹”“破坏”与形式上的“解放与颠覆”，它还是复杂、多元的世界观和美学观，是传达知识分子精神的新型外套。王小波成为中产阶级和中产阶级文学的代言人，他生前在政治意识形态和主流文化那里所遭遇的禁忌也为其精神的分量添砖加瓦，同时，也成为90年代文学非常重要的美学倾向。

1998年，朱文、韩东所发起的“断裂问卷”又一次成为90年代文坛的“地震”，当被问及“这一行为是否意味着改朝换代”时，韩东给出了明确的答案，“我们所继承的乃是革命、创造和艺术的传统。和我们的实践有比照关系的是早期的‘今天’‘他们’的民间立场，真实的王小波，不为人知的胡宽、于小韦，不幸的食指以及天才的马原，而绝不是王蒙、刘心武、贾平凹、韩少功、张炜、莫言、王朔、刘震云、余华、舒婷以及所谓的伤痕文学、寻根文学和先锋文学”[①]。在这里，王朔、刘震云被排除在外，我想，这是对他们小说精神中世俗意识和市井文化的排斥与反对；而以余华为代表的先锋文学被排除在外，则反映了其对先锋姿态及其非历史性的质疑。“革命”“创造”“艺术”，在韩东这里，更多地指王小波小说中对意识形态的狂欢化书写和对艺术的把握能力，有一种“优雅”“知识性”与“复杂性”在里面，它与智力、受教育程度和某种幽默反讽的能力相关。新的阶层，新的“民间”正在诞生，这一“民间”不同于80年代的“民族之根”，也不同于王朔与新写实文学的“市民

① 韩东：《备忘：有关断裂行为问卷的回答》，《北京文学》1998年第10期。

生活”，它是一种精神的和小说美学的新“空间”，与主流意识形态、庙堂相悖，也嬉笑怒骂，它重新构筑历史，但却并不排斥理想或崇高，它为新的生活阶层与生活方式寻找一种相对应的表达方式。

这一“民间”的诞生与20世纪90年代中期以后都市化的高度发展和都市经验的发生相关，在更多意义上，它属于都市的“民间性”，是都市的日常生活、孤独人性的外现。“孤独的个人”形象被得到充分的阐释，但这一“孤独”不是沉浸在山野自然之中的孤独，而是“人群中的孤独”，是都市形象和都市化思维的一部分。90年代后期，“都市”已经作为一个具体可感的物质存在影响并决定着都市人的生活方式。破坏的欲望和狂欢化的倾向不仅来自社会的不公平，更来自一种莫名的情绪、孤独的情结与荒谬之感，加缪的存在主义在作家的都市体验中得到了充分的验证。[①]这些小说总是呈现出荒诞、怪异的狂欢化场景。徐坤的《鸟类》以广场上的塑像“思想者”的遭遇为典型隐喻，最后，腥臊难闻的鸟粪，盲流的肢解，妓女对“思想者”私处的抚摸使得“思想者”在广场的狂欢中成为小丑；韩东的《在码头》展示了生活的荒谬，当一群人浩浩荡荡朝派出所走去时，其场景、心态无异于一场狂欢节，每个人都摩拳擦掌，充满兴奋，但最后，事件的主人公却变成了局外人；李洱《午后的诗学》无疑是知识分子的狂欢节，此时，狂欢并非解放、颠覆或革命，相

① 存在主义哲学观最基本的特征就是把个体存在的荒谬性给展示出来，它体现为对个体存在的深度书写、对虚无美学的推崇及对政治意识形态的疏离，这不仅是一般意义知识分子批判精神的体现，也是欧洲工业文明下中产阶级社会意识与精神特征的基本表达方式。而这两方面，恰恰与中国20世纪90年代以后的生活景观、文化氛围、政治心态相吻合，它体现为作家对个体、孤独、异化、破碎、忧郁等方面的本体化书写。对这一部分的论述参见拙作《理性乌托邦与中产阶级化审美——对六十年代出生作家美学思想的考察》，《当代作家评论》2008年第5期。

反，他们在语言的狂欢和时代的“轻”中深深陷入精神的困境。

通过不断的实践与理论探讨，通过强化“民间立场”“众声喧哗的个人性”“颠覆特性”等与时代特征有暗合性的精神倾向，再加上大众，尤其是都市群体的参与，“狂欢”叙事终于被塑造成为具有现代性特征的文学的一个重要美学立场，并最终成为20世纪90年代精英文学的某种象征和标志。

但是，必须注意的是，大众语境下的“民间性”、狂欢化、革命精神，常常与同化、妥协一墙之隔，正如先锋文学和王小波后来成为一种时尚一样。孟京辉的先锋戏剧在如今成为都市白领青年的最爱，有固定的“票友”，他的《恋爱的犀牛》等婚姻系列成为他们的爱情指南和身份感的象征。王小波被都市青年与文艺青年所崇拜、所构造，同时，也被最大限度地消费。20世纪90年代，从王朔、王小波，到后来的60年代出生作家李大卫、李冯、韩东、朱文等，都主动成为文坛的“个体户”，并把自己的“辞职”作为真正找回文学自由、走向民间的象征行动，是与其怀疑、颠覆精神相一致的。①从现在的情况看，这一“象征意义”已经被打碎：李冯做了张艺谋的御用编剧，小说越来越少；朱文改行拍电影，倒也是艺术电影，小说基本不写；李大卫移居国外，曾经发表小说集《卡通猫的美国梦》，没有引起什么反响，多写些随笔。他们的文学事业非但没有获

---

① 韩东在一篇文章中这样看待自己的辞职，“的确，在‘自由撰稿人’的队伍中有一大批人是为了挣钱，他们的写作是迎合性的，敏感于供求关系，工作方式是批量生产。‘卖文为生’是他们努力的最低目标，更高的目标是发财和尽可能的利益实现。……我坚定地认为：今天比以往任何时候都更是一个‘文学的时代’。……至于我个人，既已选择了文学，同时就意味着脱离了体制或商业的管制。正是它使我获得了某种程度的自由，并尝到了甜头。也许这就是对某种‘精神实体’的品尝，滋味虽然苦涩，但妙不可言。我想说的不过是自由的魅力，它完全可能成为我们行动的依据，比如文学写作，虽然它很可能是极为个人化的理由”。《不是“自由撰稿人”，而是“自由”》，《山花》2000年第3期。

得拓展，反而多少走向萎缩。而另外一批写诗的人，也多成了深谙市场之道的精明的出版商。这正如戴锦华所言："90年代，大众文化无疑成了中国文化舞台上的主角。在流光溢彩、盛世繁华的表象下，是远为深刻的隐形书写。在似乎相互对抗的意识形态话语的并置与合谋之中，在种种非/超意识形态的表述之中，大众文化的政治学有效地完成着新的意识形态实践。从某种意义上说，这一新的合法化过程，很少遭遇真正的文化抵抗。"[①]

三、"身体狂欢"的僭越与困境

非常奇怪的是，人们可以接受先锋文学的性暴力，王朔的粗俗，可以接受《废都》的性放纵，尽管也反对它的赤裸和堕落，但是，当面对卫慧、棉棉的欲望化书写，面对朱文《我爱美元》的性爱伦理时，却表现出惊人一致的否定。他们触犯了什么话语而成为公众、主流文化、意识形态的普遍"禁忌"？在《性史》中，福柯认为权力并不害怕性，相反，性常常成为权力得以实施的手段。权力常常通过对性的种种压制和惩罚措施得到彰显。《性史》是一部性与知识关系的考古学，我们不妨也来"考古"一下，20世纪90年代的"狂欢"叙事为什么、何时演变为性的、身体的狂欢？爱情如何缩小为性？欲望怎样变为肉体？在这当中，大众文化、主流意识形态与文学之间如何博弈？它在什么程度上影响着90年代的文学方向与文学精神？

关于身体的叙事从"寻根文学"已经开始，《男人的一半是女人》《小城之恋》《岗上的世纪》《红高粱家族》等都是经典之作。它们作为"个人性"的隐喻被广泛地应用于"伤痕"叙事，"性"被纳

---

① 戴锦华：《大众文化的隐形政治学》，《天涯》1999年第2期。

入新启蒙话语之中，成为控诉当代政治史和展示个人被意识形态压抑的主要工具。《废都》中的性话语第一次溢出了这一评价范畴，这一话语机制无法解释庄之蝶的“淫乱”生活与作者近乎“失控”的性描写。我们无法探究贾平凹在写《废都》时究竟有没有考虑过市场的成分，尤其是在写“性”时，有没有故意渲染以试图获得眼球的企图，但是，从这场运动的结果看，市场很好地利用了这一“性”的狂欢，而此后《白鹿原》的开篇也颇有此嫌疑。“‘纯文学’这块金字招牌不再挂在文学创新的殿堂内，而是挂在文化集贸市场的入口处。在这一意义上，1993年可以看作文学史完成巨大转型的时间界碑。这一年有各种各样的‘纯文学’精品和史诗式的巨著和文学活动在社会主义初级市场一展风姿。……它主动或被动卷入市场，则不能不说是一个象征。即使像《白鹿原》这样的史诗式的巨著，也不得不在开篇使用七个女人的故事作为铺垫，它们与其说是出自探求中国民族文化的特殊内容的需要，不如说是进入阅读市场的必要标签。”[①]“性”充当了大众文化与市场经济的急先锋，这使得庄之蝶形象中所蕴含的超越精神显得暧昧、不清晰，并且，最终被困在“性/大众”与“灵魂/人文精神”的二元对峙之中，无法找到合适的安置点。

庄之蝶的“被困”在某种意义上象征了20世纪90年代知识分子“被困”的精神状态。《废都》所遭受的剧烈围剿最终使得文学/知识分子精神、文人/知识分子被迫分离[②]，这一剥离是当代文学的一大转折，自此以后，对文学的道德律令被解除。性与爱，文学与人文

---

① 陈晓明：《超越情感：欲望化的叙事法则——九十年代文学流向之一》，《花城》1995年第1期。

② 黄平：《“人”与“鬼”的纠葛——〈废都〉与八十年代“人的文学”》，《当代作家评论》2008年第2期。

精神成为两个平行的通道，互不承担责任。身体不再遭遇抵抗，朝着“边缘”与“黑暗”的地方运行，无限下坠，并且，这一“下坠”被视作是精神探索的深入与新的价值观的胜利，是一种对禁忌的超越与解放，是包含革命性的文学行为。从《一个人的战争》到《上海宝贝》，从《废都》到《我爱美元》，以远行寻找身体存在的女孩和颓废的知识分子形象渐行渐远，物质层面的身体本体浮出了历史的地表。身体狂欢与意识形态的禁忌形成紧张的关系，这一紧张关系所引起的兴奋激起大众“偷窥”和“越界”的欲望，它既是娱乐文本（欲望化叙述），同时也被当作政治潜文本来读（某种颠覆与反抗），津津有味、全身心投入地阅读达到如李泽厚所言的“对中心体制的有效的侵蚀与解构”。

物质的肉身试图战胜秩序，进而对伦理提出挑战，希望获得独立的存在，这无疑是对文明的基本边界提出挑战。个人与伦理，性与道德之间的界限坚固而无所不在，在此过程中，伦理与道德以其合秩序性打败了个人本体的存在，这种合秩序性既是习惯，也是社会成为可能的前提，试图打破这些无疑超过了人类精神和政治意识形态所能承受的地步，《我爱美元》尝试挑战这一禁忌，“我说爸爸，你一定要克服住你的心理障碍，那是不必要的，额外强加给你的。我说过，对我来说和像妈妈奶奶那么大的女人睡一觉，以及对你来说和妹妹孙女那样大的女人睡一觉，同样都是我们男人对自己的一次挑战。我们没有理由拒绝这样的挑战，我们不要让自己失望，也不要让别人失望。来吧，和你六亲不认的儿子一起做出个样子来，给他们瞧瞧”[①]。在朱文这里，人首先是一个有欲望的人，在欲望面

① 朱文：《我爱美元》，北京：作家出版社，1995年版。

前，无论是儿子还是父亲都是平等的。整部小说的叙事都集中于如何通过“嫖娼”使得主人公突破“父子”关系而进入“人”的关系，但是，从行文中可以看出朱文的苦恼，“我”带着父亲去找妓女是冒着“乱伦”的危险，因为一方面个人的存在与伦理道德，与整个社会的公共话语不相符合，“我”还没有做好准备承担这么大的压力；另一方面，还有一种潜在的“弑父”情结，一种令“我”苦恼的亵渎与超越的欲望。

在有关父子行动与冲突的叙述之后，僭越的可能最终受阻于金钱，朱文把问题转移给了外部，没有对问题本身做出任何解释，更没有完成对所谓“人”之存在的更深探讨。“这篇小说的叙述笔调既不赞扬也不嘲笑，是一种平面化的叙述。我想这样的叙述可以看出朱文的思考。但是他挑战的东西是一个太难的课题。他自身无法承担这个课题。他写完这个小说以后，负面效应我觉得大于正面效应，这样最终就没有完成对欲望的穿越。”①这段评论说出了大部分论者和读者的观点，从这里，我们看出，“性”仍然被要求承担基本的使命(这几乎是一种必然性)。福柯认为："如今性当然已不再是生活中的唯一秘密了，因为人们至少能表露他们一般的性趣向，而不必因此羞愧或是受到谴责。但是人们仍然认为，并且被鼓励来认为，性的欲望揭示了他们深层的本质。性不再是秘密，但仍是一种征候，一种对我们的个人性的最大的秘密的表白。”②反观新时期以来的性描写，从《男人的一半是女人》《岗上的世纪》到《一个人的战争》，

---

① 吴炫：《穿越当代经典——“晚生代”文学及若干热点作品局限评述》，《山花》2003年第9期。

②〔法〕米歇尔·福柯：《权力的眼睛——福柯访谈录》，严锋译，上海：上海人民出版社，1997年版，第9页。

性，的确仍然被作为一种文化的“征候”来表达，在这背后一定要隐藏着更深的秘密，才能够符合文化心理要求和文学的基本要求。到了卫慧、棉棉、朱文这里，性的意义缩小到身体本身。《糖》《上海宝贝》《我爱美元》既犯了政治意识形态的禁忌（身体狂欢所具有的颠覆性与不可控制性），也违背了20世纪80年代以来形成的文化思想模式（性是文化与道德的附着品），是对自文明以来已经被视为普遍性与必要性的知识谱系的僭越。“小说主人公试图建构一个新的自我存在，超越于伦理之外，达到自足的意义，但是，主体总是处于一种从属的地位，它们只不过是一些规范和禁戒手段的运作而已，不存在拥有自主权力的主体。”[①]这正是《我爱美元》中“我”的历史命运，最终，《我爱美元》中的性叙事仍然被作为肉欲的狂欢而遭到否定，即使肯定小说价值的论者在评价时，也把身体叙事作为令人遗憾的“缺点”来看。

本雅明在论及大众文化时认为：“通过新型的大众文化形式（电影、摇滚乐等），通过大众文化所执行的新型功能（心神涣散、语言暴动、身体狂欢与爱欲解放等）对大众革命意识与批判态度的培养，最终可以达到颠覆资本主义制度的目的。”[②]但是，这一“颠覆”并非都能有效完成。身体狂欢本身的暧昧，它对金钱、市场的膜拜，对纯粹个人性的迷恋显示了这一“颠覆”本身的可疑性。从马尔库塞的观点来看，这种试图把爱欲与性欲区分开来的要求，反而显示了工业文明中技术理性思维对大众的控制，因为此时，“爱欲被简化成了性欲，性已经被纳入了工作与公共关系之中”。在“狂欢”叙事

---

①〔法〕米歇尔·福柯：《权力的眼睛——福柯访谈录》，严锋译，上海：上海人民出版社，1997年版，第9页。

② 赵勇：《大众文化》，《外国文学》2005年第3期。

中，爱欲非但没有得到“解放”，其“被压抑性”反而被更清晰地显示了出来，卫慧、棉棉、朱文小说中“身体叙事”的遭遇反映了20世纪90年代意识形态的话语方式和大众文化之间这种复杂的存在。身体愈是狂欢，权力对其的规训性就愈为明显，这一权力既包含着政治意识形态，也包含主流的文化成规。而身体叙事本身所存在的“意义黑洞”，它与消费主义、大众媒介、后殖民话语等之间显而易见的合作关系，都会使爱欲的“颠覆”有可能转化为肉欲的“放纵”，并彻底消解“颠覆”所具有的内在意义。

由此，“狂欢”叙事作为一种美学方法和世界观，在中国当代作家这里，更多地表现为一种方法论。它所蕴含的“革命性”“颠覆性”在20世纪90年代大众文化语境下变得复杂、暧昧，从目前中国文学的状态来看，“狂欢”更多的是被大众文化“挟持”而以“共谋”的形象出现的，虽然它的“异质性”的确能够达到某种启示，但这种启示不足以形成有效抵抗，反而被“众声喧哗”所淹没。当代文学试图以巴赫金的“广场吆喝”和“狂欢式”来引起关注并达到某种独立性时，其外部环境的复杂及内部精神的不彻底性，使得这场“吆喝”和“狂欢”有加入、强化时代大合唱的危险。文学与外部环境的关系显得前所未有的微妙，不再是压迫/被压迫、反抗/被反抗的关系，更多的是以多元、杂糅、含混、相互利用、相互制约的方式出现。这些都使得90年代文学始终未能实现真正的突破，未能如80年代“先锋文学”“寻根文学”那样建立起自我的风格与精神内核。新的诗学方式正在酝酿，却又找不到根本的支撑点。90年代文学正是在这样的历史境况中开始了新的旅程。

理性乌托邦与中产阶级化审美：20世纪60年代出生作家的美学思想

本文所要讨论的20世纪60年代出生的作家，主要指那些成名于90年代，在文学理念、情感方式及美学思想上有基本共性，而这一基本共性又与其他代际作家有本质不同的作家，如韩东、朱文、李洱、毕飞宇、东西、鲁羊、刁斗等。实际上，考察自90年代中期以来的文学批评史，批评界所言的“60年代出生作家”大多也是指这一批作家，较少用来指称同是60年代出生的余华、格非、苏童他们，后者在80年代中后期已经成名，且被冠以“先锋文学”的头衔。但是，在“先锋文学”中，这批作家的“60年代性”已经开始呈现，或者说，由于中国当代生活的急剧变幻，共同的时代大背景（政治、文化、教育、思潮）成为深刻的原子嵌入出生于60年代的人，这一基本的底色酿造出有共性可寻的、不同于其他年代出生的人的世界观、哲学观及文学观，因此，本文对60年代出生作家的考察也会延伸到余华、格非那里，但只是为了寻找原点，因为真正的“60年代性”由于90年代大众文化的发酵而变得更加清晰复杂，也更有探讨的价值，它在韩东、朱文们身上体现得更为突出。

对于这一群体的理论命名，最具代表性也最富意味的无疑是“晚生代”[1]。论者是这样阐释的：“他们是当代生活的‘迟到者’，摆脱不了艺术史和生活史的‘晚生感’。”[2]“当代生活的‘迟到者’”？他们错过了什么样的“当代生活”？而什么样的当代生活才是当代生活？“迟到”意味着什么？这一判断很值得玩味，它几乎说出了60年代出生作家的基本特点，但整体的价值取向又有所偏差。毫无疑问，论者意识里的“当代生活”指的是中国20世纪50年代至70年代的红色政治生活和大历史生活，60年代出生作家错过的正是这样一段政治理想主义的激情生活。“什么是晚生代的共同经历呢？也许唯一一个共同的经历就是他们都是站在激情主义的废墟上，60年代的政治激情本身没有太大地影响他们，但是70年代中后期政治激情的废墟却成了他们成长的共同背景，在他们的成长中，激情、理想、正义……统统成了贬义词，他们失去了对这些正面词汇的理解力。”[3]因此，有人把出生于60年代的作家称为“红色时代的遗民”[4]。但是，也正是因为他们的“迟到”，使得当代

① 另外一个被普遍认同的理论命名是“新生代”，近来，批评家又在理论上对“新生代”进行了更为宽泛的解释，涵盖了所有20世纪50年代以来出生的成名作家，这就失去了理论术语所具有的约束性的根本意义，也使得整体论述变得空洞，没有明确的外延与内涵。其实，对于理论概念，不必要为了求全而失真，倒不如求真而舍全，更具所指性。吴义勤：《自由与局限——中国“新生代”小说家论》，《文学评论》2007年第5期。

② 陈晓明：《晚生代与九十年代文学流向》，《山花》1995年第1期。

③ 葛红兵：《世纪末中国的审美处境——晚生代写作论纲（上）》，《小说评论》1999年第4期。

④ 这一说法来自赵柏田的《出生于六十年代》，《书屋》1998年第3期。但这并不是赵的原创，因为赵在文中用引号引了起来。

文学有了新的开始，使得“60年代出生”成为一个具有审美意味的名词与可辨析的对象。本文拟从智性书写、理性的乌托邦主义、成长叙事、中产阶级化的审美观这几个角度，对60年代出生作家的总体美学特征及其文学史位置进行评析，进而对60年代出生作家的精神世界给以基本的描绘。

一、智性书写

智性，包括智慧、知识、思想、理性、技术、学科、知识分子、思辨等更具科学意识的词语。智性书写，意味着感性、情感、经验不再是进入文学世界的主要通道，它还需要丰富的知识，深刻的智性，对文学学科的科学性把握，它依赖作家的理性、思辨和对世界多个层面之间复杂关联性的认知能力。它告诉我们，小说是知识、科学的产物，而不仅仅是情感的产物。在某种意义上，智性书写需要作家学者般广博的思想与知识，需要作家以自己的智慧、知识给我们展示世界另外的可能性，但又摒弃了学者对世界的确定性，而致力展示其中的不确定性。这与50年代出生作家如阎连科、莫言、李锐们的感性写作完全不同。也可以说是当代文学观、美学观的根本改变。

知识性写作、理性思维与极强的哲学思辨性是智性书写的最大特征，也是20世纪90年代后小说范式的一个重大趋向，这主要表现在一批60年代出生作家如韩东、毕飞宇、李洱、鲁羊等人的小说创作中。对知识性的极高要求几乎是60年代出生作家的精神自律。阅读他们的小说，你不仅需要有关哲学、美学、历史的知识，甚至需要机械、服装、建筑等方面的专业知识，还需要具备充分的智性思维和与之对话的能力，需要一种对于复杂性的理解能力和辨析能力，否则，你很难碰触到这些作家的机智、幽默和反讽的核心地带。其中，李洱的小说最能够体现知识性写作的特征。在对李洱的论述中，笔者曾经论及这一现象，“各类知识的出场成为李洱小说最典型的特征（这也是百科全书式小说的最显性标志）。但是，知识在李洱小说中不止一个填充元素显示主人公背景或某种氛围，它是一种求知世界的方法，作家所致力的是在各种知识、各个事物之间建构起一种复杂的关系网络，展示它们之间的关联性，最终形成对事件、事物的某种认知。这对小说文体样式的形成产生直接的影响。……但是，知识本身或对知识的传播并不能成为文学本身，最根本的任务是探讨知识以何种方式进入叙事话语的，这一进入的方式最终决定小说意义的生成和文体的形式。在这里，‘关联性’是理解小说形式的一个重要词语。《花腔》中寻找‘葛任’（个人）的过程是一次声势浩大的福柯式的知识考古历程，所谓的历史叙事成为一次现代史的溯源，其目的不是为了求证，而是为了发现，发现现场，发现构成历史的哪怕最微小的元素。这使得小说人物、事物之间的关系前所未有地复杂”[①]。这一类似于“百科全书式叙事”的美学特征在韩东的《扎根》、毕飞宇的《平原》中都有所体现。有论者认为李洱“把一种实事求是的叙述精神引入了文学”[②]，但是，这只是一部分，对于中国当代小说而言，这一变化并非只是一般意义小说元素和小说文体上的变革，它意味着新的文学观、世界观的出现，小说叙事来源在这里发生了方向性的转折。

智性书写使当代小说美学元素的整体特征及表现形式发生了极大改变。首先，它改变了小说中的时空结构。阅读韩东的《在码头》《扎根》、李洱的《国道》《花腔》会发现，小说内部时间发展非

① 参见拙作：《新的小说诗学的建构——李洱论》，《山花》2007年第6期。
② 王鸿生：《被卷入日常存在——李洱小说论》，《当代作家评论》2001年第4期。

常缓慢，结构不是以历时的线性发展，而以共时的方式存在。在这种“共时性”结构中，线性历史观被否定，事物的存在本质并不是以进化论方式出现的，而是通过比较、关联、分析映照出来的。情节进展特别缓慢，作家表达价值观的倾向与愿望消失了，取而代之的是对现实及其复杂关联性的客观描述。因此，小说中细节无限衍生，并存事物被不断发掘。这也导致了故事在小说中地位的变化。在传统小说叙事中，故事是核心元素，有完整的开头、高潮与结尾，作家通过情节的跌宕起伏引领读者，并感染读者，启发读者。但是，在智性书写中，故事不再是表达意义的唯一手段，在许多时候，它甚至只是一个不断被打断、被遗忘的线索性元素。

如果把李洱、韩东、毕飞宇与20世纪50年代出生作家如阎连科、莫言、李锐等放在一起，就会发现，无论是在写作来源上，还是在对待历史的态度上，两者都有很大不同（这两种写作类型并不是完全对立的，而是说，他们进入小说的途径不同，依靠不同的资源、情感和认知方式）。对于阎连科们来说，感性、情感与故事是第一位的，他们通过描述来体现所要呈现的生活和意义。他们写作的题材常常来源于一个朦胧模糊却颇具意味的生活影像或事件，写出来是什么样子，他们可能并不清楚，因为他们依靠自己的感性与深刻的经验，依靠写作过程中不断迸出的灵感而不断扩散、延伸或逸出，作家根本无法预测，也不愿过于清晰地设定写作的最终目标。而知识性写作的作者则常常可能基于对一个问题的思考与质疑，他们是怀疑主义者，琐碎的社会现象、乏味的生活情景甚或一个人的爱恋动作，都可能使他们陷入哲学的、政治的深思或困惑之中，他们具有把一切本质化、普遍化与抽象化的嗜好，喜欢哲学沉思，微言大义，形而上，一语双关。这一点，从2000年出版的《断裂丛书》[①]鲁羊、韩东、朱文等人写的序里面可以清晰地感受出来。60年代出生作家大多具有良好的理论修养与思想储备，80年代思想大解放的“黄金时期”，这批作家刚好在大学读书，西方经典的美学、哲学、政治学著作，博尔赫斯、昆德拉等人的小说及文学理念可以说都烂熟于心，中国文学正处于现实主义的悖反期及现代主义思潮蒸蒸日上的时期，而错位的政治与现实生活无疑提供给作家思想的物质基础，这些都使得60年代出生作家有较为现代的哲学思想、小说意识及文体观念。这是60年代出生作家的长处，但是，却也有走向非文学性的趋势。最明显的现象就是作品的难以卒读。早期如鲁羊、李大卫等人的作品都有此种特点，李洱的《花腔》可以说创造了“难”文学的最高典范。另外，也会陷入对意义的过度追求与过度阐释。即使如回归传统叙事的格非作品《人面桃花》，“难”的痕迹也相当突出，但这也并不全是不好（这是另外一个问题）。

智性书写总是试图通过理性思考，在历史和文化中找到人的存在的坐标，试图展示人的生存是如何被规定的，是如何被约束的。在他们的小说中，对世界的智性思考成为首要的事情，这要求一种内在的准确风格，要求对事物、对世界有更为科学的认知，既要有对事物本体的认识，同时，也要对其在外部世界景观中的位置有基本的把握。在某种意义上，他们充当的是哲学家的角色，试图与加缪、萨特、卡夫卡一样，通过生活场景、人物角色给我们传达出人类普遍的存在状态，或揭示出人类历史的某种本质状态，充满形而上的哲学思辨意味。而如莫言、李锐们却总不由自主地朝着相反的方向出发。他们更

---

① 楚尘主编：《断裂丛书》，西安：陕西师范大学出版社，2000年版。该书收录了韩东、朱文、鲁羊等人的中短篇小说。

擅长于讲故事本身，讲具有“中国经验”“中国风景”的故事，人物与命运，在他们的小说里面，你能够清晰地体会到中国生活与中国性格，这一点与智性书写竭力追求普遍性与超越性恰恰相反。面对历史或社会文明，他们更多的是描述，描述生活状态、经验存在。对于莫言、阎连科们来说，“经验”“感觉”“超越”这些是其小说的主题词，感性在这里被发挥到了极致，所有的词语、情节与结构都用来表达这无以丰富的、神秘的感性世界。历史在这里是一团巨大的混沌，是模糊的与个体生存相对立的事物，他们并不想，或者在某种意义上，他们所拥有的知识储备也使他们没有足够的能力去挖掘历史更深的复杂性。但对于60年代出生作家来说，历史决然不是这样的“模糊”，他们的任务就是要在作品中尽最大可能挖掘历史是如何产生的，他们所试图要追问的是这一“产生”背后的“为什么”。在许多时候，这是一个学者或历史学家的任务，这也使得他们的小说几乎总是具有一种学理气质和思辨特点。这在韩东、李洱、何顿、刘继明等作家作品中都有非常明显的体验，即使如毕飞宇这样的主情派，也没有满足于感性的形象把握，而是试图在形象背后渗入对生活、人性的多方位理解。

不能否认，在20世纪60年代出生作家初登文坛的时候，也是以对个体性的强烈冲动与感性经验而入场的，这种新的感性特征被归结为表现“欲望化的生存冲动”或“个人文学感性”[①]，并且往往是

① 在《新编文史地辞典》中，编者这样判断20世纪60年代出生作家的创作特征，“他们以个人的体验和想象取代群体的意识形态和文化观念对于文学的主导性影响，进而彻底否定超越于个人文学感性的任何绝对化的形而上价值标准。在他们那里，写作是一种源于本能和欲望化的生存冲动，文学的使命仅仅在于提供一种存在的多样性证明，它并不是关于对象的解释，而是与对象合而为一的一种整体性存在。代表作品有《障碍》（韩东）、《我爱美元》（朱文）、《生活无罪》（何顿）、《都市新人类》（邱华栋）等”。王嘉良，张继定编著，杭州：浙江人民出版社，2001年版，第151页。

负面大于正面，否定大于肯定，这种判断几乎成为90年代以来文学批评界的主流声音。这固然有一定道理，尤其经过90年代后期商业文化与消费文化的洗礼，经过一批作家如朱文、韩东及70后作家如卫慧、棉棉等人创作的烘托，“身体”“欲望”“狂欢”这几个词似乎可能用来概括其全部特征。但是，这样的判断却忽略了创作主体背后强烈的理性冲动与学科意识。的确，从情感生长角度看，60年代出生的作家，其童年处于“理想破碎的年代”，个人性在国家意识形态的破碎中悄然诞生（这一点我在后面会详细论述），当意识形态的大一统性丧失后，个人的自在性突然成为一个哲学存在问题被显现出来，它更多地涉及身体、疼痛、性、欲望及其历史的冲突。随着90年代都市空间的扩张，金钱主义与世俗主义的强大冲击，随着韩东、朱文们强烈抒情风格与虚无意识的登场，这些个人性写作变得更加暧昧，难以辨认。但是，如果仔细阅读《我爱美元》《人民爱不爱桑拿》等作品，就会发现，在朱文、韩东的“欲望化叙事”背后，有他们对90年代整体生活，对消费主义、世俗文化、大众文化的相当超前的现代性批判与准确的文化判断，也有对政治、文化及社会生活的理性思考。可以说，正是他们的作品，使我们意识到新的中国生活对个人、对文化传统的挤压及一种新意识形态的生成（当然，因为风格过于强烈，也无意间兀显了负面的东西）。

为什么20世纪60年代出生作家表现出智性书写的倾向性？良好的教育，恰逢其时的西方之声，断裂而错位的时代处境，等等，只是生成原因，我们所要探讨的是，这一倾向性背后是怎样的世界观和哲学意识？它与中国的政治现实、社会现实又是怎样的关系？由此而形成的新的美学风格对当代文学、当代知识分子精神有什么样的影响？

二、理性的乌托邦主义

对智性书写的迷恋并非仅仅是20世纪60年代出生作家文学观的自变，这背后意味着作家的哲学观与政治观的巨大变化，它显示出当代中国政治生活与文化生活对作家的影响与创造。

其中最为明显的是理性主义的再次张扬。但与现代文学以来的启蒙理性不同的是，60年代出生作家们信任的是知识理性。18世纪欧洲文艺复兴以后，启蒙与理性成为思考世界的基本起点，就文学而言，最直接的变化就是从浪漫主义文学进入以批判启蒙为中心的现实主义文学，这一转化背后所支撑的是作家对世界的哲学观的转变，这一世界不再是那个充满象征的、神圣的和抽象意义的大帝国主义，而是一个在科学、资本支配下的可以掌握的规律世界，作家对自己认知与书写世界的能力非常自信。文学放弃此前的浪漫性、传奇性与戏剧性，以人为主体，从现实生活出发，重新思考人与历史，与世界的关系。“启蒙主义在摒弃以前的那种迷人的充满未知领域色彩的文学（一种理想和乌托邦世界的光怪陆离的文学）时，它使18世纪的想象世界贫瘠、它压缩削弱了这个想象的世界，使它干枯了。但是这种奇思幻想的减少有它‘积极的生产性’，这我们尤其可以从歌德的作品中看到，在新的现实主义中，这个世界的图像清晰了，它变得‘真切’而完整。到了18世纪下半期，在具体的地理意义和历史意义上，有了一种新的‘真正的时间’感和空间感。”①

对于十八九世纪的欧洲来说，这一“真切完整”的世界是相对于之前的上帝中心主义而言的，人找到了作为本体存在的意义，是文化内的一种嬗变与救赎。但是，对于20世纪初的中国来说，五四

①〔澳〕约翰·多克：《后现代主义与大众文化》，吴松江译，沈阳：辽宁教育出版社，2001年版，第256页。

新文化的启蒙运动是相对于封建帝制而言的，在打破一个旧的政治体制的同时，还必须同时想象一个新的具有意识形态意义的民族国家体制，因此，现代文学发生的初期就与政治紧密相连。这也使得现代文学中的“真切完整”的世界多是新的政治文化、新的道德体系的转喻，而随着马克思辩证唯物主义哲学理论的深入，随着当代中国政治对一体性的强化，这一“真切完整”的世界由文化想象走向政治现实，是一种必然性的逻辑发展。这也是詹明信所谓的“所有第三世界国家的文学都有寓言性”[①]的判断的来由。这几乎成为原型性意识影响，并制约着中国作家创作的深层思维。

在经历了政治激情与宏大叙事的破产之后，对于20世纪60年代出生作家来说，具有原型意义的“真切完整”的世界已经不复存在，世界的图像非但不清晰，而且模糊破碎到难以辨认的程度，他们认为这一破碎模糊的世界才是“真切”的世界。因此，质疑历史，并以自己的知识而不是情感，重新建构新的、具有“不完整”性的历史图景，成为他们最突出的特点。在这一点上，60年代出生作家所表现出的理性特征与现代文学以来的启蒙理性非常不同，我把它称为知识理性。启蒙理性和知识理性都旨在为世界寻找一种解释，前者倾向于以情感、经验、描述来实现对历史、现实的认知，它背后的哲学意识是对世界的确定性信念；后者则更相信知识，他们以自己丰富的学科知识来建构起“真实”的大厦，但是他们的哲学起点却是一种怀疑主义，他们的最终目的不是为了确定什么，而是为了发现最终的不确定性。这也是当代文学新的现代性的起源。就中国

---

① 〔美〕弗雷德里克·詹姆森：《处于跨国资本主义时代中的第三世界文学》，张京媛编：《新历史主义与文化批评》，北京：北京大学出版社，1993年版。

现当代以来的文学实践而言，以启蒙理性为起点的文学基本上是在构筑一个新的民族国家的文化形象与政治形象，在这个民族国家内部，人该如何生活、如何活着，等等，个人性的存在表现在人与历史、与国家的关系上。而以知识理性为起点的60年代出生作家则从解构出发、打破那种虚幻的“完整”之感，消解政治意识形态的遮蔽，从个体成长，日常生活出发重新塑造中国生活的“真实”图景。整体性的消失与意义的无限延宕不仅使小说主题具有新的特质——日常生活拥有了一种无限探索的神秘意味和诗学地位，也使小说叙事，无论是时间意识、空间意识都发生了质的改变，由此，文学中的中国生活不再是大统一的存在，而是以碎片的形式映照在个人生活的深渊中。朱文曾经这样说：“80年代先锋对世界的思索只能是一种徒劳无益的智力浪费，他们所念念不忘的，在‘晚生代’看来只不过是一种虚假的意义而已。”[①] 如果以此观点来回望中国现代文学，批判现实主义的文化理性与社会主义现实主义的集体理性几乎可以称得上是浪漫主义的，尤其是在其对认知世界的确定性、线性发展的历史观及对塑造“完整世界”的热衷上。

如果从叙事的现代性角度来看，启蒙理性与知识理性这两种叙事倾向的根本区别在于：前者始终沉浸在道德不能实现的焦虑之中，而后者则对道德本身进行形而上的批判与审视。这也正是20世纪60年代出生作家创作与之前的中国当代文学的本质差别。在“十七年文学”“寻根文学”“改革文学”等思潮的背后，总有一个基本的目的，即求证生活、历史的合法性，并试图把它们纳入一个道德秩序和明确的目的之中。在“十七年文学”中，这一道德秩序是政治意

① 朱文：《我爱美元》，北京：作家出版社，1995年版，第410~411页。

识形态的“纯洁”与“明朗”；在“寻根文学”中，这一道德秩序则体现为民族理想和精神的升华，小说所有的矛盾与冲突都蕴含于对这一道德理想的寻找历程之中。但是，在60年代出生作家这里，历史、民族不再具有集体性，更与道德无关，作者在小说中所致力的不是重建道德规范和“惩恶扬善”，而是阐述个人对生活、历史的观念和感觉。关于一个民族的理想及其理想失落的痛苦被迫隐为背景，或者干脆沦落为无。60年代出生作家以“否定性批判”为起点，否定历史理性和人的崇高、理想等代表正面价值观的名词，转而进入对“现实”的叙事、剖析或瓦解，让它呈现出前所未有的含义，这一“现实”即“当下的”“个体的”“日常的”生活。

当日常生活被人们从象征体系和道德秩序中拖出来，在太阳下暴晒，再重新审视，它又是什么呢？无非是一团无意义的、没有是非的、让人厌倦的乱麻。换句话说，它本身就是破碎的、非理性的，甚至非人性的，没有可求证的价值。而身在其中的“个体”，大多也是没有主体意识的“个体”。朱文们发现了日常生活的这种“未名”状态，这一“未名”状态不是充满意义，而是惊人的无意义，惊人的虚无与颓废，它不同于刘震云《一地鸡毛》中理想价值失落后的虚无和颓废，而是乐在其中、无知无觉的虚无和颓废（正如《磅、盎司和肉》中那个老太太运气之前的准备过程）。但也正是在这一意义上，“人”的存在处境被意外发现。正如加缪所言，当诸种背景崩溃，厌倦产生的时候，人也就有了觉醒的可能（《西西弗的神话》）。这是一个新的叙事空间，是作家在明确的哲学意识、理性思考指导下的产物，在这一叙事空间里所回荡着的是后现代的幽灵，是心理的分裂，是伪装的理想、丑陋的现实和碎片般难以拼合的图景，充斥着幻觉、恐惧、欲望和自我放逐。

这一理性的怀疑主义世界观表现在美学方面，即作家对虚构的放弃与对技术、知识的迷恋。20世纪60年代出生作家作品几乎完全放弃虚构，尤其是放弃那种带有传奇性的戏剧冲突，放弃经典小说中故事的完整、情节的冲突及命运的结局，而试图从“日常生活”中寻找对生活的合理性解释与个人的存在特性。“真实”“现实”这两个重要词语被重新定义。在这一“真实”下的中国生活是神圣之光消逝后的中国生活，世俗化，丑陋，暗淡，充满复杂的冲突与偶然的神秘感。他们更喜欢细节，喜欢实在的知识性阐释（我们依据韩东《扎根》里面的叙述甚至可以毫厘不差地建造出“父亲”的房屋，甚至在如鲁羊那里一些纯粹虚构的作品中也呈现出工笔细描的实物化真实），这种细节的本质化与哲学化倾向在朱文、鲁羊等人的作品中都有非常明显的体现，甚至显得卖弄与过于雕琢。与此相对应的，则是对技术化的迷恋。60年代出生作家都有非常明确清醒的文体意识，在许多时候，作家对形式与技术的追求甚至超过内容本身，李洱、刘恪、李大卫都是这方面的高手，为此，李洱、邱华栋、李敬泽等一批60年代出生作家还出过一本集子，从理论与实践探讨各种文本形式的可能性。[1]

从总体来看，20世纪60年代出生作家的主导思想有非常明显的理性乌托邦主义倾向，即一种认知理性的普遍欲望的倾向，事物观念趋向于物化、知识化，在创作中以抽象化、普通化、文件化、机械化为基本特征。这一理性的乌托邦主义虽然使文学保持了思辨的复杂性以及与世界内部存在之间深刻的关联性，却失去了文学另外

① 李敬泽，李大卫，邱华栋，李冯，李洱：《集体作业——实验文学的理论与实践》，北京：中国广播电视出版社，1999年版。

更本质的特征。巴赫金认为18世纪兴起的启蒙主义倾向于使整个世界贫瘠，它坚持“真实的世界”，却牺牲了古风、白日梦和奇思幻想。这是文学内容上的重大改变，以后昆德拉们的文学实践充分证明了这一“真实的世界”的丰富与智性，而理性的乌托邦主义则更往前推进一步，有点接近卡尔维诺所谓的“繁复小说”的特征。“我倾向于称他们具有一种积极的怀疑主义，像是一种赌博与冒险，不倦地努力，要在讨论、各种方法、各个层次的意义之间建立起关系来。知识作为一种繁复的现象是一条把所谓的现代主义和被定名为后现代的主要作品连贯起来的线索。”[①] 卡尔维诺紧接着对这种小说进行了辩护（也许他已经意识到其中的某些问题）。“我对于像一面大网一样的小说的辩护已经结束。有人也许反驳说，作品越倾向于各种可能性的繁复化，便会离开核心即作家自身、他内心的真诚和他对自身真实的发现越远。我想回答说，我们，我们每一个人，如果不是各种经验、信息、我们读过的书所想象过的事物等的复合体，又是什么呢？每个人的生活都是一部百科全书、一个图书馆、一份器物清单、一系列的风格；一切都可以不断地混合起来，并且以一切可能的方式记录下来。”[②] 在此意义上，60年代出生作家似乎是更严格意义上的现实主义者。但即使如此，当我们面对60年代出生作家的许多文本时，我们还是难以接受那种过于强烈的认知欲望，那种试图穷尽世界的理性欲望与文本中不断繁殖的细节与枝蔓。它们在使你深入思考的同时，也使你失去了某种自由，因为文本内部有

① 〔意〕卡尔维诺：《未来千年文学备忘录》，杨德友译，沈阳：辽宁教育出版社，1997年版，第81页。

② 〔意〕卡尔维诺：《未来千年文学备忘录》，杨德友译，沈阳：辽宁教育出版社，1997年版，第87页。

非常明确的逻辑力量引导你，迫使你认同某一观点。就文学内部而言，在许多时候，这一倾向不但没有使文本更加多义，空间更为宽广，相反，却陷入了抽象化与哲学化的单一之中，因为许多小说只不过是作者某种理念的形象化表述。

从当代文学的整体景观来看，20世纪60年代出生作家这种理性的乌托邦主义改变了中国文学以往的那种意象化风格，以一种物化风格，以类似于学科知识的机械化细节叙事把政治意识形态所要求的完整性与抒情性从文学中剥离了出去，从而进入对事物内部与本体的书写之中。这一写作倾向已经深深影响了当下的写作。贾平凹《秦腔》的那种“清明上河图”般的细腻与复杂，既受到了古典小说如《东京梦华录》的影响，也肯定吸纳了如李洱们的“百科全书式”叙事的拼贴法与关联法，李锐的《太平物语》一改《万里无云》中的抒情与意象化，用对“农具”的解读进入时代与历史之中，这些与韩东的《扎根》、毕飞宇的《平原》之间有某种风格的共同性。而对于更年轻的80后作家来说，这种物化与细节化则体现在对情感与生活场景的精确而又累赘的叙述中。当然，这一知识性、技术化与物化风格背后还隐藏着更深意义的新的意识形态特征，我会在后面进一步分析。

三、成长叙事

很多评论者都注意到，20世纪60年代出生作家特别喜欢以童年或少年视角写作。从余华的《呼喊与细雨》、苏童的“枫杨树故乡系列”，到东西的《耳光响亮》、毕飞宇的《平原》、刘庆的《长势喜人》，甚至在艺术上如姜文的电影《阳光灿烂的日子》、崔健的歌《一无所有》等，都是典型的成长叙事。通常，论者都把这一现象归结为“后文革记忆”，或另一类型的“伤痕文学”，并认为“60年代作家已经习惯于一种文学青年式的自我想象”[①]。这种说法有一定道理，因为“文革”正是60年代出生作家的童年或少年时代，它是作家童年记忆不可或缺的一部分，也是“伤痕”形成的基本原因。但是，笔者以为，这恰是现代文学以来个人性的再次觉醒，它既在一定意义上接续了“五四”的启蒙传统，但在新的历史条件与个人意义下，又有与“五四”启蒙主题不一样的地方。

个人性应该包含两个层面的关系：一是人与历史的关系，一是人与自我的关系。两个层面之间虽然并不是递进关系，但就文明发展史来说，后者的存在更被遮蔽。毫无疑问，中国生活中个人性的第一次觉醒是在五四时期。当五千年的封建制度崩溃，历史的天空不再从来如此，人与历史的关系、个人的所属性突然成为问题，“自由、平等、博爱”对于五四一代知识分子及民众来说，意味着个人可以与历史、国家、文明平起平坐，可以参与、表达并创造历史。人对自我在历史中的存在位置产生质疑并进行审视，这可以说是个人性第一层面的觉醒，也是大部分现代文学作家的历史意识。郁达夫应该是较早进入自我身体与情感内部写作的作家，但是，不难看到，在郁达夫的“身体叙事”背后隐喻着非常明显的民族原型，个人的身体疼痛与民族形象合二为一，身体的象征意义超越了物质的存在直接进入精神转喻，这无形中遮蔽了文本中个人性的本体存在，个体“精神的窄门”并没有真正诞生或完全展开。

可以说，20世纪60年代作家第一次产生了较为纯粹的“精神的

---

① 李敬泽语，朱小如，洪治纲，李敬泽等：《文学“瓶颈”与精神“窄门”——漫谈60年代出生作家及其长篇小说》，《上海文学》2006年第3期。

窄门”，这是哲学意义上中国个体的诞生，是在民族、理想层面上羽化出的充满疼痛的自我，精神的宽度与窄度在此汇合，错位的民族生活给他们提供丰富复杂的精神生成的渠道，形成深沉的冲突、矛盾、融合与对立。精神的“窄门”是“个人”产生的前提条件，也是人开始审视与自我关系的前提。其中最重要的就是对个体存在的敏感及疼痛感。就60年代出生作家的叙事资源而言，他们的少年童年正是“礼崩乐坏”的时代，造就了一代“怀疑主义者”，并且这一怀疑主义不只是在接受了西方启蒙思想之后才形成的，而更多是在生命成长初期民族命运给他们带来的情感上的深刻困扰。这一情感上的“疼痛”与“怀疑”要比后天的熏陶根深蒂固得多，很难修复。余华在《呼喊与细雨》中回到童年，并不是想寻找故乡与时代之间的关系，也并非为了批判，而是为了寻找身体的起源，这一身体包括成长、疼痛、生活及所有关于自我的秘密。苏童的“枫杨树故乡系列”以极其细致，细到让人心灵震颤的叙述写出了少年成长的情感苦闷与其中的人性世界。这是一个人充满着巨大痛苦的、惊心动魄的成长史，苏童让我们看到一个人成长的艰难过程，让我们感受到生命内部的波涛汹涌与丰富无边，这里面没有“文革”的身影，但却让我们看到一个破碎了的深渊，它倒映出时代的许多东西。对于中国文学来说，这种对内心生活的深度叙事是一个巨大的贡献：回到你自身，把目光投向自己，从个体的生命出发寻找时代的映像，而不是以时代的标准来衡量个体的生存价值。我们从出生于20世纪50年代末期的林白、王朔等人的作品中也可以看到这种成长叙事的影子。

在这一成长书写中，还有一个不能忽略的特点，就是青春期特性。个体的青春在破碎的民族激情中以格外紧张的方式成长，激情、冲动、痛苦、缺乏承担意识、破坏与摧毁的动力远大于建设与承担。

“晚生代的‘奔跑’则是一种抽象的生存方式，一种强迫症行为，一种无端的消耗感、隔阂感，是无法立定、停止、站住、守望、稳住的苦恼，在晚生代，他们不能在这个世界上找到定居的地点，他们无法在这个世界上停止于某个固定的地方，因为他们的世界‘尚未诞生’……”① 与20世纪50年代出生作家所经历的物质上的匮乏相比较，60年代出生作家所感受的大多是精神的疼痛与迷茫，在红色废墟与金色经济的快速交替中，他们无法找到思想的原点与稳定可信的价值体系，这使得他们的文学中一直有青春叛逆情结，以反抗理想的方式表达对理想的追求，以反抗纯洁、反抗爱的方式来传达对善与爱的向往。在某种意义上，正是因为有了“文革”这样的经验与巨大资源，60年代出生作家才能以更为本真的情感去感受、思考时代，使得他们的成长叙事呈现出独特的审美特质。这与现代文学初期感伤情调与理性精神同时并存的现象有着异曲同工之处。

对自我的关注，对日常生活的关注是中国文学重回世俗生活的标志。20世纪后半叶中国政治经济生活经历了从“神性”向“世俗”的坠落过程，50年代出生作家通过对文化的批判与对“世俗”的拒绝试图达到“神性”的羽化新生，而60年代作家则干脆放弃追求“神性”，从“世俗”中寻求新的支撑点，在承认人的“世俗化”要求的同时，批判人的存在性。既承认作为人的世俗性与自我性，又在对世俗生活的描述中寻找一种哲学的沉思，进入世俗与超越世俗之间有着双重的矛盾性。

但是，也必须承认，60年代出生作家的自我与个人性隐含着强烈的政治性，因为它是以抹杀人的“历史性”为前提的，尽管这种

① 葛红兵：《世纪末中国的审美处境——晚生代写作论纲（中）》，《小说评论》1999年第5期。

抹杀只是一种愤激之语，但它却实实在在地影响了作家文学创作的倾向性。60年代作家有非常强烈的弑“父”情结，这一“父”不仅指向政治意识形态的“父”，也指向思想精神的“父”。1998年朱文、韩东发起的“断裂”便是最为极端的表现，而在文学创作中，朱文的愤怒，韩东的反叛，李洱的虚无，东西的反讽，都试图抹去自己的“根”。没有精神上的故乡，找不到价值原点，找不到神圣情感与最终的皈依，他们的作品中没有上帝，也没有山野、大地。他们对民族的情感更多的是以解构与否定的方式出现的，虚无感太强。也正是这种强烈而决绝的对“政治”及一切大的话语的否定更加深了小说的泛政治主义背景。我们看到，60年代出生作家小说中的“个人性”总是处于一种奇怪的分裂状态。以韩东的创作为例。《扎根》是一部重回历史之作，有隐约的喷薄而出的东西，特别有历史感，有宽广的社会层面，也有深刻的个体记忆层面与整体生活的相结合，尖锐、疼痛，有灵魂的悸动在里面。但他的关于当代情爱伦理的小说《两个人》却显得简单、浮泛，一切都因为过于清晰而失去了模糊的空间。似乎可以这样说，这一代作家对纯粹的个人生活并没有更为深刻的感性体验，他们并没有纯粹个体被放逐之后的放纵、任性与虚妄，他们的身体始终挣扎在民族/个体、理想/自我之间，这是他们的宿命，也是他们的力量所在。作为“红色时代的遗民”，他们的生命自然容纳着更为宽广的情感，不管是痛还是爱，他们无法逃避大的情怀，理想、民族、历史，这些名词总是他们无法忘却的东西，他们以自己个体的身体在错乱时代无望地承载着它们，因此，显得特别悲壮，让人有特别的心痛。这一切都使得60年代出生作家并非如此前大部分评论家所认为的是纯粹的虚无主义者，虽然他们的文本从表面上看来似乎追求一种绝对的自由主义与解构主义，但在背后隐藏着很深的政治主义倾向，甚至民族主义倾向。

从这一意义上讲，60年代出生作家是反理想主义的理想主义者，反政治的政治主义者，反集体的集体主义者，这造就了他们的悲剧感、虚无感及难以摆脱的“神圣”意识。他们艺术的冲动来自生命的痛感，但这一痛感却又与“政治”息息相关，这是他们的局限性，也是他们独特的审美存在价值。

很多学者认为60年代出生作家的“不信”导致了他们的文学，尤其是小说的局限性。“长篇小说要从‘信’出发，如果不信那就没有写长篇的必要。现在的问题是，我们是否信？这对60年代出生的作家来说是个问题，他们是习惯性的怀疑主义者，就天性而言，他们可能更擅长于把整体拆成碎片，而不是想象和虚构一个整体；他们还习惯性地认为自己很有思想——种令情感休克的机智，他们拒绝对世界做出任何总体性言说，似乎这样就会玷污他们的思想贞洁，而如果我们不肯领会总体性的力量，我们当然就无从领会命运。”[①]但是，这个“信”字又是非常复杂的。“信”什么？国家主体、道德观念，还是宗教信仰？还必须有选择性。虚无与怀疑并不会在终极意义上导致不“信”，相反，它是通往“信”的必由之路，否则的话，这一“信”就不具备更高的价值。我以为，60年代出生作家的思维误区不在于他们的“不信”，而在于他们对“不信”的过于简单化理解。“不信”并不是“否定”或“摒弃”，而是一种辨析式的“批判”与终极思维的信仰化。

或许，60年代出生作家能够保持这种成长叙事倒是一件很好的

① 洪治纲：《文学“瓶颈”与精神“窄门”——漫谈60年代出生作家及其长篇小说创作》，《上海文学》2006年第3期。

事情，保持新鲜与活力，痛感与冲动，它使我们敏锐，使我们能够从个人成长的奥秘之中寻找进入世界的通道，它也意味着理想之火还没有完全熄灭，还有升华的空间与可能性，从另外意义上，正是这种矛盾、紧张、难以言表的思想情感，才从根本上决定60年代出生作家作品最终的复杂度与宽广度。

四、中产阶级化的审美观

无论是对智性书写的迷恋，强烈的理性乌托邦主义倾向，还是成长叙事中个人性的突现与集体性的衰退，在这背后，其实意味着中国经济文化生活中一个新的阶层的崛起，即中产阶级的诞生。20世纪90年代的知识分子们，包括作家在内，都有逐渐中产阶级化的倾向。所不同的是，60年代出生作家的中产阶级化更为自觉，已经转化为一种生活方式与审美原则，他们的中产阶级化既不同于前辈如50年代出生作家，更不同于之后的70后与80后作家，在这背后有这批作家极强的精英意识。

这样的判断必须非常谨慎，因为在当代中国的政治空间与文化空间中，“中产阶级”几乎是一个贬义词。翻阅一些相关文学批评，无一例外，都把“中产阶级”与“物欲”“享乐”“身体”“自私”等词语等同起来。[①]另外，恐怕也没有哪个当代作家愿意承认自己是中产阶级或具有中产阶级审美倾向。实际上，这些词语与“中产阶级”之间的关系存在着质疑与辨析的可能，而仅仅从贬义角度来理解中产阶级可能是一个非常大的误解，甚至可以说仍是毛泽东时代阶级

---

① 张清华，孟繁华等：《我们时代的中产阶级趣味》，《中产阶级的“身体”修辞》，《南方文坛》2006年第2期；向荣：《想象的中产阶级与文学的中产化写作》，《天涯》2007年第1期。

论的延续。从社会学上看，中产阶级主要指那些经济地位与社会地位处于资产阶级与工人阶级之间，受过良好的教育，具有较高的文化知识与生产技能，在观念上持民主与自由观点的人，它主要包括两大类人群，一类是专业技术人员（医生、律师、教师、新闻记者、建筑师等），另一类指公司、政府中从事脑力劳动的白领、政府公务员等。[①]从西方社会发展历史上看，中产阶级的出现恰恰意味着整个社会发生质变的开始：从农业社会结构走向工业社会结构，从宗教道德社会走上法治社会，中产阶级的大量产生非但不是负面因素，反而是社会稳定、民族整体素质提升的标志。而那些严肃的、有远见的中产阶级，尤其是中产阶级知识分子，总是自己阶级的“叛臣贰子”，不但质疑自己生活的合理性，而且批判的矛头也指向统治阶层。对于中国而言，中产阶级的形成与20世纪80年代以来中国生活的工业化、职业化、都市化过程是相一致、相对应的，具有中产阶级意味的政治观、生存观也逐渐出现。对于这样一种新的文化态度，批评家往往持两极观念，争论不休，也使得“文化研究”成为近年来的热学。如果抛开那些过于泛化的观念，从知识分子角度来看，90年代以来知识界出现的“身份危机”，存在主义哲学观的流行都在更深层面反映出中产阶级意识的崛起，这一崛起有其局限性，但也有不容忽视的独特性，而后者往往是我们所忽略的。我们仍然以60年代出生作家为例，而事实上，中产阶级化倾向在这批作家身上体现得最为突出，也更本质化。

20世纪60年代出生作家中产化的倾向首先表现在对自我社会角色的认定上。90年代后作家、知识分子对自己的专业指称是很有意

---

①〔美〕伊恩·罗伯逊：《社会学》（上），黄育馥译，北京：商务印书馆，1994年版。

味的事情。他们乐意于承认自己“专业技术人员”的称号（作家自称是“爬格子的”“手艺人”“写字的”），而对所谓“人类灵魂的工程师”之类的称呼则表现出不屑。在大部分批评里面（包括笔者早期的文章），都从否定的角度批判了这一倾向，认为是知识分子批判精神的衰退与否定精神的丧失。这样的判断有一定的道理，进入经济社会的中国越来越呈现出“中产阶级社会”的保守色彩，知识分子变得消极、虚无，不愿意承担更大的精神与责任。但是，从另一方面看，这或许是中国社会知识阶层意识进步的一个标志。他们试图从自己所属的“类”出发，寻找更为明确、切实的精神方向，这是新的社会责任感，摆脱政治意识形态所惯有的抒情性，而从理性、从专业出发探寻新的思想与美学的可能性，这种强调专业精神的责任感在道德普遍化的中国是极其陌生的。因此，也不妨这样说，90年代后期60年代出生作家的智性书写及对理性的普遍追求，既是文学在新的历史条件下寻求自变的体现，是中国中产阶级化与进入消费主义社会的主要反映，但同时，也是作家以新的话语方式重新叙述现代作家所提出的“启蒙”问题的过程。

20世纪60年代出生作家明晰的中产阶级意识，来自他们所接受的西方现代哲学与文学中强烈的中产阶级气息。他们最为迷恋的加缪、卡夫卡、博尔赫斯、昆德拉等都有着最典型的中产阶级特征，这反映在这些作家的存在主义哲学观上。存在主义哲学观最基本的特征，就是把个体存在的荒谬性给展示出来，它体现为对个体存在的深度书写、对虚无美学的推崇及对政治意识形态的疏离，这不仅是一般意义知识分子批判精神的体现，也是欧洲工业文明下中产阶级社会意识与精神特征的基本表达方式。而这两方面，恰恰与中国90年代以后的生活景观、文化氛围与政治心态相吻合，它体现为作家对个体、孤独、异化、破碎、忧郁等方面的本体化书写。对于60年代出生作家来说，他们喜欢加缪要远远超过喜欢萨特，因为前者对政治、历史是一种自觉的疏离状态，他们以美学的方式关注，保持距离，要有思辨与沉思的可能。正如李洱所言：“我喜欢加缪胜过喜欢萨特。在意识形态非常活跃的时期，萨特显然更能抓住人，他是‘介入文学’的代表嘛。但现在看来，你得承认无论是他的思想还是小说，都有些虚张声势的成分，带有强烈的意识形态特征。……萨特和加缪分手的原因，主要是因为对暴力问题、乌托邦问题的态度不同。加缪反对以未来的名义实行暴力，认为以未来的名义实行的暴力或者革命，只能导向更深的恐怖、专制和无穷的暴力。但萨特却认为加缪置身于历史之外。我想，萨特的《肮脏的手》和加缪的《正义者》可以表现他们的巨大分歧。”[①]在某种意义上，这一观点也正是60年代出生作家基本的政治观点与美学起点。

但是，西方的孤独与虚无有神学背景与宗教背景，它蕴含有更广阔的空间，这一空间隐现在小说的字里行间，人物、叙述与命运发展等方面。而在中国，却是世俗化背景与高度集中的政治背景，作家很容易把虚无单向化，总是指向对具体政治的反抗上，无形中缩小了“虚无”所具有的哲学深度与广度，这也是我前面所述的60年代出生作家有一种“反政治的政治主义”倾向的原因。这种世俗主义的和政治主义的理解使得当代文学始终难以拥有升华的力量，也无法达到具有普遍意义的虚无与哲思，而陷入对“伤痕”的控诉，或一种简单化的愤激。

在文学实践上，20世纪60年代出生作家的审美观呈现出非常明

---

① 李洱：《我喜欢加缪胜过萨特》，《大连日报》2005年6月21日B6版。

显的中产阶级化特征。深入思索毕飞宇、韩东等人的作品，可以发现，这些作家对历史、知识等都有极强的把握能力，个体意识与情感得到最大限度的发挥，对政治的批判与否定也是其基本主题，但是，一切都非常有节制。深而不浓，远而不虚，特别讲究分寸，讲究礼貌，有某种清洁，精神的清洁与身份的清洁性。作家对一切都明白，明白世事，通晓政治，但决不身陷其中，保持某种距离，在彬彬有礼的背后，有不易觉察的冷淡和漠然，这也许是因为，在这些作家的理念中，艺术的自我实现要大于生活本身，或者说，作家对艺术的自律更为自觉，他不愿意情感溢于艺术之外，而更愿意表现为一种控制力或张力。这是他们的职业道德，是职业修养的一部分。

毕飞宇的《玉米》《玉秀》等小说充满特别的温润，对情感特别体恤，他的文字犹如涓涓细流流淌进人的灵魂最深处，让人感到贴心、温暖，你甚至能从中感受到毕飞宇本人的形象：一个彬彬有礼、修养有为，有神圣感的作家。但作品缺乏一种内在的亲切，他爱他的人物，甚至疼惜，如玉米、筱燕秋、端方等，但这爱、这疼惜又是有距离的，作者决不会参与其中，因为那只是他/她的命运，还因为作者要保留审美的空间。整体来看，毕飞宇分寸感似乎过强，有点拘谨，好比墨还没有完全在砚中化开，有块状东西在里面，缺乏大的气象。《扎根》对历史距离的精确把握让人心生恨意，一双无形然而威严的大手在调度着文字、历史与记忆，一切都缓缓、有序地铺开，安排精当，在情感的背后有一种冰冷与过于严肃。与毕飞宇的“有情”相映成趣的，则是李洱手术刀般冷酷锋利的“无情”，所有的事物都能够进入审美的层面去理解、欣赏，并赋予它存在的价值，这使得一切都限于把玩，与事物的最本源，与文学的最高精神，似乎还有一定的距离。60年代出生作家唯一例外能够摆脱这种节制力与把玩感的人是朱文——这个都市里的“拾垃圾者”，与波德莱尔的气质有惊人的相似性。他是城市的游荡者，对看见的一切都心生怒气，有着强烈的批判精神与感性特征，但是，他又必然是城市中的一员，他的气质的所有来源都与城市有关，与他作为一个中产阶级的灵魂有关，正如本雅明评价波德莱尔：“他憎恨城市，因为他是这不可救药的城市里不可救药的一分子；他喜欢孤独，但是他喜欢的是人群中的孤独。”

20世纪60年代出生作家都有极强的精英意识。这一点他们一定不愿意承认，因为他们自认为是边缘的存在，他们愿意他们写作的生活与自身的存在是边缘化的，但这一思想恰恰又是精英主义的典型特征。同时，因为对知识、智性的过度追求，对微妙情感的欣赏把玩，在无形中强化了阶层差别，它培育了一批高雅、严肃、有较高审美力的读者，同时也拒绝了那些还停留在另外一种生活中的读者。这种小说中的阶层意识，在80后创作的物化风格中体现得更为明显。

从美学上看，这种对专业能力、知识修养、优雅情感的追求，无疑对人的心灵、对民族完美人格的塑造会产生积极的影响，但是，如果从意识形态、权力等层面来思考问题的话，这一美学观无疑又是它的巨大缺陷。“中产阶级与稳定的关系，颇似富裕与稳定的关系，一支庞大的中产阶级犹如普遍富裕一样，是政治上的节制力量。”[①] 中产阶级具有社会责任感，批判社会，追求自我，却不是浪漫主义者，他们遵循严格的现实主义。他们保持自己的独立性与批判精神，却不会让它影响自己的实际生活，他们的精神活动与现实生

① 〔美〕塞缪尔·亨廷顿：《变革社会中的政治秩序》，王冠华译，北京：生活·读书·新知三联书店，1991年版，第251页。

存区分得非常清楚，常常呈现出背离的趋势。在学术实践（包括文学实践）中，他们总是从现实社会的构成思索所有的可能性、关联性与复杂性，他们理解各种问题之间错综复杂的关系，这使得他们的革命往往显得不彻底、犹疑、自相矛盾甚至多愁善感。在许多时候，他们是社会稳定的“黏合剂”与思想自由的象征，他们的精神具有批判的自足性，却缺少冲击的力量。这既是60年代出生作家，也是中产阶级时代所有学术所有知识无法摆脱的困境。

非常明显的趋势是，60年代出生作家正在走向古典主义，这一古典主义倾向不仅表现在作家语言与文体的回归上，也表现在对传统道德、民族国家的理解方面，这一技术形式与文化心理的双重回归无疑有着极强的文化保守主义倾向。与此相对照的，则是50年代出生作家却以极其华丽怪诞的浪漫主义风格走向了自由主义的道路，批判之猛、想象力之丰富达到了极致，但在某种意义上，这一自由主义风格的策略意义要远远大于实践意义，因为50年代出生作家在理论与思想层面，要相对弱于这一批作家，因此，也使得文学显得概念有余，复杂度与深刻度却要匮乏一些。但是，笔者以为，不能轻易判断哪一种写作更能代表未来，因为文学从来都在不断创新中实现自己，而人类存在、人类情感也正是在这不断创新中得以更深层次的表现。

小城镇叙事、泛意识形态写作与不及物性：20世纪70年代出生作家的美学考察

20世纪70年代出生作家在当代文学景观中留下的第一个身影虽然鲜明，却并不那么“光彩”，卫慧、棉棉的“欲望化写作”、另类的个人行为及其“恶俗”的文学炒作方式，几乎成为消费文学与都市“恶之花”的代表，而她们“流星”式的文学生涯似乎也证明她们的文学观所存在的问题。这些都为70年代出生作家的“出场”留下阴影。但不管文学史如何评价“身体写作”，棉棉的《糖》和卫慧的小说具有一种无法被忽略的异质性和代表新的可能性的美学因子。在这之后的十年中，逐渐步入中年的70年代出生作家却集体“沉默”，活跃在文坛上的大部分作家，还没有哪个作家如前辈作家莫言、贾平凹、李洱、毕飞宇那样能够以个人修辞建构起属于自我的精神风格。或许，他们身上具备的新的特质与倾向并不被挑剔的批评家和文学史家感知，也因此对他们的作品总会有忽略与误解。但

是，毫无疑问，这与作家自身主体性的模糊、文学观的偏差和世界观的限度有很大关系。而作为一种文学现象与文化问题，70年代出生作家创作与90年代社会的多层次分化，与后殖民文化、消费文化的兴起，与当代文学发展趋向之间复杂的纠缠关系，也值得探究。

一、身体写作与新都市意象

从整体层面考察20世纪70年代出生作家，一定不能绕过卫慧、棉棉及90年代中后期“红透”文坛半边天的“美女作家”们。关于她们，批评界已经说了很多，笔者并不准备在这篇文章中仔细论述，而把分析重点放在之后更为普遍化、常态化的70年代出生作家们，但是，后者与她们之间又有着谱系学上的联系，这也使得对一些本质的关系与影响进行简单梳理很有必要。

关于卫慧、棉棉“身体写作”的场域，最典型的就是陈思和先生的一个判断，“这些‘问题孩子’所面临的生存环境，正是这十多年来致富阶层形成过程中无法回避的精神空白与欲望泛滥所造成的。在她们生长的年代里，中国社会……正由极端压抑人的本能欲望的政治乌托邦理想逐步过渡到人的欲望被释放、追逐，并在商品经济的发展中被渲染成为全民族追求象征”[①]。“致富阶层形成过程”也就是新都市的形成过程，这一“新都市”被模糊了其新型意识形态性的存在，而成为个人、金钱与新的自由的象征地，它以其张扬、感性、时尚、现代滋生着新的生活方式与精神追求。卫慧、棉棉无疑是最早触摸到新都市脉搏的作家，她们的成长、自我塑造、生活方

① 陈思和：《现代都市社会的“欲望”文本——以卫慧、棉棉的创作为例》，《小说界》2000年第3期。

式及其问题是“都市”的雏形与缩小版，与“都市”的内在形象是同构的，是资本化与中产化时代来临的预告。身体的躁动与不安正是“都市”的躁动与不安，“都市”以“身体”伪装自己，并悍然出场，它不是理性的产物，正如新感觉派笔下的旧上海一样，它以直接的生理刺激为特征，是速度的、眩晕的，让人厌恶又具有强大的诱惑力。

但是，作家本人并不认同这一归结，他们更强调“身体写作”所具有的个人性与美学意义。当有人说棉棉是“欲望化写作”或“都市写作”时，棉棉非常气愤地回答道：“我想这‘身体性’指的不是欲望和感官，而是指一种离身体最近的、透明的、用感性把握理性的方式。”[①]“用感性把握理性”，这可以说是新的美学宣言，它所意味的不仅是语言风格的变化，也是书写领域、书写方式及文学价值起点的变化。棉棉的《糖》以“身体”的乌托邦为我们塑造了一个挣扎在爱与痛之间的问题少年形象，让人震惊的不是作品主人公无法抵制的吸毒与欲望，而是那有着无穷疼痛的身体，它那么单薄瘦弱，却又那么渴望爱与抚摸，它的精神是如此地与生理紧密相连，这是之前的中国小说所没有的。除了卫慧、棉棉、周洁茹的创作之外，尹丽川、丁天、冯唐等都是典型的用“感性把握理性”写作。尹丽川以尖锐、略带点思辨的诗歌或小说叙事，把青春的身体躁动与成长之间的关系刻画出来。冯唐的《十八岁给我一个姑娘》《万物生长》、陈家桥的《南京爱情》等，则有一种喧嚣的、性感的、混乱的美感与叙事的张力。他们的文字往往能激起一种越轨的特殊快感，他们对人性禁地、文明暧昧处的深入探索与大胆书写，的确

---

①《棉棉访谈：写作的“身体性”不是欲望》，《光明日报》2000年5月10日。

为我们提供了新的思维空间。

回顾20世纪90年代以来的文学，可以说，由卫慧、棉棉所引起的身体写作思潮是最有力量、最值得思辨的文学事件与文化事件。这些小说蕴含着一种深刻的不安，这种不安既来自个人心灵的焦躁与紧张，也来自现代社会给其的挤压与诱惑，它是一种病症的征兆，揭示了这个时代的内在情绪，有着很强的文学隐喻性。传统的道德体系无法装置后殖民语境下新的欲望，无法回答新都市生活方式中所产生的千奇百怪的种种问题。“身体”以其本体形象进入了文学，进入新都市生活，成为一种政治学，以具有冲击力的美学形象揭开了沉默在中国文化深层的肉体，同时，也以其与新型消费文化极其暧昧的关系而进入都市生活的内部逻辑。它含有青春文学的特点，却比“青春”的边界更大。在某种意义上，它们为当代文学开拓了新的叙事空间。每个时代都会有这样的开路先锋的存在，虽然历史、文学的发展会最终抛弃它们。

当然，这是就纯粹意义而言。棉棉的宣言及身体写作具有这样的革命性和美学超越性，但只是可能。当这一形式与主流意识形态、消费主义、“后殖民”背景及新的传播方式纠缠在一起时，意义就显得芜杂，并且常常改变原有的方向。从身体写作实际发展的脉络来看，从卫慧、棉棉到周洁茹、金仁顺们，再到21世纪初轰动一时的木子美的性爱创作，具有复杂意义的身体已经被简化为肉体，欲望被描述为性，自由与个性成了滥交的保护伞，“欲望化写作”取代了“身体写作”，成为当代文学上最富暴力色彩的写作美学，“广阔的文学身体学缩减成了文学欲望学和肉体乌托邦”[①]。当“深刻的不安”变

① 谢有顺：《文学身体学》，《花城》2001年第6期。

为一种文化、阶层的炫耀与消费的资本，它所具有的潜在的启蒙意义、革命性也被消费社会所吸收。“身体写作”这种“意义值缩小”的倾向表达了70年代出生作家摆脱道德、秩序、历史，强化自我存在的强烈愿望，但也恰恰由于此，“身体”开始变得苍白。当所有的反叛、颤动、黑暗及丰饶都变为理所当然并且沾沾自喜的展示，它的先锋性、启发性也即丧失，因为缺失了思辨与矛盾，也就没有了探索与追问的可能。

卫慧、棉棉的身体写作与木子美等人的性爱书写，与之后网上过于低俗的性描写的泛滥，三者之间是在什么意义上具有关联性，是值得探究的问题，否则，“身体写作”将永远被这一堕落的“果实”压抑并且无法翻身。从这个意义上讲，“身体写作”的被否定对20世纪80年代以来的女性主义叙事是一次沉重的打击。身体革命是20世纪后期最重要的政治革命，而女性主义书写是其非常重要的一个支脉。从王安忆的“三恋”，到陈染、林白的“身体叙事”，女性在不断寻找进入历史语境的途径，卫慧、棉棉从身体本体学的角度重新阐释了欲望的存在及与社会政治、文明之间的关系，这可能会是新的探索的开始，但是，当这些被过分放大并且以另一种形象出现时，其对女性历史存在来说已经失去了意义。从个人化叙事，到下半身、欲望化，再到“性爱日记”，身体叙事一步步远离了意义与女性存在，而变成了庸俗社会学的符号象征。

二、小城镇叙事

与卫慧、棉棉笔下那流光溢彩、金属味极浓的都市意象和强烈的感性特征所不同的是，稍后的20世纪70年代出生作家，如戴来、鲁敏、金仁顺、张楚、乔叶、葛水平、田耳、徐则臣、李浩等人，他们笔下所书写的大多是小城景象与小城人生，那种尖锐、富于冲击力的文学质感也变身为温柔敦厚、平和冲淡，即使偶有“逸出”，也只是无伤大雅的点缀，这不能不说是一个极具意味的现象。这一现象并不是因为作家对“名声败坏”的“身体写作”的回避，而是作家生存场域、写作场域与美学体验的特点所决定的。这些作品有一种小城镇意味和小城镇美学特征。我以为，目前为止，这一美学风格才是中国70年代出生作家的常态与基本样态。这样的说法会产生某些疏漏，但依此，却能够说明一些深层的问题。

随着20世纪80年代以后中国经济制度的变化，社会组织结构也在渐变，小城镇逐渐崛起、壮大并发挥重要作用，所谓的乡村城市化，其实是乡村城镇化。这样的内陆小城和小镇，普通、庸常、相对封闭，它既不是乡村，但又存留着乡土社会的某些特征，譬如生活方式、道德观念，仍然是一个泛化的乡村形态；同时，它与大都市又有着本质的区别，卫慧、棉棉们所感受到的“纸醉金迷”和强烈的消费欲望，在小城镇中还只是某种暗示与渐变，对小城生活与心灵并不具备强大的震撼力。正是处于这样历史时期的小城镇与城镇生活哺育了新一代作家，当前活跃在文坛上的70年代出生作家们大多出生在中国内陆的小城镇。在平静的成长过程中，他们所看到的就是房屋前面的那条小巷，那条通过学校的街道、小河，以及散落在历史角落的各个普通的家庭和普通的人生，而感知外部世界的方法最多也是通过喇叭裤、三毛、琼瑶、迪斯科等局部的事物。可以说，当80年代的知识分子在如醉如痴地吸收学习西方思想并借以批判中国政治与社会现实时，还只是少年的70年代出生作家则如醉如痴地阅读来自港台的琼瑶、三毛、金庸，并沉湎于一种自我营造的感伤和对传奇的向往之中。

对于“历史”“社会”这两大名词，20世纪70年代生人是通过学习而得来的，是书本上的知识和家人的闲谈，哪怕是中国当代政治史上并不遥远的“大跃进”“文革”“三中全会”“联产承包责任制”等，在他们那里，也只类似于传奇，与他们的童年、少年的生活和情感都无关。与此同时，中国的教育体制也初步完善，70年代生人在系统的教育中完成自己的学业，没有任何“节外生枝”。他们被大历史遗忘，也由于最后一代多子女家庭而被父母遗忘，他们循规蹈矩，是父母的乖孩子。由于寂寞，他们敏感于自我心灵的触动，忧郁、内向，自我咀嚼的能力特别强。因此，70年代出生作家难以产生如50年代出生作家那样的土地意识与大地情怀，也没有60年代出生作家与历史之间尖锐而深远的冲突和知识分子情怀。他们无法触到现代政治与历史最为核心的精神部分，也无法感受到拥有大地的那种厚重与深沉。他们“生活在别处”，所经历的、能够自动成为写作资源的只是朴素、普通、平淡的小城镇的日常生活，面目模糊的、乏味的、很难进入历史话语系统的那一部分人类存在。

“请设想有这么一座城市，它在中国，它在此时，它不是一座辉煌的大城，它是中国上千个平庸的中小城市中的一座，由于不大，还不曾狂热地超出自己，所以它比较真实——‘真实’的意思是它没有那种梦幻色彩，它和它的过去还保持着联系，比如对历史、乡村的记忆；它是灰色的、暗淡的、沉闷的，所以它总是被外面的世界所吸引或惊吓。——这个城市是戴来的，是她写出来的城市。”[①]与上海、北京或一些大型的、现代的城市相比，“这个

① 李敬泽：《短论戴来》，《山花》2003年第10期。

城市”或许用“小城”来称谓更为恰当。小城，不像都市的庞大与冰冷，生活在其中的人有一种家园之感，因此有爱与宽容，其中的变化也多以“世道人心”来衡量，而它的破败本身也为叙事和回忆增加了温馨的成分。戴来的大部分小说如《亮了一下》《别敲门，我不在》等都有“小城”的意象，虽然多是失败的人物与人生，有点残酷的意味，但却与“小城”的乏味、平淡相一致；魏微为《大老郑的女人》《尖叫》加了一个“小城系列”的副题，作者对小城的移风易俗、道德秩序都有极为准确的把握；张楚的小说如《大象》《刹那记》等大多书写“镇上”的小人物如何艰难生存并最终相濡以沫，除了对社会不公平做委婉的讽刺外，也蕴含着对传统道德观的致敬；徐则臣通过一个敏感、内向的少年塑造“花街”上的人生；鲁敏在《思无邪》《纸醉》中会说“我们东坝”怎样怎样，因为在鲁敏那里，作为小镇的“东坝”像家一样，对那里的一草一木都熟悉，有情感，“东坝”是作者心中的社会形象和生命形象。

对小城镇日常生活与人性进行想象与建构成为20世纪70年代出生作家鲜明的美学特征。在缓慢、略有些黏稠的语言流动中，作品中的人物似乎生活在某个亲切而又朴素的小城，无奈而又惯常地与家人、友人、爱人重复着一天天的生活。作家在字里行间透露着对家庭、亲情的看重，在这里，人性是克制的、日常的，情节的设置也非常节制，一切都点到为止，没有声嘶力竭，没有奇怪而肤浅的巧合，没有宏观的政治隐喻，只有时间在慢慢流动，生活呈现出简单而复杂的形态，一切都耐人寻味，最终，故事在辛酸、感动、谅解或宽容的温暖中结束，正如有论者评论张楚的作品，“他的书写特点在于他作为叙述人的耐心，他会不厌其烦地书写日常中的细部生活，直到它们闪现出我们平素不易察觉的亮度”[①]。正因为如此，70年代出生作家练就了卓越的对细部事物的表达能力与叙事能力。这对他们来说是一种天然的力量，因为他们生活的历史语境就是琐碎的、日常的。他们对人性、生活的微妙之处领会得格外深刻，对个人生活内在情感与内在情绪的体味有极强的表达能力，这些往往成为小说的闪光点。作家也特别重视自己的这一能力。

他们的叙述对象多是普通的、无特征的小城人，不具备现实主义中的那种典型性性格或现代主义的符号化性格，是毫无特殊之处的小人物（也不是《公务员之死》中那类被压迫与剥削吓坏了神经的底层人物），生活不好不坏，人物性格有弱点也有优点，即使是一个全没有优点的人，也能获得作者的谅解，在这里，一切都是节制而中庸的。与20世纪60年代出生作家如李洱、朱文笔下“日常生活”的符号化、荒诞化及概念化不同的是，他们书写的“日常”生活是真正的日常，柴米油盐、吃喝拉撒，家庭在困顿或纷争中分分合合，少不了谈情说爱，而必然的外遇总是在委委曲曲中自行消失或平稳实现。在这当中，人生的某些趣味、人性的某些幽微之处被阐发出来，通常的情况是，传统的人生观、道德观占了上风，有着朴素的温暖与辛酸。对于这样的小城生活与小城情感，70年代出生作家是作为一种温暖的存在与细致的人生体味来写的，充满着真实的温暖与疼痛。

小城镇与小城镇叙事是自现代以来文学中非常重要的地理空间和叙事起点，师陀的《果园城记》、萧红的《呼兰河传》、鲁迅的《祝福》都有明确的意象。小城或小镇，既是主人公生活的具

---

① 张莉：《沉默的新锐》，《信息时报》2008年11月30日。

体场域，有独特的地域、风俗、人情，同时也是整个民族现实的文化风貌与生命状态，有明确的整体性和隐喻性。《果园城记》中的“果园城”的形象与“城主”魁爷的地位、性格及历史命运是同位的，后者是前者隐喻的存在。当代文学以来，文学中的地理空间多集中在“乡村”或“都市”两极，而对处于“过渡”位置的小城镇及其在中国生活的重要性却没有充分的认识，很少以它为小说的内部场域。就中国的社会结构而言，“小城镇”存在正处于最富历史性的时期，介于传统与现代、乡村与都市、农民与市民、坚守与抛弃之间，是一个“中间物”，也是中国目前各种复杂矛盾的最基本载体。20世纪70年代出生作家的创作可以说弥补了当代文学经验的这一缺失。魏微在《异乡》中以沉思式的叙述书写了一个无家可归的“打工女孩”，既展示了城市生存新阶层的情感及生存状态，也把“吉安小城”的失落与保守细微又准确地刻画了出来，《大老郑的女人》“写一个小城80年代以来的风习演变，写时代的讯息一点一点具体落实到这个古城的日常生活中，写这个过程中的人情世故、人心冷暖，人事和背景是不分前后主次的，你可以说小说的主角是大老郑和他的女人，也可以说是‘我们’，更可以说是这个小城。从这个小城，你会想到沈从文笔下的湘西、萧红笔下的呼兰河……”①

但是，颇为遗憾的是，70年代出生作家对“小城镇”的历史存在与本质并没有深刻的理解，较少的历史叙述，没有整体的意象，与地理、历史、文化无关，只与个人的存在、具体的情感、事件相

① 张新颖：《小说精神的源点·生活世界·现代汉语创作传统——林建法编〈2003中国最佳短篇小说〉序》，《当代作家评论》2004年第2期。

关。人物飘浮在时代表层，是孤零零的形象，没有背景和空间，“历史”全面隐退，保留在文本中的只是“‘现在进行时’的非历史性的成长”[①]。魏微对短篇小说的把握较好，但是长篇小说却很少能够有大的隐喻。《一个人的微湖闸》开头对微湖闸的叙述，对水利大院人情之间的洞透都似乎预示着一个大的作品的出现，遗憾的是，作者很快就陷入了对人物命运及性格书写的迷恋中，“微湖闸”真的成为“一个人”的微湖闸，因为此时的微湖闸只存在于作者个人的经验和回忆中，没有延伸，所有的意义都被限制在个人的时间与维度之内。另一方面，在小城背景被虚化的同时，一些具有恒久意味的东西呈现了出来，如人性、情感等，它们似乎与“小城”无关，与历史、环境无关，“小城镇”性格所造成的人生与人性成为无背景的纯粹之人性，它超越了时代背景与具体的历史存在，而具有普遍性。这里面有一个概念上的置换，也是70年代出生作家有意的美学追求所形成的特殊意味。

三、“唯美”“温暖”与泛意识形态化的写作

一个值得注意的现象是，20世纪70年代出生作家普遍表现出对“唯美”“温暖”美学风格的热爱，而在这背后，是作家“退隐”精神的外现和文本传奇化的倾向。作家过早地表现为一种淡定的态度，对自己的文学审美和世界观从容、肯定、确定无疑，所书写的世界内部也有小紧张、小冲突、小疼痛，但最终都归为平淡、超然。作

---

① 李敬泽语，“历史在‘七十年代人’那里全面隐退，我们看到的是‘现在进行时’的非历史性的成长。历史不在，却是令人不安的寂静，‘七十年代人’承受了这空虚的重负，他们在小说中义无反顾地成长，哪怕‘成长’成为迅猛的苍老”。《穿越沉默——关于“七十年代人”》，《当代作家评论》1998年第4期。

家对文本的安详与平静状态的营造几乎到了暮色苍茫的地步，将明未明的黎明，将暗未暗的黄昏，一切都平和、宽广，极富包容力和理解力。

我想以安妮宝贝的创作倾向为例子来谈这一问题。安妮宝贝的唯美、哲思具有较为明确的“读物”风格，走的是大众与通俗的路子，与魏微、鲁敏、金仁顺、朱文颖等人有着不同的精神倾向。但之所以把安妮宝贝作为个案来分析，是认为魏微等一批优秀的70年代出生作家作品中包含着“读物化”的倾向性，和安妮宝贝的作品在不同层面有着同质性，而作家并没有意识到这一点。

毫无疑问，安妮宝贝的《莲花》《素年锦时》等小说非常优美、文雅、纯净、感情细腻，兼带对生命内部的思索和追寻，如一条河在缓缓流动，让人沉浮于其中，如同做了一场略带感伤的春梦，也涤荡着人的灵魂。安妮宝贝展示给人的形象干净、纯洁，有着棉质的柔软、舒服，但绝不是田地的那种粗粝的棉，而是经过高科技加工的、细致的、优雅的、艺术品式的棉。这种文字与作家形象有相当大的诱惑力，她给忙碌的都市白领们提供了渴望中的安静与高尚，渴望中的传奇，再加上作家那模糊却神秘纯洁的脸，无一不为文本增加魅力。在一般意义上，这种写作本身并无可厚非，它能够得到所有人的共鸣，因为即使最激进的知识分子，在现代的日常生活中，也是被围困在平庸而乏味的海洋中的，寻找一点轻松、一种纯美几乎成为一种物质需求。而对于70年代出生作家的整体生存处境来说，这种孤独而完满的追寻，这种略带颓废的自我放逐是对自身历史位置非常恰切的隐喻。“安妮在诸般差异中耐心发掘三人殊途同归的隐秘轨迹，或许是想代言一代人的处境。在现代或后现代城市生活中波折重重，兴致耗尽，终于决定折返，自甘放逐于边缘，我想这肯定只是一代人中极小一部分，他们在荒凉、诡异、静美、似乎外在于历史的极地风物中得到人生的教训，最终降卑，顺服于神意的崇高和威严。”①

作为同样20世纪70年代出生的人，作为少年时代迷恋过金庸、琼瑶、三毛的人，笔者也喜欢安妮宝贝的文字，从中可以感觉到共同的文学启蒙背景，纯美的爱情，高尚的心灵，忧郁俊美的男女主人公，撒哈拉沙漠式的传奇爱情与传奇人生，还有金庸的武侠世界，它贯串70年代生人的整个少年时代。但是，即使是在最为沉浸其中意境的时候，也有一种不对头的感觉：这种写作方式与精神立场是不是真正的文学？是否能够产生真正的启发与思想？这并不仅仅是所谓“严肃文学”的立场在作怪，安妮宝贝的书写是一种典型的可技术复制时代的书写，不是文字的可复制性，而是情感的可复制性。她以某种独特的方式把这种情感展览出来、抒发出来，这里面的个人经验虽然也是发自肺腑的、灵魂的，但却是与这个时代某种最大众化的需求相一致的。作者非常巧妙地加入了时尚元素，纯棉、旅行、唯美、孤独这些代表新一代小资生活与精神的元素融在一起，形成了新小资文本。读者是一种消费心态，是在消费层面获得温暖，是都市乏味的日常生活的一个白日梦与补充，是一种享受、消费，而并非思考。从安妮宝贝的《彼岸花》、李修文的《滴泪痣》、金仁顺的《春香》等小说中可以看出流行文化对作家的深刻影响，这一流行文化并不是指消费主义、物质化或狂欢化等社会思潮的存在，而是指作家对日常情感的体验方式和书写方式，表面的华丽与实质

① 郜元宝：《向坚持“严肃文学”的朋友介绍安妮宝贝——由〈莲花〉说开去》，《当代作家评论》2006年第2期。

的空虚，情绪至上，感伤至上，几乎可以说是当年琼瑶和三毛小说的升级版，只不过情节的设置、叙事结构更为复杂些，多了些当代时尚所需要的小噱头。

我还担心的是作者的那种淡定，这么年轻，就如此淡定从容，总是让人质疑。消费、娱乐、市民意识对作家的内在影响力并没有被意识到，相反，作家认为自己是自由的、纯粹的。魏微、朱文颖、张楚、金仁顺、李师江等人的作品都有这一精神趋向，唯美、安静、淡然，有轻微的、合时宜的沧桑、颓废与放弃[①]。魏微的《一个人的微湖闸》纯净到了极致，就像水墨画一样，随意洇染，浑然天成，有一种沉着的明丽和让人向往的优雅的沧桑感。金仁顺的作品可分为两部分：一类是小资群体的情感生活，这也是20世纪70年代出生的女作家重要的写作内容，像朱文颖、戴来等都是个中高手，如《爱情进行曲》《冬天》；一类是历史传奇，如《城春草木深》《春香》等。两类都堪称精美的小资读物。但是，无论爱情或婚姻的疼痛、伤害，还是女性黑暗而优美的宫廷生活和妓女生活，最后，都归于平淡、温情的理解，或欲说还休的节制，几方皆大欢喜。“在金仁顺的笔下就没有厉鬼，所有的传奇都可以化解为平淡，所有的冲突都因冷淡而消融。不能不说使小说丧失了一种向上爬升的机会。”[②]李师江的《福寿春》也是一样。在最能显示生之痛苦时，作者选择了逃避，以古典式的“退守”山林和传奇色彩而完成了人物

---

① 鲁迅文学奖为魏微《大老郑的女儿》的颁奖词是这样写的，“小说对复杂而又与传统道德交叉冲突的社会现实怀着善意的宽容和人道的理解，同时不无困惑。作品因此有了一种似乎与作者实际年龄难以相符的成熟与练达，有一种洞察人性的沧桑之感”。《第三届鲁迅文学奖获奖作品丛书·短篇小说卷》，华文出版社，2005年版。

② 周立民：《被囚禁的欲望——谈金仁顺及七十年代出生作家》，《当代作家评论》2004年第5期。

精神的轮回。正是在这个意义上，有评论家认为70年代出生作家“未老先衰”，“‘衰老’实际上是个噱头，我是要提醒他们不能衰老，要保持积极的状态，和这个时代发生关系和对话，不要用隐士的方式来对待这样一个狂欢的时代。当所有人都疯掉了，隐士是没有用的，反倒是医生有用。我不是要用这样一句话来否定70后作家，而是对他们有期待”[①]。

20世纪70年代出生作家对“温暖”叙事也有偏好。其实，在某种意义上，70年代出生作家不同于其他代际作家的一个主要方面就是对温暖的感受力及强大的书写能力。50年代出生作家大多写的是苦难，偶尔闪现的一点温情不足以覆盖作品整体的寒冷，60年代出生作家笔下的日常生活更是虚无、怀疑，人性冷漠，生活虚伪，温暖尤为稀缺，尤其是那种属于普通人、普通人生的温暖，刀刃所过之处，冷气袭人。70年代出生作家作品却常常贯串着一种深远的温暖，那种家庭式的、传统的、朴素的温暖。鲁敏的《思无邪》《纸醉》叙述的是“田园诗”般的小镇生活，有爱和温暖流动，它传达出乡村生活最朴素的情感与包容力，它高贵、纯粹，又非常自然，没有城市文明的夸耀与修饰，这正是民族文化中最有魅力的一部分，而她的《镜中姐妹》《笑贫记》《墙上的父亲》则是对普通人的艰难人生和人性的弱点给以宽容与理解。鲁敏的语言功底很好，文字干净，有着南方的秀丽与清雅。近两年声名渐起的乔叶也是温暖写作的高手，中篇小说《最慢的是活着》以孙女的口吻讲述了两代女人的故事，淳朴、实在的乡村背景，生动、充满趣味的人物对话，再加上乔叶式的抒情风格，使得小说既有默默的温情与岁月流逝的恒

---

① 张柠：《“未老先衰”与“果园定律”》，《新世纪周刊》2007年第27期。

久意味，同时，也能体味到生命内在的沉重与轻盈。

但是，就目前而言，鲁敏、金仁顺、葛水平、乔叶等人的作品已经有程式化与模式化的倾向，开始是日常生活的艰难与曲折的温暖、安静、感伤，最后是生命的感悟或某种令人心酸而美好的结尾与情感升华，如果是情感题材的话，则多是男女之间微妙的小游戏，最后以类似古典式的退守为结局。这种温暖的写作风格与主流意识形态及市场之间是一种微妙的游移与妥协的关系，前文所述的小城镇意识所具有的那种克制与中庸也是此一妥协的外现。90年代以来的中国社会并不是文学性的，而是经济性的，作家既要面对自我历史存在的尴尬，还要应付日益市场化的文学生态环境，而后者已经成为写作的基本要素参与到作家的构思之中。优美、流畅的文风，安静、温暖的情感，再加点反抗的小佐料，有激荡与冲动，但只是限于内心，不违背道德和人情，这样的作品容易获得读者的认可，同时也不会冒犯意识形态话语。市场、读者、专家都能找到可说的东西，通俗标准、严肃标准都可适用，谁都不冒犯。就这一点而言，70年代出生作家确是世故的。

20世纪70年代出生作家对宏大话语天然的不敏感性及其消费主义文化的生存氛围导致了其历史形象和精神倾向的暧昧与复杂。五六十年代出生作家与主流话语或体制之间有非常明显的不和谐与紧张关系，作家总想撕裂或反抗些什么，70年代出生作家及更年轻的作家则只张扬自己的观念和生活态度，并认为这才是真正的人生、真正的文学。作者非常简单化地理解文学与政治、社会之间的关系。像安妮宝贝的唯美、淡然，其实是一种泛政治化的姿态，以对政治疏离来表示某种反抗，但实际上，这种疏离不是有意识的理性行为，而是作者自然的人生态度，这也使得作家所谓的轻盈、独立、个人性无意间充当了主流意识形态的同谋，强化了时代的“自由”与“安静”氛围。从某种意义上讲，他们是尚未发育健全的中产阶级，或可称为新型的市民阶层的代言人，而这种所谓优雅、温暖的叙事其实是新阶层自我形象的雏形，是在世俗主义与泛意识形态时代的合谋下而产生的泛意识形态写作。作品所传达的是一种平庸又貌似优雅的情感，是为自我的放弃、庸常所做的伪装，应该说是一种温良的中产阶级立场，或者说被精包装的市民立场。这一妥协、退守与新写实小说的精神立场有某种相似的地方，所不同的是，新写实小说家是清醒而又痛苦地看着生活变成了丑陋的“一地鸡毛”，而70年代出生作家则用“温暖”的手法与世界观把它重又建构起来，对于当代文学整个精神倾向来说，这一“向上”的努力挽救了90年代以来文学精神不断“向下”的趋势，但一切又显得过于美轮美奂。

四、寻找及物点

今天的20世纪70年代出生作家，最年轻的也已经四十多岁，青春一去不复返。中年写作已经开始，他们必须面对社会和历史，必须正面面对人性的不可知处，与此同时，作家也必须选择自己进入历史的方式，即寻找属于自我的精神立场与修辞风格。但是，一旦进入历史层面与社会现实层面，这批作家的局限性也就显现了出来。“唯美”的文字、“温暖”的情感与细腻的细节构造能力统统不起作用，它们无法支撑起作家所要面对的复杂的社会现实与历史存在。作品与现实之间找不到及物点，仿佛隔着一层厚厚的、透明的墙，就要到达对面，就在对面，却与之有着无法逾越的距离。

姑且不提卫慧、棉棉笔下的上海、身体故事与现实之间的关系，前面所提到的小城镇日常生活，大部分作家其实只是在一个简单的现实层面书写，是与自己生活经历或生命感受相关的那一小片地方。这一城镇性往往只是细部的，仅限于一个家庭内部的描述与体味，作家有意或自然地去除掉人物与社会发生关系的那一层面，很少打开叙事空间，进入历史层面，与中国现阶段的城镇生活关系并不十分密切，很难形成某种整体的象征性和历史性。而女作家所热衷书写的小资群体的情感生活题材，无论是在语言风格，还是在揭示情感方面，都颇多雷同，如朱文颖、金仁顺、戴来的此类小说几乎无法分清彼此。男性作家如张楚、李浩小说的城镇“小人物”生活更具现实性，但却因为布局的过于普通与文字密度的稀疏而被淹没在众多的写作之中。作家对有关社会、历史、政治话题的过于淡漠给文本留下无法遮掩的空白。

虽然作家不愿意承认，但一种犹豫始终隐现在70年代出生作家的修辞与叙事中，由于个人生活经历的简单与思考的偏向，对时代、历史、现实这样大的主题，作家并不敢轻易去碰触，即使努力去写，也多呈现出魏微所言的“一旦思绪触及所谓的时代背景，就会变得很茫然”的情况。对于中国生活的整体阶段与形态，对于乡村的整体状态或都市的内在结构，对“小城镇”在20世纪90年代以来的中国文化空间的位置与重要性，作者并没有理性的思考。因此，作家面对现实时会不自觉采取前面所提到的“规避”态度。李师江的长篇小说《福寿春》对乡村生活细节的刻画相当到位，对几个主要人物的形象与乡村存在状态的叙述也基本到位，如果沿着这样的写作思维往宽阔之处走，会是一部很独到的新型乡土小说，可惜的是，人物的最终退隐及接下来关于“静虚”的意境描述及精神认同，使得一部优秀之作变为了传奇小说和通俗小说。人物的现实象征性都被强行停止，作者对现实生活的追问，对卑微人生与人性的展示与深刻探讨转为了一种景观和浮泛在历史长河表层的传奇志。

在这一方面，徐则臣是其中较少能深刻传达现实的作家。他的中篇小说《西夏》《三人行》《跑步经过中关村》等，以在城市漂泊的群体为起点，书写城市与乡村之间复杂的存在关系，对人物的定位较为准确，最难得的是，徐则臣的小说内部有一种空间的张力，城市打工者并不是飘浮在城市上空的模糊形象，而是以自己的方式深深嵌入城市的空间并成为城市的内部结构之一，徐则臣抓住了这一群体的姿态并描述出来，也就准确地呈现了其历史位置，这是城市的黑暗之流，它以同样深厚、复杂的生活景观使我们看到了这一空间的疼痛与无法忽略的历史存在，这是对90年代以来中国社会结构移动过程中新的生存形态与情感形态的深刻揭示。湖南作家田耳的《一个人张灯结彩》中的小人物形象也较为深入，无论是对哑女、警察，还是杀人犯的叙述都蕴含着某种复杂的情感，能够隐喻整个社会中小人物的存在状态与历史位置。但当读到他的《掰月亮砸人》时，却感觉作者过快进入了纯文学的圈套，“难”而且“涩”，甚至有些不知所云。

思想的简单化与个体精神立场的不确定性，使得大部分70年代出生作家作品显得过于单薄。如魏微的小说，确实具有别样的温婉与纯净，对民间生活的自在、常态与内在的闪光之处有非常独到的书写，由此，也形成了独特的美学风格。但作者似乎被困于一种个人情怀之中，无法把思维转向更为复杂点的现实层面，“其中的种种人事大多又只是漂浮在‘时代’的表面，氤氲或散发着怀旧般的‘时代’气息，作家所采取的只是一种简单的回望。这种简单回望的精神姿态不仅无法反映出时代的真实，更是不能对时代做出应有的批判性思考”[①]。并

① 何言宏：《重建我们的精神立场——简单的写作或魏微小说的问题与可能》，《山花》2009年第1期。

且，在许多时候，作家虽然对政治、时代持一种基本的批判态度，但这种态度只是一种感性的、整体的模糊状态，没有对具体的事件，对时代流行的思想，尤其是没有对自己所书写的事物做相对深入的考察或思考。这也是70年代出生作家的作品整体比较清浅的原因之一。一旦作家宣称此写作是“个人生活”，就仿佛找到了与社会、历史隔离的保护伞，这其实是自20世纪80年代以来“纯文学”观念所带来的一种误解。因为“个人生活”，身体、欲望、情感从来都是在与历史传统、时代偏见的博弈中显示出其存在的意义，身体的政治学也不只是欲望的觉醒或自我张扬，而是在自我的文化约束、道德成规与个体要求的挣扎中展示其力量。

作家与“现实”“当下”之间并没有形成真正的对应关系。这并不是说作家一定要书写“现实”，一定要在文本中强硬地塞进个人立场，或赤裸裸地书写“底层”“都市”“文革”等真实主题。其实，作家是否传奇、是否“唯美”都没有关系，甚至对于一位作家而言，不应该有过于确定的政治立场，问题的关键是它能否对“当下”产生启发，小说内部的空间是否打开，能否有更为独到的道路与情感方式供读者进入并体验。70年代出生作家的普遍倾向是对社会探索的放弃，作家不是以思辨的方式开辟新的道路，而是以某种文学化的姿态放弃了探索，长篇小说的创作最集中地呈现出这些问题。

还有一个致命的问题就是，70年代出生作家还没有形成真正的个人标志。作家尚未找到合适的话语方式来证明自己的存在，还没有足够深厚的知识体系、足够强大的修辞风格和足够深刻宽广的精神立场形成有自我属性的作品。翻阅国内主要著名文学期刊如《人民文学》《收获》《十月》等就会发现，70年代出生作家已经是主要的创作力量，尤其是在中短篇小说的创作上。这批作家的中短篇都相当不错，许多也能称得上精品，但是，风格、故事与结构布局却惊人地雷同。阅读一本期刊下来，基本上模糊一团，很少几篇能够给你全新的感觉。并不是作家们对语言的运用不够精致，或叙事的能力不够老到，恰恰相反，70年代出生作家的语言能力普遍较强，驾驭语言的能力和起承转合的能力是最为扎实的，但是，即使是刚刚读完，马上闭上眼睛默想他们的作品，也很难再回想起其中的人物、故事，更无法寻找其属于个人精神的核心。50年代出生作家如莫言、李锐、贾平凹都有自己独特的风格，莫言的汪洋肆意、阔大无边，贾平凹的文白相间、阴柔浑然，阎连科的怪诞奇崛，60年代出生作家如李洱的“百科全书式”叙事，朱文的“愤怒”，韩东的“冷静”，毕飞宇的“简练”，各自有鲜明的修辞，这种修辞特征其实是作家的身份证，它依靠的并不仅仅是文字的功夫，也是作家对世界的思考方式的表达。而这一点的匮乏正是70年代出生作家文体风格有局限性的原因。魏微是这批作家中少有的具有文体感的作家，她的小说与时间之间有某种美学上的同构，气息浑然，有时空的流动感，但过于单一，容纳力不够；李修文的中短篇小说《不恰当的关系》《闲花落》有一种杂糅风格，喋喋不休中不忘进行故事的推进，出其不意的情节进展总给小说带来意外的穿透力，但还嫌做作；徐则臣则由于对所写对象的深入把握使小说结构性比较强，但又太过中正。大部分作家都还处于一种将破未破的状态，没有形成有效的个人风格。

总体来讲，20世纪70年代出生作家身上有一种含混与暧昧的特征，那种不可名状的温暖、细致与锐利的气质，有某种内向的少年情态，敏感多情又暴烈冲动，安静耐心又渴望突破，在面对社会与历史时，是一种奇怪的“游离”状态。如果一定要为70年代出生作家找一条出路的话，这种“游离”状态和“中间”状态可能成为70年代出生作家的及物点。从自我的生活出发，做当代生活的一个旁观者、漫游者、观察者，漫游大地，如波德莱尔笔下黎明时分在城市废墟上的“拾垃圾者”，捡拾生活的“碎片”，凝视庞大的历史缓缓坍塌的过程，倾听大地深处传来的最细微的声音。但“旁观”不是淡然，不是某种精神的放弃，而是一种姿态，一种修辞，一种对历史、人性和生活发言的角度与方法。这需要作家有意识地精神培养，需要甄别写作题材与自我的思想起点，需要广泛的知识和文学观上的重大改变。当然，如何让政治、历史进入自我的情感层面并成为一种修辞与美学，如何让青春、爱情、生活变得更为深刻、宽阔和多义，是任何一位真正的作家都必须思考的问题。

暧昧的“民间”：“断裂问卷”与20世纪90年代文学的转向

1998年夏天，作家朱文做了一份问卷，寄给了七十位同年龄段的作家，9月，这一问卷及其答案以《断裂：一份问卷和五十六份答案》为名在《北京文学》上发表。同时发表的还有韩东的《备忘》，对可能面对的质疑进行未雨绸缪式的回答，可见他们对即将掀起的波澜有充分的认识与准备。

果然，如预料的一样，问卷在文坛引起一场轩然大波，且不说问卷所涉及的作家、杂志、机构的反抗，问卷中对鲁迅、宗教和西方哲学等极端的提问方式及作家们否定式的回答也引起文学研究者和一些知识分子的不满，一时间，口诛笔伐、满城风雨，“断裂问卷”也成为1998年文坛上的重大事件。“断裂问卷”距离今天已经十多年之久，抛却当初双方的意气之争和策略倾向，我们回到事物的核心来重新寻找问题，韩东与朱文为什么发动这一场“断裂”式运动，他们在此中想确立什么样的文学观、世界观？他们想要“断”的是哪一种传统，哪一种文学或文学秩序？这样的要求意味着文学场怎样的新生阶层的诞生？体现了这些新生阶层什么样的历史要求与审美意识？它与20世纪90年代文学场、文化政治场构成什么样的关系？对这些问题的探讨将使我们重新回到90年代文学场之中，去发现在“断裂”的背后究竟哪些声音在涌动，并试图塑造、开辟90年代文学新的方向与新的形象。需要说明的是，我所关注的更多的是“问卷”周边的声音，它与周围事物的关联性，最终重回90年代的文学场，至于如何看待这一问卷本身所涉及的价值判断，并不是本文所关注的问题。

一、“民间形象”“民间立场”的建构

朱文在《附录一：问卷说明》中写下这样一段话，“这一代或一批作家出现的事实已不容争辩。在有关他们的描绘和议论中存在着通常的误解乃至故意歪曲。同时，这一代作家的道路也到了这样一个关口，即接受现有的文学秩序成为其中的一环，或是自断退路坚持不断革命和创新。鉴于以上理由我提出这份问卷。我的问题是针对性的，针对现存文学秩序的各个方面以及有关象征符号。通过对这些问题的回答将明确一代作家的基本立场及其形象”[①]。正在浮出历史地表的“这一代作家”是谁，在遭受着怎样的“误解”与“故意歪曲”？他们想要确立的“基本立场及其形象”又是什么？我们从这两点出发，看看20世纪90年代文学场域究竟出现了怎样的新生力

① 朱文：《附录一：问卷说明》，《断裂：一份问卷和五十六份答卷》，《北京文学》1998年第10期。以下所引用“问卷”及“附录”中的话，均来自此。

量，韩东、朱文试图在他们与过去之间建构怎样的区别，又试图建构怎样的立场与形象。

首先来看第一个问题。分析一下参与问卷的作家、批评家，就很容易发现，参与者以60年代出生作家为主，也有“美女写作”的代表70年代出生作家棉棉、魏微，还有少数50年代出生作家如林白、于坚等，但是他们的创作理念似乎可以归入“这一批”作家中。另外，考察这些参与问卷调查人的身份存在也很有意味。在五十六位作家、批评家中，有相当一部分都处于体制外，韩东、朱文、李大卫、李冯等人都已经主动辞职，离开国家公职单位，成为“自由撰稿人”，而如棉棉这样的作家从来就没有被纳入过体制之中，没有固定职业。其他一些没有辞职的人，也大多把自己作为边缘人，工作完全是谋生的手段，与个人精神没有任何关系。参与问卷的南京作家大多聚集在由韩东、朱文创办的“他们”文学团体周围——在20世纪90年代，“他们”在一些诗人心中，类似于北岛的“今天”，是令人激动的、具有独立精神目标的“地下秘密组织”。很显然，在发放问卷的时候，朱文不但拒绝了如王蒙这样的老作家，也拒绝了那些在文坛上赢得普遍赞美，并成为当时“先锋”旗帜的新作家，如莫言、余华等人，因为他们已经成为“现有秩序中的一环”，是其中“误解乃至于歪曲”他们的力量之一。

那么，这批作家受到了怎样的“误解乃至于歪曲”？先来看一下韩东、朱文两位发起人的情况，到“问卷”的1998年为止，韩东、朱文在文坛上已经有相当的知名度，且发表了如《在码头》《美元硬过人民币》《我爱美元》《弟弟的演奏》等重要作品，但是，当时文坛对他们作品所具有的新的风格与特点并没有真正重视。这些消解大意义，兀现日常生活的小说显得琐碎、啰唆，没有诗意，也没有标准的章法，编辑根本无法接受。如韩东的《新版黄山游》1991年完稿，寄了好几个地方，一直被退稿，1994年才找到地方发表。[①]这正如邱华栋所言的“杂志仍然以‘现实主义’作品为主，不能将非常多元和非常激进的各种文学现实表现出来”。批评界对他们作品那种粗俗、放纵、欲望性的东西也无法接受，即使到今天为止，对韩东的《美元硬过人民币》和朱文的《我爱美元》的批评也还是集中在其色情与物质化的描写上。而对于林白、棉棉来说，20世纪90年代中期既是她们暴得大名的时候，也是她们的写作被诟病与误解的时代，被炒得沸沸扬扬的“美女作家”和“欲望化写作”使棉棉写作所具有的意义被遮蔽。还有其他作家如鲁羊、侯马、魏微等人都正处于刚刚萌芽的状态，小说能否得到顺畅的发表还是一个问题。总体看来，主流文学界和批评界对这批作家基本上处于否定或不重视的状态。不应忽略的是，还有一个作家的遭遇是产生这句话的前提之一，即1995年的王小波之死，很显然，朱文们把王小波也归入“这一批作家”之中。王小波的死亡方式，他在主流文学界所遭遇的冷淡与压抑，激起许多文学青年对主流意识形态和主流文学界的愤怒情绪，而他死后所得到的赞誉与广泛的传播也使得这种“边缘写作”变得神圣，充满价值。

为了“明确一代作家的基本立场及其形象”，朱文选择了向主流意识形态的象征符号——中国官方的文学体制，如作协、《收获》《小说月报》和茅盾文学奖——发起进攻。不难看出，韩东、

① 韩东：《新版黄山游》，《花城》1994年第3期。他在“注释二”中这样写道：“这篇题为《新版黄山游》的小说完成于1991年，曾几番投稿，未中。感谢《花城》杂志社给了我一个发表此文的机会。三年过去了，‘新版’已成了‘旧版’。虽然黄山的风景千百年来依旧，但此之外的人文景观却日新月异（即使一支再快捷的笔也无法跟上它的千变万化）。”

朱文他们在试图寻找新的生存空间与意义空间，这一空间不需要主流的承认，不需要从主流文化空间“继承”种种必需的遗产，他们要自己创造历史。在极富引导性和排他性的问题中，一个词语正慢慢浮出历史的地表——“民间”。“民间立场”的确立首先表现在个人的实际行动上，即辞去公职，专心追求文学，或被动游离于社会体制之外，也包括那些只以公共生活之外的个人生活作为真正精神存在的作家。作家的“个体户”身份为其“民间立场”提供了物质的支撑。如前所述，韩东、朱文、吴晨骏等人都是在经过单位生活长期的压抑之后，最终辞职，然后专心写作，并以写作谋生，被他们认为是少数真正作家之一的王小波也是同样，在某种意义上，20世纪90年代后期作家辞职写作有向王小波致敬的特殊心理。作为自由写作的个体，作家与体制、制度不再有物质上的任何联系。这是他们对文学态度的一种表达。这既是一种象征，一种不再承担“社会”责任，自由、放诞，只对自我，只对艺术负责的象征；另一方面，它又是一种实际行为，因为它会带来实际的生活问题，以及与此相关的精神纯洁性问题。当代中国文学总体性制度发生合法性危机。

“辞职写作”还有另外一个名称，“自由撰稿人”。“自由撰稿人”在20世纪90年代是一个比较复杂的称呼，它也包括那些为各类流行杂志写稿，编一些庸俗、离奇的人生故事，改头换面到各处发表，赚取高额稿费的写作者，并没有把韩东、朱文这样的自由立场写作者区分出来。韩东显然对此很不满，因此，在文章中专门为自己做了区分，“世界并不是非此即彼的”，“至于我个人，既已选择了文学，同时就意味着脱离了体制或商业的管制。正是它使我获得了某种程度的自由，并尝到了甜头。也许这就是对某种‘精神实体’的品尝，滋味虽然苦涩，但妙不可言”[①]。在这里，韩东把自己的辞职写作作为“脱离体制与商业”，并“获得自由”的象征，写作、自由与体制、商业之间形成一个二元对立的价值判断，昭示着作者对新的“空间”建构的强烈愿望。

在20世纪90年代的文化空间中，“民间”与“先锋”“自由”“叛逆”和“流浪艺术家”是属于同一词根的词语，是追求真理、自我与真正精神世界的象征。圆明园画家村中的流浪画家，独自步行穿越大陆的旅行家，拍独立电影的导演，小剧场的演员，贫困潦倒的文学家，都被作为真正具有精神价值的象征。“这些被放逐的亚文化群体，也正是以与制度化生存对立的姿态才能迅速获得象征资本，这就像当年法国巴黎的一群波西米亚式的艺术家，以他们的特殊的异类姿态与上流社会作对，鼓吹他们的为艺术而艺术观念，从而迅速建立他们的象征资本。”[②]他们已经不为进入“系统”“体制”和“主流”而焦虑、紧张或骄傲，而致力建构新的与之相对的存在方式和话语系统，并且，这一话语系统具有公共效力。在这背后，崛起的是一个长期以来，一直被排除在正统文化和主流体制之外的被忽略的边缘史和另类史。这是一种主动的自我放逐，它具有破坏性，是对社会框架的直接反抗，对官方意识的颠覆和扯裂。它们的存在使中国文化体制的合法性产生了危机。

文学界也是一样。20世纪90年代“民刊”的繁荣及在青年写作群体中所受到的广泛欢迎也使“民间”价值得到更大范围内的确认。其实，在进行“问卷”调查之前，90年代前期，韩东已经是颇为知

---

① 韩东：《不是“自由撰稿人”，而是“自由”》，《山花》2000年第3期。

② 陈晓明：《异类的尖叫：断裂与新的秩序符号》，《大家》1999年第5期。

名的诗人，不但写诗，还借助网络推广民间诗歌，成立了文学团体“非非”和“他们”，并先后与于坚、乌青等人创立了“橡皮”和“他们”诗歌网站。诗歌在90年代后完全成为边缘，主流文学刊物只给诗歌保留极少的版面，而纯诗歌刊物也越来越少，这迫使诗歌寻找另外的生存方式，地下刊物和网络成为其重要的阵地，这也决定了90年代诗歌的“民间性”。韩东对“民间”这一词语进行了基本的理论阐释，“真正的‘民间’有反对自己的勇气。即当一种被称为‘民间’的诗歌精神沦为新的‘权势象征’时，它就已经不再是‘民间’了，真正的‘民间’就会起来反对它”[①]。从所阐释的意义上看，韩东的“民间”其实是与“先锋”有着同义性的，它是动态的，永远的少数派，它类似于萨义德所言的“独立知识分子”的身份，一个“局外人、业余者、搅扰现状的人”[②]。反对权威、反对秩序，不谋求主流的肯定；“民间”虽然是被挤压之后的产物，但其内部的广阔空间却成为作家重要的精神阵地，也是其成名、文学价值得到肯定的主要渠道。

就韩东而言，“民间立场”是一种警醒，是对自己可能成为“主流”不再“民间”的告诫，“我们不是受益者，但我们极有可能成为受益者，正是这样一种危险使我们变得警觉”。“因为眼看着就要德高望重起来，眼看着就要人模狗样起来，眼看着就要衣冠楚楚起来，我觉得这个太可怕啦。……我觉得‘断裂’出于一种基本保存的本能，这种自我保存就是坚持你文学的初衷”[③]。因此，当有人指责韩东亦是作协会员，也在《收获》等上面发表文章，这些都与他所提倡

① 韩东：《附庸风雅的时代》，《北京文学》1999年7月。

②〔美〕爱德华·W. 萨义德：《知识分子论》（*Representation of The Intellectual*），单德兴译，北京：生活·读书·新知三联书店，2002年版，第6页，第2~17页。

③ 汪继芳：《断裂：世纪末的文学事故——自由作家访谈录》，南京：江苏文艺出版社，2000年版。

的精神相悖时，韩东答道，“我们并不是泛泛地反对利益，而是反对在利益的压力下所做出的妥协退让，或以生存发展的名义进行的投机取巧”[①]。“民间立场”是一种“反对者”精神姿态，是保持自我与建构主体精神的一种行为，它反对偶像崇拜，而强调个人精神和自我反省精神。1998年的文学界和文化界正是陈寅恪、顾准、海子、王小波等人被推上神坛的时候，因此韩东认为他们已经由“喂养人的面包成为砸向年轻一代的石头”，这与韩东对自己即将进入所谓“主流”的恐惧与警醒是一致的。

“断裂问卷”中的“民间”与“秩序”之争，有假想敌的意味，也很粗率，譬如对所有文学家与批评家都一概而论，有批评家认为，“他们似乎对自己所反对的对象缺少准确的把握，这是一种很粗糙的反抗情绪。”[②]但另一方面，却使得“民间”与“秩序”之间的对立变得有形，“民间”成为一个有形的主体形象被呈现。包括稍晚一些的“盘峰诗会”，虽然最后陷入了人身攻击，也因为一些人身攻击而使其精神形象显得混杂污浊，但是，其对“民间”的建构企图却无法掩饰。民间写作、个人化写作对知识分子写作形成有效的拦截，虽然后者的概念不甚清晰，但相比较而言，民间却是边缘化、口语论、平民化、个人化的隐蔽写作的代言人。20世纪90年代末期的文学空间有一股强大的“民间”势力场，这一“民间”势力的形成及其意义至今为止仍然未被充分重视。从更深层次来看，“民间”的建构并不只与“文学场”有关，也并不是“断裂问卷”就能达到的，它与90年代整个国家意识形态的变化，社会新阶层的兴起，传播方

① 韩东：《备忘：有关断裂行为问卷的回答》，《北京文学》1998年第10期。

② 陶东风：《1998—1999年文学争鸣实录：一份问卷引出一场争论》，《中国文学年鉴（1999—2000）》，北京：中国社会科学出版社，2002年版。

式的改变，等等，都有关系。90年代以后，主流机构的控制力越来越小，无法对多元的文化现象与新的文学进行有效命名，同时，也没有绝对的控制力，这就为“民间”提供了生存的场地与空间。

然而，“民间”的形成带给韩东、朱文的并不仅仅是欣喜与畅通，相反，它比任何时候都更让他们陷入世俗的纠缠与意气之争。除了正统媒体对其的反驳与压抑外，“民间”内部也混乱不堪。就仿佛释放了一个“潘多拉盒子”，那些原来被文学秩序压迫着的年轻作者忽然找到了价值确立的新空间，在这一空间里面，既可以“自由”写作，放纵才情，嘲笑、反对体制中的一切，获得声誉，还可以以更决绝的“断裂”方式迅速另立山头。沈浩波、伊沙等人以一种江湖匪气和王朔的“顽主”气质试图替代韩东。在一轮几乎陷入人身攻击的争论之后，韩东显得意兴阑珊，不愿再多做回应。这几乎可以说是“自食其果”。当“断裂问卷”发出之后，曾经有朋友认为这种提问方式有过于明显的倾向性，韩东与朱文显得非常“决绝”，并认为只有如此才足以达到目的。现在，更年轻的“断裂者”以他们用过的方式，迫使他们扮演了他们所蔑视的“秩序”角色，因此，我们看到，韩东不得不用一种平和的、客观的与权威的方式（这也是他之前反对的形象）去回答问题。沈浩波在《下半身》的发刊词中说：“我那个发刊词是写得很斩钉截铁的，它是一个单元的东西，是一个非此即彼的东西，一个很坚决的东西。”这些话语与韩东、朱文当初的“造反”几乎是一个逻辑。这也是“断裂问卷”的根本问题，极端的情境设置并不能够对常态中的问题进行有效的解释。

二、感性写作与“个人生活”的兴起

韩东在《备忘》中写道：“在同一代作家中，在同一时间内存在着两种截然不同甚至不共戴天的写作……我们继承的乃是革命、创造与艺术的传统。和我们的实践有比照关系的是早期的‘今天’‘他们’的民间立场，真实的王小波，不为人知的胡宽、于小韦，不幸的食指以及天才的马原，而绝不是王蒙、刘心武、贾平凹、韩少功、张炜、莫言、王朔、刘震云、余华、舒婷以及所谓的伤痕文学、寻根文学和先锋文学。”[①]在这里，王蒙、韩少功被排除在外，意味着把以理想主义、民族意义为价值起点的寻根文学排除在外；王朔、刘震云被排除在外，这应该是对他们小说精神中世俗意识和市井文化的排斥与反对；而对以余华为代表的先锋文学的排除则反映了对其先锋姿态和非历史性的怀疑与不满。“革命”“创造”“艺术”，在韩东这里，更多的是指王小波的小说精神及美学形态，充满解构性、怪诞、杂糅、感官化、狂欢化，是另外一种文学质感。

王小波塑造出了巴赫金所言的“怪诞”文学，这一文学与人的肉体、生理，与人的器官相关，它所表达的是对官方意识形态的反对与对大地、生命和民众的热爱，“物质—肉体的因素被看作包罗万象的和全民性的，并且正是作为这样一种东西而同一切脱离世界物质—肉体本源的东西相对立，同一切抽象的理想相对立，同一切与世隔绝和无视大地和身体的重要性的自命不凡相对立。物质—肉体的体现者是人民大众，而且是不断发展、生生不息的人民大众。这种夸张具有积极的、肯定的性质，它的主导因素都是丰腴、生长和情感洋溢”[②]。这一充塞天地的、丰腴的“肉体”所具有的“全民性”及与抽象事物、主流文化的对立正是王小波小说的基本精神倾向。

① 韩东：《备忘：有关断裂行为问卷的回答》，《北京文学》1998年第10期。

②〔苏〕巴赫金：《拉伯雷的创作与中世纪和文艺复兴时期的民间文化》，《巴赫金全集》（第六卷），钱中文等译，石家庄：河北教育出版社，1998年版，第23页。

《万寿寺》《红拂夜奔》《寻找无双》都具有怪诞现实主义的特点，“怪诞现实主义的主要特点是降格，即把一切高级的、精神性的、理想的和抽象的东西转移到整个不可分割的物质—肉体层面、大地和身体的层面”[①]。

这样一种对“理想、精神”进行“降格”的文学，恰恰暗合了20世纪90年代如韩东这样作家的文学美学标准。它强调感性、身体、自我的精神体验，强调真实的、生命的情绪，而非教化后的情感。它试图消解大意义，消解文化、理想、国家等宏大话语对人的压抑与塑造，呈现个人的生活情感和生命体验，它讨厌如先锋文学那样的像煞有介事，转以用轻松、游戏、戏谑的方式面对历史的大虚无。韩东的《大雁塔》《新版黄山游》都是典型的文本。在这里，个体的日常情绪是作为叙述的主体、价值的主体被呈现出来的，它不只是过程，也是结果或目的本身，个人的空间就是小说空间的全部，背后不承载大于个人的意义。当然，不能否认的是，在这背后，有强烈的对巨型话语的解构意识，这种虚无、琐碎和无目的之感恰恰是20世纪90年代生活的最常态呈现，它也包含着一种意识形态叙事。虽然在实际创作上韩东常常表现出理性有余、感性不足，但是，韩东特别强调感性对于小说的重要性，“我以为小说是感性阅读的对象物，它的丰富性、歧义、直观是不可或缺的。这种感性有别于思想性读物，是在个人阅读的感性官能中实现的，其中自然有理性的位置，但那不是全部。而小说正是全部整体的反映”[②]。回到“个人阅读的感性官能”体验中，这和纳博科夫所言的用“肩胛骨”感受文

---

① 〔苏〕巴赫金：《拉伯雷的创作与中世纪和文艺复兴时期的民间文化》，《巴赫金全集》（第六卷），钱中文等译，石家庄：河北教育出版社，1998年版，第24页。

② 韩东：《我看昆德拉》，《他们》第4期。

学是一样的，小说创作要顾及的、重视的正是这一感官状态，这样，它内部的多义才有可能被呈现出来。朱文也特别强调文学的感性存在状态，他认为这一状态才是文学的真实状态，而非你反映了何种道理。“一部作品的最终形成除了与我们熟知的若干显然的环节有关以外，我相信，一定与写作当时的天气有关。写到第三部分的时候窗外忽然下起雨来了，那么第四部分的趋向也许会在不知不觉中发生变化，甚至发生根本的改变。”[①]这种对创作过程中所具有的随意性的理解与其感性写作的理念是一致的，它强调的还是文学创作的个人性本质与情感性本质。

但是，对感性写作的追求并不意味着作家放弃理性的渗透与升华，恰恰相反，这一感性背后蕴藏着他们对文学与世界新的理解。韩东、朱文、张旻、鲁羊等“断裂丛书”的一批作家，都是塑造情绪、意象的高手，但同时，他们又扮演着哲学家的角色，试图在日常生活图景中传达自己的观念。这在朱文的小说中表现最为明显，他的《磅、盎司和肉》《傍晚光线下的一百二十个人物》，对具体生活场景进行最为细致的描述，但抽象的意味却非常明显。这些场景、情绪与人物是作为一个整体，一个完整的意象传达给读者的，没有作者的声音，没有任何议论或说理，完全依靠个人化的情绪使象征溢出，这正如韩东所言：“小说可以有议论，但这议论不可当真，思辨、思想、论述亦如此，不过是整体中的一种可以运用的元素，就像是一种色彩。但这种色彩运用得最好的是卡夫卡，他的议论永远是和小说中的具体情形紧密契合的……后者（卡夫卡）的小说写作包括即兴的议论完全服务于另一种东西：感性的生而为人、感性的

① 朱文：《关于沟通的三个片断》，《青年文学》1996年第7期。

存在，其间包含心身的痛苦和快乐，也包含思辨的乐趣和虚无。”①

这一感性写作中所包含的身体性、粗俗与欲望特点正是当时主流批评界和学术界所反对的。“从‘断裂’这个词、这个行为所表现的不断革命、不断创新的企图，我们也可以在西方早期现代主义中找到痕迹。我是把他们的整个行动理解为一种身体的造反，是对个人身体感性、生命感性的一种张扬和夸大，这样一种思维方式是非常黑格尔主义的。”②实际上，这段话也认识到了韩东们新的文学观，即以“身体”为起点的“日常生活”叙事，但是，价值倾向上看，却对这种“感性”现象予以批评。

与“感性写作”相一致的，则是作家对意义、价值的多元化的传达，是作家对心灵丰富度的无限发掘与呈现，同时，也是对文学“真理性”和“思想性”的排斥。在谈到文学作品中的真理与信仰问题时，鲁羊认为：“小说的天敌就是判断。比如张承志，在某些地方我是非常佩服的，但在另一些地方我又觉得没劲就是这个问题。”③在这一对话中，鲁羊、朱文就张承志作品中的宗教气息与真理气息进行探讨，并认为：“实际上在他们那里神圣似乎不存在。大家都很虚无，但他们从中受益。在虚无主义的这片废墟上充满了僭越的可能性，反正没有上帝，我就是上帝，挟天子以令诸侯，就是这种感觉。真正的对神圣之物的那种卑微、那种诚信看不到。看到的就是这种僭越的欲望，太强烈了！”④这一强烈的反对表达了他们另外的文学观。他们强调文学的体验性与个体性，反对布道式的文学，“有时我

① 韩东：《我看昆德拉》，《他们》第4期。

② 赵寻：《游戏的陷阱》（陈骏涛、曲春景、於可训等），《太原日报·双塔文学周刊》1998年12月21日、28日。

③ 鲁羊，《小说问题》（王干、鲁羊、朱文、韩东对话），《上海文学》1994年第11期。

④ 韩东，《小说问题》（王干、鲁羊、朱文、韩东对话），《上海文学》1994年第11期。

觉得，他们所说的‘苦难’‘焦虑’对我来说并不比这场两天前开始的牙痛更为真实。牙痛使我们不得不正视我们的身体，使我们不得不与我们的身体进行沟通。有时这样的沟通是更有效、更有价值的。因为，真理同样存在于我们的身体中”[①]。“身体的感受”也应该属于“真理”的范畴，这无疑是一个大胆的判断。

在中国的文化史上，身体从来都是从属地位，必须有所依附，才可能有所伸展。朱文试图把“身体”提高到价值本体的范畴，物质的肉身试图战胜秩序，进而对伦理提出挑战，希望获得独立的存在，这无疑是对文明的基本边界提出挑战。《我爱美元》的所有叙事与思考点都集中于如何通过“嫖娼”使得主人公突破“父与子”的关系而进入“人与人”之间的关系，让“父亲”（也是秩序、权威、道德的代名词）在儿子面前也可能以“人”（自由、同样充满欲望的纯粹个体）的形象出现。但是，这一努力显然是徒劳的，“女友”那一巴掌正是世俗最有力的回答。这是文明的困境与难题，而绝不仅仅是秩序、权威与个体之间的问题。

但是，韩东、朱文所塑造的“民间形象”和所强调的“感性写作”并不是萨义德的“知识分子”式的，相反，他们反对那种“知识分子”式的“真理”在握的教诲与肯定，也没有那种强烈的“社会责任感”，他们强调的是一种个人化的态度，表达自我的声音，有关身体的、情绪的、疼痛的，而“对集体行为需要保持距离，以免丧失个人的态度”[②]。也正是这一“民间形象”和“感性写作”的塑造，使得20世纪90年代作家更多地具有“艺术家”的气质，任性、

① 朱文，《关于沟通的三个片断》，《青年文学》1996年第7期。

② 韩东：《备忘：有关断裂行为问卷的回答》，《北京文学》1998年第10期。

怪诞、放纵、自我，致力表达自我情感的颓废、欲望的痛苦与庸常生活的空虚，强调语言和修辞的能力，强调身体所具有的理性穿透力。实际上，作家们也不以为自己就是只关注个人的艺术家，而是把这种“艺术家”气质看作具有革命意义的新型知识分子精神的展现，从身体出发反抗社会的庸俗、秩序的压抑与主流意识形态的控制。这是他们“介入”现实和革命的方式，通过对个人生活的建构来达到对公共生活与公共规则的解构与嘲笑。因此，他们反对文学的知识化与学术化（虽然，在某种意义上，他们的写作更具有这一特点），并认为这是向主流意识形态与商业文化妥协的标志。当在问到对《读书》《收获》杂志的看法时，于坚回答道“有企图将一切降低到知识的水平”，在这里，暗含着对文学知识化的不认同，张新颖也认为“白领阶层价格不菲的皮包里可能就装着《读书》和《收获》”，《读书》已经成为中产阶级精神的点缀品和消费品，是一种标志，优雅、知识、有责任心等，但与精神灵魂无关。棉棉则认为《收获》“像一锅温柔糨糊，但愿有一天我可以改变它的温度”，这是对《收获》中庸保守立场的不满和不屑。

可以这样说，“感性写作”是韩东、朱文的理性选择，它不是潜意识的产物，不是青春期的情绪写作，而是一种有意识的立场展示，“感性”在这里承载着传达理性的美学任务。个人/集体、官方/民间、公共/私人成为完全对立的概念，为了强化这种二元对立态势，为了表达自己这种“断裂”式的历史感，作家不惜“降格”自己的写作，在理论与操作实践上都“降格”。这正如朱朱在回答“鲁迅是不是自己写作的楷模”时所说的：“可能我的历史是颓废的历史，激情和肉体史，是南朝臣民的裸宴，是罗马的狂欢……在此，川端康成的样子远比鲁迅清晰。”虽然具有戏谑的意味，但是，这恰恰是这批作家内在精神的传达："肉体历史"具有更本质的意义，作家的任务是通过"肉体历史"来表达对正统文化与体制的反抗。对这一看法的本质化倾向也导致了20世纪90年代后期"身体理论"的泛滥，出现了沈浩波的"下半身"论，"所谓下半身写作，追求的是一种肉体的在场感。注意，甚至是肉体而不是身体，是下半身而不是整个身体。因为我们的身体在很大程度上已经被传统、文化、知识等外在之物异化了，污染了，已经不纯粹了……而回到肉体，追求肉体的在场感，意味着让我们的体验返回到本质的、原初的、动物性的肉体体验中去。我们是一具具在场的肉体，肉体在进行，所以诗歌在进行，肉体在场，所以诗歌在场。仅此而已"[①]。在这里，传统、文化、知识都被作为抽象的、毫无意义的存在而被否定，不存在辨析与思考，完全是一种非理性的态度。如果说韩东、朱文所提出的"感性写作"重在强调个体所具有的意义性与完满性的话，那么，在沈浩波这里，"感性"已经缩小为"肉体"，只与生理、欲望相关，虽然它也能形成新的、具有革命性的文学方向，但这一"革命性"的意义有多大是让人质疑的。

三、"民间""个人"与"历史"的可辨析性

在某种意义上，"断裂问卷"是一次改写历史的努力，从"庙堂"文学到"民间"文学，从"知识分子"的文学到"艺术家"的文学，从理性的、责任的、形式的文学到感性的、身体的、个人的文学，这无疑是当代文学又一次深刻的转向。但是，这其中所涉及的概念又是需要辨析的，并不就是字面所具有的意义，也使得"断

---

① 沈浩波：《下半身写作与反对上半身》，《下半身》（民刊）2000年第1期。

裂问卷”所试图塑造的新立场新形象暧昧、复杂。它们与时代各种流行的话语纠缠在一块儿，并以另外的方式呈现在20世纪90年代的文学场中。因此，对以下问题的追问就变得非常有必要：韩东、朱文所试图建构的是谁的民间？谁的个人生活？它们与“历史”之间究竟是怎样的关系？

我们从这五十六份答案中，可以感觉到，作家们在寻找一种自由的，能够嬉笑怒骂，释放压抑情绪的新的意义空间。这一“民间空间”不同于20世纪80年代初期的“伤痕”，不同于王朔与新写实文学的“市民生活”空间，更不是广大的乡村民间生活和被遮蔽的“底层空间”，它与社会学意义的“民间”关系不大，是以个人为本体，以个体价值为起点的精神空间。这一“民间”的诞生与90年代中期以后都市化的高度发展和都市经验的发生有紧密联系，90年代后期，“都市”作为一个具体可感的物质存在已经影响并决定着都市人的生活方式。破坏的欲望和狂欢化的倾向不仅来自社会体制的不公平，更来自一种莫名的情绪、孤独的情结与荒谬之感，加缪的存在主义在作家的都市体验中得到了充分的验证。宏大的民族话语已经无法涵盖都市里日益复杂的个人生活和个人情绪，更无法使这些话语得到合法性的阐释，新的精神体验必须找到新的话语方式。这一个人化的扩张和不稳定性存在使得他们对秩序、机构等代表社会稳定层面的东西有一种本质的反抗。因此，这里的“民间”更多地属于都市的“民间性”，是都市的日常生活、孤独人性与精神需求的外现。

朱文等人小说的“狂欢化”倾向，对日常生活“无聊”“多余”的细致书写，都显示了中国20世纪90年代都市生活的文化密码与内在逻辑，所谓“个人生活的兴起”其实是都市新生活形态的兴起。都市化进程使得中国城市产生了西方现代意义上“孤独的个体”，但这一“孤独”不是沉浸在山野自然之中的孤独，而是“人群中的孤独”，是都市形象和都市化思维的一部分。他们需要新的方式来书写自己内心新的诉求，而这些新的诉求又与共和国复杂的当代史纠缠在一起，因此，作家总是在一种暧昧状态下书写新生活。他们的书写与都市节奏相一致，充满生理的紧张、刺激、眩晕与碎片化。邱华栋在90年代中期的作品《公关人》《直销人》等是最典型的“新都市小说”，揭示了都市生活形态，是具体的、细致的城市，韩东、朱文则是在形而上的层面对都市的文化意识形态进行惊人的本质化书写，并加以鞭挞。对形式、哲学的迷恋，也是城市化的象征之一。他们热爱加缪、卡夫卡，而不是萨特，喜欢微言大义，对情感、自我世界的关注不再局限于生活层面，他们从此出发，思考人的存在。这些作品虽然着眼于个体，并以个体书写见长，但最终却表现为一种都市生存的政治态度，向政治意识形态、启蒙、道德和市场要求独立的政治空间和生活空间，要求他们的身体欲望、情感方式、历史存在的合法性。从这一意义上讲，“断裂问卷”也可以说是一场新阶层运动，也使得作家所谓的“民间立场”充满了暧昧意味。

我们不妨再进一步追问，这一“民间”与当时流行的大众文化、消费文化之间是什么关系？与整个民族的解构主义倾向、虚无主义倾向之间是什么样的关系？与都市化及都市生存的多元之间又是什么样的关系？对“民间立场”的确立及全民性的追捧使90年代的隐蔽话语、边缘生存、个人性得到张扬，他们通过自我放逐，以与制度相对立的姿态获得象征资本，进而塑造一种更能代表自由精神的“民间立场”与“民间形象”。但同时，它也与整个时代的虚无主义情绪相一致，甚至是其中一个非常重要的元素，这一“民间”所具有的放任、乖张及其对任何宏大话语的否定与90年代大众文化氛围下的民众情绪相一致，它加速了时代精神崩溃，虽然这一崩溃背后有新的事物出现，但抵挡不住“崩溃”所带来的快感及对文本精神倾向的巨大制约性。“在似乎相互对抗的意识形态话语的并置与合谋之中，在种种非/超意识形态的表述之中，大众文化的政治学有效地完成着新的意识形态实践。从某种意义上说，这一新的合法化过程，很少遭遇真正的文化抵抗。”[①]从韩东、朱文的“民间”与“感性写作”，到卫慧、棉棉们在“欲望化写作”的名义下发布的“美女照”，然后到宣称“下半身”才是真正的“民间”与“文学”，“民间”所具有的隐喻，它的独立性、边缘位置、自省意识、先锋性已经变得暧昧不清，很难辨认。

由此，作家与历史、传统之间的关系变得前所未有的紧张。在韩东、朱文、楚尘等人那里，时间修辞完全变了，作品中的时间从“过去”转换为“现在”，从“历史”进入“日常”。作家对“现在”进行空间性书写，只描述事物的进行时，但也不是所谓“直面现实”之类。对于韩东他们来说，时间从“今天”和北岛开始。“我们反抗‘传统’吗？但‘传统’何在？在文学上，我们就像孤儿，实际上并无任何传承可依。这里，引申出我的一个观点，即当代汉语文学是以‘今天’和北岛为起始的，它的时间标志是1976年。无论人们是否同意我的划分，这却是我的实际感受。这种孤独无助感持续在几代（其实是几批）诗人作家中。90年代所谓‘知识分子写作’乃是一种否认自身贫贱的努力，试图把自己嫁接到西方的传统之上。如今有人倡导回到唐朝、唐诗宋词，回到李白，亦是幻觉。”[②]韩东给出的当代文学概念的发生是从1976年开始，这颇为耐人寻味。他们无法找到精

---

① 戴锦华：《大众文化的隐形政治学》，《天涯》1999年第2期。

② 韩东：《长兄为父》，《他们》2003年第2期。

神之源，无法从“传统”中汲取营养，当个体意识觉醒并深深受伤之后，传统文化不再能够激起生命的热情，现实更是贫乏得可笑。

实际上，从整个当代文学来看，批判传统精神、当代政治史并寻找一种独立精神也是当代作家的基本立场，但是，却都只是在简单意义上进行否定与批判，较少有一种思辨意识和历史意识。当代作家在不同程度上都有一种“断裂”心理。一个新的时间起点意味着新的意义起点，历史从这里开始才发生意义，而“过去”及与“过去”相联系的传统、生存方式、精神价值都被宣称是“无意义的”，是要被断然抛弃的东西，甚至连回望与思辨的价值都没有。这是典型的“断裂”论，它与之前的中国各类“革命”的思维方式并无本质的差异，它们缺乏一种“整体”的历史观，缺乏如鲁迅那样将“自我”置于民族历史长河中进行涤荡的痛苦与矛盾，只是一种决绝的快意。我想，这一理性的、包容的历史意识的匮乏才是20世纪90年代文学场域的根本问题。“传统”并非仅指过去，历史意识并不仅限于对具体事件的判断，而是一种关联意识，是作家自我与时代、历史、民族之间的关联感，它要求作家以纵深的、情感的、理性的眼光去触摸民族过去的种种，并赋予其渗透于当代生活的当代意识。“不但要理解过去的过去性，而且要理解过去的现存性；历史的意识不但使人写作时有他自己那一代的背景，还要感到从荷马以来欧洲整个的文学及其本国整个的文学有一个同时的存在，组成一个同时的局面。……就是这个意识使一个作家最敏锐地意识到自己在时间中的地位，自己和当代的关系。”[①]作为“象征”的断裂有其历

---

①〔英〕T. S. 艾略特：《传统与个人的才能》，《二十世纪文学评论》（上），卞之琳译，上海：上海译文出版社，1987年版，第130页。

史价值，但是作为思想过程，却应该谨慎。其实，“断裂”之后韩东等人的创作也无一不显示这批作家在朝着“传统”与“历史”的方向行进。韩东的长篇小说《扎根》对整个20世纪60年代历史语境的塑造与对人内在精神的挖掘都传达了他“生活在其中”的当代意识，东西的《后悔录》则以近乎戏仿的方式对“文革”中人性的变异进行书写。

四、余论：作为“行为艺术”的“断裂问卷”

朱文和韩东把“断裂问卷”称为“行为艺术”，“不是炒作，而是一次行为。炒作的方式总是平庸乏味，甚至卑劣，无条件地服务于其利益目的，在今天通常是金钱。……行为则以行为本身为目的，整个过程必须是生动有力的，它是创造性的、艺术的，它不是表演，而是演出本身”[①]。很显然，他们更看重这次行为所具有的“象征性”，否定性的语言，挑衅的意味，都是其策略之一，目的在于引起重视。身在20世纪90年代，他们谙熟市场的潜规则，必须用一场闹剧式的“狂欢仪式”，借助于一种极端化话语，才能引起注意，一般的话语是不会有任何反响的。应该说，广泛的“非议”正是他们想要的效果。这就使整个事件颇具意味，他们试图借助于大众文化传播的特点来达到反对启蒙秩序与消费文化的目的，而批判鲁迅，否定杂志，都只是此一“表演”过程中的一个符号和隐喻。至于“鲁迅”究竟应该是什么样的位置，并不是真正要追究的问题。在一次访问中，韩东承认“问卷”的游戏与恶作剧倾向，并坚持他对“断裂问卷”所引起的责难与批评并不寻求理解，因为他试图刺激的是

① 韩东：《备忘：有关断裂行为问卷的回答》，《北京文学》1998年第10期。

传统价值观和主流意识，提醒大家对个体化文学给予应有的价值鉴定，并以此促使人们对理想的文学氛围、精神价值重建命题的重视。游戏、恶作剧的心理，这道出了“断裂”的潜在起源，虽然它想表达的是一种哲学上与观念上的新意义空间，但这一意义空间无法以正统的手段得到彰显，它必须以与时代“同构”的方式出现。这种做法本身就包含着巨大的矛盾性。

在20世纪90年代的后半叶，像“断裂”这样“出位”的行为在文坛上几乎蔚然成风。市场的运行规则及其效果已经基本上显露出来，文学并非文学本身，它还需要“场”的烘托，需要“吆喝”，前有贾平凹《废都》的宣传策略及其书的疯狂销量，近有卫慧、棉棉们的表演与成功，以出位的言与行而博取知名度已经成为进入文学场的捷径。后有批评家葛红兵以一种近乎“道德评价”的姿态高调写出《为二十世纪中国文学写一份悼词》《为二十世纪中国文艺理论批评写一份悼词》[①]，一时间，“酷评”成为文学批评界的流行之语，而作者本人也的确因此而成名。紧接着，“盘峰诗会”中“知识分子诗人”与“民间诗人”之间发生了近乎人身攻击式的争论，然后，韩东与沈浩波之间又有水火不相容般的论战，王朔又开始骂鲁迅，又有“二余之战”，余杰质问余秋雨“你为什么不忏悔”，语言之狠，也是前所未有。

这些“断裂”型话语逻辑里面本身有着专制的倾向性，因此，虽然能够引起警醒，能够确立一些东西，但同时，负面的产物会淹没这些声音，正如有论者所言：“韩东式的‘宣言’‘备忘’没有逻辑，没有推理，没有中间过程，只有结论，只有判决，因而是‘专

---

① 葛红兵：《为二十世纪中国文学写一份悼词》，《芙蓉》1999年第6期；《为二十世纪中国文艺理论批评写一份悼词》，《芙蓉》2000年第1期。

制’的，和自由、平等的原则不相符。”[①]“断裂”问卷中所蕴含的严肃的反思被这一“专制性”消解，作家本人的精神内核也被各种声音淹没，反而是其中一些潜藏的世俗因素被无限放大，并覆盖了其他元素。“断裂”成为“争权夺名”等的代名词。并且，所造成的“恶果”如今还在。除开作家自身由于逐渐成名、逐渐世故，并且与主流杂志、作协机构保持良好关系，这在一定程度上自我否定了自己的宣言之外，具体的人际关系问题并没有随着时间流逝而消弥。在偶然听到的声音和笔者所感知到的印象中，一些曾经参与“问卷”的人对此次公开参与有些后悔，而大部分人对这一行为的动机与所达到的目的仍然持质疑态度。还有一个重要原因是，当年态度最为激烈的作家相当一部分在文坛上消失了，这也使得“问卷”内容所具有的有效性被怀疑。《收获》编辑程永新所写的《一个人的文学史》[②]中还提到了这件事，对韩东当年的“落魄”情形和《收获》对他的“恩情”进行了详细叙述。十年之后，重提此事，而当重提这件事时，人事因素还清晰可见，可见当年影响之深远。我想，对于当事人来说，事情的本质意义与所表现的形式是相一致的，不可能做到像韩东所言的“区分”，而他人的“说好话”更证实了韩东的“错误”。“断裂”问卷是对时代专制主义和庸俗精神的一次反抗，但无意间却成为更大的同谋。20世纪60年代出生作家及更年轻一代作家正是在这样的矛盾中在90年代的文学场上留下自己暧昧的身影，他们“出师未捷身先死”的“入场式”似乎预示其矛盾、复杂的文学观念与历史存在。

---

①《断裂还是沟通》，《人民日报·华东新闻》，1998年10月8日第3版。

② 程永新：《一个人的文学史（1983—2007）》，天津：天津人民出版社，2007年版。

王朔：从“黑马”到“白马”的嬗变

在20世纪80年代末90年代初的中国文坛，王朔具有不可替代的位置。他的一系列以都市痞子为主人公、以调侃为主要语言方式的小说均成为当时最畅销的文学作品，而经由他小说改编的电影和他创作的电视剧都获得极大的成功，王朔几乎是80年代末传统文化衰退、商业文化兴起之时应运而生的文化英雄。围绕着王朔本人的言行、王朔小说内容的精神实质、王朔的电视剧以及他的商业操作方式所引起的观点尖锐对立的争论成为90年代非常富有启发性的文化现象。

一

王朔1958年出生于北京一个部队干部家，1976年至1980年在北海舰队服役，从部队复员后在北京某医药公司工作。1983年辞去公职，跟人合作开过饭馆、卖过家电，经商失败，转而以写作为生。

1984年发表小说《空中小姐》初次获得声名；之后迅速推出《永失我爱》《橡皮人》《顽主》《一半是海水一半是火焰》等一系列小说，获得极大成功；1988年，他的四篇小说被分别拍成电影，被电影界人士称为“王朔年”；之后，王朔又迅速挺进电视界，大型电视连续剧《渴望》《编辑部的故事》的播出不但使王朔红遍中国，同时也给他带来了巨大的商业利益。

王朔小说大部分主人公没有固定职业，靠坑蒙拐骗、倒买倒卖、敲诈勒索为生，是20世纪80年代末新生边缘市民阶层的典型代表；在日常生活中，他们最有力的武器是调侃，这是他们参与社会、解释社会的方式，一切所谓的价值、意义、尊严都在“侃”中被夸张、变形、歪曲，从而呈现出完全相反的意义；他们对正统社会的种种价值观念有一种天然的叛逆倾向和反抗倾向，因此，王朔的作品被称为“痞子”文学。

在《空中小姐》《浮出海面》中，王朔小说独特的调侃意味和主人公的痞子形象已经初具规模：男主人公总是从一个貌似正统的形象逐渐变成一个油腔滑调、好吃懒做、无所事事却具有某种反叛性、否定性、怀疑性的“反抗英雄”的形象，并且以此来博取女孩的信任和爱情。但是，在这些作品中，我们还是能看到王朔竭力给读者留下一条光明的尾巴，温情是作品最后占上风的情感，男主人公的心灵在女主人公的悲剧中有所触动并开始自己新的生活。从《顽主》《一点正经也没有》《玩的就是心跳》《给我顶住》开始，王朔开始有意识地塑造自己的“顽主”和“痞子”系列。《顽主》中的顽主们对一切都持否定态度，他们每天的生活就是“说话儿”，即神侃、瞎贫、耍嘴皮子，他们创办的“三替”公司业务内容是替人解难、替人解闷、替人受过。小说主人公不但否定所谓的价值规范，而且对人的理性、知觉和人性也开始质疑，一些非常严肃的时代命题都以极端的痞子式语言表现出来，显示出主人公对历史和时代的嘲弄、消解和某种潜在的愤懑。痞子文学的重要特征之一就是把正统社会中的被称为高尚、正经、美好的东西引入一种荒诞不经的场面，使我们看到传统价值观念中的假正经的一面并达到调侃和反讽的目的。《顽主》里面“三替”公司给作家宝康发奖的场面即讽刺了文坛上弄虚作假的现象；《千万别把我当人》中的一群“痞子”借着发扬民族精神的名义，为所欲为，而在最不严肃的时候，作者往往引入一些关于文化、国家、民族的“义正词严”的演讲和口号，从而使一切庄严都成了绝妙的讽刺。

其实，在这些寓言式的讽刺之中，“痞子”们所反对、反抗的是正统社会已经根深蒂固的种种文化制度，在王朔的作品中，我们时时可以看到、感受到对知识分子和父辈的抨击，在《顽主》里面，作者对“赵老师”进行不遗余力的丑化，在《我是你爸爸》中，王朔集中力量对“父亲”权威进行全方位的调侃和挑战。我们可以说他们所反抗的是一种类似“父辈性”的秩序压迫，而追求一种自由、自我和个性的张扬，但是，这种追求常常是通过一种破坏式的消极方式来完成的，同时，在这背后，有着主人公深刻的对金钱的崇拜和向往。因此，在某种意义上，王朔的“痞子”式文化反抗更多地传达出20世纪80年代末新生市民阶层对世俗化幸福的欲望和追求，而王朔对自己作品中“痞子”文化的自我肯定其实是80年代、90年代文化精神世俗化的重要表现。因此，在王朔作品中，“自由或者个性的独立不再作为一种纯粹精神性的文化符码，相反，它成为个人获得世俗幸福的根本前提和保证。正是在这个意义上，王朔的小说加入了这个时代对传统的大规模颠覆，并积极地进行拆解和对抗。

只是这种拆解和对抗不再来自一种知识分子化的乌托邦的精神追求，而是对个人在此世的世俗性利益的积极保护”①。

王朔小说大量使用北京口语化语言，北京话的口语特点——“侃”——被王朔发挥到了极致，既“侃”身边的琐碎小事，也“侃”国家大事、国际大事，一切都在“侃”的范围之中，无论多么严肃、重大的话题在此都被抹上一层轻佻的意味，因此，王朔的小说又被称为“新京味儿”小说。其实，王朔所用的大多是北京某一特殊群体的“土语”和自己的“行话”，带着一股子“痞子味儿”“浪荡味儿”和“破坏味儿”。王朔正是通过这种“调侃”语言表示他对正统语言和它所代表的一切的拒绝，并且把它们都化为反讽意义的存在。“方言对语言的讽刺意味的认识，使他拒绝严肃地对待任何事情；他的幽默掩饰他的幻灭。对语言的不信任感一旦投之以社会，任何事都变成游戏。……拒绝严肃地使用语言，王朔为他作品设置这样的结局也如此运用语言，从而讽刺了现代中国视为重要的一切。王朔把语言的束缚嘲讽为当代生活其他方面的专制束缚的代表。”②对语言的嘲讽实际上是对传统语言和时代政治语言的偏离、嘲弄和不信任，同时，消解了政治和知识分子的权威地位，表达出这一阶层在商业社会中自身的生活态度和内心需求。这种语言方式不仅实现了对传统文学的颠覆，也给当时正流行的“先锋”话语和“新写实”语言提出挑战。

王朔的成功在一定程度上得益于他与商业社会的紧密联系，可以说他是当代中国第一个跻身于大众传媒并获得成功的作家。作为

---

① 蔡翔：《日常生活的诗性消解》，上海：学林出版社，1994年版，第170~171页。

②〔美〕本杰明·李本：《“痞子”与文学：王朔小说中的语言、权威与疏离》，董之林译，转引为张德祥、金惠敏著《王朔批判》，第181页。

一个写作个体户，王朔一开始就与市场形成一种双向选择关系。在他著名的《我是王朔》一书中，王朔毫不掩饰甚至在某种程度上有些骄傲地透露他写《空中小姐》时的心理，“当时我选了《空中小姐》，我可以不写这篇，但这个题目，空中小姐这个职业，在读者在编辑眼里有一种神秘感。而且写女孩子的东西很讨巧的。果不其然，我不认识《当代》的编辑，稿子寄过去不久就找我谈。我要是写一个老农民，也许就是另外的结果了”①。正是在这样一个商业选择的基础上，王朔不断地调整自己的创作思路，甚至不惜随时否定自己。他推出电视连续剧《渴望》，在剧中歌颂了一位和《橡皮人》中的李白玲、《玩的就是心跳》中的李江云截然相反的女性形象刘慧芳，并使刘慧芳成为传统女性的完美代表（这是他一贯坚决反对并竭力嘲讽的对象）；而他后来策划的电影《红樱桃》和电视《血色童心》都显示了王朔把政治文化和商业文化有机结合的商业眼光。王朔这些令人眼花缭乱的变化，只能用商业市场文化规则来定义，“王朔充分地显示出商业文化具有的两面性——作为后来的第三者，它可以在某些时候，与知识分子文化取相近立场，嘲弄政治文化；在别种场合，它又与政治文化结盟，更刻薄地讥笑知识分子文化的无能和无用”②。这种和商业之间构成同谋关系的行为使王朔很快从“文化反抗”的角色中脱离出来，完全屈从于商业、主流文化和大众文化，而他的“痞子”文学所具有的调侃、反讽意味则成了吸引观众的卖点，早已失去其原有的精神实质。随着王朔作品的增多和电视剧商业运作的成功，王朔的媚俗化倾向越来越明显，“消解崇高”“痞子

---

① 王朔：《我是王朔》，北京：国际文化出版公司，1992年版，第21页。

② 张志忠：《一九九三：世纪末的喧哗》，济南：山东教育出版社，1998年版，第49页。

文化”成了他的招牌和可利用的广告口号，同时，“调侃”走上了极端而成为“胡侃”“胡抡”，“抡”得有些不着边际，而失去了王朔作品最初所具有的审美力和思想的可探讨性。这种为迎合市场需求而抛弃作为作家的精神独立性的商业立场无疑是造成王朔小说思想短浅和创作上的良莠不齐的状况的原因之一。

二

“王朔现象”是20世纪90年代的文化热点之一。他就像一匹不按常理出牌的另类“黑马”，搅乱了文坛和文化界，同时，也带来了许多新的东西和规则。围绕“王朔现象”，批评界所进行的各种各样几乎是尖锐对立的批评和争论正说明王朔出现的独特意义。王朔所引发的争论，不仅仅是在文学层面，也在于他对整个知识分子传统的冲击和如何评价他小说中人物的精神行为。

1993年王蒙撰文高度评价王朔，引起了批评界的极大争论。王蒙更多地从文学与自由与政治之间的关系谈王朔的意义，他认为：“我们的政治运动一次又一次地与多么神圣的东西——主义、忠诚、党籍、称号直到生命——开了玩笑……是他们先残酷地‘玩’了起来的！其次才有王朔。”[①]另外一些学者则严厉地批评王朔小说所展示的彻头彻尾的“调侃”劲头，“他调侃大众的虚伪，也调侃人生的价值和严肃性，最后更干脆调侃一切。……它取消了生命的批判意识，不承担任何东西，无论是欢乐还是痛苦，并且，还把承担本身化为笑料加以嘲弄。这只能算作一种卑下的孱弱的生命表征。王朔正是以这种调侃的姿态，迎合了大众的看客心理，正如走江湖的卖弄噱

① 王蒙：《躲避崇高》，《读书》1993年第1期。

头”[①]。还有其他学者如张德祥、金惠敏合著的《王朔批判》对王朔小说也有独到的批评。更多的批评者从文学—文化层面开始对“王朔现象”进行分析、考察和批判，甚至进行“系谱学”式的溯源追踪。有批评者认为：“回顾历史，知识分子的思想解放运动几乎都程度不同地伴有这种‘痞子式’的破坏方式。……这种痞子式的破坏在文化史上的反复使用，似乎昭示了这样一个悖论语境：文化批判如果转化为痞子式的破坏，同时亦导致了文化的堕落，堕落的文化实际又消解了批判的意义”（蔡翔：《日常生活的诗性消解》）；陈思和则认为这是“当代文学中的颓废文化心理”的征兆[②]。

应该说以上这些批评者更多着眼于王朔小说中所展现的文化特点的消极层面的批判，他们极为中肯地道出了王朔“痞子”式的文化反抗的时代原因和文化来源。但是，王朔小说主人公的反知识分子化倾向、“痞子式”的文化破坏也显示了实利主义的商业文化对缺乏生命力的知识分子传统的挑战，从而暴露了传统知识分子精英文化的内在危机和僵化，应该说，这是中国文化转型时期传统文化、社会主义文化和当代都市文化之间的相互磨合和挑战。

我们不能忽视的是，在文化界文学批评界开始认真关注“王朔现象”的同时，王朔已经成为一位大众明星，妇孺皆知。《中国青年报》于1993年从1月30日始辟出副刊专栏《王朔给我们带来了什么?》，由此引发了一场大众层面的关于王朔现象的文化讨论。在这些讨论中，有相当一部分普通人，从情感上、心理上直觉地认同王朔作品中的“痞子”式的文化反抗，这种大众层面的普遍支持暗示

① 王晓明，张宏，徐麟，张柠，崔宜明：《旷野上的废墟——文学和人文精神的危机》，《上海文学》1993年第6期。

② 陈思和：《笔走龙蛇》，台北：业强出版社，1991年版，第191~192页。

了大众在20世纪90年代的精神需求和价值观念的改变，王朔的主人公在商业社会中的成功、机会、欲望以及“黑社会”式的神秘生活，吻合了时代的商业性文化需要，它和批评界对王朔所持的冷静甚至有点严厉的批判态度形成一种巨大的反差，从而使“王朔现象”终于变成文化史上一桩非常有意味的事件。

1993年之后，王朔在大红大紫到极致的时候突然从文坛淡出，直到1999年初，出版长篇小说《看上去很美》（华艺出版社）。作者显然对其抱极大希望，但是，与作品发表之前的强烈宣传攻势和作者本人的期望值相反，《看上去很美》并没有像他以前的作品获得读者的普遍认可。

这也正是问题的所在，那种“痞子式”的人物、语言风格和思想一旦成为一种模式，就变得飘浮起来，没有实质的内容。写《看上去很美》时的王朔已经使自己有意识地朝经典文学家的方向迈进，语言的意味、叙述的风格带点《追忆似水年华》的味儿，王朔一反自己的文坛“黑马”形象，把自己收拾得干净、整洁，进入文坛主流，想要成为一匹“白马”。他在出版《看上去很美》的序言中说：“忽然对已经得心应手，已经写得很熟练的那路小说失去了兴趣，觉得在得心应手间失去了原初的本意，于很熟练之下错过了要紧的东西。”并且他认为自己此前的创作有“简化生活”的倾向，他要重新发现生活，换言之，他要寻找那些“要紧的东西”。很难说《看上去很美》是成功还是失败了，但是有一点可以肯定，当方枪枪藏在树枝后面观看寻找他的人影而终于睡着时，我们感觉出了某种东西，那是沉淀在记忆中的久远回忆，保持着某种潮湿和恒定的温度。比起“三替”公司里的机智、幽默和强烈的讽刺意味也许不那么让人痛快，但是，却能唤起生命深处的某种声音。《看上去很美》显示了王朔在追求“经典”，这种“经典”是作为作家的王朔内心的追求，是他对自我生命价值的重构，而不再是当年那“垮掉的一代”的代言人和商业文化中的王朔。从这一角度讲，王朔很难再保持最初的“黑马”精神形象，那已经不属于他本质的生命形式，他也没有必要再去通过当年“无知者无畏”的形象去骂倒什么，顶多只能做一个理论分析。因此，当王朔用他一贯的“黑马”语言风格在报纸、杂志上对鲁迅、金庸等学术界的热点人物进行颇为激烈的批评时[①]，我们似乎感到王朔想为自己创造新一轮的热闹，但是，这一次却遭遇冷淡和不屑，批评界对王朔所谓“批判文章”思想的浅薄和轻率的判断非常不满。

这意味着，已经成为资深作家的王朔反而失去了他的批判立场和文化英雄的位置，或者说，当王朔以“黑马”形象在文坛上杀出一条路来以后，他不得不慢慢开始做“白马”了，因为他的“黑马”意义已经被充分肯定，这种肯定甚至超出了他本人及其作品的意义，他再说出任何同类的话做同类的事只能是一种重复。作为中产阶级作家和具有明确商业意识的王朔再怎么努力也回不到当年一无所有的境地，现在他所谓的“愤世嫉俗”思想只能是纯理性和自觉意识的产物，而不是内在情感的产物，更没有鲁迅先生那种来自心灵深处的民族承担意识，自然也缺乏一种直逼灵魂的激情。

应该说，王朔的出现是20世纪80年代末中国文化精神另一种声音的必然出现，它代表当代中国某一阶段的精神史，是一种“典型的政治—经济转型时期的产物”。它以一种彻底、决绝的否定精神来

---

① 王朔：《我看金庸》，《中国青年报》1999年11月1日；《我看鲁迅》，《收获》2000年第2期；等等。

反传统、反价值，这在“文革”后时期无疑具有很强的口号力，王朔热的衰退和王朔创作力的减弱也正标志着社会公众的精神期待已经转向其他方面，而由“王朔现象”引起的中国思想界和文化界的激烈争论恰恰显示出当时中国正经历着一场严峻的文化危机。王朔的局限性也正在于此，他只在某一阶段具有特殊意义，此一具体的历史背景过去，属于他的时代也即过去。

但是，王朔毕竟是王朔，在任何时候，他对所谓的正统力量都持一种高度的警惕态度，他警惕着自己从一匹另类的“黑马”蜕变为温和、高贵的“白马”（尽管这对他来说是一个必然），并且保持着自身的杀伤力和否定力。2000年，他和老霞合作出版对话录《美人赠我蒙汗药》[①]，文章主要对当代学术、学术人和文化现象进行一种漫谈式的批评，嬉笑怒骂，不留情面，非常尖锐地指出当前文坛和思想界积重难返的弊端和学术界的腐败现象。这正是王朔的勇气和深刻之处，当然，不可否认的是，这肯定也是王朔生存的策略。

三

2008年，王朔再次复出。当在电视上看到王朔那乖戾、病态的眼神时，直觉是一种震惊，那真的是一个病人。他内心世界的狂乱与脆弱，名与利的纠缠，深刻的洞透力与强烈的世俗愿望的奇异混杂，都在他说话时的表情与眼神中泄露无遗。而他如真理在握时的绝对肯定句式和毫无顾忌的“真言”也让人震惊，莫名地，你感到恐惧，这是一个“狂人”的言说，具有“狂人”特有的偏执、自大与穿透能力。在许多时代，都有过这样的“狂人”——说出最大实

① 王朔，老霞：《美人赠我蒙汗药》，武汉：长江文艺出版社，2000年版。

话的疯子。

王朔是勇敢的，在骨子里，他仍然保持着“黑马”时代的犀利与狂傲。在一个世俗主义的社会，不管是以“装疯卖傻”，还是以“义正词严”的方式，能够不虚与委蛇，说出真话都是勇敢的人。但是，在道德冷漠的后现代中国，一切都显得暧昧、模糊，让人怀疑所有的事物都不可避免地遭遇着自我解构与被解构的危险。“狂人”也不例外。鲁迅的“狂人”以一个疯子的清醒看出中国文化的“吃人性”，陀思妥耶夫斯基的“白痴”以随时发作的癫痫病来反抗俄罗斯精神的世俗化，尼采则以自己敏感、病态的神经看到德国精神的衰退与道德的颓废，这些“狂人”形象无一例外成为时代的先知与最早的革命者。王朔却让人质疑。从表面上，王朔说的都是真话，痛骂“仁义道德”下的“男盗女娼”与“自私猥琐”，勇于揭时代的“疮疤”，着实让人感到振奋、刺激，但是，当这些真话与他潜在的动机（恰好他要出书及复出），与他指责别人的理由联系（他常以卫道士的方式指责名人的生活）在一起的时候，一切又显得非常荒谬。在许多时候，我们甚至怀疑王朔的病态也是做出来的。我们无法分辨真伪。这当中，不仅仅是王朔变了——从反对媚俗者变成时代最大的媚俗者，从一个曾经的文化英雄蜕变为类似于“文化流氓”的超级混混，同时，也因为时代变了。王朔的假想敌不再是僵化的体制与压抑的人性，而是如黑洞般具有巨大吸力的狂欢式生活，消费文化、大众文化和娱乐生活收买了每个人的灵魂，所有的言、行都蕴含着表演成分。我们变得无血无肉，刀枪不入。王朔也不能幸免。

王朔是聪明的，他以“狂人”的方式重新延续他先锋时代的价值与意义，既为自己赢得声名，借此抨击那些伪君子，同时，又达到了宣传与炒作的目的。但这也决定了他自己就是最大的伪君子，这都使得一切不能不呈现出喜剧效果。他的“勇敢”被娱乐化时代照单全收，他所有的“咒骂”除了成为宣传自己的噱头之外，也成了娱乐时代最富娱乐性的新闻，具有极其鲜明的反讽效果。最终，王朔的行动也恰如其分地嵌入时代的版图中，并且成为其中最谐调、最具观赏性的色彩。

毕飞宇："温暖"美学及其可能性

一、"温暖"美学

《推拿》是一部温暖小说。我这里的温暖不只是指作者的情感和小说的情感倾向，也是指作者进入世界的美学方式，是一种文学观与世界观。《推拿》让我们看到了温暖的深刻与宽广，看到了温暖作为一种美学所具有的价值。让我们看到了，正面的建构同样有力量，它与反讽的、怀疑的、虚无的世界观和美学方式同样直抵人心。

这样的话说起来似乎是常识的东西，但是，对于中国文学而言，却一直处于匮乏的状态。且不说古典文学，从中国现当代文学看，温暖的、正面的、"向上"的文学很少成功之作，一"温暖"就是"大团圆""和谐统一"，一"向上"就容易"温良恭俭顺""高大全"，或陷入天人合一的"静寂"和"圆满"之中。"向上"的文学总是引向精神的虚空或成为政治意识形态的合谋者，这是我们的文化原点决定的。因为在我们的文化中，道家文化与儒家文化是"上"

的制高点，前者通向“规避”“虚空”，我们从周作人、废名作品的超越与局限就可以看出，后者通向道德秩序与政治秩序，“十七年文学”便是最典型的例子。在启蒙、批判与文化统一的语境下，温暖的、“向上”的文学几乎是与“现代性”文学相悖的存在，现代意义的“温暖”很少被建构起来。《边城》《受戒》是难得的例外，但最终却也陷入“风情画”的泥淖之中。20世纪80年代的当代文学可以说是逐渐“向下”的文学，即使当年宣称“回到文学自身”的“先锋文学”，现在看来，也仍然是在反抗政治意识形态心态下的“伤痕文学”。对民族与自我“伤痕”的倾诉、展示与怨怼，一直是80年代以来当代文学的基本主题。

在“向下”的过程中，当代文学获得了审美本体的存在，获得了批判、怀疑、否定的自由，并形成了以虚无、狂欢、解构为主的美学方式。这一美学方式在90年代消费主义与娱乐主义的化合下得到强化，并成为作家对抗社会、寻找自我的基本方式。“向下”的文学与后革命时代的特征基本契合，颠覆与搅扰，愤怒与狂欢，它包括对历史的虚无主义态度，对身体的欲望化书写，对日常生活的美学发现与深度刻化，等等。它的基本精神状态是游戏、颓废、虚无、荒诞，昆德拉的用“轻”的形式表达“重”的内容的美学思想成了作家最喜欢的表达方式。

“向下”的文学虽然带来了复杂性、多义性，带来了回归自我、获取自由的可能性，但同时也由于缺乏对“向上”的建构而变得过于轻快。文学的精神世界寒意过浓，决绝的、概念化的东西太多，我们可以从文学的审美叙事中感受到世界的黑暗、人性的复杂与颠覆的快感，但却无法获知世界的光明、人性的美好是什么样子，那种纯洁的温暖、高尚的肃穆与深沉的庄严带给人的是什么样的体验与意义，我们无法从中得到。

毕飞宇的小说实践拓宽了“温暖”与“向上”的外延与内涵。“温暖”当然包含着对“真善美”的肯定，如迟子建、铁凝的作品，里面有一种安静、恬然的温暖，它也是一种境界。但对于毕飞宇来说，温暖不止这些，它蕴含着飞沙走石，强悍、冷酷、无情也是其内核之一，这一切，都落实在对努力的肯定上。温暖，意味着对努力的信任、尊重与体谅，它拒绝自嘲或放弃，拒绝“一撒手的轻清”，里面有悲壮，有无限“向上”的情怀。它是对保持“自我”的坚持，是对尊严和价值的渴望，是“克服”一切阻力的决心与勇气，哪怕他们是一群生活在黑暗中的盲人，是生活在权力变异中的年轻女孩，是已经年老色衰的青衣花旦。我并不以为《玉米》《青衣》寒气逼人，虽然也有点恼恨玉米的分寸感太强，对玉秀过于绝情，对筱燕秋拼死要去再当一次“嫦娥”感到生气，但是，对于这两个人物，我们是尊敬的，或者不如说又怕又敬，被她们身上强大的精神驱动力所震慑。筱燕秋是那只扑向灯光的飞蛾，明知是燃烧与毁灭，但依然要尝试一次，因为这是它唯一能够走向光明，走向纯净的大世界的时刻。这也是我们尽管会恨玉米、筱燕秋，但却决不会嘲笑她们的原因，她们的努力是为了证明活着的尊严。

《推拿》写的是一群盲人的努力。“是推拿，不是按摩”，开篇的“定义”非常重要，它为整个小说定下了基本的调子：推拿是一种专业，盲人推拿师靠自己的专业吃饭。沙复明的这一回答中有高傲、自尊，它意在强调盲人与他人生存方式的平等性，不是因为怜悯与同情而得来的。盲人的盲，只是物理意义的“盲”，在精神与价值方面，是在一个起跑线上的。因此，我们看到，都红为了躲避违心的赞美，放弃钢琴，只身离开家乡并成为推拿师；沙复明为了能够在生意中立于不败之地，拼命地学习各种知识与交往才能；王大夫与小孔为了能够有朝一日当上老板与老板娘而奋斗；金嫣为了追求爱情，几千里追寻，敢爱敢恨。推拿中心的每个盲人都对顾客尽心尽力，他们把“推拿”看作自己独立存在与价值的象征。在“温暖”美学中，主人公的尊严是第一位的，它高尚而不容侵犯，是自我存在的最低界限。当都红的大拇指被挤断，金嫣兴兴头头地准备为“残废”了的都红募捐时，都红看到了自我与尊严的又一次丧失，她拒绝接受这样的看法，拒绝接受这样的命运，于是，她悄悄离开了推拿中心。无论是玉米、筱燕秋，还是王大夫、小孔、都红，都是在“努力”生活，一种满含着决心的仪态与尊严。毕飞宇不会让他的主人公陷入“挣扎”之中，因为“挣扎”是被动的、难堪的、没有尊严的，即使筱燕秋最后一败涂地，她在雪地上的唱腔与舞姿也还是华丽的，没有失了仪态。

温暖是这样一种眼光，它倾听、关注、理解，而不是怜悯、同情，更不替他们发言。它是一种美学，更是一种世界观——在这一世界观的观照下，人的存在、人与人的关系被重新理解。怜悯、同情并不是通向他人，也不是通往世界本质存在的最佳方式。《推拿》的美学起点批判了两种写作：一种以“艺术”为名的“纯文学”写作，另一种就是所谓的“底层写作”，并且，就《推拿》而言，它之于后者的意义更大。

如果就叙述对象而言，毫无疑问，盲人是最底层的存在，是底层中的底层。但是，我们决然不会把《推拿》定义为底层文学。为什么呢？首先，在阅读的过程中，作者没有给你一点底层感，没有特别的怜悯，作者就是在写身边一群朋友的故事，以一个普通的视角进入盲人的生活。盲人不是“被侮辱与被损害的”残疾人，他们只是一个正常地生活着的，有着自己喜怒哀乐的特殊群体。因为有了这种普通眼光，作家也就以一种平常心看到了他们的欢乐、忧愁、焦虑与痛苦。它们细微、丰富、庞大无边，是与健全人有着同样情感的、深刻的世界。在这样一个阶层分化异常明显的时代，能够以“正常”的眼光看待底层，并不是一件容易的事情（虽然也可能因为太过“正常”而忽略了另外的东西，我在后面会谈到）。“女主持人开始赞美都红的演奏，她一连串用了五六个形容词，后面还加上了一大堆的排比句。一句话，都红的演奏简直是完美无缺。都红想哭的心思没有了，心却一点一点地凉下去。是苍凉。都红知道了，她到底是一个盲人，永远是一个盲人。她这样的人来到这个世界上只为了一件事，供健全人宽容，供健全人同情。她这样的人能把钢琴弹出声音来就已经很了不起了。”①也正是在这样的“怜悯”中，残疾人/健全人、底层/上层之间的界限被划分出来。在关于底层与社会的关系上，毕飞宇对此是有自己的看法的，“小说家最应当小心的正是自己的同情，这里头有一个立场问题，人的立场是我唯一愿意坚守的立场，而不可能是残疾人立场。把残疾人看作‘另一种人’，是对残疾人最大的侮辱与伤害，重要的是学会对他们平等地尊重”。对底层所谓的关怀背后可能是尊严的被出卖，这对身在其中的底层人来说，无疑是被剥夺了生命的权利。

“底层”视角是一种居高临下的、他者的视角，它把叙事者自己从中区分开来，并强化了贫富差异、阶层差异，以“底层”视角书写会使“底层”过于严寒，会模糊这些群体作为个体存在的价值

① 毕飞宇：《推拿》，《人民文学》2008年第9期，第22页。

观与情感体验。[1]毕飞宇这样谈“现实主义”:“我理解的现实主义就两个词:关注和情怀。……‘关注’是一种精神向度,对某一事物有所关注,坚决不让自己游移。……‘现实主义’,就是一颗‘在一起’的心。”[2]《推拿》有明显的凝视感,是一种缓慢的速度,你走进“沙宗琪推拿中心”,四处张望,对里面的布局、结构、每一个推拿师都仔细研究,刚开始你只是躺在推拿椅上做一个“观察者”,在长时间地停留、关注、倾听之后,慢慢地,你理解、进入、成为他们,和他们一起哭、笑,愤怒、吵架,寻找自我。盲人不再是他者,不再是需要怜悯,需要拯救的“底层”,他们与你血肉相连,亲如兄弟。这是一种真正的温暖的关怀,同呼吸,共命运。只有此时,你才深深感觉到,虽然他们的起点更低,过程更艰难,但他们对自我历史存在地位的要求是同样强烈的。《推拿》让我们意识到,让人有尊严地活着是衡量一个社会文明程度非常重要的标志。

二、以“世态人情”为起点

美学的、本体意义的“温暖”何以成为可能?从何入手?如前文所述,中国文学一“向上”,就容易出现问题,就容易回到文化秩序与政治概念之中,因此,作家的回避是有道理的。毕飞宇找到进

---

① 关于这一点,笔者曾专门著文分析,认为当以“底层”视角书写社会边缘群体的生活时,“在建构‘底层’的同时,知识分子也确认了自己的历史地位与所属阶层,并成为其观察世界、叙述世界的视角与起点。作为一个‘对象化’与‘他者化’的词语,‘底层’强化了两个方面:一方面强化了表述者本人的身份及与被表述者之间的距离和各自所属的群体;另一方面,强化了被表述者的弱势政治地位与文化位置,强化了贫富差异,同时,也强化了城市、知识、物质的绝对优越性。它当中携带着非常强势的利益、阶级与权力的信息,它认同了由资源分配不同而产生的市场竞争和社会阶层,也包含着对资本社会运行逻辑的认同。同时,它也否定了‘底层’拥有主体性生活和主体性文化的可能性”。《通往“底层”之路——对“底层写作”概念及批评倾向的反思》,《上海文学》2008年第12期。

② 张均,毕飞宇:《通向“中国”的写作道路——毕飞宇访谈录》,《小说评论》2006年第2期。

入"温暖"的独特道路，那就是从"世态人情"写起，这是他进入世界的角度。无论背后是洪水滔天，还是罪如深渊，当他决定拿起笔写作的时候，首先想到的是具体的生活及其中的人物关系。

"世态人情是要紧的，无论我们所坚持的小说美学是模仿的、再现的、表现的，无论我们的小说是挣扎的、反叛的、斗争的，世态人情都是小说的出发点，你必须从这里起步，你必须为我们提供小说的物理世界。"[①]毕飞宇在《文学的拐杖》中谈到高玉宝写地主周扒皮的"半夜鸡叫"，认为该细节非常真实地再现了一种"中国式的""乡村的文化形态"，因为它是从"世态人情"写起，不是观念上的地主与长工之间那种压迫与被压迫的关系。其实，文学的奥秘正在于这里，抽象的思想意味恰恰蕴含在最具体的细节描写，而这一细节又来自作家对生活这一"物理世界"的把握程度。从"物理世界"写起，小说的精神要远远大于先在的观念，并会使更为丰富的意蕴被传达出来。

"世态人情"是一个逻辑起点，也是看待世界的价值起点。回头看毕飞宇的小说，他的小说都是"小人物"（哺乳期的留守儿童、处于社会底层的女性、断乳期的中学生、刚入社会的大学生），但你又不会说它是"底层写作"，因为他不从正面的或以大意义的起点进入社会，他不要那个价值判断的预设，他就写实在的生活，从最日常的世俗场景写起，人情往来，尔虞我诈，钩心斗角，油烟味儿特别浓，特别具体，完全一个生活世界。正是这一鲜活的生活世界，即毕飞宇所言的"物理世界"，为我们提供了小说的基本气息，虽然琐碎，但每一砖每一瓦都在发挥作用。《推拿》写什么呢？写一个推拿

---

① 毕飞宇：《文学的拐杖》，《上海文学》2007年第7期。

中心里的家长里短、明争暗斗，友情，爱情，他们的日常冲突，各自的立场；王大夫是什么样的人，有什么样的性格，他与恋人小孔、与老板、与同事之间的关系，他与弟弟、父母之间发生了什么事，如何处理；金嫣为何、如何迷恋泰来，为了得到泰来她如何处心积虑地筹划；等等，一一细说，所有的故事随着这些人的交往慢慢推进。作者把叙事空间缩小到推拿中心，里面的盲人是鲜明的个体，有作为个体存在之边界，有独属于个人心灵的痛苦与欢乐。当外部的“五色”不再形成干扰之后，人类的内部机能开始发挥作用，身体的能量有多大，内部精神的运动就能延伸多远。

毕飞宇的小说以物质化的、准确的细节见长，他的着眼点全是现实的生活和具体的场景，《哺乳期的女人》中旺旺母亲送回的那个不锈钢碗（“锃亮的，发出悦耳冰凉的工业品声响”），《推拿》中小孔一丝头发掠过在小马心中所引起的惊扰也并不比轰轰雷声更轻，无论是外部的场景细节，还是内部的心理细节，都是毕飞宇的拿手好戏。这些细节非常有力度、硬度，它们和情节一起坚决地、不容置疑地往前推移，正是这些最具体的细节场景，最终形成一股强大的力量，把你推出他所描述的现实。读毕飞宇的小说，你通常不愿意去做具体的对应，譬如说《玉秧》写的是“文革”灾难对人心的迫害，《哺乳期的女人》写的是打工潮下的留守儿童的情感缺失等，因为小说的主题似乎并不这么简单。虽然作家的入点很小，非常实在，毕飞宇也在这个意义上反复宣称自己是个“现实主义者”，但在叙事的背后，普遍性的意味充满小说空间，这是自然地流动在小说中的东西，小说的“世态人情”能够产生足够强大的象征，并最终溢出时代和故事之外。《推拿》写的是盲人的生活，盲人的喜怒哀乐。在十几万字的叙事中，小说故事几乎没有任何旁枝，仅仅围绕几个主要人物，所涉及的空间非常小，但是，你决不会把他们的情感只局限为盲人的情感，你的灵魂为之激动的不只是因为盲人，也是因为他们作为人类之一体现了人类的基本价值追寻。

《哺乳期的女人》只写一个小孩对乳房的渴望，写周围人对这件事的反应，对这件事的来龙去脉进行了详尽的叙述，一句简单的“吃人家惠嫂豆腐”就把断桥镇的“世态人情”给刻画了出来，正是在这个意义上，旺旺被定义为“有罪”，但是，惠嫂最后的吼叫使整个主题得到了升华，母爱的本能超越了断桥镇上的家长里短与文化成规，显示出它伟大的纯真。这也使得小说成为有关母亲与孩子的隐喻，旺旺的意义不仅仅是揭示了中国特殊时期留守儿童的情感缺失，更在于它传达了这一缺失背后对人性的巨大伤害，这一伤害和疼痛是普遍的，超越时代与民族。以“世态人情”进入小说，可以直接进入生活本身，从内部写起，写他们的日常生活，爱恨情仇。由“内部”折射“外部”，这可以说是毕飞宇小说的最大特点。“被侮辱与被损害的”只是人物关系的一个层面，作家的任务是挖掘各个层面的复杂存在。

可能许多读者都对《玉米》中玉米出嫁时，站在汽船上绕行王家庄的场景非常清晰，它就像一个定格，把玉米的形象定在王家庄的上空。我想，此时的作者是一个极其谙熟世态人情的人，玉米不是在炫耀，而是在向王家庄挑战、告知，父亲失去了的权威将在她那里得到延续。这是一场战争，其辉煌与惨烈的程度一点也不亚于“文革”。毕飞宇在一个创作谈里说道：“有人说，《玉米》是一部经验小说。这是放屁。”[①]话粗理不粗，如果一定要说他是为了反映

---

① 毕飞宇：《〈玉米〉之外的点滴》，《文艺争鸣》2008年第2期。

“文革”，那也说得过去，因为《玉米》里面的确写的是权力给人的生命带来的伤害，但又不全是这些，作者在想象一种生活，如他所言：“在想象一种性格与命运。”玉米的战争是超越于时代与历史的，是存在于任何时代任何历史中，只要她活在王家庄，就要战斗。他只从这里出发，由此来折射社会、权力、历史。

我不赞同关于《推拿》的反衬说，意即盲人用残缺的高尚反衬了正常人的残疾，这是一种二元对立说，如果毕飞宇真有这样的小心眼，那么，这篇小说的格局真的是太小了。《推拿》的对立面是“人类”，而不仅仅是“正常人”，因为在毕飞宇创作之始，就把盲人作为“特殊的正常人”来写。《推拿》的启发在于让我们看到人类对尊严的渴求及其应有的地位与价值，让我们意识到内部精神的深远。正如毕飞宇自己所言：“我借助了盲人，写了盲人之盲，其实，我知道我要说什么，我想说人类之盲。如果说这部小说在塑造了一群盲人之外还有什么意义，大概就在这里了。”[①]当王大夫拥住小孔说“我们结婚”，当筱燕秋在雪地中悲怆地舞着长袖，当小护士看到正常人高唯那闪动的黑瞳孔时，在那一刻，你有一种震惊，因为震惊得到升华，变得非常纯净，你感受到了人的内部精神的深远与无限，人的存在的高贵与尊严。你愿意为这一尊严而奋斗，而存活。

三、“背景”的必要性

非常奇怪的是，这一充满“世态人情”的“物理世界”及其象征性在毕飞宇的小说中却是呈现出非常矛盾、暧昧的存在。这是我

①〔美〕勒内·韦勒克，〔美〕奥斯汀·沃伦：《文学理论》，刘象愚等译，南京：江苏教育出版社，2005年版，第260页。

在思索毕飞宇小说时，一直感到困惑的事情。

《推拿》是一部非常扎实、力道准确的小说，当你闭着眼睛，回想它时，觉得它是一个极其严密的整体，雅致、深沉，各种情感、各种思想在内部生长，缠绕，如藤萝疯长，你被小说中无数细小的触角所展示的生命力与丰富性而感动，是那种透过血管渗透心房、胸腔、胳膊、手指，慢慢蔓延的感动，你能感受到流过去的那种暖意，那种颤动。但是，这一切却没有超过树的高度，枝枝蔓蔓都在一个方形的空间中生长，被修剪得很好。它们没有逸出的可能，因为作者把它这一空间给封闭起来了。即使难得的一点“疯长”也是向内的，金嫣对婚礼的想象是全书唯一的“逸出”。作为一个有生命的整体，《推拿》悬浮在那里，与你的眼睛形成距离与对视，有一种审美的、象征性的东西在这距离中呈现出来。对于许多作家来说，能达到“普遍性”的象征意义是怎么努力也不能有的东西，但是，面对毕飞宇的作品，却觉得它反而削弱了小说的内部价值。

如前所述，在阅读毕飞宇的作品时，有一种强大的力量，使你不愿意从“现实”层面去想它们的意义，而更愿意从“象征”层面去思考，它们的意义要比“现实”更多、更复杂。但从另一方面讲，这一“象征意义”在毕飞宇的文本中过于庞大，过于有力量，以至于遮蔽了“现实”所应有的地位。它是一种奇怪的现实主义，非常现实，非常真实，是实实在在的场景，但最终，却让你觉得很遥远。作品中的现实感给淡化了，那些在阅读过程中对现实的一些情怀变得模糊且遥远了。小说的意义不因为象征而变得宽广，相反，却因为严整而变得更加内敛。

我以为，作者对“背景”的有意压制与限制，虽然有助于形成某种风格，但却可能造成小说意义扩张的障碍。当然，这是就更优秀的小说层面来说的。“背景即环境，尤其是家庭内景，可以看作对人物的换喻性的或隐喻性的表现。一个男人的住所是他本人的延伸，描写了这个住所也就是描写了他。……某种背景也可能是一个人的意志的表现。如果是一个自然背景，这背景就可能成为意志的投射。……背景又可以是庞大的决定力量，环境被视为某种物质的或社会的原因，个人对它是很少有控制力量的。哈代笔下的爱顿荒原或辛克莱·路易斯笔下的那个赞聂斯地方就是这样的例子。巴黎、伦敦和纽约等大城市在许多现代小说中都是被当作最性格化的真实的东西来描写的。”[①]韦勒克这里的“背景”，其实是指人物抽象性格或命运的具象化，它通过自然或人文环境与人之间的差异、比较、隐喻，折射或强化人物的命运或小说的意义。“家庭内景”在毕飞宇的小说中已经得到充分的呈现，小说缺乏的是“自然背景”，它包括自然、传统、文化，也包括时代。

对于《推拿》来说，背景指的是两方面。一方面，是盲人与正常人之间的差异，包括生存形态与情感方式。不以底层看盲人，这的确是这部小说的胜利，让我们意识到盲人作为“人”的存在与尊严。小说家把笔触集中在盲人内心生活上，而对外部环境的实际状况则有意不写，即有意忽略“差异”的一面。譬如盲人走路，走在街上，到饭店，到火车站，我仔细研读一番，作者着力于描写他们内在的情感方式，但却很少写到他们在“外面”走路时的神态、姿势，所遭遇的困难，我相信这是作家的有意为之。但是，差异又实际存在，无论是他们存在的“物理”姿态，在社会中的遭遇，还是

---

① 〔美〕勒内·韦勒克，〔美〕奥斯汀·沃伦：《文学理论》，刘象愚等译，南京：江苏教育出版社，2005年版，第260页。

情感方式，都有实际的问题。如果作家忽略了这些，而着意强调常态，会由于物理边界的模糊而使小说丧失一些非常重要的意义。我们可以反过来思考一下，如果这部小说不以盲人为起点来写，那么，它的震惊效果和象征意味就不会这么大。

另一方面，是小说的“地理背景”，即毕飞宇自己所言的物理世界，盲人所生存的时代空间和社会境遇。这一背景的缺失也是作者刻意的“遗忘”，因此，当有记者问起《推拿》这一问题时，毕飞宇这样回答：“这是有原因的：第一，盲人的身上所承载的社会性和历史性相对来说要淡薄一些，这是一个实情；第二，盲人自身的障碍太巨大了，活着，工作，已经很不容易了，作为一个作者，我再把其他的压力过分地投放到他们的身上，我真是很难下笔。所以，在《推拿》当中，我更多地考察了人物的‘内部’，对‘外部’，我做了最大的压缩。《推拿》的格局是相当小的。”①但是，它会不会有另外一方面的遮蔽？即遮蔽了这一群体实际的生存境况，从而较难真实地叙述与展示他们的历史处境。上层与底层，庙堂与民间，盲人与正常人是相对的概念，只有发生某种交际、某种对抗的时候，内在的意义才能被呈现。《推拿》回避了这些背景，其意蕴更能超拔于历史与时代之外，富于普遍的象征性，在审美上保持一种华丽的东西，但这一“华丽”很可能使作品局限于审美内部，“现实性”被减弱，作品也因此缺乏一些根本的力量。《哺乳期的女人》如果没有隐现的20世纪90年代乡村生存背景，《玉米》如果没有对“文革”话语和乡村世态人情的巧妙化用，就不会如此直抵内心。这并不是说作家一定要控诉什么，而是在“背景”的基础上展示更为多元的空间，

① 胡殷红，毕飞宇：《〈推拿〉的体温》，《上海文学》2008年第12期。

从而体现出他们存在的本质形式。如果能够在内部叙事的基础上自然携带进外部的信息，我想作者也不会一定要反对。

在某次与作家的交谈中，偶然获知《平原》曾被删去七八万字，是关于那块平原上的风俗、人情、植物的，当时，心中一震，我不知道作者到底写的是什么，与作品的整体结构是什么样的关系，但是，如果真的是有关大地、空气、植物的，那该是多么宽广。虽然它可能不被一般的阅读者所注意，甚至会跳过去，即使如此，也会成为底色存留在读者的脑海中，它会渗透进对作品的整体感受，会提升小说的精神空间。正如李敬泽在论《平原》时所言："他真正的考验和困难不是来自时间而是来自空间，来自那家常的、令人不知所措无从说起的平原。"[①]那“平原式的庞大隐喻”不应该只有事件和人物本身，植物、杂草、河流、风物都应该成为叙事的主体，因为它们和人物一起共同塑造着“平原”的形态，正如社会历史背景、正常人和“沙宗琪推拿中心”一起塑造盲人的存在形态一样。关键时候，那“荡开的一笔”，就犹如谈恋爱的人把黏在对方身上的目光移开，忽然看到了月亮和幽暗的星空，天地与人融为一体，有恒久的存在，爱也因此更为丰富。

对于语言和人物，作者表现得“过于专注与坚决，以至于评议或者说声音成了小说的主角之一”[②]，不只是《平原》，《玉米》《推拿》都存在着这一问题。作者的“度”把握得太恰如其分，对语言所能达到的点位要求过于严格（但不能不承认的是，正是这一“严格”，形成了鲜明的“毕氏风格”），《玉米》扩张空间的可能性非常

---

① 李敬泽：《想象一部名为平原的书》，《中国文化报》2005年第5期。

② 同上。

大，到了《玉秀》《玉秧》中，这种可能性又被封住了。这还不是格局大小的问题，“放”的目的不是为了一定让小说容纳百川，而是让那一川的流动显得更为宽广。这也是“背景”必要的原因之一。如果只有一条河，没有河岸，没有树木、天空、大地，那么河也就不是河，因为它没有形态。背景是指一种差异，由差异而生成的叙事空间，而生成的新的人物关系与新的意义。实际上，《推拿》中如果没有高唯和金大姐这两个正常人在其中，如果没有那场致命的音乐会，小说的意义就不会像现在这么丰富、耐人寻味。它们既是旁观者、见证者，同时，也是背景的形成者。

每个作家都有自己的“自我性”，保持这一“自我性”是其前提。但如何在这一“自我性”下进行扩展，也是应该考虑的问题。当然，这只是我的文学观、我的阅读经验与审美倾向所带来的理解。

在我们这个时代，温暖变得越发稀缺，到处充满着夸张与伪善，对于文学来说，这种夸张与伪善不只表现在对功利的追逐上，还表现在以“爱”为名对处于弱势群体的正常人性与人生进行压抑与伤害，《推拿》给我们带来一种中正的方法与情感。我愿意用毕飞宇的一句话来作为结尾，“现实主义不完全是一种小说修辞，它首先是凝视与关注”[①]。“凝视与关注”，既是方法论的，也是世界观的。正是这一基本起点，使得《推拿》成为真正的温暖之作。

---

① 毕飞宇：《谈艺五则》，《南方文坛》2001年第5期。

理性与“灵光”

—— 简谈梁鸿的文学批评

张清华

一

文学批评的传统链条，在70后一代这里似乎打了一个结，出现了一个小小的变局，甚至某种间歇和停顿。这样说当然有非常武断和简单化的嫌疑，我的意思是说，首先，20世纪70年代出生的批评家总体上显得“少”了，这与时代和文学界的大气候有关 —— 因为与别的行业相比，文学批评确实显得寒碜了一些；其次，作为同时代出生的人，70后作家和批评家们似乎没有像他们的前辈那样，在应该“互相成就”的年龄完成其“相互的命名” —— 很显然，70后少量的优秀的评论家日常所谈论的作家，主要还是20世纪60年代以前出生的一批，而不是他们的同辈。这是一个有趣的现象：为什么70后作家迄今的经典化程度尚不够高？这首先应与其同时代的批评家的趣味和作为有关，是70后的批评家们没能有效地诠释出他们同代作家的价值与意义，并且使之经典化。因为我不太相信上代批评家能够准确地解释更年轻一代的作家，因为经验方式的不同决定了理解的限度。其次，也不大可能是因为70后一代作家的创作真的像有人所说在整体上比较差。其实每代作家都应该是其同时代人经验的代言者，他们的价值就在于呈现了独特的经验样态，而不是简单地重复上代作家的经验与标准。不能因为他们文学趣味的新异和陌生而认为他们无足轻重，断言文学出现了“衰落”，相反这应该是其创造性的一部分。无论是“个人历史终结论”还是“代际历史终结论”，都是短视和可笑的。将近20年前，以20世纪60年代出生者为主体的先锋派诗人和作家早就声名大噪，成为具有符号意义的人物，原因何在？是因为与他们具有共同经验与记忆的同时代批评家对这些人的创作给予了有效的诠释，他们的诠释使这代作家的意义被有效放大，并且成为一种“稳定的知识”。这一切犹如吴亮、陈晓明的评论之于新潮先锋小说家们的成名，唐晓渡、陈超、程光炜、耿占春的诗论之于“第三代”诗人和“90年代诗歌”的经典化，他们在这样一种关系中得以互相确立，批评家确立了作家的意义，作家也反过来使批评家的知识生产获得了依据和成就。这当然应该是文学批评活动及其生产的常态。然而到了70后这里，一个令人焦虑的情况则是，批评家感兴趣的仍是上代作家的创作，对于自己同辈作家的意义并未表现出特别的兴趣和解释能力。其结果是大大影响了这代作家的经典化程度，同时也反过来减少了这代批评家提供新的文学经验与知识的机遇。也许这就是很多人感到70后的批评家数量较少、影响稍弱的原因吧。可是对这一现象为什么会出现，我却百思未得其解。

说这番话的目的，是要引出本文要谈论的主人公梁鸿。作为70后的批评家，梁鸿的出现让人眼前一亮，尽管她同样把目光主要投射到了上代作家身上，尽管她的文学经验与知识也并未表现出强烈的“改朝换代”的迹象，但她的综合与大气，宏观把握与微观阐释相结合的能力，开阔的文化视野与深及文学思想和肌理的批评素质，她的充满理性思索、文化探求的学院品格与感受体悟文本的“灵光”，还有她的勤奋与丰沛的产量，都使人无法忽视，让人看到了新一代批评家的锐气、素质与能力。

二

迄今为止，梁鸿的文学批评可以说已经覆盖了当代文学几乎所有的话题，这是我之所以说她综合与大气的一个理由。梁鸿，某种意义上也可以说是一只飞行于文学世界之上的大雁，对如此之多的问题与领域，进行着广阔的俯瞰与巡游，在短短的几年中，既写出了一系列富有特色与见地的文章与著述，建立了自己的批评园地，而且发生着实实在在的影响。她从对出生河南作家的系列考察，到对于当代乡土文学叙事的研究，对家族主题、女性主题叙事的分析，到对20世纪60年代出生作家叙事特点与美学思想的整体性考察，到对民间理论与美学倾向的梳理，对21世纪以来“狂欢”式美学与文化趣味的思考，还有对70后一代作家写作的共同特征的分析，对“底层写作”所关涉的伦理与文学性问题的辨析，等等，此外还有对部分作家如王安忆、毕飞宇、王朔、史铁生等人的个案研究，对文化界时尚人物与现象的批评，其批评视野几乎可以说遍及所有重大问题与领域，她在这个广阔的空间中恣意漫游巡视，收获了相当丰硕的成果。

大概与师承也有渊源关系，梁鸿的博士学业是由著名学者、现代文学界卓有名望的王富仁先生所授，王先生治学数十载，著述丰厚，其文章和学术的思想性、思辨性一向为学界称道，宽广的视野，充满激情的论辩，批判性的立场，闪现其间的人文主义的思想与情怀，都可谓今日学界的标杆。梁鸿看来确得其先生之真传，有乃师文章的气象与格局。这在女性批评家中是比较少见的。通常女性批评比较集中于性别研究或者文本细读的工作，但梁鸿却把目光投向了更广阔的空间，不但对当代文学的众多敏感的现象进行了宏观评述与思考，而且在理论思维方面也表现出过人的兴趣和能力，她总是力图将纷杂具体的作品与事件上升到整体的高度进行理性的把握和解释，从当代文学和文化的整体格局中对之做出评判，甚至其思辨性的文风，对问题执着探问和诘疑的姿态，也闪现着个人鲜明的特点。

如果说她的博士论文《外省笔记：20世纪河南文学》，其中对于河南的地域文化与文学特质的形成之间的影响关系的阐释还有些吃力和含混的话，那么她在近年对于20世纪60年代作家的创作特质，对于21世纪以来的现实主义、底层写作、狂欢美学等问题的阐释，则是十分清晰和别具洞见的。她的《"灵光"的消逝：当代文学叙事美学的嬗变》一书，汇集了近几年批评成果，对当代文学的许多深层问题提出了富有启示的分析。比如她对"重返现实主义思潮"的分析，可以说相当准确地涵盖了近十年来中国文学的演变趋向，她一方面分析了这种演变中所蕴藏的文学发展的巨大可能性，分析了其合理的和正面的意义，但是如何重返现实主义，重返什么样的现实主义，则提出了发人深省的疑问，比如，古典现实主义能够适合今天的文学现实吗？比如，"现代主义中的现实"应该如何看待和处理？比如，作家对历史和现实的某种符号化和抽象化的处理，是否有效地表现了现实？这些问题的讨论，使得文章不再简单地停留于对现实主义思潮的首肯和提倡，而是打开了关于文学的方法论，关于文学在今天的文化境遇、作家的写作难度与困境等复杂的问题空间。还有，像她的另外两篇谈论当代文学中的"历史意识"的文章，也同样富有深度和见地，她认为当代作家对于历史的批判存在着简单化的倾向，多数作家只是按照"常识"提供的"概念"来进入历史，而对历史本身的具体性与丰富性则缺乏体察的能力，所以多数写当代历史题材的作品都存在着虚假的、大同小异和互相模仿的问题，这些都可以说是抓到了当代作家的命门。

梁鸿重要的宏观论述的文章还有对20世纪60年代和70年代出生作家群的整体性考察，这也是能够显示其高度和气魄的作品，也是令人兴奋和得到普遍欣赏的一种批评视野。其中《理性乌托邦与中产阶级化审美：20世纪60年代出生作家的美学思想》一文受到了广泛的注意，这篇文章试图从智性书写、追求理性的乌托邦、成长叙事、中产阶级化的审美观等方面，对这个代际群落进行概括性的解释。以笔者的眼光看，该文在许多问题上都说到了要害之处，抓住了这代作家的一些共同特质。当然，对于什么是“中产阶级化的审美观”可以讨论，但作为结束了叛逆性的青春时代、普遍进入了“有成就的中年”的这一群体的身份角色，其文学趣味会随之发生微妙变化。另外，热衷于“成长叙事”式的写作，也是这代人从童年记忆到青春成长期中国社会屡屡发生巨大的变故所致，过多的断裂性记忆对于他们的童年来说，具有格外的祭奠与追怀价值。这应该是一个内部原因，只是论者在具体的论述中还阐释不够，但关于特质本身，我以为是凭着她的敏感而准确地体味到了。另一篇讨论70后作家的文章《小城镇叙事、泛意识形态写作与不及物性：20世纪70年代出生作家的美学考察》则更具意义，据笔者所见，这是近年来不多见的一篇全面归纳阐释70后一代作家写作状况与特质的文章，尽管我无法对该文做明确的判断，但朦胧地感到，它的许多分析比之前者的阐释更具体和到位。

不只是宏观把握，在微观的作家研究与文本批评方面，梁鸿同样有过人之处，特别是她对于河南籍作家刘震云、阎连科、周大新、李洱等人的论析，对于阎连科的《日光流年》《坚硬如水》《受活》《风雅颂》《丁庄梦》等长篇小说的逐一细读品评，每每都能够给出一个精细而准确的、公允而辩证的解读，对于其中的问题与不足当然也是直言不讳地提出，这种宏观与微观、理论与文本的紧密结合，既拓展了梁鸿的批评空间，丰富了其批评的内涵，也涵养了其文学观念与思想，其对文学内部肌理的理解。

三

我约略统计了一下梁鸿发表的数十篇文章，发现其中大部分是2003年之后发表的，更集中的则是2005年之后，这就足以说明她是一个“新秀”，但她是一个相当成熟的新秀。其实文章的价值并不在多，而在于见识，我以为梁鸿在近一两年内的文章显示了不凡的品质，其分析问题的深度、独辟蹊径的洞见和直入问题本质的犀利，给人留下了深刻的印象。这些文章可以说是具有了“穿越”的力度，具有了可以见出主体精神的“灵光”。比如她对于近年文学“重返现实主义”的倾向的分析，我以为是深具眼光的，她在该文中既一针见血地指出了近年文学中乡村现实的匮乏，同时也精辟地指出了表象现实主义的弊病。在关于当代作家热衷乡村历史书写而回避当下难度的问题上，她说：

无论是贾平凹、莫言，还是李佩甫、阎连科，都在不同程度上失去了成名初期对乡村改革和乡村现实的关注热情，转而进入了对乡村历史和发展史的抽象叙述。对于20世纪90年代以后的中国乡村所经历的嬗变、痛苦与生存状态，这些作家几乎没有书写……2002年《中国农民调查》所引起的热烈反响可以说是对作家乡村想象的最大打击，虽然它的成功并非文学意义上，但是它告诉作家一件事：

乡村现实所蕴含的残酷和苦难远远大于作家廉价的虚构和坐在书桌旁的空泛幻想！[①]

这样的分析可以说是切中文学时弊的，乡村经验书写作为现代以来中国文学的基本经验，不但支持着文学的生产繁衍，同时也是体现当代中国知识分子价值承担的重要形式。鲁迅和一代五四作家正是通过对乡村的书写，担负起了文化批判与疗救国民的启蒙重任。而对于当代作家而言，他们要么是回避了残酷的现实，只去处理相对容易的、已然被政治廓清了边界的历史题材；要么在书写的时候失去了方寸，只是停留于现象的展示，而丧失了批判的能力和精神。这一点我以为既是当代作家的缺陷，也是批评家所面临的难点。能够给出恰切的分析，是非常难能可贵的。

同样，她对于当代文学中另外的许多矛盾与困境的分析也富有透视力，比如在谈到余华的《兄弟》为什么遭到了部分读者、公众和批评家的批评时，她一方面指出了《兄弟》中对历史与现实的批判性，指出了其使用的解构主义笔法的先锋性，但是问题仍然没有解决：“非常奇怪的是，当作家以解构和游戏的方式批判政治精神的压抑与残酷的时候，却意外地陷入了大众精神的圈套，并导致作品陷入非此即彼的尴尬境地，对政治的控诉也由此变为对商业社会的膜拜，李光头的形象不但没有成为作家批判社会的代言人，反而走上了与作者期待完全相反的道路——时代精神的‘英雄’。巴赫金式的狂欢化最后得到的不是‘广场吆喝’后的释放与升华，而是彻底的松懈，背后没有任何力量的支撑……”这样的分析无疑是鞭辟入里的，它不但是对作家困境、文本矛盾的深层辨析，同时也是对

① 梁鸿：《“重返现实主义”思潮与中国当代文学的发展》，《文艺理论与批评》2007年第1期。

读者的感受、阅读的时代与精神背景的精辟解读。

文化的阐释高度是梁鸿文学批评的理性品质的表现，但她的长处是善于将开阔恢宏的文化分析与细密内行的文本和叙事的技术分析结合起来，这样就既减少了空疏之论，同时又避开了无坐标不及物的个案阐释，这一点决定了一个有出息的批评家的前景。她在谈到70后一代作家登场之初的两个代表性人物卫慧、棉棉的时候这样说："回顾90年代以来的文学，可以说，由卫慧、棉棉所引起的身体写作思潮是最有力量、最值得思辨的文学事件与文化事件。"之所以如此，是因为"这些小说蕴含着一种深刻的不安，这种不安既来自个人心灵的焦躁与紧张，也来自现代社会给其的挤压与诱惑，它是一种病症的征兆，揭示了这个时代的内在情绪，有着很强的文学隐喻性"。类似的分析看似平实朴素，实则深刻透辟；还有，她对于毕飞宇的《玉米》等作品在给予了由衷的赞美之后，也这样指出了其潜藏着的问题："整体来看，毕飞宇的分寸感似乎过强，有点拘谨，好比墨还没有完全在砚中化开，有块状东西在里面，缺乏大的气象。"[1]这些批评应该说也是很有锐意和心得的，能够发现一个作家非常隐秘的困难与苦衷，是一个好的批评家值得尊重的理由。

鲜明的批判性是梁鸿的另一个不俗的特点。这一点的基础和依据不是简单的道德义愤，而是人文主义的理想情怀，这是一个批评家和人文学者基本的出发点。但梁鸿不是"骂派"与"酷评"的思路，而是主张把批评与爱结合起来，她自己也是这样来观察文学、阐释当代作家的。不管是她"偏爱"的河南籍作家，还是其他红极

① 梁鸿：《理性乌托邦与中产阶级化审美——六十年代出生作家的整体思想考察》，《当代作家评论》2008年第5期。

一时的作家，她都能在热诚肯定他们的同时，毫不讳言他们的弱点和问题，我以为这是很难做到的，批评者不屈从于作家的“淫威”，不说违心的话，已属难得，而梁鸿几乎是在每一篇文章中都要坚韧地表达她的这种态度。她说：“作为一个作家，可以，也应该在时代之中做‘持不同政见者’，虚无、绝望、怀疑，甚至诅咒，但是，那只是针对这一国度中某一具体的能指，你不能把拒绝的范围扩展到‘中国’——她躯体上的每一缕阳光，每一粒灰尘，与所有看得见和看不见的生与死，爱与痛，温柔与残暴，都应该成为你‘批判’背后的温暖底色，成为你灵魂永不熄灭的神圣事物。”平心而论，这是梁鸿非常值得欣赏的一点，这既是对作家而言的文学原则与信念，也是批判者应当永恒持守的价值立场。她说出了对于中国当代作家而言最为困难的一点，那就是如何处理真与善、爱与恨的关系的问题。由于宗教文化的匮乏，我们民族在这些事关人性与道德的重大问题上确实存在着种种困境，文学精神的缺陷本身即反映了民族精神的弱点，而这类弱点又反过来注定了文学的不足。而梁鸿总是试图从这样的结合角度去评价她的对象，并且由此展示了她批评的精神追求与价值高度。

四

文章开头我曾表达了对于70后批评家缺少对自己同代作家的有效阐释的一种遗憾，确实，“批评的代际经验与知识差异”，对于文学的发展具有重要的意义。但我们无权要求一位批评家这样或那样去做，持续关注上代作家，或延续上代批评家的知识型构与批评话语，从另一方面来说也是一种好事，即表明文学的标准显示了相对稳定的趋势。对于梁鸿来说，她富有理想精神与人文气息的批评质地是令人欣悦的，这种精神的薪火相传也许是最重要的。何况她也已经开始了这样的努力，她对于70后的整体的谈论，既使我感觉到这一历程的遥远，又毫不怀疑这一使命的可能。我坚信这一代批评家终将用自己的知识和经验，使他们同代的作家得到应有的阐释，并且互相确立。

批评的道路与一切认知一样，是一个过程，不存在“终结真理”意义上的批评，只有见仁见智不断改写的批评。从这个意义上，我觉得最重要的不是一个批评家业已说了什么，而是他或她是否在生出自己的文学见解与思想的过程中迈出了令人信服的脚步。批评也应该是文学的一部分，是一种“写作”，一种有意味的美文。如果只是忙于归拢概念和说法，那其意义也是值得怀疑的，关于这一点，前代的批评家有太多的教训。某种意义上“人民”并不需要批评，作家也并不“真正需要”批评，需要批评的就是批评家自己，因为这是一个执意要认识文学的人一生的事业和宿命，他或她，在通向文学认知的道路上留下自己的话语和足迹，借助于一场场批评的实践，来完成他接近文学的意愿。所以，如果我要给予梁鸿一些心得，那么就是要对她说这些，因为毕竟年长一些，进入这个行当早一些年，所以要说出这样一些“不成器”的话来。

我注意到，作家阎连科在给梁鸿的《“灵光”的消逝》一书所写的序言中，使用了这样一个题目《梁鸿：行走在现实与学理之间》，他当然是怀着赞美之意取了这个名字，但字里行间我也似乎读出了他的一种犹疑。他所论的人物穿行在“现实”和“学理”之间，唯独越过了“文本”——也许我误读了他的意思，但即使是误读，我也想借此说一个小小的建议，就是也许可以多从文本入手。因为说到底，批评一个作家没有这样没有那样是容易的，但他这样或那样写的理由与意图还是藏于文本之中。做批评的人总是希望有一个按照批评的理念完全“正确”的作家，然而这样的作家几乎是不存在的，这正如要求李逵温柔细腻，责令黛玉变得坚强，都是无意义的。殊途同归，也许粗鄙喜剧的笔法正蕴含着最深刻的悲剧本质，也许含泪的笑才是真正的笑。一个好的作家不会、也没有必要跑到前台，直接在他的作品里表达准确立场和道德义愤，那还不如写檄文更有意义。所以我以为在现今做一个批评家，最重要的不是确立规则，而是要从文学的全部可能性出发，唯有如此，批评才会有的放矢。

说了半天，意思要总结一下，便是梁鸿的文学批评已经做得足够好，但是也许还可以更好，有时不一定要先设置一些繁复的概念和说法，可以先从现象开始，从具体的对象开始，从形象开始，也许批评的魅力和美丽、它固有的“灵光”就会更加容易显露出来。我首先也要求自己这样做，但确实没有做好，没做好但又不能不做明白人的样子，否则又只能说半天昏话——当然大约可能终于也只是一些昏话而已。

文学批评的有效性

——评梁鸿《“灵光”的消逝：当代文学叙事美学的嬗变》

陈华积

在文学批评泛化的年代，文学批评正面临着巨大的“生存危机”，它越来越失去了其作为“批评”的文学功能，而沦为文学作品的鼓吹者，或是商业宣传的附庸品。面对文学批评界如此严峻的现实遭遇，梁鸿《“灵光”的消逝：当代文学叙事美学的嬗变》（以下简称《“灵光”的消逝》）一书的出现，多少会给文学评论界带来一份意外的惊喜。

相对于其他蜕化、变质的文学评论，梁鸿一直所坚持的只唯真、只唯实的批评态度，使其最大限度上保持了文学批评的有效性，这种批评的有效性不仅表现于作者近年来在圈内外产生重大影响的评论文章，更集中表现于其批评的敏锐性、深刻的思辨性以及带有史学眼光的整体化批评等给文学批评界带来的影响。

作者对文学批评的敏感首先表现为对当下文坛发展主流趋向以及存在问题的把握。对一些老生常谈的话题或文本进行解读依然能说出新意，这显示了其在文学批评界感性与理性并重的优越性。比如我们熟知的王安忆的《长恨歌》这部长篇小说，相比的评论文章多如牛毛，有深度的批评也并不罕见，从女性批评的角度进入评论的文章也为数不少，但是梁鸿在众多的评论文章中，却依然能给我们提供一种新颖的批评视角："作者对王琦瑶的任何选择都没有赋予过多的理由和反思，而是让她把一切看作正常的存在，太过正常了，问题是，作者也把这一切看作正常的存在，仍用一种轻描淡写的笔调，驾轻就熟地滑入对王琦瑶物质生活的描述中。这正是王安忆美学矛盾之处。最终，对'弄堂上海'的热爱和对这一空间叙事的肯定意愿超越了一个作家的深刻洞察力，也限制了小说精神的多向延伸。"梁鸿对作品的敏感甚至能体察到作者创作时最细微的情感变化，而正是这种敏锐的视角，使梁鸿得以撕开层层板结的评论定论，为我们重新来认识经典文本提供一种可能性。

深刻的思辨性是《"灵光"的消逝》一书中体现出的另一个显著特征。梁鸿对当代著名作家与新锐作家的了解与把握显然已经远远超过传统评论"知人论世"的学理层面。多年来对作家创作活动的持续追踪，对作家作品的系统而深入的对照研读，通过访谈形式了解作家最新的创作动向和深入把握作家的创作心理等各种文学批评的方式，通过这一系列从作家到作品各项细节的深入把握，梁鸿的大量论文呈现出的不是"考证"出某作家作品重大的价值和意义，相反呈现出的却是她一份沉甸甸的文学批评问卷和对作家创作的质疑，对文学无穷的追问。如梁鸿多年来对阎连科、莫言、李洱、刘震云等当代著名作家的持续的关注，看上去是给作家们做些"锦上添花"的事，但是，如果对梁鸿的评论有足够关注的话，我们会发现，在梁鸿的这些跟踪式评论当中，往往会意外地发现作家创作中许多"本质性的漏洞"，如阎连科"耙耧山脉"的封闭性与价值观的对立，莫言在语言盛宴与思想单调方面的矛盾态势，李洱乡土叙事美学裂变的错位，等等。这些真诚、中肯的批评甚至获得了作家对其劳动成果的尊敬。

梁鸿的这种认真与执着使其对这些著名作家的创作内核的质疑的声音从来都没有停止过，这种带有深刻思辨性的思维方式，甚至让梁鸿在遭遇到当代最容易让人随波逐流地“捧杀”或“骂杀”余华《兄弟》的文学事件中也能发出自己卓尔不群的声音：“《兄弟》之所以让人失望，除却读者对它的期待过高之外，有一点是非常明显的，阅读《兄弟》，你的精神会越来越放松，越来越没有担待……非常奇怪的是，当作家试图以解构和游戏的方式批判政治精神的压抑与残酷的时候，却意外地陷入了大众精神的圈套，并导致作品陷入非此即彼的尴尬境地，对政治的控诉也由此变为对商业社会的膜拜……巴赫金式的狂欢化最后得到的不是‘广场吆喝’后的释放与升华，而是彻底的松懈，背后没有任何力量的支撑。”这些有力量的思辨性解读，犹如一把“利刃”直接切中问题的所在，比起那些激愤的“棒杀”之词或毫无文学底线的鼓吹之词，它的条分缕析与丝丝入扣的学理思辨，更具有强大的说服力。梁鸿这些带有深刻思辨性的追问，在不断廓清作家创作中存在的症结，清理文学发展中的历史遗留问题的同时，也逐步建立起高标准的文学评价体系。

在文学艺术已经多元化的今天，再用过去的感悟式批评与个人经验主义去阐释文本，无疑与作家作品本身的意图相距甚远，或是只能获得一些零碎的印象，构不成有效的解读。特别是自20世纪80年代中期以来，作家的创作观念已经从“写什么”转到“怎么写”，对文学创作多元化观念的强调，使文坛的创作发生了巨大的变化，直接影响到20世纪90年代以来的创作。在这样的创作和时代的背景下，继续沿用现实主义那一套固有的文学批评模式，如何能够抓住作家纷繁复杂的文学创作观念？又如何能把握更为宏大的文学现象？这或许是谢有顺指出的文学批评已被动或主动地“沦为文学界的贱民”的症结所在。文学批评由于方法、观念的陈旧，已经无力引领文学创作潮流，标新文学精神的高度，而只能选择其他的生存途径。

梁鸿有意识采用历史化的眼光与整体化批评的研究体式，这使得她的文学批评研究产生了重大的突破。在多篇论文中，我们都看到那些司空见惯的学术用语，经过梁鸿的重新组合和阐发后，竟然惊人地发现里面尚存在着巨大的阐释空间，“60年代出生作家的智性书写及对理性的普遍追求，既是文学在新的历史条件下寻求自变的体现，是中国中产阶级化与进入消费主义社会的主要反映，但同时，也是作家以新的话语方式重新叙述现代作家所提出的‘启蒙’问题的过程”；“70年代出生作家难以产生如50年代出生作家那样的土地意识与大地情怀，也没有60年代出生作家与历史之间尖锐而深远的冲突和知识分子情怀。他们无法触到现代政治与历史最为核心的精神部分，也无法感受到拥有大地的那种厚重与深沉”。这些新颖的观点，在作家的代际比较中，越发彰显出作品存在的共性与个性。它犹如把一些散落在时代各个角落的丰饶碎片，重新组合成一面明晃晃的镜子，一下子勾勒出20世纪50年代、60年代和70年代作家清晰的整体群像特征。

文学感悟的敏锐性、深刻的思辨与整体化批评的研究体式成了梁鸿进入当下文学批评最为有力的武器，不但弥补了作为一个批评家只关注到文学表层现象的肤浅，同时也使理性化的思考更具有感性的表达方式，而梁鸿也正是在逐步调整好文学研究思路与方式后，在自己的文学世界与文学批评中越走越远，越走越坚定。

后　记

本雅明在论及传统艺术的价值时，使用了一个非常感性的理论术语——“灵光”（aura）。“什么是灵光？时空的奇异纠缠，遥远之物的独一显现，虽远，犹如近在眼前。静歇在夏日正午，沿着地平线那方山的弧线，或顺着投影在观者身上的一截树枝，直到‘此时此刻’成为显像的一部分——这就是在呼吸那远山、那树枝的灵光。”毋庸讳言，在哈代的英国乡村、福克纳的南方小镇、马尔克斯的马孔多村庄，在鲁迅的绍兴、沈从文的湘西、莫言的高密东北乡、阎连科的耙耧山脉、毕飞宇的王家庄、王安忆的上海胡同那里，都可以感受到这一“灵光”的存在，它由乡村的尘土、阳光与原野，由生命、神话与历史中折射出来，经过心灵，凝聚为精神的故乡，激发着人类最为深沉的情感悸动。

对于当代而言，充满“灵光”的文学正在消逝，这一“灵光”不仅仅指文学中乡愁、大地、天空及与之相关的神韵的消失，也是指心灵在逐渐丧失对这一“风景”的感受力。这是一个时代的世界观的转变，“灵光”的消逝使许多被遮蔽的矛盾、真实呈现了出来，使我们看到了复杂、喧嚣、矛盾与爱共生的当代现实，但是，却也使我们丧失了从文学中寻找悠远、广邈情感的乐趣与美感。与此同时，在世俗化的、消费的、娱乐的语境中，“灵光”已经是一个被污染的，没有独特价值的词语，是可以无限复制的情感、格调与时尚的象征。如何迎向“灵光”消逝的年代，是我们这个时代文学的大课题。

我仍然梦想着这样的文学：在这里，不仅有大地裸露后的真实，虽然这一真实可能丑陋、破败，但却仍然有某种深远的诗意，正如秋收之后的裸露的原野；在这里，不仅有对大地的关注，那苦难、沉重与责任，也有对天空的向往，阔大与轻盈，现实与心灵，大地与天空，鸟巢与云雀，永远都是一个事物的双面。只追求沉重，或只向往轻灵，或许都会损伤文学的品质。我也梦想着这样的文学研究，不是对作家作品评头论足，不是在历史的故纸堆里找那可怜的边角料作为自己发现历史的功劳，而是在对文学的阅读中寻找自己心灵的对应点，进而具备理论的穿透力和扩张力。由此，文学批评也是一种创作，它有文体、体温与热度，在这里面，必须渗透着论者对文学的热爱，必须渗透入论者对历史的理解，这样，才有足够的资格去对作品、作品中的世界及与外部世界的关系发言。这是批评的立场，也是批评的道德与原则。而文学研究，并不仅仅是学问，它要解决的仍然是心灵的问题，是“当下”的问题，不只是“历史”。

我依然对文学充满信心，因为它能给予比我们的精神，比我们的时代宽广得多的东西，它是一门奇妙的艺术，面对它，就像面对未知的、神秘的世界，就像一次次路途遥远的探险，有令人向往的品质。